백성

# 백성

**14**

## 제4부 | 사람 탈 짐승 탈

김동민 대하소설

문이당

# 차례

제4부 | 사람 탈 짐승 탈

# 상투도 하나, 목도 하나

대사지 위에 가로놓인 흙다리인 대사교와는 달리 나루를 건너다니는 배는, 헤엄을 치는 것 말고는 남강을 건널 수 있는 유일한 교통수단이었다.

그 현장에는 애달픔과 분노가 치솟는 너무나도 치욕스럽고도 가증스러운 일들이 벌어지려 하고 있었다.

"친구야, 내가 왔네."

한양에 올라갔던 조언직이 성 밖에 있는 김호한의 집을 찾아들었다. 어쩐지 갑자기 쏟아지는 소낙비라도 맞은 것처럼 후줄근해 보이는 모습이었다.

"어? 자네 언직이 맞나? 우째서 이리키나 후딱 내리왔능가? 바로 엊그제께 한양에 볼일 있다꼬 올라갔던 사람이?"

호한은 놀람과 반가움이 반반씩 섞인 목소리로 물었다. 조금 전에 보고 지금 봐도 싫증이 나지 않고 옆에다가 꼭 붙들어 앉히고 싶은 벗이다. 그러자 약간 다혈질인 언직은 목까지 벌겋게 되면서 알 수 없는 소리를 했다.

"이 시상에 한 개밖에 없는 내 모가지가 싹 달아나삘 판국인데, 안 내리오고 우짤 끼고, 이 벗님네야."

그곳 사랑방 창에 비치는 무화과나무 그림자가 흡사 귀를 기울이고 있는 사람의 형용을 닮아 있었다.

"허, 그거는 또 무신 수리지끼 겉은 소리고?"

수수께끼 같은 소리가 아닐 수 없었다. 이 나라 팔도를 통틀어서 유독 한양에서만 무슨 난리가 벌어진 것도 아닐 것이다.

"한양 가갖고 오데서 얻어들은 수리지끼가, 머꼬?"

고개를 갸우뚱하면서 호한이 다시 묻는 말에 언직은 더더욱 알 수 없는 행동으로 나왔다. 그는 뜬금없이 손가락을 가위 모양으로 만들어 자기 상투를 자르는 시늉을 지어 보이면서 호한을 무식쟁이 취급하듯 했다.

"단발령 모리나, 단발령."

호한에게 비하면 머리숱이 더 적고 두께가 가는 편인 언직의 머리카락이 바람기가 없는데도 약간 흩날리는 것 같아 보였다.

"단발령?"

그렇게 반문하는 호한 안색도 다소 달라졌다. 그는 잠시 상념에 잠기는 모습이다가 확인하였다.

"그런께 단발령을 피해서 쌔이 도망쳐 왔다, 이거가?"

"그라모 안 달아나고 내 모가지를 짜리까?"

언직은 자네가 지방에 앉아서 아무것도 모르고 있군, 하는 빛이었다. 그렇지만 그 정도 사태 파악도 하지 못할 호한이 아니었다.

"한양서는 단발령이 장난이 아인갑네?"

"장난?"

언직이 짐짓 화난 표정을 짓자 호한은 손을 내저으며 부인했다.

"장난 말고, 장난이 아이라꼬."

"말 좀 또이또이(똑똑히) 해라, 또이또이."

저 말이 어눌한 '바보 삼형제' 말을 그대로 흉내 내던 언직이, 더위 먹은 동물같이 붉은 혓바닥을 쏙 내밀어 보였다.

"말도 하지 마라꼬, 이 친구야."

호한은 정황이 짐작보다 훨씬 심각하고 위중한 것 같다는 생각이 들었다.

"알것네. 내 입 딱 봉창한다."

"자다가 봉창 안 두드리고?"

누가 들어도 서로 부담을 줄이려고 무게가 느껴지지 않는 듯한 그 대화를 끝으로 그들 사이에 늪보다도 깊고 긴 침묵이 가로놓였다. 그것은 두 사람 사이에서 흔치 않은 현상이었다.

방안 탁자 위에 놓인 문방사우가 미세한 먼지를 둘러쓰고 있는 게 언직의 눈에 들어왔다. 비록 무관 출신이지만 문무를 겸비한 호한은 서책 읽기나 붓글씨 쓰기를 게을리하는 사람이 아니었다.

'이거는 아인데?'

언직은 속으로 '쯧쯧' 혀를 찼다. 가슴 한 귀퉁이로 차가운 바람이 솔솔 끼쳐 드는 느낌을 떨쳐버릴 수 없었다.

'시방 저 친구 심사가 웬간히 안 어지러버모 저리 안 할 끼다.'

일제의 강압에 의해 단발령을 선포한 고종황제가 칙령발표 당일 태자와 함께 단발하는 수모를 당했다는 소문은 남방에 치우쳐 있는 그 고을에까지 전해져 있었다.

"오데를 가 봐도 역시 공기하고 풍광은 우리 고을 덮을 만한 데가 없다 아인가베."

잠시 후 참담하고 서글픈 심정을 추스르기 위해 그렇게 고향을 공치

사한 다음에 언직이 물었다.

"내가 한양서 무신 장면을 봤는고 알것는가, 자네?"

호한은 상한 감정을 억누르는 듯 심드렁한 어투였다.

"내 눈이 천리안가, 만리안가?"

사랑채 지붕 위에서 참새들이 짹짹거리는 소리가 요란했다. 세월이 갈수록 매나 독수리 같은 맹금들은 숫자가 줄어들고 작은 새들이 부쩍 늘어나는 추세였다. 얼핏 이해가 잘되지 않는 그런 자연 생태계가 좋은 조짐인지 아니면 나쁜 징후인지 호한은 모르겠다. 그렇다면 인간 사회는? 골머리가 지끈지끈 아파 왔다.

"도로 아모것도 몬 보는 봉사가 더 낫을 끼다."

그러는 언직 얼굴이 고통으로 마구 일그러져 보였다. 저 친구는 장님이 부럽다고 하는데, 나는 요즘 같으면 귀머거리가 돼버렸으면 좋겠다는 생각이 드는 호한이다. 어쨌거나 우리가 이렇게 비관적이고 냉소적인 쪽으로 흘러야 하는 시국이 참으로 원망스럽기만 했다.

"강제로 탁 짤리삔 상투를 봇짐 안에 넣고 엉엉 대성통곡 해쌌는 사람들이 오데 하나둘이어야제."

호한도 씁쓸하기 그지없는 표정이 되어 한숨 섞어 말했다.

"참말로 조상님들 뵙기 부끄러븐 일이거마는. 후우."

절반도 비우지 않은 찻잔 속의 차는 싸늘하게 식어버린 지 오래였다. 지리산에서 딴 그 야생 녹차는 은은한 연둣빛을 머금고 있었다.

"와 안 그렇것노?"

언직은 말 그대로 두 개 먹고 하나 안 준 사람처럼 시무룩한 얼굴로 얘기했다.

"자고로 우리 조선 남자들은 머리를 길러 상투를 틀어 올리는 기, 나라에 충성하고 조상께 효를 잘 행하는 길이라꼬 믿고 있다 아인가베."

호한은 창에 어리는 무화과나무 그림자에 시선을 두었다.

"그렇제. 우리 조선 백성한테 상투라쿠는 거는 목심보담도 소중하제."

언직 입에서는 갈수록 어둡고 가슴 아픈 이야기가 흘러나왔다.

"호한이 자네는 그래도 친구라꼬 찾아온 내를 이리 따뜻하거로 맞아주고 있지만도, 시방 민심이 우찌나 흉흉하고 집을 찾아오는 손님도 안 맞아들인다쿠는 기라."

재떨이에 걸쳐 놓은 호한의 담뱃대가 어쩐지 심각한 표정을 짓고 있는 것 같았다. 사람 속이 다 타고나면 무엇이 남을까 담뱃대에게 묻고 싶었다.

"그기 무신 소리고? 저거 집 정지 구석에 들오는 노루 새끼도 잘 대접해주는 나라가 우리 조선국인데……."

호한이 어이없어하자 언직은 분통이 터진다는 얼굴이었다.

"그뿌이모 또 쾌안커로?"

그의 높은 소리는 우물천장에 부딪혔다가 방벽을 타고 내려와 방바닥에 주저앉듯 했다. 소란小欄 반자로 한 천장은 거기 사랑방을 찾은 이들이 하나같이 멋들어진 모양새라고 한참이나 올려다보곤 하는 구조였다.

그 방 주인보다도 객들이 그것에 더 관심을 보이곤 했다. 문지방이나 소반 따위에 나무를 가늘게 오려 붙이거나 제 바탕을 파서 턱이 지게 만든 소란에 대한 이야기는, 조선이란 나라를 이어온 하나의 맥으로서 그 자리를 잡고 있다는 아주 자랑스럽고 가슴 뿌듯한 것으로 받아들여지는 듯했다.

"그라모 또 머가 문젠데?"

그 방 천장과 관련된 기억을 떠올리다가 불쑥 캐묻는 호한의 말 또한 시비조였다. 언직은 대답 대신 벽에 걸려 있는 그림에 눈길이 갔다. 그러고는 흡사 딴청 부리는 사람처럼 했다.

"에나 잘 그릿거마. 똑 진짜 풍갱매이로."

그것은 딸아이 이름(록주)을 지어준 데 대한 감사의 표시로 안 화공이 정성스럽게 그려 호한에게 선물한 그 고을 풍경화였다. 거룻배가 보이고 그 저편으로 키 큰 미루나무들이 즐비하게 서 있는 것으로 보아 얼추 남강변 어디쯤인 것 같았다.

"정든 고향, 정든 가정, 모돌띠리 내삐리고……."

언직은 야반도주하는 사람같이 숨 가쁜 목소리였다.

"단발령이 안 미치는 깊은 산골짝이나 외진 바다마을로 도피하는 사람들도 나온다 안 쿠나."

그 이름이 무색하지 않게 범의 상相에 가까운 호한 얼굴 가득 비애와 근심이 성에처럼 서렸다.

"한양이 그렇다쿠모 다린 지방이 그리 돼삐는 거도 시간문제 아인가베."

지붕에 앉아 있던 참새들은 사랑채 마당과 담장 위로 날았다가 앉았다가 하는 기척이 전해지고 있었다. 사랑채 처마 네 귀의 기둥 위에 끝이 번쩍 들린 크고 긴 서까래 밑에 둥지를 마련하고 싶어 저러는 게 아닌가 싶기도 했다. 언젠가 까치 두 마리가 은행나무 꼭대기에 집을 짓는 것을 지켜본 적이 있는데 그냥 예사로 하는 공사가 아니었다.

"와 아일 끼고?"

언직은 성난 멧돼지를 연상시킬 만큼 막 씩씩거렸다.

"음."

호한이 짧은 신음 같은 소리와 함께 눈을 감으며 혼잣말처럼 말했다.

"예로부텀 유림의 고장으로 아조 널리 알려져 있는 우리 고을인데, 단발령에 대한 반발들이 비미이 안 심하것나?"

방문 밖에서 무슨 인기척이 느껴지는 듯했으나 이내 잠잠해지는 것으로 보아 아마도 신경이 예민해진 탓에 잘못 들은 모양이었다.

"내 말이 바로 그건 기라. 까딱 잘몬하모 상투가 아이라 모가지가 댕강 달아나삐는 일이 일어날 끼니, 이 일을?"

다시 뜬 호한 눈에 언직이 손으로 제 목을 쓰다듬고 있는 모습이 들어왔다. 호한은 무슨 타령 늘어놓듯 했다.

"상투도 하나고, 목도 하난데……."

"열 개, 백 개라도 그래서는 안 되제."

망건을 쓰고 동곳을 꽂아 맨 서로의 상투를 바라보는 두 사람 눈빛이 비상했다. 샅바를 쥐지 않은 손으로 상대편 꼭뒤를 짚어 누르며 넘어뜨리는, 씨름의 상투잡이라도 하고 싶은 것인가, 얼핏 그렇게 보일 정도로 분위기가 순하지 못했다.

"그래서는 안 되는 기 오데 그 정도까이."

"참새 가슴보담도 더 몬한 겁재이 가슴을 갖고 산다?"

언직이 온갖 울분과 설움을 보따리 보따리 풀어놓고 돌아간 뒤에도 호한은 방에 혼자 앉아서 우두커니 상념에 잠겼다.

"친구 분이 또 뭔 안 좋은 이약을 하고 가싯기에?"

윤 씨가 찻상을 들고 나가려다 말고 서서 조심스럽게 물었다. 호한은 깊은 한숨을 토해내며 말했다.

"올매 안 가서 우리 고을에 또 한바탕 회오리가 몰아칠 거 겉소, 부인."

윤 씨는 자칫 찻상을 방바닥에 떨어뜨릴 뻔하였다.

"아, 우짭니꺼?"

호한은 언직이 앉았던 자리에 눈을 박은 채 말했다.

"우짜겄소. 주저앉는 거는 쉬버도 일어나는 거는 에렵듯기, 또 우찌 몬 하고 당하고 앉아 있을 수밖에."

문지방을 넘어서는 윤 씨의 두 다리가 지진이라도 난 듯 크게 후들거리는 게, 호한 눈에 그렇게 나약하고 위태롭게 비칠 수 없었다.


호한이 크게 우려했던 일이 벌어진 것은 그로부터 오래지 않아서였다.

한양에서 단발령을 행하고 감시 감독하기 위한 소위 체두관剃頭官을 내려보낸 것이다. 체두관은 그 고을 관아와 병영의 군인들을 동원하여 상투 자르는 일에 나섰다.

"집 안에 숨어 있는 남자들을 잡아낼 기라꼬, 온 집집마다 수색함서 댕긴다 안 쿱니꺼. 여보, 이 일을 우짜지예?"

밖에 나갔다 들어온 윤 씨가 하얗게 질린 얼굴로 호한에게 전하는 이야기들은 정말 기가 막혔다.

"지가 집에 막 들오기 전에, 삽짝 밖에서 무신 일이 있었는고 압니꺼? 달아나다가 고마 잽히서 질질 끌리가는 남자를 셋이나 봤어예."

"우떤 사람은 반항한다꼬 개 패듯기 패대는데, 그 사람, 우짜모 맞아 죽었을랑가도 모립니더."

"짤라도 그냥 얌전하거로 하는 기 아이고예, 똑 허개이 목 베는 거매이로 해쌌는데, 땅바닥에 뭉텅뭉텅 떨어져 있는 머리카락이 시커멓기 죽은 핏덩이 겉애갖고 시껍 뭇다 아입니꺼."

윤 씨는 문소리나 발소리만 나도 깜짝깜짝 놀라기 일쑤였다. 경기 든 아이 같았다. 하지만 호한은 농아자聾啞者라도 돼버린 듯 꿈쩍도 하지 않고 서안 앞에 정좌한 채로 손가락에 침을 묻혀가며 조용히 서책만 뒤적일 뿐이었다. 책장 넘기는 소리가 생명체의 마지막 숨소리를 떠 올리게 하였다. 그런 호한의 어깨 위로 절망과 낙심의 그늘이 낙엽처럼 수북하게 내려 덮이고 있었다.

남자가 늘 집에만 틀어박혀 있을 게 아니라 무슨 일이라도 해봐야겠다고 마음먹고, 퇴직한 부하가 경작하는 장생도라지 밭에도 가보고 했지만, 막상 하려니 마땅히 할 만한 일도 떠오르지 않았으며, 더군다나 단발령 때문에 꼭꼭 칩거할 수밖에 없는 상황이었다. 새로 무언가를 시작한다는 게 생각만큼 쉬운 게 아니었다.

　'아, 저이를⋯⋯.'

　그런 남편을 옆에서 지켜본다는 것도 윤 씨로서는 여간 고역이 아니었다. 차라리 처음부터 그런 사람이었다면 그렇게 마음이 아프고 슬프지는 않을 것이다.

　하루는 무슨 일로 남강 맞은편에 있는 '배건너'에 건너가기 위해서 나루턱 쪽으로 나갔다. 그런데 그곳에 당도한 윤 씨는 눈을 있는 대로 뜨면서 간담을 쓸어내리지 않을 수 없었다.

　'저 사람들이 다 머꼬?'

　거기에는 징그러운 사마귀 앞발같이 가위를 치켜든 여러 관원이 지키고 있었다. 윤 씨 눈에는 그들이 구석진 곳에 거미줄을 쳐놓고 먹잇감이 걸려들기를 기다리고 있는 음흉한 거미처럼 비쳤다.

　'쌔이 지내가삐야제.'

　윤 씨는 보기 흉측하고 무서운 짐승 옆을 피해 지나듯 바삐 걸음을 떼놓았다. 바로 그때 참으로 가증스럽고 분통 터질 사태가 그녀 눈앞에서 벌어졌다. 윤 씨 입에서 자신도 모르게 비명이 터져 나왔다.

　"악!"

　사마귀나 거미 같은 그들은 남강을 건너오는 남자들을 향해 벼락같이 덤벼들더니, 상대가 어찌할 틈도 주지 않고 다짜고짜 상투를 싹둑 잘라버리는 게 아닌가? 윤 씨 눈에는 그 상투 숫자만큼의 절단된 사람 머리가 바닥으로 굴러 내리는 것 같았다.

'우째 이런 일이?'

윤 씨는 나룻배만큼이나 흔들리는 가슴을 가까스로 진정시키며 간신히 건너갔다. 강 건너편에서도 똑같은 일들이 벌어지고 있었다. 그 광경들이 너무나도 끔찍하여 제대로 용무를 보지도 못한 채 돌아올 양으로 다시 나루턱에 이르렀다.

'허~억!'

그런데 이번에는 아까 보았던 장면과는 비교도 할 수 없는 광경을 목격하지 않으면 안 되었다. 윤 씨뿐만 아니라 거기 있는 모든 사람이 경악한 눈으로 지켜보았다.

장가드는 어떤 새신랑이 막 남강을 건너려고 하는 중이었다. 그 행렬을 지켜보면서 모두 남의 혼례지만 마음으로 축복을 해주고 있었다.

한데, 이게 웬 해괴망측한 짓인가? 가위를 치켜든 관리들이 조랑말을 타고 있는 그 새신랑한테도 우우 달려드는 게 아닌가? 남강을 건너려고 하던 많은 사람이 차마 믿기지 않는 그 현장을 넋을 잃고 서서 바라보았다.

윤 씨도 바로 앞에서 벌어지고 있는 사태를 도무지 믿을 수가 없었다. 설마 했었다. 제아무리 조정의 명이기로서니 장가들러 가는 새신랑한테야…….

그러나 누구도 말 한마디 하지 못하고 지켜보아야만 했다. 새신랑 상투마저 인정사정없이 잘려나갔다. 새신랑과 그의 일행들은 나룻배에 퍼질고 앉아 바닥을 치며 통곡했다. 혼례고 뭐고 모조리 엉망진창이 돼버렸다. 강물과 물새도 사람들과 함께 울어주는 듯했다.

윤 씨는 단걸음에 그 현장을 급하게 빠져나왔다. 집으로 오면서 다시 돌이켜 봐도, 과연 그 새신랑이 그런 머리를 하고 제대로 혼례를 치를 수 있을지, 그게 아니면 신부 측으로부터 파혼을 당하고 말 것인지, 도시 종잡을 수가 없었다. 어쨌든 그 혼례는 결코 순탄치 못할 거란 예감만은 확실했다.

길거리에서 더는 남자를 구경하기 어려웠다. 여자들만 사는 이상한 나라에 와 있는 것 같았다.

오랜만에 나루터집을 찾아온 원채는 나쁜 소식 하나를 가지고 있었다. 슬프고 가슴 아픈 소식이었다. 손 서방이 모친상을 당했다는 것이다.

치목의 지시를 받은 맹쭐이 남강에 빠뜨려 죽을 뻔했던 얼이 생명의 은인인 손 서방이다. 만약 그날 손 서방이 꼽추 달보 영감에게 급히 알려주지 않았더라면 얼이는 수중고혼이 되었을 것이다.

"내하고 상갓집에 같이 가 보자꼬."

원채는 그 비보를 들은 후부터 줄곧 고개를 푹 떨어뜨리고 있는 얼이 어깨를 손으로 툭 치며 가볍게 질책하는 목소리로 말했다.

"남자가 고개를……."

끝내 얼이가 격한 감정을 이기지 못하고 흐느꼈다. 원채의 손이 그의 눈물샘을 건드린 셈이었다. 원채는 얼이를 지켜보고 있기가 힘이 드는지 슬며시 외면하였다.

"내도 아즉 몬 가 봤다 아인가베."

나루터집 가게채와 살림채를 오가며 까마귀가 울었다. 밤골집 나비가 까마귀를 올려다보며 앙칼진 소리를 내었다.

'야옹, 야오옹.'

손 서방은 망극한 슬픔 속에서도 얼이와 원채의 조문을 진정으로 고마워했다. 두 사람은 상갓집에서 밤을 새웠다. 다른 문상객들은 줄곧 술을 마시며 떠들어대거나 마작판을 벌였지만, 그들은 그림자, 아니 유령 같이 조용히 앉아 고인의 명복만을 빌었다. 그 밤에 달이 밝고 은하수는 어딘가를 향해 끊임없이 흘러가고 있었다.

"아이고, 아이고."

상주들 곡소리는 달빛뿐만 아니라 햇빛 아래에서도 너무나 애틋하고 무겁게 들렸다. 마당에 쳐놓은 장막과 나무 위에서, 어쩌면 나루터집에 서부터 얼이와 원채 뒤를 따라온 것 같은 까마귀들이, 잠시도 쉴 새 없이 장송곡처럼 울음을 보내고 있었다.

'까~악, 까~악.'

출상 일이 희붐하게 동터왔다. 까마귀가 더 많이 날았다. 엄숙하면서도 조금 어수선한 발인을 끝내고 상여가 장지로 출발했다. 이승에서의 마지막 길이다. 손 서방은 노모를 모시던 맏상제였다. 그래선지 다른 형제들이나 친척들보다 훨씬 애통해하는 모습이었다.

말티고개가 구불구불 뻗어 올라가고 가파른 뒤벼리가 솟아 있는 저쪽 선학산 공동묘지에 고인을 안치한다고 했다. 영원히 없어지지 않을 집을 장만했다. 끊어질 듯 끊어질 듯 이어지는 상여가喪輿歌 소리가 듣는 사람들이 눈물을 흘리지 않을 수 없게 구슬프고도 의미가 깊었다. 하늘도 울고 땅도 울부짖는 것 같았다. 상여를 멘 상여꾼들은 남강 물고기처럼 천천히 움직이고 있었다. 떠나기 싫은 사람이 떠나고, 보내기 싫은 사람을 보내는 시간이었다.

그런데 뒤벼리가 멀리 바라보이는 강가에 막 이르렀을 때였다. 난데없이 상여 행렬을 에워싸는 어떤 무리들이 있었다. 상여 뒤에 나란히 서서 침통한 심정으로 따라가던 얼이와 원채는 웬 사람들인가 하고 깜짝 놀라 눈을 크게 뜨고 바라봤다. 비록 화적떼라고 할지라도 상여 행렬을 공격하지는 않을 것이다. 아무리 오래 헐벗고 굶주린 양아치들이라고 해도 마찬가지일 것이다.

그러면 도대체 저 몰상식하고 형편없는 자들은 누구란 말인가?

유족들이나 상여꾼들 그리고 먼 장지까지 따라나선 문상객들이, 그자들의 정체를 알아내기까지에는 그다지 많은 시간이 걸리지 않았다. 모두는 보았다. 햇볕에 반짝이는 쇠붙이들을. 쇠붙이들의 번뜩이는 빛을.

세상에, 이럴 수가 있는가? 가위를 든 포졸들이 상여를 메고 있는 상여꾼들을 향해 냅다 달려들었다. 숙달된 그들의 동작은 가증스러울 만큼 민첩했다. 상여꾼들이 내지르는 비명소리가 고인이 마지막 가는 길을 울렸다. 그 소란통에 관 속에 누웠던 고인이 놀라 눈을 뜨고 벌떡 몸을 일으키지나 않을까 싶었다.

성해 난 상투는 거기 단 하나도 없었다. 땅바닥에 썩은 열매처럼 툭툭 굴러 내리는 상투, 상투……. 졸지에 귀신머리가 돼버린 상여꾼들은 상여를 내려놓은 채 함부로 울부짖었다. 유족들만큼이나 서럽게 통곡했다.

그런데 참으로 입에 담을 수도 없는 황당한 일이 계속해서 벌어졌다. 손 서방과 그의 형제들 상투. 차갑게 빛나는 비정한 금속물질은 그 상주들의 상투마저도 그냥 두지를 않았다.

얼이는 우리 세상에 이런 일도 일어날 수 있구나! 하고 넋 빠진 채 우두커니 서 있기만 하였다. 그런 속에서 얼이는 보았다, 망나니 칼에 의해 뎅겅 잘려나가는 아버지 목을. 그런 환영을 보고 있는 얼이는 미처 깨닫지 못하고 있었다. 아직 상투를 틀지 않은 총각인 자기와는 달리 상투를 쪼고 있는 원채는, 어느 틈엔가 벌써 피신해 버리고 그곳에 없었다. 그는 바람인가, 구름인가?

'원채 아자씨가 그리키나 이험한 여러 전쟁터에서도 목심을 부지한 사람이니, 저깟 가새 한 개 들고 설치쌌는 저런 졸개들쯤이사 아자씨한테는 상대도 안 될 끼라. 만약 아자씨가 택견을 썼다모 모도 빙신들이 안 됐으까이.'

원채가 감쪽같이 몸을 피했다는 사실을 뒤늦게 알아챈 얼이는, 관아 포졸들을 향해 실컷 비웃으며 가슴 후련해했다. 그러나 더는 상투가 남아 있지 못한 어른들도, 아직 상투를 쪼지 않은 떠꺼머리총각들도, 아예 맨 처음부터 상투와는 아무런 상관도 없는 아녀자들도, 모두가 하나같이 하늘을 우러러 피 터지는 절규를 토했다. 나라 안팎으로 백성을 옥죄는 사슬을 끊을 자 아무도 없는 무기력한 세상의 중심에 와 있었다.

그런 가운데 오직 무심한 것은, 하늘에 떠 있는 구름 몇 조각과 철썩이는 남강 물결이었다. 뒤벼리는 금방 앞이나 옆으로 기울어질 듯한 위태로운 몸으로 그 광경을 지켜보고 있었다. 마치 그것을 눈에 잘 담아두었다가 후세 사람들에게 그날의 그 사건을 상세히 들려주려는 것 같았다.

온 고을이 체두관과 관군들의 단발 횡포에 끝없이 분노하고 있을 때였다.

노규응의 집에서는 극비리에 회합이 이루어지고 있었다. 거기 모인 일행 중에는 본주本州 사람 정용한, 승려 서기재 그리고 향교 재임齋任의 으뜸 자리인 장의掌議 한완진 등의 얼굴도 보였다.

"우리가 지난해에 마땅히 행했어야 할 일을 하지 몬했던 기, 시방 와서 되돌아봐도 증말 부끄럽고 억울합니더."

노규응이 피를 동이째 왈칵 토하듯 내뱉은 말이었다. 그 방 공기도 붉은 핏빛으로 물들고 있는 것처럼 보였다.

"그렇심니더. 우리가 국모國母를 그러키 원통하게 잃고서도 이대로 지내왔다쿠는 거는 백성 된 도리가 아입니더."

한완진의 음성도 세찬 북풍에 흔들리는 나뭇가지같이 사뭇 흔들렸다. 그에게서는 어쩐지 오래된 고문헌의 분위기가 풍기고 있었다.

"나무관세음보살."

서기재가 손바닥을 모아 염불을 외고 나서 설법하듯 말했다. 앞서 입을 열었던 한완진이 서권향을 내뿜는다면, 서기재는 향불 냄새를 몰고 다니는 사람 같았다.

"한 나라의 황후를 시해한 무지막지한 섬나라 오랑캐들이, 이번에는 우리가 조상 대대로 목숨같이 귀하게 지켜온 전통인 상투를 저렇게 자르도록 압력을 가해오고 있는 판이니, 부처님께서도 결코 저들을 용서하시지 않을 거외다."

박달나무처럼 야물게 생긴 박필준과 남들에게 뒤지기를 싫어하는 최원두가 동시에 입을 열었다.

"그 왜눔들 사냥개가 되어 동족들 상투를 짜르는 이 나라 관리들도 절대로 용서할 수가 없심니다."

"장가들러 가는 새신랑 상투하고, 생이(상여) 나가는 상주 상투도 짤라삣다 안 쿱니꺼."

그 고을 말씨가 입에 익을 대로 익은 정용한이 주먹을 치켜들며 말했다.

"시방이라도 우리가, 그 머꼬, 깃발만 따악 들었다쿠모, 성을 점령하는 그런 거쯤이사 단 하나도 문제가 없을 낍니더."

박필준의 탄탄한 어깨에도 힘이 잔뜩 들어갔다.

"맞심니더. 단발령으로 민심이 나라에서 완전히 돌아선 바로 이때, 우리가 거사를 해야 합니다. 딱 시기가 좋심니더."

최원두는 당장이라도 벌떡 몸을 일으켜 길가로 달려 나갈 태세였다.

"내도 시방 그 말씀에 적극 동조합니더. 만약 시간을 늦추모 늦출수록 난주 가갖고 아조 후회하거로 될 낍니더."

한완진이 지조 높은 선비의 표상처럼 등을 곧추세운 자세로 그들과는 약간 다른 의견을 내놓았다.

"성을 점령하는 일이 급하고 중요한 기 아이라꼬 봅니더."

그러자 정용한과 박필준, 최원두 등이 한완진의 그 판단에는 수긍할 수 없다는 얼굴로 저마다 한마디씩 했다.

"그기 급하고 중요하지, 머시 급하고 중요하다는 말입니꺼?"

"성이 최고 아입니꺼? 성만 우리 수중에 있으모……."

"요충지만 차지하기 되모, 모든 점에서 다 유리하지예."

한완진은 잠자코 고개를 내젓고 나서 침통한 표정으로 지난 역사를 되살렸다.

"모도 안 잊아삐고 계실 깁니더. 성은 임술년 당시 농민군들도 무너 뜨릿고, 그 뒤에는 또 동학군에 의해서도 함락되었심니더."

"……."

그 말을 듣자 하나같이 그만 입들을 다물었다. 그건 누구도 부인할 수 없는 엄연한 사실로서 지금까지도 치유하기 힘든 통한의 상처로 남 아 있었다.

'짹짹, 짹짹.'

그 침묵을 몰아내기라도 할 것처럼 그 집 지붕인가 마당 나무인가에 서 참새 울음소리가 요란했다. 그것은 아무리 약한 것이라도 너무 괴롭 히면 대항한다는 사실을 일깨워주려는 것같이 느껴졌다. 아니, 단지 참 새뿐만 아니라 모든 게 그런 식으로 다가오는 이즈음이었다.

"문제는……."

그가 장의로 재임하고 있는 향교 기둥을 방불케 하는 굳고 꼿꼿한 목 소리로 한완진이 말을 계속했다.

"성을 우리 손안에 넣고 난 후에 우찌할 것인가 하는 깁니더."

메마른 손가락으로 염주 알을 굴리며 듣고 있던 서기재가 푸른빛이 도는 머리통을 크게 끄덕였다.

"저도 그 말씀에 동감입니다."

그러자 이번에는 일제히 서기재 쪽을 바라보았다. 그는 조금 전처럼 설법을 펴듯이 그 특유의 나직한 목소리로 말을 이었다.

"사실 우리가 일으킬 의병은 그 조직이 이중 조직으로 돼 있다는 그 사실이 가장 마음에 걸립니다."

창으로 들어오는 소리로 보아 참새는 마당 왼쪽 가장자리에 서 있는 종가시나무에 앉아 있는 듯했다. 남향한 골짜기 같은 곳에서 잘 자라는 그 나무는 햇살 좋은 그 집에 뿌리를 제대로 잘 내린 것으로 보였다.

저마다 낯빛이 어두워졌다. 사실이다. 국수보복國讐報復과 위정척사爲政斥邪 등을 통하여 실추되어 버린 국권을 회복하겠다는 목표는 동일했지만, 의병은 그곳 토착세력들이 중심이 된 본주의진本州義陣과 외부세력들이 주류를 이루는 본부의진本部義陣으로 구성돼 있었다.

"음."

누구 입에선가 신음 같은 소리가 새 나왔다. 후끈 달아오르려던 분위기가 순식간에 깊은 물밑처럼 가라앉아버렸다. 그러자 그것을 깨뜨릴 심산인 듯 집주인 노규응이 목소리에 힘을 실어 말했다.

"우쨌든 이리도 많은 동지들이 합심해주신께 멤이 아조 든든합니더. 지리산 호래이가 내리와도 겁날 기 없심니더."

서로 뜻이 같은 사람들이 많다는 그 사실만으로도 한층 위안이 될 그들이었다. 서기재가 합장을 하며 말했다.

"부처님께서도 반드시 우리를 보호해주실 것입니다. 그러니 우리 모두 끝까지 용기를 잃지 말고 거사에 임하도록 하십시다."

최원두가 말했다.

"이 나라 으뱅이 올매나 세고 훌륭한 군대인가를 비이주모, 백성들도 더 이상 왜눔들을 무서버하지는 않을 낍니더."

박필준이 말했다.

"지도 그 말씀에 동감합니더. 조선 백성들이 오데 보통 백성들입니꺼. 나라가 어지러블 때마다 깃발을 치키들었지예."

잠시 침체되었던 공기가 또다시 활기를 띠면서 이제 방안에는 살벌한 기운마저 감돌기 시작했다. 분위기가 지나치게 고조되면 되레 뜻하지 않은 화를 자초할 수도 있다는 것을 일깨워주듯, 한완진이 좌중을 돌아보며 굵직한 저음으로 위험성을 경고했다.

"오늘은 이쯤하고 고만 일어나이시더. 우리가 이리 한군자리에 우 모이 있으모, 관아에서 무신 내미를 맡을 이험성도 마이 있심니더."

그러자 누군가가 동조하는 말을 했다.

"가시나모에 가시가 난다꼬, 무담시 우떤 빌미를 주모 안 되지예. 그런 어리석음을 범할 수는 없심니더. 나가이시더."

그 소리를 신호로 하여 저마다 자리를 털고 일어나 서둘러 방에서 빠져나가기 시작했다. 그림자들의 이동같이 은밀한 움직임이었다.

"……."

처음부터 끝까지 입을 다문 채 듣고만 있다가 마지막으로 방을 나서는 사람, 그는 바로 원채였다. 꼿꼿한 그의 상투가 이날 따라 한층 의젓하고 믿음직스러워 보였다. 천룡과 해귀의 뿔도 그처럼 강인해 보일 수는 없었다.


원채에게 의병 이야기를 들은 얼이는 솟구치는 흥분을 감추지 못했다. 온몸에 힘이 돋는 것 같은 목소리로 말했다.

"아, 드디어 스승님께서 말씀하신 항일으뱅이 일어날라는가베예!"

그 방의 모든 사물도 주인을 따라 기운이 흘러넘치는 것처럼 비쳤다. 곳곳에서 젊음의 열기가 전해지는 분위기였다.

"하모, 그렇제."

원채는 택견으로 다져진 탄탄한 가슴을 쑥 내밀어 숨을 크게 들이쉬었다.

　"요분에는 우리나라를 노리는 일본에 항거할라는 으뱅 아인가베? 왜 눔들하고 싸울라쿠는 기제. 그러이 옛날 그때하고는 상구 다린 기라."

　싸울 상대가 조정이 아니라 우리를 넘보고 있는 외세라는 그 사실 하나만으로도 대단히 떳떳하고 아름다운 명분이 아닐 수 없는 것이다.

　"알것심니더, 아자씨."

　감격과 기대에 찬 얼이가 눈을 빛내며 떨리는 목소리로 물었다.

　"지도자가 노규웅이라쿠는 분이라꼬예?"

　원채도 평소의 차분한 성격을 떠나 무척 고무된 음성이었다.

　"맞거마는, 노규웅."

　얼이는 조심스럽게 혼잣말했다.

　"그 어른이시거마예. 지난분에 성 안에 갔을 때 본께, 스승님도 그런 사실꺼지는 모리고 계싯는데……."

　원채가 우정댁 방과 붙어 있는 그곳 얼이 방의 벽을 턱짓으로 가리켰다.

　"우쨌든 요분에는 저런 거매이로 방어를 잘해갖고 절대로 끝꺼지 안 무너져야 하는 기라."

　얼이 얼굴이 자신감으로 넘쳐 보였다.

　"농민군하고 동학군이 고마 실패해삔 그런 선래(선례)가 있는데, 지도부에서 그런 거를 모리고 행동하것심니꺼?"

　원채는 큰 희망과 꿈을 갖고 용기백배하여 좋아하는 얼이에게, 의병이 두 개의 조직으로 구성되어 있어 마음에 걸린다는 좋지 못한 소리는 꺼낼 수가 없었다. 부정적인 예단은 금물이었다. 여하튼 이번에야말로 깨어지든 부서지든 반드시 끝장을 봐야 한다. 다 썩은 뿌리를 가진 나무에는 어떤 꽃이나 열매도 달릴 수가 없는 것이다.

"그거는 마, 그렇고…….."

그러면서 갑자기 적잖게 망설이는 원채 말에, 얼이는 무슨 소린가 하고 눈을 크게 떴다. 지나치게 흥분하고 격노하는 그 눈을 들여다보며 원채는 심각한 어조로 입을 뗐다.

"효원이 처녀 이약인데 말이네."

"아, 효원이예?"

효원이라는 이름이 나오자마자 얼이 두 눈에 금방 눈물이 글썽거렸다. 그가 아직은 어린 나이라는 사실을 새삼 일깨워주는 반응으로 받아들여지는 원채는 전혀 못 본 체하고 말을 이어갔다.

"내가 여러 날 혼자서 나름 깊이 고민해 봤는데 말이네."

"예, 아자씨."

얼이는 어서 그다음 이야기를 듣고 싶다는 조급증이 엿보였다. 하지만 원채 말은 감질날 만큼 더디게 흘러나왔다.

"암만캐도 쪼꼼 더 오광대 합숙소에 숨어 있거로 하는 기 좋을 거 겉애서…….."

그런데 얼이는 끝까지 듣지도 않고 거의 막무가내에 가까운 투로 나왔다.

"지 생각은 안 그렇심니더."

"안 그렇다꼬?"

"예, 안 그렇심니더."

얼이는 잔뜩 기대를 걸었던 일이 무너지자 어린애 투정부리는 것처럼 굴었다.

"인자는 강득룡 목사도 없고, 관제도 배뀌고 했으이, 지가 지난분에 말씀드릿던 거맹캐 그 집에서 데꼬 나오거로 해주이소."

그 말을 하면서 얼이는 속으로 원채가 반대할 것에 대비해 어떤 말을 해야 할 것인가를 궁리하고 있는데 그게 아니었다. 원채는 이렇게 말했다.

　"좋다."

　얼이는 자신도 모르게 목청이 높아졌다.

　"예?"

　그러자 원채는 한 번 더 찬동했다.

　"좋다꼬."

　원채가 너무 쉽게 동의하는 바람에 얼이는 오히려 멍해졌다. 천천히 하나에서 열까지의 숫자를 셀 수 있을 정도의 시간이 지나간 후였다.

　"그라모 데꼬 나온다 쿠자."

　원채는 눈물 자국이 번들거리는 얼이 얼굴을 똑바로 보면서 물었다.

　"데꼬 나와서 그담에는 우짤 낀데?"

　"그, 그거는."

　얼이 안색이 방바닥에 깔아놓은 장판지 색처럼 노래지면서 말을 잇지 못했다.

　"함 대답해 보라꼬."

　그렇게 독촉하는 원채도 답답하고 괴로운지 얼굴을 찡그렸다. 마당에서 동물 소리가 났다. 밤골집 나비였다.

　'야오옹.'

　그것이 대답이라고 억지라도 부리고픈 순간이었다. 얼이는 더 입을 열지 못하고 눈을 내리깔았다. 얼이가 사용하는 앉은뱅이책상에 시선을 꽂은 채 원채가 한 번 더 물었다.

　"오데 있거로 하거로?"

　"……."

얼이는 벙어리가 돼버린 듯 계속 아무 말도 하지 못했다. 우리 나루터 집에 데리고 와서 같이 있겠다는 얘기는 입밖에 내비칠 수 없었다. 그렇다고 원채 아저씨 집에 있게 해 달라는 소리는 더더욱 꺼낼 수 없었다.

"얼이 총각 심정, 누가 모리것노."

가게로부터 들려오는 손님들 말소리와 웃음소리가 다른 세상에서 나는 소리같이 느껴졌다.

"하늘도 알고, 땅도 안 알까이."

여전히 앉은뱅이책상에서 눈을 떼지 않고 있는 원채 머릿속에 떠오르는 말이 '앉은 장사 선 동무'라는 말이었다.

그랬다. 비록 신체는 어른이 다 되었지만 얼이는 아직도 견문이나 교제 범위가 좁아서 세상 물정에 어두워 손해를 보기 쉽다는 우려를 떨쳐버릴 수 없었다.

"하지만도……."

나비란 놈은 쥐를 발견하고 잡을 기회를 노리고 있는지 한동안 움직이는 기척이 없었다. 원채는 이제 자신이 할 수 있는 것은 그것밖에 없다는 듯 계속해서 침묵을 지키고 있는 얼이에게 애처로운 눈빛을 보냈다.

"솔직히 산전수전 다 겪은 사내인 내도, 그날 상투가 짤릴까 싶어갖고 올매나 놀래 달아났던고 모리제."

무지막지한 체두관과 관군들의 가위에 상투가 잘려 대성통곡하던 손 서방과 다른 상주들 모습이 얼이 눈앞에 나타났다 사라졌다. 지금 와서 돌아봐도 무슨 부조리한 마당극을 보았던 게 아닌가 여겨지는 장면이었다.

"그란데 연약한 여자인 효원 처녀가……."

원채는 그동안 얼이처럼 효원도 정이 든 때문인지 말끝을 제대로 맺지 못했다. 얼이는 마음속에서만 이야기했다.

'울 어머이가 지보담도 더 효원이를 가차이 두고 싶어 합니더.'

요새 들어서는 왜 우리 효원이가 적조積阻하냐고 자꾸 캐물어 오는 우정 댁이었다. 얼이는 들어줄 사람 없어도 계속 말하고 싶었다. 그렇게라도 하지 않으면 영원히 효원과 함께할 수 없을 것만 같아서였다.

'데꼬 오모 혼래를 치러줄지도 모리고예.'

오랫동안 서로 멀리 떨어져 소식이 끊어진 사람처럼 하는 어머니는 틀림없이 그렇게 해줄 거라고 믿었다. 든든한 응원군인 어머니였다.

'지는 증말 증말 효원이를 아내로 삼고 싶심니더, 아자씨.'

그러나 얼이는 마음 반대편에서 나오는 이런 소리도 들었다.

— 그라모 니는 농민군을 모도 다 포기한 것가? 으뱅도 안 할라쿠는가베? 좋다. 니 쪼대로 해봐라, 니 쪼대로.

그러고는 이런 질책의 소리까지 들렸다.

— 더 안 말린다. 하지만도 니가 사람 겉으모 이거 한 개는 잊아삐지마라. 니 아부지가 우떻게 돌아가싯는고 하는 거 말이다!

언제부터인가 원채 두 손이 얼이 어깨에 얹혀 있다.

"얼이 총각!"

원채는 핏기없고 경직된 얼이 얼굴을 외면한 채, 방을 쓰는 빗자루와 쓰레받기가 흡사 정다운 형제처럼 나란히 붙어 서 있는 벽만 보면서 입을 열었다.

"요분 항일으뱅이 성공리에 끝나모, 아모것도 아이지만도 내가 앞에 나서갖고라도, 두 사람이 팽생을 함께 살 수 있거로 노력해보것네."

그 순간 따라 강에서는 물새 소리 하나 들려오지 않고 있었다. 그처럼 효원도 영영 자기 곁을 떠나버릴 것 같아 얼이는 그저 가슴만 막힐 뿐이었다. 그가 가쁜 숨을 들이켜는 바람에 그의 어깨에 올린 원채 손까지 들썩거렸다.

"자네 어머이도 효원 처녀를 며느리 삼고 싶어 하신다쿠는 거, 내도 알고 있거마는. 우리 주변 사람 중에 그거 모리는 사람 없을 끼라네."

원채는 얼이 어깨를 가만가만 다독거려주며 자기 동생이나 조카 타이르듯 했다.

"그라이 쪼꼼만 더 기다리서……."

그러나 얼이는 원채가 말을 끝내기도 전에 어깨를 함부로 흔들어가며 무슨 짐승이 내는 소리처럼 울부짖으며 물었다.

"그 쪼꼼만이 운젠데예?"

그런 얼이를 무연히 바라보고 있던 원채가 크게 실망하고 꾸짖는 어조로 불렀다.

"얼이 총각!"

앉은뱅이책상 위에 놓인 서책이 펄럭거리는 성싶었다. 생명체가 아닌 것은 세상에 하나도 없는지 모른다. 그렇지만 또 그것은 무한하고 불변하는 건 아무것도 없다는 의미로도 통할 것이다.

"그전에 지는 죽고 말 낍니더!"

얼이 눈이 애꿎은 꽃대나 짐승 모가지를 비틀어대던 예전처럼 충혈되어 있었다. 남이 아니라 그 스스로를 향해 저주를 퍼붓는 사람 같았다.

"왜눔들이 올매나 지독하고 무서븐 것들인고, 이 얼이도 싸와봐서 충분히 다 알고 있다 아입니꺼?"

원채는 얼이 어깨에 얹었던 손을 그만 거둬들이고 말았다. 그러면서 원채는 치를 떨어야 했다. 절망에서 빚어지는 탄식에 가까운 소리가 그의 가슴속에서 끊어질 줄 몰랐다.

얼이의 그 말속에는 죽음의 냄새가 짙게 풍기고 있었다. 얼이 그리고 원채 자신의 육신이 썩어 가는 냄새였다.

이곳은 서슬 시퍼런 관찰사 집무청인 선화당이다. 백성을 위한 기관이 아니라 원성의 대상으로 전락해버린 곳이다.

조 관찰사는 비화가 자기를 찾아오리라는 것을 짐작하고 있었다는 눈치였다. 아니, 왜 이제야 오느냐는 빛도 노골적으로 내비쳤다. 그런 머리로 도대체 장사는 어떻게 할 수 있는지 신기하다고 비아냥거리는 기색도 전해졌다.

그의 낯바대기를 대하자 비화는 당장 구토가 날 것같이 속이 울컥거렸다. 고을의 아무개가 딸을 자기 첩으로 주지 않는다고, 여러 날 뇌옥에 가두고 곤장을 쳤다는 소문도 떠올랐다.

"내가 아무것도 알지 못하는 미련퉁이야. 이래서 감사는 무슨? 나는 자격이 없는 사람이라니까, 자격이?"

조 관찰사 말에는 처음부터 가시가 크게 돋쳤다. 그것도 보통 나무 가시가 아니라 낫으로 쳐내어도 무덤을 온통 덮어버리는 모질고 독한 땅 가시였다.

"나루터집이 그렇게 독실한 불교 집안인 줄도 모르고, 내가 내 기분대로 오라 가라 해서 원망과 오해가 컸겠구먼."

그곳 실내 공기는 바깥 공기와 너무나 다르게 느껴졌다. 유리창은 투명하지만, 빛마저도 통과하지 못할 것처럼 생각되었다.

"이거 미안해서 어떡하누?"

"……."

비화 눈에는 조 관찰사가 절간 사천왕의 우람한 다리 아래 깔린 마귀로 보였다. 마음 같아서는 그녀 스스로 그를 그런 식으로 질끈 밟아버리고 싶었다.

"하필이면 부처님께 불공드리러 가기로 돼 있는 날에 말이오. 허허허."

창밖에 기우뚱 서 있는 노송이 운치가 있는 게 아니라 허리 잔뜩 굽고 탐욕스러운 늙은이만큼 볼썽사나워 보였다.

"아, 불공! 좋지, 좋아. 불공 싫어하는 사람이 어디 있을까?"

그가 무슨 말을 해도 대꾸조차 하지 않는 비화를 힐끔 보면서 지껄였다.

"에잉, 그래도 그렇지 않은가 이 말이야. 내가 명색 관찰산데, 내 체면도 조금은 생각을 해주었어야지. 시쳇말로, 본관은 체면 빼고 나면 깡, 깡이라고."

조 관찰사는 '큼' 하고 기침을 한 번 하고 나서 점점 옥죄기 시작했다.

"물론 관찰사라는 자리가 부처님 자리만큼은 못 되겠지만, 그래도 관찰사 말발이 제대로 서야지, 이거야 원."

크고 네모진 창에 부딪혀 집무실 안에 흩어지는 그의 진득한 음성이 비화 발밑에서 지렁이처럼 꿈틀거리는 기분을 자아냈다.

"관찰사 명령이 안 먹혀들면 어떻게 이 고을 백성들이 단 하루라도 편하게 살아갈 수 있겠소?"

마침내 비화는 더 듣기 싫다는 기색을 숨기지 않고 그대로 드러내며 입을 열었다.

"지 남핀부텀 가막소에서 퍼뜩 풀어주시이소."

그런데 조 관찰사는 배봉의 그것만큼이나 못생긴 뭉툭한 손가락으로 이쪽저쪽 두 귀를 후비는 시늉만 할 뿐 가타부타 반응이 없었다.

"지보담도 더 잘 아시것지만도……."

비화는 마음과는 상반되게 더 애원 조로 나갈 수밖에 없었다. 사람은 비굴해져서는 안 된다는 금과옥조 같은 말도 때와 장소에 따라 가려서 써야 한다는 것을 아프게 깨달아가고 있는 그녀였다.

"집안에 가장이 없으이, 집이 영 말이 아이옵고……."

그러나 조 관찰사는 되레 느릿느릿한 어투로 바뀌어 갔다. 그뿐만 아니라 남은 애 터지게 하소연하는데 기껏 한다는 소리였다.

"허, 부럽도다, 박재영 그 사람이."

그의 눈에는 시샘과 공격의 두 칼날이 동시에 번뜩이고 있었다. 남의 칼집에 들어 있는 칼을 빼내어 그 칼 주인을 해하려는 작자였다.

"이리 참한 부인을 둔 그 사람은, 이 고을 말처럼, 에나 복도 쌔삣지."

나중에는 아예 여자를 제멋대로 희롱하는 난봉꾼 행세를 했다.

"나도 땅만 파먹고 사는 무지렁이가 돼도 좋으니, 부인 같은 여자를 아내로 삼을 수만 있다면 얼마나 좋겠소? 하하."

비화는 온몸에 송충이가 달라붙은 느낌과 함께 악을 써대고 싶었지만, 말은 어쩔 수 없이 이렇게 나왔다.

"아이가 지 애비를 보고 싶어갖고, 머를 우짤 줄도 모리고 있사옵니더. 부대 높고 넓으신 아량으로 부자 상봉이 하로라도 쌔이 이뤄질 수 있거로 큰 은총을 베풀어 주싯으모 하옵니더."

아마도 비화가 귀 빠진 이후로 그렇게 참담하고 비굴한 모습을 남에게 보이기는 그때가 처음일 것이다. 하지만 어쩌겠는가? 입법, 사법, 행정의 삼권을 거머쥔 권력자가 아닌가? 무엇보다도 남편 생사가 걸린 문제였다. 집무실 안에 있는 모든 기물을 부숴버리고 싶다는 충동을 억누르며 속으로 탄식했다.

'이런 시상에 살고 있는 기 죄 아인가베.'

지금 세상은 안팎으로 너무나 어수선하여, 법이고 윤리도덕이고 무엇하나 제대로 서 있는 게 없음을 누구보다 잘 깨치고 있는 비화였다. 관찰사가 국밥집 사내 목숨 줄 하나 끊어버리는 일은, 손가락으로 파리 한 마리 쿡 눌러 죽이는 것만큼 쉬운 일이었다.

"딱 요분 한 분만 봐주시모, 그 은덕은 죽을 때꺼정 두고두고 멤에 새

기고 살아가것사옵니더.”

비화는 응접탁자 위에 미리 올려놓았던 돈 보퉁이를 마주 앉은 조 관찰사 앞쪽으로 더 밀면서 수없이 머리를 조아렸다.

“허어, 참.”

이윽고 깊숙이 숙인 그녀의 쪽 찐 머리 위로 권력자의 흡족해하는 음성이 축축하게 썩은 낙엽처럼 떨어져 내렸다.

“뭐 이런 걸 다……..”

말은 그렇게 하면서도 조 관찰사 입귀가 늑대같이 찢어졌다. 헤벌어진 입에서 침이 흘러내릴 듯했다.

“아, 빈손으로 오면 누가 안 만나줄까 봐 이러오? 본관을 어떻게 보고?”

눈은 계속 돈 보퉁이에 박은 채 조 관찰사는 술주정하듯 씨부렁거렸다.

“본관은 이 고을을 총책임지고 있는 사람으로서 말이오.”

비화 눈에 비친 조 관찰사는 밤골집에서 만취하여 온갖 추태와 횡포를 부리는 개망나니 술꾼은 저리로 가라 할 인간이었다.

“이 고을 백성이면 누구든지 만나 그의 고충을 듣고 문제를 해결해주어야 할 책무가 있는 몸이거늘.”

비화는 자리에서 일어섰다. 그러자 조 관찰사는 말은 더 계속하지 못하고 혀로 입술을 핥더니, 크고 푹신한 의자에 상체를 푹 파묻은 채 거의 형식적인 동작으로 비화를 올려다보았다. 그러고는 무슨 중요한 당부라도 하듯 했다.

“앞으로도 행여 어려운 일이 있으면, 조금도 망설이지 말고 본관을 찾아오시오.”

집무 시간인데도 그곳은 휴무일처럼 조용하기만 했다. 집무실이란 이름은 시궁창에 처넣어버리는 게 마땅할 것이다.

"나는 나라의 녹을 먹는 목민관으로서 그 사명을 다할 것이오."

선화당 건물 앞에 왠지 후줄근한 모습으로 서 있는 나무에서 까마귀가 울었다. 그 울음소리는 하늘에 생채기를 내버릴 것처럼 허공 높이 울려 퍼졌다.

"나루터집에 오는 손님들에게도 지금 내가 하는 이 말을 그대로 전해 주기 바라오. 그리고 그 사람들이 또 다른 사람들에게도……."

비화는 돌아섰다. 출입문을 열고 나서려는데 복병처럼 눈물이 왈칵 쏟아졌다. 조 관찰사 말이 등짝에 들러붙었다.

"다른 데 들르지 말고 곧바로 집으로 가 보시오. 좋은 일이 기다리고 있을 테니까."

뒤이어 터져 나오는 호탕한 웃음소리가 있었다.

"하하, 하하하."

그 소리는 창과 칼이 되어 비화의 온몸을 찔렀다. 건물 밖으로 나와 편백나무 아래 서서 올려다본 하늘가에는 실뱀 같은 가느다란 흰 선들이 무수히 가물거리고 있었다.

# 나룻배로 흔들리는 세상

어떻게 집 근처까지 왔는지 모르겠다.

저만큼 '나루터집'이란 간판이 짙은 안개에 싸인 것처럼 희뿌옇게 흐려 보였다. 언제나 봄기운 따스한 언덕바지에 자리 잡은 듯 포근하게 느껴지던 내 집이, 그 순간에는 지옥 골짜기에 거꾸로 처박혀 있는 것 같았다.

오늘 빼앗긴 액수만큼의 거금을 다시 모으려면 몇 해가 걸릴는지 모른다. 어쩌면 영영 불가능한 일일 수도 있다. 하늘에서 황금 덩어리가 떨어져 내리지 않는 한 현재로선 그럴 공산이 훨씬 더 컸다. 재기再起하기 어려운 엄청난 출혈이 아닐 수 없었다. 얼핏 '끝장' 그 두 글자가 쓰인 종이 쪼가리가 악귀의 통첩장처럼 눈앞에 펄럭거렸다.

그러나 또 한편으론 진작 이렇게 할 걸 하고 크게 후회했다. 이번에는 남편이 정확했다. 재영의 변모를 한 번 더 확인한 셈이었다. 그녀 판단이 틀렸다. 여기에는 배봉의 간계가 반드시 숨어 있을 것으로 파악했다. 그래서 섣불리 돈을 들고 조 관찰사 앞에 나섰다가 도리어 그들 함정에 빠지지나 않을까 우려하여 지금까지 늦어졌다. 말하자면 '정경유

착'이란 죄목을 덮어씌워 나루터집을 파멸시켜버리려는 음모가 도사리고 있을지도 모른다고 지나치게 몸을 사린 결과였다.

그런가 하면, 비화 그녀답지 않게 이런 검은 마음마저 생겼다. 저렇게 돈에 사족을 쓰지 못하는 관찰사라면, 바로 그 점을 역이용하여 배봉가를 무너뜨릴 수도 있지 않을까? 하는 생각이 들었다. 그랬다. 이에는 이, 눈에는 눈이라고, 돈으로써 돈을 정복하는 길이 가장 빠르고 확실한 길인지도 모른다. 비화는 성경이나 불경 외듯 중얼거렸다.

"종국에는 돈인 기라."

두 손으로 허공에 돈을 뿌리는 동작을 취하면서 무당 푸닥거리하듯 했다.

"돈, 도온, 도오온……."

어찌 됐건 배봉가는 까마득히 멀어졌다. 빼앗긴 돈을 늘어놓은 길이만큼 달아났다. 손에서 복수의 칼을 놓쳐버렸다. 이제 두 번 다시는 그것을 집어들 수 없을지도 모른다. 급기야 이런 소리가 비화 마음속에서 메아리쳤다.

'졌다, 내가 졌다. 배봉이한테 져뻤다.'

비화는 만취한 술꾼처럼 비틀걸음으로 간신히 가게 문을 열고 마당으로 들어섰다. 네 개의 다리로 버텨선 평상들이 일제히 못난 여주인을 쳐다보는 것 같았다. 그녀 눈에는 평상들이 한꺼번에 폭삭 내려앉는 것같이 비쳤다. 그 밑에 깔려서 아우성을 질러가며 고통에 시달리고 있는 그녀와 식솔들이 보였다. 고개를 흔들어 가까스로 그 환영을 쫓았다.

나루터집 식구들이 한 사람도 빠지지 않고 계산대 쪽에 전부 모여 있었다. 방이나 평상이 아닌 계산대였다. 식구들에게 빙 둘러싸여 있는 남편 재영의 모습도 보였다. 눈을 끔벅거리면서 다시 봐도 맞았다. 남편 재영이다. 어쩌면 무소불위의 조 관찰사가 큰 날개 달린 가마에라도 태워 보냈는지도 모르겠다.

'저이가!'

재영은 뇌옥에서 풀려 집으로 오자마자 곧바로 자신의 고정석固定席
인 계산대 의자에 가서 앉은 게 틀림없었다. 방이나 평상이나 그 밖의
다른 곳이 아닌 그의 정위正位였다. 그의 그런 행동이 무엇을 의미하는
가를 모른 사람은 아무도 없었을 것이다. 다시는 그곳을 떠나지 않고 죽
을 때까지 그 자리를 고수하겠다는…….

"으흐흑."

온 식구가 일제히 울음을 터뜨렸다. 그중 가장 먼저 울었다가 또 가
장 먼저 울음을 그친 비화는 그제야 알았다. 가게 안에 손님이 한 사람
도 없었다. 비화가 관찰부로 떠난 후 재영이 돌아오기를 기원하며 임시
휴업을 한 것이다. 주방 아주머니들도 다 집으로 돌려보낸 모양이었다.

"이 천얼이가 한 말씀 올리도록 하것심니더!"

얼이가 나루터집이 떠나가라 쩌렁쩌렁 울리는 목청으로 말했다.

"시방부텀 우리끼리 잔치하이시더!"

물가에 면한 큰 대추나무가 우줄우줄 춤을 추는 것 같아 보였다. 강
에서 들려오는 물새 소리가 환호성이 되어 다가왔다.

"술도 한잔 해야제."

안 화공이었다. 여간해선 웃지 않는 안 화공 얼굴에 미소가 피어났
다. 그의 입에서 술 이야기가 나온 것도 처음이었다.

모두가 그런 것은 아니겠지만 통상적으로 예술을 한다는 사람들은 술
을 좋아한다는 말을 들었다. 그래 술 하나만 놓고 보았을 때 안 화공은
예술가와는 거리가 먼 사람이었다. 그는 술보다도 강물과 산물에 더 취
하는 괴짜 환쟁이였다.

"오늘은 내도 코가 삐뚤어지거로 막 퍼마시고 시푸다. 내가 밤골집에

가갖고 술 사올 낀께네, 록주 옴마는 쌔이 술안주 장만해라."

우정 댁이 자기 발끝에 자기 치맛자락이 밟히는 바람에 하마터면 엎어질 것같이 하면서도 문간으로 얼른 가며 말했다.

"예, 성님."

주방으로 향하는 원아 눈가에 맑은 이슬이 맺혔다. 대추나무에서 까치가 울었다. 아니, 노래했다. 여러 마리가 즐겁고 기쁜 대환영의 합창을 하고 있다. 양반이 하루에 그 열매 세 알만 먹고도 살 수 있다고 하는 대추나무다.

"아부지!"

준서가 어리광을 피우듯 재영에게 물었다.

"아부지, 우리 식구들 모도예, 아부지, 삐잉 둘러앉아갖고 잔치할라모, 아부지, 큰방이라야 되것지예, 아부지?"

들어갈 자리가 아닌데도 계속해서 몇 번이나 넣어 부르는 '아부지'라는 말에 특히 힘이 들어 있다. 어쩌면 두 번 다시 불러보지 못했을지도 모를 아부지다.

"흐, 준서야이."

재영이 두 눈에 눈물 그렁그렁한 얼굴로 말했다.

"오데라도 상관 있것나. 우리 집 안, 우리 집 안이모 다 괘안타, 준서야."

재영도 '우리 집 안'이라는 말을 거듭했다.

"내가 왔다. 아니, 우리 왔다."

그때 우정 댁이 돌아왔는데 혼자가 아니었다. 한돌재와 밤골 댁도 함께 왔다. 갈 때는 한 사람이었는데 올 때는 세 사람이었다.

"장사는 우짜실라꼬 두 분이 다 오싯어예?"

누군가 묻자 밤골 댁이 대답했다.

"순산집한테 맽기놓고 왔제. 순산집도 시방 있는 손님들 싹 다 나가고 나모, 가게 문 닫아걸고 요 오라 캤다. 같이 술 한잔 묵자꼬."

한돌재가 퉁을 주었다.

"허, 술 이약한께 여자들이 남자들보담도 상구 더 좋아갖고 야단 난리들이거마는. 시상 말세다, 말세!"

안 화공이 또 평소 하지 않는 농담처럼 말을 던졌다.

"그래도 준서 아부지가 이리 무사히 돌아온 거 본께네, 시상이 꼭 말세만은 아인 거 겉심니더."

밤골 댁이 신기하다는 투로 말했다.

"안 화공이 딸이 생긴께 말문이 열리는갑네? 자슥이 좋기는 좋거마는."

우정 댁이 한쪽 눈을 찡긋하며 말했다.

"지리산 돌부처가 입을 열었다 아인가베?"

큰방에 한 상 거창하게 차려졌다. 그야말로 없는 것 빼고는 다 있는 상이었다.

"그라모 지가……."

먼저 재영이 머리를 깊이 숙이고 나서 감사의 인사말을 했다.

"에나 고맙심니더. 가막소에 있어 본께, 집이 우찌 그리도 좋았던 거 겉고, 죽을 만치 그립던고예."

우정 댁이 아까 아들 얼이가 그랬던 것처럼 집이 떠나가도록 큰 소리로 말했다.

"남자가 우째서 그리 솔직하지 몬하노? 집이 아이고 마누래것제, 마누래!"

와르르 웃음보가 쏟아졌다. 웃음바다다.

"하하하."

"호호호."

그때 방문이 열리고 순산집이 들어왔다.

"시방 이집 식구들 웃음소리 땜새 서까래가 내리앉것소. 머가 그리들 좋은고 내도 같이 좀 우습시더."

"빨리도 왔다."

술잔이 분주하게 오갔다. 비화도 마셨다. 시간이 흐르자 자연스럽게 남자는 남자끼리, 또 여자는 여자끼리 서로 갈라져서 앉았다. 여자들은 이야기꽃을 피우고 남자들은 계속해서 술잔을 돌렸다. 밖에서 난리가 벌어져도 모를 판이었다.

그런데 어느 순간부터인가 일이 터졌다. 얼이 때문이었다. 그 자리에서 제일 술을 많이 마신 얼이가 별안간 큰 소리로 울기 시작한 것이다. 하나같이 매우 당황했지만, 얼이 눈물 속에 숨어 있는 두 사람을 발견하지는 못했다.

'이런 자리에 효원이 있다모 올매나 좋으꼬? 원채 아자씨 말이, 최종완 그 사람이 술을 억수로 좋아했다 쿠던데, 내 손에 죽어서 술도 몬 마시고……'

그런저런 아픈 생각과 더불어 얼이는 지금까지 마신 술을 모조리 눈물로 다시 내쏟기 시작했다. 그의 몸속에 술의 산이 솟고 술의 강이 흐르고 있는 듯했다.

"흑흑."

"얼아!"

여러 사람이 한꺼번에 얼이를 불렀다.

"자고로 술꾼이 일꾼이라 캤다."

그 소리는 한돌재 아니면 밤골댁 입에서 나왔을 것이다.

"내 술 한잔 더 받아라꼬."

여러 사람이 경쟁이라도 하듯이 동시에 얼이에게 술잔을 내밀면서 무슨 말을 했고, 얼이는 술잔을 받을 때마다 무엇을 알겠다는 건지 꼭 이렇게 말했다.

"알것심니더."

누군가가 말했다.

"하모, 술이 취해도 알 거는 알아야제."

"알것심니더."

그날 얼마나 퍼마셨는지 얼이는 여러 날을 두고 술독에서 헤어나지 못했다. 평소 흉허물없는 식구들 대하기가 그렇게 민망스러울 수 없었다. 어머니마저 아들 눈치를 살피는 것 같아 죄스럽기까지 하였다. 아버지가 하늘에서 내려다보시면 혀를 끌끌 차면서 꾸지람을 하실 것 같았다. 말 그대로 술이 죄였다.

그래도 한 가지 얻어낸 교훈은 있었다. 술은 술에 취했을 때만 그 위력을 발휘한다는 체험적 사실이었다. 정신이 다시 맑아졌을 때 그것은 하나의 도피요, 어쭙잖은 자기합리화에 지나지 않았다는 것을 깨칠 수 있었다.

"내 왔거마."

"아자씨! 안 그래도 지가 한분 만나뵐라꼬 했심니더."

원채가 찾아온 것은 그런 속에서였다. 흰 바위 쪽으로 나갔다. 얼이는 며칠간이나 어지럽고 멍하던 머릿속이 거짓말같이 말끔하게 씻기는 느낌을 받았다. 정확하게 털어놓아 그건 다름 아닌 긴장감이었다. 원채 표정이 여간 심각하지 않았다. 그들이 올라앉은 흰 바위만큼이나 굳고 딱딱한 얼굴이었다.

"인자 으뱅이 활동을 시작할 때가 왔는가베예?"

원채의 깊고 긴 침묵이 두려워 얼이가 먼저 말을 꺼냈다. 물살이 흰 바위 밑동을 때리고 물러갔다. 때린 것은 분명히 물인데 오히려 퍼렇게 멍이 든 것도 물 같았다. 얻어맞은 바위는 맞은 만큼 매끈한 얼굴이었다. 강바람이 마치 활시위를 떠나는 활 같은 소리를 내었다.

'씨~잉.'

정월을 코앞에 둔 강가는 오슬오슬 춥고 대단히 을씨년스러웠다. 강물은 괜찮겠지. 괜찮을 것이다. 얼음이 얼면 따스한 이불을 덮은 것같이 얼음장 아래 모여 정답게 도란도란 이야기를 나누는 게 강물이었다. 나루터집 식구들처럼.

"시상이 돌삐알매이로(돌비탈처럼) 하도 험하다 보이…….."

이윽고 핏기가 없어 약간 거칠어 보이는 원채 입술에서는 오랫동안 뇌옥에 감금되어 있다가 얼마 전에 풀려나온 재영 이야기부터 나왔다.

"준서 아부지맹캐 억울하거로 당한 사람이 천지삐까리제."

저쪽 앙상한 겨울 나무숲을 바람이 흔들고 있었다. 그 광경은 속수무책으로 당하고 있는 나약하고 헐벗은 백성을 떠올리게 했다.

"쥑이도 그냥 곱게 쥑일 늠들이 아입니더."

그런 말과 함께 얼이 얼굴이 붉어지는 것을 보며 원채는 위로하듯 이렇게 말했다.

"그래도 나루터집은 돈이 있어갖고 무사히 풀려나왔지만도, 돈이 없어서 몬 갖다 바친 사람들은 운제 가막소에서 나올지 모리는 기라."

얼이는 급기야 주먹으로 그들이 앉아 있는 애꿎은 흰 바위를 세게 내리쳤다. 평상시에는 비록 생명이 없어도 정겨운 벗처럼 생각하고 있는 바위였다.

"왜눔들이 우리 잡아무울 끼라꼬 눈깔이 빨개 있는데, 관리라쿠는 것들이 백성들 등이나 쳐서 돈이나 울겨내고 있으이, 증말 생각하모 할수록 이러커나 행핀없는 나라에 태어난 기 에나 싫고 원통합니더, 아자씨."

강 건너편 물가의 노랗게 마른 억새 더미가 찬바람에 이리저리 몸을 뒤치고 있는 게 보였다.

"자네 암만 화가 난다 쿠더라도 그런 소리를 하모 안 되네."

"그래도 성이 나는데 우짭니꺼?"

"싫고 원통해도 조선은 우리 조국이네. 할배 나라 말일세."

원채가 스승 권학처럼 타일렀지만 얼이는 폭발 직전이었다. 그의 목소리는 남강 위 허공을 날고 있는 왜가리 울음소리를 닮아 있었다.

"백성을 생각 안 하는 조국도 조국입니꺼? 할배 아이라 우 할배라 쿠더라도 지는 그냥 몬 봅니더."

왜가리뿐만 아니라 청둥오리도 많이 보였다. 그것들은 떼를 지어 날아오르기도 했는데, 얼이 눈에 그 날갯짓이 영 신통찮았다. 높고 멀리는 날지 못하고 기껏해야 작고 짧은 날개를 파닥거리며 조금 날다간 다시 강에 내려앉곤 하였다. 몸 빛깔은 참으로 곱고 아름다운데 물새라는 이름을 붙이기에는 좀 그랬다.

"자네, 시방부텀 내가 하는 이약 잘 들어두게나."

갑자기 원채 음성이 달라졌다. 남강 상평 쪽에서 일본군과 목숨을 걸고 싸울 때의 바로 그 목소리였다.

"단발령이 내리갖고 상투를 짤린 고을 백성들 원한과 분노가 하늘을 찌리고 있다는 거는 자네도 잘 알 끼거마."

얼이 눈이 자신도 모르게 원채 상투로 갔다. 손 서방 모친 상여 행렬을 따라가던 그날, 자칫했으면 가위를 든 포졸들에게 잡혀 뎅겅 잘려버렸을지도 모를 상투였다. 망건을 쓰고 동곳을 꽂아 맨 그의 모습은 참 멋이 있어 보이는데 말이다.

"우리 으뱅 지도부에서 젤 우려하는 기 있네."

언제부터인가 청둥오리들이 사라진 강에는 이제 전신이 검은 물닭들이 무리를 이루었다. 그것들이 물고기를 잡기 위해 잠수하면서 내는 소리는 믿어지지 않을 만큼 낮고 미약했다. 어쩌면 물고기들이 눈치채지 못하게 저러는 건지도 모른다고 판단하면서 얼이는 마음속으로 중얼거렸다.

'똑 왜눔들 겉다.'

원채는 심한 갈증에 시달리는 사람이 냉수 들이켜듯 찬 강바람을 크게 들이마시고 나서 말을 계속했다.

"요분에도 임술년 농민항쟁 때나 동학농민군 봉기 때매이로, 성을 점령하고서도 또 으빵부대가 무너지지 않을까 하는 그 점이거마는."

얼이는 무어라고 하려다 그만두었다. 솔직히 원채가 지나치게 비관적으로 흐르는 게 싫었다. 당할 땐 당하더라도 왜 지레 겁부터 집어먹고 몸을 사리는가 말이다. 그렇게 해서는 될 일이 하나도 없을 것이라는 게 얼이의 평소 지론이었다.

"으빵 지도부가 말입니더."

얼이는 그가 잘하는 씨름 재주의 하나인 상투잡이를 할 때처럼 손아귀에 힘을 주며 자기 생각을 분명하게 밝혔다. 샅바를 쥐지 않은 손으로 상대편 뒤통수의 한복판인 꼭뒤를 짚어 누르며 넘어뜨리는 그 기술에는 당할 자가 없었다. 택견이 아니고 씨름으로 대결한다면 원채도 못 이길 얼이였다. 아버지 천필구의 뛰어난 골격과 기운을 그대로 이어받은 얼이는 천성적으로 '통뼈'였다.

"그런 거를 다 감안하고 있은께, 요분만큼은 안 괘안을까예?"

묻는다기보다 강요에 가까운 얼이 말에 원채는 반신반의하는 빛이었다.

"그러까?"

"하모예."

어디를 다녀온 걸까, 잠시 보이지 않던 청둥오리들이 다시 모습을 드러냈다. 몸빛이 알록달록한 청둥오리들이 강 위에 죽죽 줄을 그으며 헤엄쳐 다니기 시작했다. 그것들이 하늘을 날거나 물에서 몰려다닐 때는 농부가 논두렁이나 밭두렁 가는 모습을 연상케 했다.

"문제는, 으뱅이 두 개의 조직으로 연합한 거라는 사실이네."

한동안 망설이다가 결국 지난번에 해주었던 그 소리를 원채는 지금도 되풀이하고 있었다. 그만큼 그게 심각하다는 의미일 것이다. 두 개 조직으로 연합한 의병…….

"지는 문제가 아일 수도 있다고 봅니더."

한 집에 늙은이가 둘이면 서로 상대가 먼저 죽기를 원한다는 엉터리 같은 소리도 있지만, 그래도 저 간악한 왜놈들을 상대로 싸우려는 이들이 그런 사사로운 감정에 사로잡힌다는 건 도대체가 말도 안 된다는 게, 아직 젊은 얼이의 순수한 바람이요, 산이라도 무너뜨릴 강한 자신감에 찬 판단이었다.

"암만 서로 그리싸도 관군이나 일본군보담은 상구 안 가찹것심니꺼? 피는 물보담 진하다 쿠는데 말입니더."

얼이 낯이 피가 모이듯 붉었다. 얼이 말을 되뇌는 원채 음성도 붉었다.

"피, 피라."

몸집이 엄청 큰 재두루미 한 마리가 새득새득 마른 회갈색 수초가 있는 물가로 날아와 앉더니, 청둥오리와 물닭이 노니는 것을 가만히 지켜보기 시작했다. 거대한 날개를 활짝 펼치며 날고 있을 때는 무척 우아해 보였는데, 날개를 접고 웅크린 자세로 있으면 약간 흉물스러워 보였다.

"일단 지 생각은 그렇심니더. 다린 사람들은 우떨랑가 모리것지만도예."

원채는 더 말이 없다. 얼이는 어떤 보이지 않는 손이 숨통을 세게 틀어막아 버리는 기분이었다. 공격하는 말보다 침묵이 더 사람을 힘들게 몰아붙인다는 걸 새삼스레 깨달았다.

"……."

겨울 강은 조용하다 못 해 삭막하기까지 하다. 그런 속에 간간이 들리는 겨울 철새 울음소리만 사람 심경을 더할 수 없이 허허롭게 이끈다. 얼어붙은 강 언저리에서 얼음장 깨지는 소리가 크게 난다. 얼이 가슴도 천 갈래 만 갈래 조각나는 듯하다.

그래, 그렇구나. 물이 많은 곳은 얼지 않는데, 물이 적은 곳은 어는구나. 결국, 사람이나 자연이나 떼거리가 없으면 당한다. 저 재두루미도 청둥오리나 물닭의 많은 숫자 때문에 그냥 가만히 있지 만약 한 마리만 있으면 공격을 할지도 모를 일이다.

문득, 얼이가 흰 바위에서 벌떡 몸을 일으켰다. 활활 타오르는 불 밭에 선 사람이 거기 있었다. 하도 갑작스러운 그 행동에 원채는 적잖게 놀랐다.

"아, 얼이 총각?"

얼이 두 눈은 불타듯이 마구 이글거렸다. 얼어붙은 남강을 단숨에 다 녹여버릴 것 같은 뜨거운 기운이었다. 그는 마치 신부 앞에 고해성사하는 천주학 신자처럼 말하기 시작했다. 그것은 대범한 원채마저도 머리털이 쭈뼛이 곤두서고 가슴이 서늘해질 무서운 고백이 아닐 수 없었다.

"얼이는 살인잡니더. 사람을 쥑인 놈입니더."

그 소리는 황량한 겨울 강가에 나이테처럼 퍼져 나갔다. 홀연 바람도 숨을 죽이는 것 같았다. 햇볕조차 약해지는 듯했다.

"넘을 쥑인 놈이 지는 살 끼라꼬, 거다가 여자꺼지 가지볼 끼라꼬, 버둥거리쌌는 꼬라지가 우습다 아입니꺼."

얼이가 웃기 시작했다. 얼굴 근육을 있는 대로 일그러뜨려 가며 웃었다. 원채는 앉은 자리에서 조용히 입을 열었다.

"자네가 그리 나오이 내도 말을 해야 할 거 겉네. 내는 자네하고는 비교도 할 수 없을 만치 사람들을 마이 쥑잇제."

조금 전부터 재두루미와 물닭들은 모습을 감추고 지금 강에는 몸 전체적으로 보자면 갈색에 가까운 청둥오리들만 부유하고 있었다. 수면에는 논이랑과 밭이랑이 일구어졌다가 지워졌다가 하였다.

"내 손에 죽은 원혼들이 저승에 몬 가고 영원히 이승을 떠돌고 있을 끼라는 거를 상상만 해도……."

원채 말에 얼이는 산발 머리가 될 정도로 세차게 고개를 흔들며 비감하기 그지없는 목소리로 말했다.

"원채 아자씨하고 지하고는 그 근본부텀 다립니더."

원채는 여전히 담담한 어조로 나왔다.

"사람 목심을 빼앗은 거는 똑겉네. 원인이야 우쨌든 내가 쥑인 사람들은 이 시상에 있지 몬하제."

날쌔기로는 따를 새가 없는 물총새 네댓 마리가 눈 깜짝할 사이에 하류 쪽으로 날아가더니 이내 시야에서 멀어졌다.

"아자씨는 정정당당하거로 싸우다가 그리하신 깁니더."

얼이 말에 원채는 픽 웃음을 터뜨리더니 자조하듯 했다.

"정정당당하거로 싸우다가, 그리 말했나, 시방?"

얼이는 자못 정색한 얼굴로 말했다.

"예, 맞심니더."

물살은 간헐적으로 흰 바위에 부딪히고 흩어졌다.

"정정당당이라."

하지만 그러는 순간에 원채의 흰 이빨들이 전부 드러나는 것은 웃음

때문인지 입을 악다무는 탓인지 알 수 없었다. 뒤이어 나오는 말도 얼이로서는 납득하기 어려웠다.

"사람들은 정정당당이라쿠는 그 거룩하고도 위대한 말 뒤에 숨어갖고, 오만 가지 부당한 짓거리들을 스스럼없이 자행하제."

"아입니더, 아자씨!"

얼이 음성이 그때 느닷없이 거세어지는 강바람만큼이나 격해졌다.

"누가 오만 가지 소리 다 늘어놔도 아자씨가 하신 그 싸움은, 조국과 민족을 위한 거룩하고도 위대한 일이었지예."

그 말이 끝나기 무섭게 원채 입에서 비수처럼 튀어나오는 소리였다.

"조국? 민족?"

"예."

둘은 공격과 수비하듯 했다.

"거룩? 위대?"

"예."

원채 눈이 야릇하게 번득였다. 서로 친하게 지내는 사이니까 그렇지, 만약 그렇지 않은 다른 사람이 봤다면 소름이 끼칠 눈빛이었다. 그 눈빛이야말로 사람을 죽인 자에게만 있을 수 있는 섬뜩한 기운인지도 모른다.

"하지만도 지는 사랑에만 눈이 멀어갖고 저지른 짓입니더."

주먹으로 제 눈을 콱 쥐어박을 듯이 하면서 얼이가 말했다. 그러자 이번에는 원채 눈에 벌건 핏발이 섰다. 사람 눈이 아니라 맹수 눈 같았다. 그의 입에서 나오는 말에도 피가 묻어 있는 듯했다.

"조국과 민족에만 눈이 멀어서 저지른 짓이었다모?"

"……."

지금 그들이 올라앉아 있는 흰 바위가 천 길 높이 낭떠러지보다도 더

아슬아슬하게 느껴지면서 얼이는 엄청난 현기증에 시달렸다. 그런데 원채는 말을 멈추지 않았다.

"거룩하고도 위대한 일에만 눈이 멀어서 저지른 짓이었다모?"

끝내 얼이 눈에도 작두날을 방불케 하는 시퍼런 날이 섰다.

"아자씨! 와 자꾸 사람을 헷갈리거로 맨듭니꺼? 비참하거로 합니꺼?"

원채는 백치 같은 표정을 지으며 곱씹었다.

"헷갈린다? 비참하다?"

상류에서 떠내려온 낙엽 더미가 강변 모래밭에 묻힌 듯 약간 드러나 있는 게 아까 본 그 재두루미처럼 흉물스러워 보였다.

"안 그라모예?"

"하하, 하하하."

이번에는 원채가 웃기 시작했다. 얼이는 또다시 실감했다. 울음보다도 웃음이 더 사람을 힘들고 암담하게 만들 수도 있다. 그렇다면 세상은 인간이 막연히 짐작하고 있는 것보다 훨씬 불가사의한 곳이다.

"에잇! 에잇!"

얼이는 주먹으로 제 복장을 꽝꽝 치며 오장육부가 뒤틀리는 소리로 말했다.

"그날 밤 아모리 급해도 그 강한 몽디이로 최종완이 그자 머리를 그리키나 세게 내리치는 기 아이었는데……."

"너모 그리 자조하지 마라꼬."

"이거는 자조가 아입니더!"

그러자 학동들에게 한자를 풀이해 보이는 서당 훈장처럼 말하는 원채였다.

"그라모 자조自嘲가 아이고 자조慈鳥가? 와 알제? 새, 자조……."

강물의 흐름이 또 역류하고 있는 것처럼 보인다. 벌써 몇 번을 그렇게 하고 있다.

"까마구는 새끼가 자라모 늙어서 몬 움직이는 부모한테 먹이를 날라 멕이는 인자한 새다. 바로 그런 으미에서 붙인…….."

얼이는 더 이상 고집을 부리지 못했다. 효조孝鳥, 또는 반포조反哺鳥 라고 잘 알려져 있는 까마귀에 관한 말을 꺼내는 그의 의도를 모르지 않기 때문이었다. 남편을 비명에 보내고 외동아들을 혼자서 키워낸 어머니를 생각해서라도 그러면 안 된다는 우회적인 타이름이었다. 얼이는 속으로 자신을 나무라고 타일렀다.

'니가 다린 사람이모 몰라도 원채 아자씨한테 이리하모 안 되는 기다.'

목사 명을 거스르고 교방에서 탈주한 관기 출신 효원의 은신처를 마련해주고, 또한 최종완의 사체를 아무도 모르는 곳으로 옮겨놓은 원채였다. 그 무섭고 위험천만한 행위는 얼이 자신과 효원 두 사람을 진정으로 위하는 마음이 없었다면 쉽게 할 수 없는 것이었다.

"얼이 자네 아인 우떤 다린 사내라도 그리했을 끼라고 보네."

다시 돌아오고 있는지 하류 쪽에서 희미하게 들려오는 물총새 울음소리에 섞여 나온 원채 말이었다. 얼이는 겨울 강처럼 얼어붙은 눈동자로 원채를 바라보았다. 원채는 평심平心을 되찾은 듯 심상한 어투로 말을 이었다.

"내라도 안 그랬으까이?"

노란빛이 섞인 갈색 풀만 붙어 있는 저쪽 강언덕 위로 회오리바람이 일기 시작했다. 확실히 그 바람은 얼이가 어릴 때 살았던 산마을의 바람과는 달라 보였다. 그런데 원채는 비슷한 의미의 말을 계속하는 품이 얼이 마음을 다독거려주려는 의중이 엿보였다.

"부처라 캐도 똑같을 끼라."

겨울 강바람 끝에는 농민군 무기 같은 매서움이 묻어났다. 원채가 문득 손가락으로 강을 가리켰다.

"아, 저것 좀 봐라끼!"

청둥오리들만 독점하고 있던 강에, 아까 그 재두루미보다도 훨씬 더 큰 재두루미 한 마리와 이 땅에 흔한 여름새이지만 번식이 끝난 일부 무리는 중남부 지방에서 겨울을 난다는 하얀 왜가리 몇 마리가 나타났다.

"최종완이 그놈은 왜눔들하고 가리방상한 눔이었제."

원채 목소리는 오광대패나 택견 수련자보다도 군인의 그것에 더 근접해 있었다.

"백 분 죽어, 백 분이 머꼬? 천 분 만 분 죽어 마땅했네."

재두루미가 그 거대한 날개를 활짝 펼치자 넓은 강이 온통 그놈 몸뚱어리에 덮여 잿빛으로 변해버리는 것처럼 보였다. 얼핏 저쪽 강언덕이 거기 물 위에 비친 게 아닌가 하는 착각이 들 정도였다.

왜가리들이 '웩, 웨~액' 하고 몹시 기분 나쁜 울음소리를 흘리기 시작했다. 그것은 사람 심경을 너무나 불편하게 만들었다. 하지만 같은 조류라 그런지 재두루미나 청둥오리들은 전혀 아무렇지도 않은 반응을 보이는 듯했다.

"아자씨가 하신 말씀을 지는 아즉도 생생히 기억합니더."

얼이 목소리는 거의 넋두리나 자포자기에 가깝게 들렸다.

"최종완에게 사죄하는 길은 효원이하고 지가 남은 팽생 오광대패가 돼서 살아가는 기라고 하싯지예."

원채는 또 말이 없다. 대신 그도 얼이처럼 일어섰다. 그리고는 강 위에 알록달록한 무늬를 그려놓은 것 같은 청둥오리 무리를 한참 동안 무연히 바라보았다. 그것들은 갑자기 날아든 덩치 큰 재두루미와 왜가리들에게 압도당한 듯 잔뜩 몸을 옹크린 채 통 움직이려 하지 않고 있었다.

"이 보게나, 얼이 총각."

원채가 입을 열지 않기에 얼이 또한 침묵을 지키고 있는데, 잠시 후에 원채 입술이 천년을 닫혔던 돌문이 열리듯 무겁게 열렸다.

"효원 처녀를 향한 자네 사랑에는 하늘도 감복하실 거라네. 말 그대로 지고지순한 사랑 아인가베."

곧이어 그는 후렴같이 덧붙였다.

"효원 처녀도 자넬 자기 목심맹캐 생각하고 있제."

얼이는 흰 바위가 남강 물속으로 풍덩 가라앉을 만큼 한숨을 폭 내쉬었다. 그러고는 전쟁터에서 적군에게 항복하는 병사처럼 말했다.

"해랑이 그 여자가, 효원이하고 지가 사귀지 몬하거로 한 이유를 인자 알것심니더."

바로 그 순간이었다. 별안간 원채 목소리에 강한 분노가 서렸다. 그는 날카로운 칼로 내리치거나 뾰족한 창으로 찌르듯이 했다.

"그 여자 이약은 하지 마라꼬."

"예? 예."

얼이는 그에게서 농사꾼이나 오광대패가 아니라 미군이나 일본군과 싸우는 조선 군인의 모습을 만났다. 어쩌면 그게 그의 진짜 모습인지도 모른다.

"그 여잔 독버섯 겉은 여자야."

그렇게 단언하고 나서 원채는 강 위로 침을 뱉었다. 입속에 괸 독을 밖으로 내뿜는 것 같았다.

"색깔은 고와도 다린 생맹을 해치는 몬된 버섯이거마."

"……."

모래톱 위를 쓸고 가는 강바람은 그 속살이 훤히 드러나 보일 만큼 투명해 보였다.

"사람들, 특히나 사내들은 여자 생긴 거 하나만 보고…….."

원채는 뒷말은 스스로 삼켜버렸다.

"그래도 효원이는…….."

얼이는 목이 빠지게 고개를 흔들었다. 해랑은 그럴지 몰라도 효원은 아니다. 고운 색깔이면서도 다른 생명을 해치지 않는 꽃이다.

"그 여자가 백야시매이로 살살 꼬랑대이를 쳐서 동업직물이 갈수록 번창하고 있는 거를 생각하모 피가 꺼꿀로 흐르는 거 겉네."

원채는 죽창과 조총을 잡았던 손을 갈고리처럼 만들어 보이며 이빨을 가는 소리로 말을 이었다.

"내 이 두 손으로 그 여자 모가지를 꽉 졸라 쥑이고 싶은 멤인 기라."

얼이는 그런 돌발적이고 섬뜩한 행동을 지어 보이는 원채에게 또다시 어쩔 도리 없이 애꿎은 짐승 모가지와 꽃대를 마구 비틀어대던 어린 시절의 자기 모습을 발견하였다.

"원채 아자씨만 그런 기 아입니더."

얼이 얼굴 가득 바위와 강물까지도 갈라버릴 매서운 살기가 뻗쳤다.

"민치목이하고 그 자슥새끼 맹쭐이가 눈깔 시퍼렇기 뜨고 살아 있는 거 보모, 지도 고마 미치고 팔짝 뛸 거 겉심니더."

원채 입에서 느닷없이 엉뚱한 사람 이야기가 나왔다.

"참, 요새 비어사 진무 스님은 속세에는 도통 안 나오시는 긴가?"

얼이 눈에 강가 모래밭으로 밀려 나와 있는 물기 젖은 낙엽 몇 장이 들어왔다. '바스락' 하고 마른 나뭇잎 소리가 날 것처럼 버쩍 마른 몸매의 진무 스님이었다.

"왜눔들을 물리칠 으뱅 지도자로 나서실라는 서기재 스님을 볼 적마다…….."

원채는 뭔가 아쉬움이 묻어나는 낯빛이었다.

"내는 진무 스님 생각이 난다 아인가베."

잠자코 듣고 있던 얼이 입에서도 다른 이름이 나왔다.

"그라고 본께, 달보 영감님 몬 뵌 지도 한거석 됐심더."

"울 아부지?"

원채는 방심하고 있다가 허를 찔린 사람 같아 보였다. 어쩌면 그는 의도적으로 노부모를 의식에서 멀리하려고 하는 건지도 모른다. 그들을 떠올리면 너무나 아픈 마음이기에 그럴 것이다.

"지 생맹의 은인이신데, 자조 찾아가 뵙지도 몬하고, 사람 도리가 영 아입니더."

진심으로 하는 얼이 말에 원채는 아니라고 했다.

"그 무신?"

그때까지 유유히 날고 있던 물새들이 별안간 약속이나 한 듯이 한꺼번에 물고기 사냥을 시작했다. 드디어 평화와 화해는 사라지고 죽이려는 것들과 살아남으려는 것들의 무섭고도 처절한 투쟁이 벌어지고 있었다.

"자네 근황은 내가 종종 전해드리거마는."

"예."

얼이는 툭 불거진 달보 영감 혹 위로 날아가던 물새 모습이 되살아났다. 어쩌면 달보 영감은 사막이 아니라 강에서 살아가는 낙타 같은 사람이었다. 위胃에 물을 저장할 수 있다는 낙타처럼, 몸뿐만 아니라 마음에도 강물을 저장하고 살아가는 뱃사공이었다.

"아부지가 자넬 상구 자랑시럽거로 여기시더마는."

달보 영감에게 얼이의 이즈음 형편을 전해주는 게 아니라, 오히려 얼이에게 달보 영감의 근래 사정을 전해주는 것 같은 원채였다. 조부도 외조부도 없는 얼이는 꼽추 영감에 대한 그의 진심을 털어놓고 있었다.

"지는 달보 영감님이 에나 좋고 자랑시럽거마예."

곧잘 나룻배를 태워주곤 하던 달보 영감이었다. 농사꾼 출신인 아버지 천필구의 종교가 땅이었다면, 달보 영감 그것은 강이었다는 생각이 새삼 얼이 가슴을 후려쳤다. 세상에서 '집착' 만큼 슬프고 아름다운 게 다시 있을까?

"그라고 원채 아자씨한테 비하모, 지는 아모것도 아이지예."

그것은 조금도 가식으로 하는 소리가 아니었다. 상평 강가에서 일본군과 전투를 벌일 때의 일만 되살리면, 얼이는 원채 앞에서 언제나 초라하고 작아지는 존재였다. 총알도 눈이 달린 듯 비껴갈 것 같았던 그 날의 원채였다.

"자네, 이 시간 이후로 그런 소리는 입에 올리지도 마라꼬."

원채 음성이 단호했다. 지금 같은 때 보면 그는 완전히 달보 영감 분신이었다.

"내는 확신하고 있다네."

한동안 잠자는 듯 죽은 듯 꼼짝달싹도 하지 않고 있던 청둥오리들이 또다시 천천히 움직이면서 새롭게 만들어 내는 물살이, 이번에는 그의 어머니 언청이 할멈 얼굴을 방불케 했다. 세로로 갈라진 입술. 꼽추 영감은 자기 아내 몸에서 그 부위를 가장 좋아한다고 말하지만, 다른 사람들 보기에는 어쩔 수 없이 흉한 인상일 수밖에 없을 것이다. 천형天刑이라고밖에는 이름 붙일 수 없다.

얼이는 평소 꼭 한번 해보고 싶은 게 있었다. 종이광대를 만드는 거였다. 얼굴을 가리고 눈과 코만 내놓게 구멍을 낸 종이다. 그것을 가지고 준서 얼굴에 나 있는 곰보딱지를 감춰버리면 어떨까 하는 거였다. 하지만 그걸 포기한 건 종이광대라는 것이 본디 죄인의 얼굴을 가리기 위한 목적으로 만들어진 것임을 알기 때문이었다. 준서를 죄인인 것처럼 보이게 할 수는 없다.

"장차 얼이 자넨 누보담도 대업大業을 이뤄낼 사람이라고 믿고 있제."

원채 목소리가 바람에 실려 강 건너편 산등성에 있는 그의 오두막집으로 날아가는 게 보이는 듯했다. 얼이는 예언자처럼 말했다.

"준서가 그런 일을 해내는 큰사람이 될 깁니더."

"준서?"

"예."

"준서가?"

"예."

원채는 아주 뜻밖이란 표정이 되었다. 얼이는 그런 그에게서 이런 말을 읽었다. 빡보가 무슨 큰사람?

"동문수학하는 학동들 중에서 최고로 머리가 좋거든예."

얼이는 주먹으로 제 머리통을 '탁' 쳐 보이고 나서 말을 계속했다.

"스승님도 장 그런 말씀을 하시고예."

그러면서 바라본 저쪽 산등성 위로 장막처럼 쫙 펼쳐져 있는 하늘은 갈맷빛이었다. 그 짙은 초록빛이 눈을 휘어잡았다.

문득, 원아 이모 딸 록주가 떠올랐다. '초록구슬'이란 뜻의 이름을 가진 여자아이다.

"얼골만 그리 안 됐어도……."

원채 그 말이 얼이 귀에는 이렇게 들렸다.

'울 아부지가 등만 그리 안 되고, 울 어머이가 입만 그리 안 됐어도…….'

준서 생각을 하니 원채는 무척 마음이 아픈 모양이었다. 그는 미군 포로 생활로 되돌아간 사람처럼 기운이 하나도 없어 보였다. 그런 그가 조선의 전통무예인 저 택견의 고수라고 믿을 사람도 아무도 없을 터였다.

"비화 그분 멤이 우떠실꼬?"

원채의 비감 서린 그 말을 들은 얼이는 얼버무리는 투로 말했다.

"그, 그거는."

얼이는 동정심을 보이는 원채 이야기가 괜히 싫었다. 나와 가장 가까운 사람이 가엾게 평가받아야 한다는 사실 자체가 큰 거부감을 불러일으켰다. 물론 원채도 마음의 잣대에 비추어 결코 멀다고 할 수 있는 사람이 아니었다. 얼이는 은근히 반대 의사를 드러내었다.

"준서가 영리해서……."

그러자 원채는 말의 순서를 바꾸어 말했다.

"영리해서 준서가……."

잠시 후 얼이 입에서는 이런 소리가 나왔다.

"또 그라고예, 원아 이모하고 안 화공 이모부 사이에 태어난 록주가 있어갖고예, 그래도 보통 다행한 일이 아입니더."

원채가 관심 있는 눈빛을 지어 보였다.

"그 집 딸내미 이름이 록준가베?"

"예, 안록주."

하늘에는 구름이 생겼다가 없어졌다 하였고, 강에는 물결이 일었다가 스러졌다가 하고 있었다.

"록주, 록주, 록주, 록주……."

그렇게 네댓 번이나 되뇌어 보던 원채는 문득 궁금해하는 얼굴이 되었다.

"좋은 이름 걸거마는. 누가 지이준 긴고?"

얼이는 자랑스럽게 대답했다.

"준서 외할아부지가 지이주싯다 아입니꺼."

"아, 그 김호한 장군?"

원채가 감개무량한 목소리로 말했다.

"그분 높은 맹성이사 하매 들었제. 에나 대단한 장군이었다, 글 쿠데."

명성이 높은 대단한 장군이란 말에 얼이는 아주 흥분한 얼굴이 되었다. 그래 석 삼월 전 꿈 이야기 끄집어내듯이 하였다.

"배봉이 점벡이 자슥들 말입니더. 고것들 둘이를예, 김 장군 혼자서 단숨에 제압했다 안 쿱니꺼?"

원채도 그제야 기억이 나는지 이렇게 말했다.

"그라고 본께, 내도 예전에 그런 소문을 얼핏 들었던 거 겉거마는. 에나 구신 겉은 솜씨 아인가베. 점벡이 행재라모 온 천하가 알아주는 개망나니들인데……."

그 소리 끝에 원채는 또 한 번 감탄의 말을 아끼지 않았다.

"김호한 장군은 문무를 갬비한 분인 거로 알고 있네."

강언덕에 일던 회오리바람은 씻은 듯이 사라지고 나무들은 마치 수행자修行者가 된 것처럼 아무런 움직임도 없었다.

"그런께 모도 그분을 다리거로 보는 기지예."

원채는 잠깐 상념에 잠기는 모습이다가 물었다.

"록주라. 준서가 그 록주를 우찌한다꼬?"

"준서가 친동상맨치로 좋아한다 아입니꺼?"

얼이 말을 듣고 있던 원채가 아쉬움이 어린 소리로 말했다.

"아, 준서 밑에는 친동상이 없제."

얼이는 퍼뜩 떠오르는 게 있었다.

"참, 원채 아자씨는 행재분들이 에나 쌔삣담서예?"

원채는 맏이로서 동생들을 걱정하는 빛이 역력해 보였다.

"그렇거마는."

얼이는 크게 잘살지는 못해도 동생들이 많은 그가 부러워졌다. 모두가 객지에 나가 고만고만하게 산다고 들었지만, 형제가 많다는 건 그 자체만으로도 얼마나 좋은 일인가 말이다. 얼이 입에서는 이런 소리가 나왔다.

"친동상은 아이지만도예, 에린 록주도 우리 나루터집 식구들 중에서예, 준서를 젤 마이 따리고 좋아하고예."

원채는 잠시 어디론가 사라졌다가 다시 강 위에 나타난 재두루미를 응시하였다.

"준서한테 좋은 동상이 하나 생깃거마는. 축복할 일 아인가베."

재두루미는 한 마리가 아니라 두 마리였다. 그것들도 패거리가 아쉬웠던 것일까? 둘이 부부인지 형제인지 아니면 아무런 관계도 없는 사이인지는 알 수 없지만, 그래도 혼자 외로워 보이는 것보다는 한결 나았다.

"하모예. 지도 마찬가지고예. 또오……."

그러던 얼이가 갑자기 말을 멈추더니 두 눈을 크게 떴다. 저쪽 멀리 모래밭에 먼지를 일으키며 이리로 헐레벌떡 달려오고 있는 사람이 있었다. 그 뜻밖의 상황을 맞은 얼이 입에서 약간 놀라는 소리가 나왔다.

"어?"

혁노였다. 뒤미처 혁노를 발견한 원채가 감회 서린 눅눅한 목소리로 희망과 기대를 얘기하듯 했다.

"운젠가 자네가 저 친구 신상에 대해 내한테 말해줌시로 핸 이약맹캐, 저 친구도 자기 선친한테 안 떨어지는 천주학 신자가 될 끼거마는."

얼이는 원채에게 혁노에 관해 모두 들려주었었다. 원채는 경악하면서도 미력하나마 도울 일이 있으면 같이 돕겠다고 했었다.

"예, 대단한 친굽니더. 앞으로 우리 고을 천주학 전도에 누보담도 맨 앞장을 설 사람이 안 되것심니꺼."

얼이 말에 원채는 한층 꿈꾸는 얼굴이 되었다.

"그날 성으로 진군하는 농민군 속에서 성갱책을 손에 들고 있던 모습이 시방꺼지도 눈에 서언하다 아인가베."

그 성경책. 지금도 가끔씩 꿈에 그것을 보곤 하는 얼이가 울먹거리기 시작했다.

"전창무 그분하고 울 아부지하고 똑겉다 아입니꺼."

원채는 마음 아픈 이야기는 더 하지 말라고 만류했다.

"허, 자네 안 답거로 와 그라노?"

하지만 감정의 수위를 넘은 얼이는 끝내 눈물을 보였다.

"머리 없는……."

무두묘는 결코 전설이나 설화가 아니었다. 하지만 세월이 흐르고 또 흘러서 그날의 사건들이 사람들 머릿속에서 희미해지면 그것은 사실이 아닌 것으로 치부될 수도 있는 것이다. 역사의 뒤꼍에서 실체는 없고 그림자만 어른거리는 꾸며낸 이야기로 전락하지 않는다는 보장도 없다.

"자네 또 그런 소릴?"

그러나 원채 말은 거기서 끊어져야 했다. 혁노가 가까이 다가오며 소리쳤던 것이다.

"원채 아자씨, 반갑심니더! 얼이 새이도 잘 있었나?"

"어, 성갱책은 오데다가 놔놓고 빈손인공?"

원채는 얼른 달려가서 남의 얼굴을 들여다보는 미치광이 행세를 하던 때의 혁노 모습을 되살리면서 농담하듯 그런 말을 던졌다. 실제로 혁노 하면 성경책부터 떠오르고, 게다가 한창 피 끓는 젊은이들과 어울리니 저절로 기운도 솟았다. 역시 젊음은 천금과도 바꿀 수 없는 소중하고 좋은 것이다.

"갈수록 혁노 총각 얼골이 훤언해지네?"

원채 말에, 그러잖아도 그들을 발견하자 반갑다고 급하게 달려온 탓에 상기된 혁노 얼굴이 한층 붉어졌다.

"해나 좋아하는 여자가 생긴 기가?"

이제 원채는 농담 반 진담 반으로 물었다. 그럴 나이가 돼가기도 하였다. 아이가 성장하는 것에 비하면 어른은 늙는다고 할 수 없다는 말이 맞았다.

흰 바위로 올라온 혁노는 희고 가지런한 이빨을 드러내고 씩 웃으며 말했다.

"우리 얼이 새이가 죽고 몬 사는 효원 처녀 겉은 그런 여자가 오데 있으모 한 사람 소개시키주이소, 아자씨."

그 말에 얼이 표정이 달라지는 것을 본 원채는 일부러 장난기 있는 웃음을 크게 터뜨렸다. 그러고는 자기보다 어린 사람들 앞에서 주책이다 싶게 말했다.

"그런 여자 있으모 내 꺼 하지, 와 넘 줄 끼고?"

혁노도 지지 않았다. 얼이보다는 못해도 원채에게 끈끈한 정을 품고 있는 그였다.

"아자씨도 참. 사람이 오데 물건입니꺼? 내 꺼 하거로."

원채는 그만 한방 크게 맞았다는 표정이었다.

"그거는 맞다. 하하."

"넘 준다 캐도 안 되지예."

"알것다, 알것어. 역시나 하느님 믿는 사람은 머시 달라도 다린 기라."

"그래야 당연한 거 아입니꺼?"

한동안 무슨 말 없이 두 사람 대화를 듣고만 있던 얼이가, 갑자기 강인해 보이는 턱으로 발아래 흰 바위를 가리키며 엉뚱한 소리를 꺼냈다.

"이 흰 바구를 우리 비밀 본부로 하모 우떻것노, 혁노야."

"비밀 본부?"

"하모."

"이 흰 바구를?"

혁노가 계속 물었고 원채도 무슨 소린가 싶은지 얼이 얼굴을 보았다. 얼이는 정이 뚝뚝 묻어나는 음성으로 말했다.

"여 오모 싹 다 만낸께네."

혁노가 흰 바위에서 내려갈 것처럼 하며 말했다.

"그라모 준서도 불러오까?"

얼이는 아까보다 더 많이 날아들고 있는 왜가리 무리를 보면서 말했다.

"준서는 안 올 끼다."

혁노는 원채를 한번 보고 나서 물었다.

"와? 우째서?"

대뜸 하는 얼이 말이었다.

"록주한테 폭 빠지서."

왜가리들이 한꺼번에 소리를 내기 시작했다. 서로 구애라도 하는지 모르겠다.

"록주한테?"

혁노가 입가에 웃음을 깨물었다. 얼이는 질투라도 하는 사람처럼 시무룩한 얼굴로 말했다.

"하모."

혁노는 부러운 것같이 해 보였다.

"준서가 록주하고 연애하는갑네?"

얼이는 미루나무가 열병식 하듯 늘어서 있는 강변 쪽으로 눈길을 돌렸다.

"말이 되는 소리나 좀 해라. 하기사 그리라도 해서 지 얼골 좀 잊아쀠모…….."

혁노도 얼이 말을 받아 나직하게 되뇌었다.

"얼골."

저쪽 강 언덕에 서 있는 오래된 팽나무 둥치가 얼금뱅이처럼 보이는 순간이었다. 그만 이야기가 이상한 방향으로 빠지려고 하자 원채가 서둘러 끼어들었다.

"내사 이 바구를 으뱅 본부로 했으모 좋것네."

"으뱅 본부예?"

아직은 아무것도 모르는 혁노가 멍한 낯빛으로 물었다.

"아자씨, 으뱅 본부가 머심니꺼?"

비밀 본부와 의병 본부. 그 둘은 조합이 잘 맞아 보였다. 의병 비밀 본부. 그런데 원채는 이렇게만 얘기해주었다.

"왜눔들이 이 땅에 더러븐 발목때기를 몬 붙이거로 안 있나."

그러자 혁노 얼굴에서 그때까지의 모든 장난기가 사라지고 더할 나위 없이 심각한 빛이 살아났다.

"으뱅들이 들고일어날 끼라는 소문은 쫙 퍼지 있데예."

"……."

얼이와 원채 몸이 동시에 움찔하며 큰 긴장감에 휩싸였다. 이곳저곳 쏘다니는 혁노는 보는 것도 듣는 것도 많았다. 그는 약간 찡그리는 눈으로 멀리 하류 쪽에 점점이 떠 있는 나룻배들을 바라보았다.

"왜눔 낭인들이 칼로 우리 국모를 시해해서 불로 태운 거하고, 조선인 상투를 모도 짜린 거하고, 그런 이약함시로예."

갑자기 바람이 더 기승을 부리기 시작하는 걸까? 넓고 하얀 모래밭 저 뒤쪽 무성한 대숲에서 '솨솨' 하는 소리가 들렸다. 그게 얼이 귀에는 여기를 의병 비밀 본부로 하라는 소리 같았다. 그러고 보니 보안상 빽빽한 대숲 속이 가장 좋을지도 몰랐다.

'아부지.'

얼이 뇌리에 흰 수건을 이마에 질끈 동여매고 푸른 죽창을 든 아버지 모습이 떠올랐다. 농민군 지도자 나광과 호남 동학군 도금모도 존경하는 아버지였다. 하지만 그 생각 끝에 얼이는 문득 치를 떨었다. 강에 뛰어 들어가 청둥오리들 모가지를 비틀어대고 싶은 충동 때문이었다. 이제는 깨끗이 잊은 버릇이라고 믿고 있었는데 아직도 그 기억이 남아 기습처럼 덤벼드는 것인가?

그러자 또다시 악몽같이 떠오르는 무서운 기억이 있다. 민치목이 소긍복을 살해하던 장면이다. 억수로 술이 취한 긍복을 그냥 가볍게 강으로 밀어 넣어 죽이던 살인마 치목이 금방이라도 강가에 그 거구를 드러낼 것만 같다. 정말로 귀신이 있다면 반드시 나타나서 자기를 죽인 자의 목숨을 거두려고 할 것이다.

그 자신도 맹쭐의 손에 의해 강물에 빠져 허우적거리다가 손 서방이 알려준 덕분에 달보 영감이 구해주던 일이며, 얼마 전에 그 맹쭐과 전신이 피투성이가 되어 서로 대판 싸우던 것이며……

그 살인마 부자는 영원히 죽지 않는 악귀의 영靈이 되어 얼이 자신을 질긴 칡뿌리처럼 휘감고 놓아줄 것 같지가 않았다. 얼이는 두 손으로 머리통을 감쌌다가 옆의 두 사람이 알아차리기 전에 얼른 손을 풀어 내리면서 생각했다.

'내가 아즉 올매 안 살아도, 와 이리 몬 잊아뿔 사건들이 째빗노?'

그러나 그 모든 어둔 기억들을 뒤로 밀치고 앞으로 나서는 진짜 무서운 기억이 있다. 최종완의 머리에서 터져 나온 시뻘건 핏물이 살해당한 증거물로 남아 있을지도 모를 방이다. 그 방에서 모든 것을 잊어버리려고 미친 듯이 효원과 벌이던…….

　문득, 이번 항일의병 활동을 다 끝내고 나면, 아니 왜놈들 총이나 칼에 맞아 죽지 않고 기적같이 살아남는다면, 원채 아저씨 권유처럼 효원과 둘이 오광대패에 들어가야 하지 않을까 하는 마음이 드는 얼이였다.

　물새들이 날개를 쫘악 펴자 활짝 펼친 성경책이나 불경처럼 비쳤다. 나도 야소교를 믿든지 불교를 믿든지 무슨 종교 하나는 믿어야 하지 않을까 생각하는 얼이 발밑에서는, 흰 바위에 계속 와서 부딪는 시퍼런 물살이 〈이 걸이 저 걸이 갓 걸이〉 노래를 떠올리게 하고 있었다.

# 석 달의 영광

정월 초여드렛날.

또 하나의 기적이다. 의병은 성을 점령했다. 어떻게 보면 너무나 싱겁게 일찍 끝난 전투였다. 조정은 빈껍데기였고, 관리는 썩어빠진 통나무였다.

조 관찰사는 일찌감치 어디론가 달아나 버렸으며, 얼이가 나루터집 손님들에게 들었던 관찰부 경무관 김세진도 도망쳤다. 조 관찰사가 수족처럼 부리던 김세진은, 나중에 알게 된 사실이지만, 재영을 잡아들이게 하는 데 일조한 자였다. 그 밖에도 형편없는 관리들은 제 목숨 하나 건지려고 앞다퉈 사라졌다.

물론 모두가 다 그런 건 아니었다. 작은 저항은 있었다. 순검과 주사 등 관원 10여 명은 마지막까지 저항하다가 의병들 손에 죽임을 당했다. 그들에 대한 평가는 훗날 역사가 내릴 것이다.

"두 사람이 일등공신인 기라."

그 거사에 가담한 모든 의병들이 전부 그러긴 했지만, 그중에서 얼이와 원채의 활약상이 단연 돋보였다.

"얼이 총각 싸우는 거 보고, 우리는 저 임술년의 천필구 그분이 도로 살아온 줄로 안 알았는가베?"

"하모, 하모요. 딸자슥 가진 사람이모, 누라도 사우 삼고 안 싶것소?"

본주 사람 정용한과 향교 장의 한완진이 특히 얼이를 좋아했다. 승려 서기재는 원채에게 큰 호감을 보였다.

"과연 전날에 미군과 싸웠던 역전의 용사답게 혼자서 열 사람 몫도 더 하더구먼. 참으로 대단한 맹활약이었소."

그러나 의병의 힘은 그 정도에서 그친 게 아니었다. 관군이 오합지졸이긴 했지만, 의병들 스스로가 놀랄 지경이었다. 노규응이 이끄는 의병 세력은 낫으로 잡초 베어 쓰러뜨리듯 거칠 것이 없었다.

—단성이 우리 손안에 들었소이다.

—하동을 무너뜨렸으니 전라도까지 진격해도 되겠지요.

—고성이 우리 수중에 떨어졌습니다.

—함안에도 의병의 깃발을 꽂았답니다.

국권 회복을 위한 의병 투쟁은 그 끝이 안 보였다. 이제는 더 나아가 부산을 차지하기로 했다. 조선에서 한양을 제외하고는 둘째가라면 서러워할 부산이다. 갈매기도 어서어서 여기 오라고 날갯짓을 하고 있을 것 같았다.

'아아. 거기!'

얼이의 감회는 남달랐다. 그럴 수밖에 없었다. 부산이 어떤 곳인가? 바로 임배봉과 비단 거래를 하는 일본 상인들이 들어와 있는 고장인 것이다. 그런 곳인 만큼 얼이로서는 치솟는 감격과 흥분을 억제할 길이 없었다.

'내가 부산에 들어가모 배봉이 그눔하고 장사하는 그 쪽바리 눔들도 찾아내서 모가지를 확 비틀어뻴 끼다. 다시는 배봉이하고 장사도 몬 하

거로.'

얼이는 믿어 의심치 않았다. 동업직물이 저렇게 크게 성장을 하는 데 결정적인 역할을 해준 장본인들이 바로 그 왜놈 장사꾼들이었다. 그렇다. 부산에 와 있는 섬나라 오랑캐 장사치들을 싹 쓸어 담아 몽땅 바다에 처넣어버리거나 자기들 나라로 쫓아버릴 것이다. 이 얼이 손으로 말이다.

'아, 얼릉 그날이 왔으모!'

얼이는 목을 빼고 어서 부산으로의 진군 명령이 떨어지기만을 기다렸다. 그런 속에 그가 가지는 기대는 거의 환상적이었다. 손만 뻗치면 모든 것이 거기 있을 것 같았으며, 발만 내디디면 그곳이 바로 우리 영역으로 접수될 성싶었다.

'그라고 부산 담에는 우짜모 한양도…….'

그런데 이게 웬일인가? 전혀 뜻하지 않은 돌발사태가 일어나고 있었다. 참으로 이상한 노릇이었다. 가는 도중에 길옆의 사람이나 경치도 볼 겨를이 없이 그야말로 파죽지세로 단숨에 김해까지 진격한 의병이, 어쩐 셈인지 갑자기 그곳에서 단 한 발짝도 앞으로 더 나아가지를 않고 있는 것이다.

"원채 아자씨도 이유를 모리시것심니꺼?"

더없이 답답해하는 얼이 물음에 원채는 자랑스럽게 펄럭이는 의병 깃발만 그저 우두커니 올려다보았다.

"그, 글씨."

얼이는 지난날의 저 농민군과 동학군 악몽에서 쉬 헤어나기 힘들었다. 도끼로 제 발등을 찍어야 할 일이 또 일어난다면.

"아자씨가 모리시모……."

"음."

끝이 보이지 않을 만큼 넓은 평야 저편으로부터 계속 바람이 불어오고 있었다. 낮은 산이 에워싸고 있는 내륙 지역의 고을에서 태어나고 자란 얼이 눈에 김해의 넓은 들판은 거의 경이에 가까웠다.

특히 그 고장은 얼이 가슴에 남다른 무엇이 깊게 찍혀 있는 곳이었다. 바로 비화 누이의 본관本貫이 김해라는 사실이었다.

"내는 김해 김가 아이가. 아즉 한 분도 거게 가본 적은 없지만도, 내 멤속에서 장 살아 숨 쉬는 덴 기라."

그러면서 얼이 너는 아직 어려서 잘 모르겠지만 좀 더 나이가 들면 이 누야 마음을 알게 될 거라고도 했다. 그런 고장이기에 얼이는 더한층 감회가 새로웠으며 또 그만큼 욕심도 앞섰던 것이다.

"지도부 사람들하고 아모 상이(상의)도 없었어예?"

"……."

얼이가 계속해서 묻자 숫제 입을 다물어버리는 원채였다. 산이나 골이 아니고, 논밭이 될 수 있는 평평하고 넓은 평야. 그 광활한 들을 무연히 바라보고 있는 그는 어쩌면 손바닥만 한 자기네 전답을 떠올리고 있을지도 모른다.

"해나 질로 기시시모 안 됩니더이?"

애가 탈 대로 탄 얼이는 애먼 원채만 달달 볶아댔다. 그렇지만 원채 또한 답답하고 화가 치밀긴 마찬가지였다. 나중에는 그도 여러 번이나 이런 같은 말을 반복했다.

"나라에 시간을 주모 안 되는데, 안 되는데."

얼이 역시 원채 말에서 무언가 절박하게 느껴지는 게 있어 타는 입술로 곱씹었다.

"시간, 시간."

맞는 이치였다. 전쟁에서 병력이나 작전, 군사들 사기 못지않게 중요한 것이 바로 시간이었다. 물론 평화 시에도 사람에게 크고 깊은 영향을 주는 게 시간을 어떻게 활용하느냐 하는 것이다. 그러므로 시간을 잘못 잡거나 놓쳐버리면 엄청난 타격을 입을 수도 있다.

"여유를 주모 도로 우리가 역으로 당할 수도 있네."

자기가 나서서 어떻게 할 힘이나 방법은 없고, 그러니 계속해서 망설이기만 하는 원채였다. 얼이는 사냥꾼에게 쫓기는 노루 같은 심정이었다.

"그런께 말입니더, 아자씨. 우짜모 좋심니꺼, 예?"

조정과 일본은 의병들을 진압할 방책을 모의하고 병력을 모집하느라 시각을 다투고 있을 것이다. 그런 사실을 모르고 있지는 않을 터인데도 의병 지도부는 말 그대로 깜깜절벽, 요지부동인 것이다.

"아자씨! 이라고 있다가는 미치것다 아입니꺼?"

말 그대로 앉은뱅이 용쓰는 격이었다.

"와 이리하고 있는고, 내도 돌아삐리것다."

저 가락국 김수로왕과 인도 아유타국 공주 허황옥의 이야기가 생생히 살아 숨 쉬고 있는 김해에서의 날들은 사람 뼈를 저미고 피를 바싹 마르게 했다. 임술년 농민항쟁과 동학농민군 봉기가 망령같이 되살아나는 순간이었다.

백성들이 주축이 된 의병의 힘은 바로 여기까지가 그 한계란 말인가? 이른바 의義를 위하여 일어난 군사라는 그 말이 정녕 어리석고도 부끄럽지 아니한가? 그럴 바에는 왜 일어났는가, 왜?

"얼이 총각, 알았거마는."

이리저리 백방으로 알아보러 다니던 원채가 드디어 원인을 밝혀냈다.

"우리가 우려했던 그대로 아인가베."

그래도 설마? 했던 얼이는 청천벽력을 맞은 듯했다.

"예? 아, 그라모!"

원채는 너무나 안타깝고 어이가 없다는 빛으로 입술을 깨물고 머리통을 흔들었다.

"으진(의진義陣) 수뇌부의 생각 차이⋯⋯."

얼이는 뜨거운 철판 위에 선 사람처럼 길길이 뛰며 마구 고함쳤다.

"그거는 텍도 안 되는 소립니더, 텍도!"

제발 정신 좀 차리라는 듯 깃발을 뒤흔드는 바람 속에는 짭짤한 바다냄새도 섞여 있는 성싶었다.

'우리 으뱅부대가 그만치 부산 가차이 와 있다쿠는 거 아이것나.'

그런 생각이 들자 더 환장할 것만 같은 얼이는 싸움소처럼 이마로 원채 가슴을 떠받을 기세로 나왔다.

"그라모 시방꺼지는 우찌 서로 머리를 맞대고 저들과 투쟁해 왔는데예?"

그런데 원채 입에서는 얼이가 정황을 이해할 수 있는 말은 고사하고 오히려 더한층 나쁜 소리가 나왔다.

"자네 진정하고 내 이약 더 들으라꼬."

그는 숨을 몰아쉬고 나서 세상에서 가장 두려운 선고 내리듯 하였다.

"우리 고을로 도로 돌아가기로 갤정했다쿠는 기라."

얼이는 눈에 불을 켰다.

"머라꼬예?"

원채는 폐부 깊은 곳에서 우러나오는 신음소리를 냈다.

"음."

김해평야는 기름진 옥토가 아니라 허무한 절망과 죽음의 늪으로 변해 보였다.

"안 됩니더! 이거는 아이라예!"

얼이는 완전히 이성을 놓쳐버렸다. 누구든 총으로 쏴버리고 칼로 찔러 버리겠다는, 실로 위험하기 그지없는 살의가 느껴지는 목소리로 외쳤다.

"여꺼정 와갖고 부산을 포기하고 그냥 돌아가예?"

막힘 없이 탁 트인 평야 저쪽에서 잇따라 불어오는 바람에 제멋대로 나부끼는 의병부대 깃발들도 제정신이 아닌 것처럼 보였다.

"말도 안 되는 소리기는 하지만도 우짜것노."

원채 두 눈에 실망과 원망의 빛이 엇갈렸다.

"애당초 한 지붕 두 가족이었던 거를."

그곳 대지와 잘 어울리게 드넓은 하늘 저 높은 곳에서 흰빛과 검은빛의 새들이 어지럽게 날아다니고 있었다. 그 날개들의 엇갈림이 시사하는 바가 커 보였다.

"이랄라꼬 아자씨하고 지가 하나밖에 없는 목심을 내놓고 싸왔심니꺼?"

얼이 몸속에는 미친개가 들어가 있는 것 같았다. 그 개가 허연 이빨을 무섭게 드러내고 으르렁대듯 살벌한 빛을 내뿜었다.

"지는 절대 그 맹녕에 따를 수가 없심니더!"

설혹 항명죄로 총살을 당할지언정 퇴각 명령을 거부하겠다는 강경한 의지였다.

"지발 고정하고 내 이약 더 들어봐라꼬."

원채는 자기가 잘못을 저지른 사람처럼 빌다시피 하며 얼이를 달랬다.

"다린 으뱅들도 우리하고 똑겉은 심정 아인가베."

그러면서 원채가 둘러보는 곳곳의 막사 주변에는 의병들이 혹은 앉고 혹은 누워 있기도 하였다. 서 있거나 걸어 다니거나 대화를 나누는 의병은 거의 눈에 띄지 않았다. 마음 놓고 휴식을 취하고 있는 것도 아니고, 그렇다고 긴장된 빛으로 출전 준비에 임하고 있는 것도 아닌, 그야말로 너무나 어정쩡한 모습들이 아닐 수 없었다.

'저리 기강이 해이하고 문란한 군대도 없을 끼다. 우리 으뱅이 와 이리 돼삣노? 그 누가 우리를 요리카나 망가뜨리논 기고?'

원채는 심지어 무기를 베개 삼아 목 뒤에 받치고 누운 채 잠이 들어 있는 의병을 보자니, 온몸에 불길이 활활 타오르는 느낌이었지만 이해가 되지 않는 건 아니었다.

'하기사 아모도 죽기를 각오하고 나선 저들을 나무랠 수는 없제. 모도 기다림에 지치서 저라는 거를.'

급기야 얼이는 원채마저도 후려칠 것같이 감사납게 굴었다.

"똑겉은 심정이모, 우리는 누가 시키도 절대 그냥 몬 돌아가것다, 죽어도 부산꺼정 가서 죽것다, 모도 그람서 끝꺼지 버티야지예."

"글씨, 그기……."

"안 그렇심니꺼, 아자씨?"

"인자 고만하게나."

"지는 고만 몬 합니더."

두 사람 목소리는 끝 간 데를 알 수 없는 들 저편으로 가뭇없이 흩어지고 있었다. 들판은 농사꾼들에게는 희망과 꿈 그 자체라고 해도 무방하리라.

"이거는 감정대로만 할 기 아이네."

"맞심니더. 그래서 지는 감정대로 하고 있는 기 아입니더."

그곳 평야에 벼 이삭이 금빛 물결로 일렁거리게 될 날은 아직도 저 멀리서 서성거리고 있었다.

"사람은 우짜든지 중심을 잡아야 하네."

"아, 그래서 더 하는 소리지예!"

원채는 얼이가 무슨 짓을 저지를지 몰라 너무나 불안했다. 얼이 몸

뒤편에 그의 아버지 천필구가 어른거렸다. 목이 달아나고 없었다. 목은 붙어 있어도 피를 철철 흘리는 다른 농민군들도 보였다.

'얼이 총각한테 들러붙은 임술년 원귀들은 운제나 떨어져 나갈랑고? 그것들이 얼이 총각을 노리고 있다모?'

평소 귀신 따위는 믿지 않지만, 눈앞에 닥치고 있는 현실을 생각하면 할수록 몸서리가 쳐졌다.

'무시라. 에나 무시라.'

전쟁터에서는 꼭 적군 손에만 죽으라는 법은 없었다. 개인위생에 신경 쓸 겨를이 없어 질병으로도 목숨을 잃을 수 있고, 혼자 낙오자가 되어 오래 헤매다가 굶어 죽을 경우도 있었다. 항명죄로 상관에게 처형을 당하는 장면도 여러 차례나 목격한 원채였다. 차라리 아무것도 모른다면 더 나을 것이다.

"지발 멤을 갈앉히고 일단은 돌아가서 다시 뒷일을 꾀해 보자꼬."

원채의 말은 차라리 울음에 가까웠다. 남편을 붉은 비명에 보내고 이제 단 하나 있는 자식마저 전쟁터에 보낸 뒤 밤낮으로 걱정과 불안에 싸여 있을 한 과수댁 모습이 그의 뇌리에서 지워질 줄 몰랐다. 그 우정 댁에게 또다시 창자가 끊어지는 슬픔을 안길 수는 없었다. 그리하여 자기 머리로 짜낼 수 있는 말은 다 하는 원채였다.

"쇠털겉이 쎄고 쎄삔 날 아인가베?"

하지만 얼이는 광우병에 걸려 날뛰는 소같이 두 손으로 제 머리칼을 함부로 쥐어뜯으며 발광하듯 울부짖었다.

"에나 너모너모 억울합니더, 아자씨!"

"아네, 알아."

원채 목도 꽉 잠겨버렸다.

"내라꼬 와 안 그렇것나. 내도 이 자리서 쎗바닥을 꽉 깨물고 죽고 싶거마는.”

잠시 바람이 멎었다. 그러자 의병부대 깃발들은 크게 위축된 것처럼 밑으로 축 처져 내리고 있었다.

“그라이시더! 아자씨하고 지하고 같이 죽어삐리시더!”

얼이는 길길이 날뛰다가 끝내 기진맥진하여 땅바닥에 주저앉고 말았다. 그러더니 혼자 입으로만 중얼거렸다.

“마즈막 승리가 바로 눈앞에 비이는데, 비이는데……”

새들은 좀 더 가까이 내려와 있었고 바람이 또다시 불기 시작했다. 깃발은 펄럭일 것인지 가만히 있을 것인지 혼란스러워하는 것처럼 비쳤다.

“눈 먼 봉사한테도 훤하거로 비일 끼다.”

그 소리가 너무나 청승맞고 구차스럽기만 했다. 저건 결코 원채가 원하고 있는 의병의 모습이 아니었다.

“얼이 총각!”

드디어 원채도 계속해서 더 듣고 있다가는 자기 복장도 터져버릴 것 같다는 듯 고함을 내질렀다.

“우리 훗날을 기약하자 안 쿠나, 엉?”

의병을 표시하는 깃발들이 함부로 풀어헤친 광인의 머리카락같이 나부끼고 있었다. 새들 또한 포기한 듯 땅바닥에 내려앉아 있는데 바람 저 혼자만이 부산을 향해 내닫고 있는 성싶었다.

항일의병부대는 회군을 시작하였다.

지옥과도 같은 전쟁터에서 그리운 내 부모 형제가 기다리고 있는 정든 고향으로 돌아오는 길도, 그렇게 힘이 들고 서러울 수 있다는 것을 얼이는 그때 처음으로 경험했다. 차라리 시간이 이대로 정지해 버렸으면 좋겠다는 생각까지 들었다.

얼이가 더욱더 괴롭고 절망적인 것은, 비록 말로는 뒷일을 꾀하고 훗날을 기약하자고 했어도, 원채 얼굴에서 포기의 빛을 발견하고 있었기 때문이었다. 사실 이런 기회는 두 번 다시 맞이할 수 없을 거라는 것은 삼척동자라도 알 수 있을 것이다.

'스승님께서 장 말씀하시기를, 외부 적보담도 내부 적이 더 무섭다쿠시더이, 우리 으병 수뇌부들 생각 차이 하나가 갤국 모든 일을 망치삐릴 줄은 에나 안 몰랐나.'

얼이는 회군하는 의병들 속에 섞여 먼지 폴폴 일어나는 길을 터덜터덜 걸으면서도, 내내 마음속으로 아버지 천필구를 부르며 애통함과 분노를 삭여야만 했다.

'아부지! 아부지!'

퇴각하는 도중에 만나는 백성들과 길가에 있는 나무들과 바위들도 그 행렬이 보기 싫은지 고개를 돌려버리는 것 같았다. 발끝에 채는 돌멩이와 나무뿌리는 어떻게든 의병부대 회군을 막아보려는 의도로 받아들여졌다.

며칠이 걸려서 성으로 다시 돌아온 의병은 그때부터 아무 움직임이 없었다. 모든 것이 고요했다. 마음도 그처럼 잔잔한 상태들이면 좋으련만 아니었다.

날씨마저 따뜻하여 성안에는 봄꽃이 피어났다. 나무에서는 새들이 노래했다. 성내 민가 기와지붕과 초가 담장 가에도, 노란 어린 민들레며 연녹색 호박 줄기가 자랐다. 참 여유로운 정경이 아닐 수 없었다. 일찍이 그런 태평성대가 드물었다.

그러나 단지 겉보기에만 그랬을 뿐이다. 내부로는 굉장한 분열이 일어나고 있었다. 지난겨울 남강에 얼어붙었던 얼음장이 밑바닥에서 쩌억 갈라지고 있었던 것처럼. 그래서 더욱 심각하고 위험한 분위기였다.

"맹분이 없다쿠는 거는, 기실 데 없는 사실이거마는."

한숨과 푸념 뒤섞인 원채 말에 얼이는 반박조로 일관했다. 무슨 명분을 들이대든 내가 원채 아저씨에게 이래서는 안 된다는 것을 잘 알고 있으면서도 말은 마음을 배반하는 식으로 나왔다.

"맹분이사 맨들모 되는 기 맹분 아입니꺼?"

"맨들모 되는 기 맹분이라."

얼이 말을 되뇌는 원채 입가에 쓴 나물을 깨문 듯 씁쓸한 웃음기가 감돌았다. 사실은 울음에 더 가까운 기운이었다.

"자네도 함 생각해보게나."

원채 말에 얼이는 모든 것을 체념하고 포기한 목소리로 응했다.

"인자 생각도 안 할랍니더."

코끝을 스치는 봄바람은 신경질 날 정도로 저 혼자 신선하고 향긋했다. 꽃가루가 날리고 새가 지저귀는 대기는 사람을 천국에 든 것인 양 감쪽같이 속이기에 전혀 모자람이 없어 보였다.

"흥분만 해쌀 끼 아이라, 우리가 처해 있는 핸실을 말일세."

현실을 똑바로 인식시키려고 하는 원채의 의도를 익히 알고 있으면서도 불구하고 얼이 목청은 자신도 모르게 더욱 높아졌다.

"핸실이고 머고 모돌띠리 싫고 귀찮심니더!"

"음."

남강에는 어느새 기러기, 물오리, 백조 같은 겨울새들이 모습을 감추고 벌써 제비, 두견새 같은 여름새들이 날아들기 시작하고 있었다.

"지는 후회합니더!"

얼이는 절교를 선언하듯 했다.

"후회? 시방 후회한다 캤나?"

원채 눈에서 샛노란 기운이 뻗쳐 나왔다. 그렇지만 얼이는 조금도 주저하지 않고 한층 큰소리로 대들듯이 말했다.

"예, 그렇심더. 와 한 개밖에 없는 귀한 목심 내놓고 으뱅이 됐는고, 지가 에나 빙신 육갑한 짓이라꼬 봅니더!"

그랬다. 얼이는 자기가 지금까지 목숨을 걸고 해온 그 모든 일이 꼭 '병신춤'을 췄던 것 같다는 자격지심에서 벗어날 수 없었다. 그런 얼이 귀를 낮지만 예리하게 파고드는 소리였다.

"그라모 내도 빙신 육갑?"

"……."

얼이 가슴속에서 '툭' 하고 마른 나뭇가지 부러지는 소리가 났다. 그건 비어사 진무 스님 몸에서 느끼는 마른 나뭇잎 바스락거리는 소리와는 그 성질이 전혀 다른 거였다. 원채는 가까스로 감정을 삭이는 눈치더니 말머리를 돌렸다.

"같은 지역에 두 개의 으진이 있다쿠는 거는 쪼매 안 그런가베?"

"그기 와예?"

그렇게 반문하는 얼이는 그저 생떼만 부리는 철부지 아이로 보였다. 완고하기 이를 데 없는 골방 늙은이는 저리로 가라 할 지경이었다. 그만큼 억울함이 너무 크다는 증거가 될 것이다.

'이래갖고 앞으로 머가 되것노.'

기실 얼이보다 그 회군이 더 화나고 안타까운 이도 없을 터였다. 결국, 그의 투정이랄까 화풀이를 받아줄 사람은 원채밖에 없었다. 원채 입장에서는 할 짓이 아닐 수도 있었지만 웅숭깊은 그는 조금도 그런 내색을 하지 않았다.

"서로가 뜻만 맞으모, 두 개가 문젭니꺼?"

얼이는 두 손의 손가락을 한꺼번에 폈다 오므렸다 해가면서 말했다.

"두 개 아이라 시무 개, 이백 개, 이천 개라도 무신 상관입니꺼?"

그 말을 들은 원채 얼굴에 더할 나위 없이 야릇한 빛이 피어올랐다. 그는 짐짓 지나가는 말투로 물었다.

"효원 처녀하고 얼이 자네하고 두 사람맹캐 말이가?"

이제는 다 지나간 일이라 어쩔 수 없지만, 그들이 살해한 최종완의 사체를 아무도 알 수 없는 곳에 옮겨 묻으면서, 원채는 지금 내가 하는 이 짓이 과연 옳은가 하고 강한 회의와 의문에 빠졌었다.

'내가 잘못 판단했다모 그 파장은 걷잡을 수 없을 기다.'

얼이 말마따나 아무리 그때 상황이 그럴 수밖에 없었다고 할지라도 사람이 사람을 죽인다는 건, 그 무슨 핑계나 명목을 끌어와 합리화해도 결코 용납될 수 없는 일이라고 믿고 살아오는 원채였다.

'그기 허가된 데라 쿨지라도 그렇제.'

심지어 화살과 탄환이 저승사자가 되어 마구 오가는 전쟁터에서조차도 그것은 천벌 받을 짓이라고 보는 그였다. 인명은 재천이어야지 결코 재인이어서는 안 되는 것이다. 그런가 하면, 한 사람을 죽이는 것은 열 사람을 살리기 위한 길이라고 본 적도 있었다.

'사랑에 너모 눈이 멀어삐고, 아즉꺼정도 철이 덜 들어갖고 그런 기라꼬, 암만 좋거로 봐 줄라 캐도 그렇거마.'

원채는 얼이가 해 보이는 말과 행동을 통해, 오광대 중앙황제장군 최종완을 죽인 그날 밤, 그들 연인이 넘어서는 안 될 선을 넘었다는 것을 알아차렸다.

성인식成人式. 원채는 소름이 돋았다.

'지들이 쥑인 사람 피가 안 마리고 그냥 남아 있었을랑가도 모릴 바로 그 자리서 그런 짓을?'

얼이에게 대놓고 이렇게 물어보고 싶었다.

'사랑만 한다모 그랄 수가 있는 것가? 사랑은 무조건 통과할 수 있는

통행증 겉은 거로 보는 기가?'

비극. 그렇다. 흔히들 동네 개 이름 부르듯 말하는 '비극적인 사랑'이다. 어쩌면, 아니 확실히, 두 사람 사랑은 그렇게 흘러가 버릴 공산이 아주 컸다. 참으로 무섭고 두려운 일이다.

그들이 함께 살인을 저질렀다는, 아무도 알지 못하는 혈맹과도 같은 동지적인 그 비밀, 그것이 두 사람을 더없이 철저하고 완벽하게 맺어줄 것처럼 보이지만, 또 그것으로 인해 그들 관계가 오래가지 못할지도 모른다.

두 사람에게는 모두 이해한다, 앞으로 다 잘될 것이다, 그렇게 말했지만, 솔직히 그 사건 이후로 원채는 얼이뿐만 아니라 효원 처녀도 거리감이 전해지면서 무섭게까지 느껴졌다. 더군다나 살인자의 남은 삶이 어떠할 것인가를 상상하면 모든 게 그저 허허롭고 두렵기만 하였다.

'내가 두 사람을 참멤으로 좋아는 하고 있지만도, 최종적으로 놓고 보모 살인자를 도운 꼴이 안 돼삣나? 그러이 살인자하고 머가 다리것노?'

어쨌거나 그들은 앞으로 살아갈 날들이 창창한 한평생을 저 '살인자'라는 불안과 초조와 회의에 쫓겨 다닐 수밖에 없을 것이다. 얼이가 저렇게 전쟁에 목을 매는 것도, 어쩌면 살인자라는 멍에에서 벗어나 보고자 하는 최후의 발악인지도 알 수 없다. 물론 그런 것은 아닐 거라고, 내가 그릇된 비약을 하고 있다고, 마음의 손사래를 치곤 하지만, 그 감정은 무시로 고개를 치켜들곤 하는 것이다.

"안 그렇심니꺼, 아자씨?"

얼이는 마지막 끈을 놓치지 않으려는 사람처럼 원채에게 달라붙었다. 두 손바닥을 자기 가슴에 갖다 대면서 고집스럽게 나왔다.

"두 개 아이라 시무 개가 함께 있어도 멤만 통하모 말입니더."

원채는 고개를 한 번 숙였다가 들면서 선문답이라도 하려는 사람처럼 했다.

"얼이 자네, 방금 이약한 그 멤이란 눔이 우찌 생깃는고 한 분이라도 본 적이 있는 기가? 멤 말이제."

마음이라는 그 소리의 여운은 공기 속에 오래 남아 사라지지 않는 듯했다.

"멤이 우찌 생깃는고……."

얼이는 그만 아무런 말도 하지 못했다. 얼이가 미처 맺지 못한 뒷말을 마무리해 주듯이 원채가 서늘한 목소리로 말했다.

"부모 자슥 사이에도 으합(의합)이 안 맞으모 돌아설 수도 있제."

원채 음성은 택견을 가르칠 때처럼 단호하고 근엄했다.

"아모리 죽고 몬 사는 연인 사이라 쿠더라도, 한 분 돌아서모 웬수도 그런 웬수가 없다 안 쿠던가베?"

얼이 눈동자가 딱 정지하는 것으로 보아 분명히 효원을 떠올리고 있을 것이다. 그는 원채 말에 강한 부정으로 응대했다.

"우리 나루터집에는 세 가족이 모이서 살아도 아모 탈 없이 잘만 삽니더."

원채가 심드렁하니 내뱉었다.

"머 그런 사람들도 있것제. 안 그런 사람들이 있는 거매이로."

원채 반응이 자기 마음에 신통치 않았는지 얼이는 따지듯 물었다.

"그거는 아자씨도 잘 아신다 아입니꺼?"

"알고 모리고 하는 거를 떠난 문제라네, 이거는."

원채가 벌써 몇 차례나 깨달은 바이지만 확실히 얼이는 무척이나 날카로워진 상태였다. 때로는 생트집을 잡아 시비 거는 투였다. 그럴 때면 원채는 꽃대나 짐승 모가지를 잡아 비틀곤 했다는 얼이 모습을 떠올리며 그를 이해하려고 노력했다. 세상을 살아도 원채 자신이 더 많이 살았고 사람을 대해도 더 많이 대했다. 그러니 받아들이는 것도 그가 더 많아야 마땅할 터였다.

"암만 인정 안 하고 싶지만도……."

잠시 침묵 끝에 원채는 현실을 재확인하듯 입을 열었다.

"갤국 부산 공략을 바로 코앞에 놓고 김해에서 돌아섰다쿠는 그 일이, 두 으진을 영원히 갈라놓는 가시울타리가 돼삗 기라."

얼이는 아무래도 건널 수 없는 망망대해를 바라보는 듯한 망연한 얼굴로 안타깝게 물었다.

"우리가 우째야 되것심니꺼?"

원채는 알면서도 모르쇠로 나갔다.

"무신 소린가?"

얼이는 거기 성가퀴 벼랑 가까이 땅속 깊숙이 뿌리내리고 있는 오래된 소나무와 팽나무, 떡갈나무 등을 한번 보고 나서 말했다.

"아자씨하고 지하고 계속 여 이리 앉아만 있어야 되것심니꺼?"

"우짜것노."

원채 음성이 텅 빈 겨울 골짜기를 스치는 바람보다 공허했다.

"안 그라고 다린 무신 방도가 있나?"

"……."

성가퀴 위에 올라앉은 갈색 다람쥐 한 마리가 어디서 찾아냈는지 작은 도토리 한 개를 앞발에 쥔 채 주둥이로 그것을 까먹고 있었다.

"아즉꺼지는 해산해라꼬 내리온 영슈이 없으이."

넓고 긴 남강 건너편 푸른 대숲 위로 검은 까마귀들이 날아다니고 있었다. 그건 그 고을 사람들에게는 아주 낯익은 광경이었지만 갈수록 왠지 예전 같은 친숙감을 품게 하지는 못했다.

"우리 멤대로 부대를 이탈해삗 수도 없고……."

계속 끝을 흐리는 원채 말에 얼이는 한참 뒷전으로 물러나 앉은 늙은 이처럼 한숨을 폭 내쉬었다.

"이라다가 고마 여게 성 안에서 팍 늙어죽을랑가 모리것심니더. 그리 되모 여게가 우리 무덤이 되것지예."

"하기사 기약도 없는 일이제."

그런데 그게 아니었다. 차라리 그럴 수 있었다면 더 좋았을 것이다. 그렇다면 얼이와 원채까지도 세상을 뒤바꿔줄 것이라고 철석같이 믿었던 항일의병부대 회군에만 원성을 퍼부으면서 너무 방심하고 안이했었다.

그날로부터 얼마나 지났을까? 의병이 그렇게 어정쩡한 태도로 머뭇거리고 있는 틈에, 급기야 조정에서 파견한 이재겸이 군사를 몰아 맹렬하게 성을 공격하기 시작한 것이다. 그러자 의진 수뇌부는 갈팡질팡, 우왕좌왕했다.

"관군 숫자가 올매나 됩니꺼?"

"나가서 싸우는 기 좋것심니꺼, 성문을 닫고 방어하는 기 더 좋것심니꺼?"

"싸우는 거도 그렇고, 방어하는 거도 그렇고요."

"대관절 무신 말을?"

"이도저도 아이모 집단 자살이라도 해삐리야지예."

"그리한다꼬 일이 해갤될 거 겉으모 머가 문젭니꺼."

"하매 저 남강 건너가뻔 일을 두고 머 땜새 이리 쌌는고예?"

"우리 유족들……."

지휘 체제가 똑바로 서지 못한 군대는 아무리 그 숫자가 많더라도 오합지졸에 지나지 않는다. 더 한심하고 기가 찰 노릇은, 그렇게 긴박한 상황에 있으면서도, 두 의진의 수뇌부가 여전히 의견 일치를 보지 못하고 팽팽히 맞서기만 한다는 사실이었다.

그 시각, 얼이와 원채는 성문 위 높직한 문루 위에 올라서서 다른 수성군守城軍과 함께 성 밖 관군들을 내려다보고 있었다.

그동안 여러 차례의 전투 경험을 쌓아온 얼이도, 이제는 원채처럼 적군을 코앞에 두고도 침착한 모습을 보였지만, 전체적으로 조짐이 너무나 좋아 보이지를 않았다.

"독아지 안에 든 쥐의 심정이 똑 이렇것제, 얼이 총각."

원채의 자조 섞인 그 말을 들으며 얼이는 새삼스러운 눈빛으로 주위를 둘러보았다. 지금 그곳은 하나뿐인 목숨이 왔다 갔다 하는 살벌하기 짝이 없는 전쟁터라기보다, 오히려 가족들과 봄나들이라도 나온 장소 같았다.

저만큼 성곽의 담을 따라가며 서 있는 나무들에서는 연록의 새잎들이 달리고, 양지바른 언덕에는 개나리와 진달래며 싸리나무가 노랗고 붉고 하얀 자태를 한껏 뽐내었다. 쌍쌍이 짝을 지은 나비며 새가 천천히 날갯짓하며 아지랑이가 꿈결처럼 가물거리는 하늘가를 유유히 날아다녔다.

"자네 눈에는 저들 숫자가 몇이나 될 꺼 겉노?"

살기 감도는 매서운 눈길은 이재겸의 관군에게 못 박은 채 원채가 물어왔다.

"한 천 맹 정도 안 되까예?"

그렇게 답하다가 얼이는 금방 자기가 했던 그 말을 정정했다.

"우짜모 쪼꼼 더 많을 꺼도 겉십니더마는."

쏘는 듯한 눈으로 가늠해보며 하는 얼이 말에 원채가 고개를 천천히 내저었다.

"내가 볼 적에는 그리 안 돼 비이거마는."

얼이는 원채를 돌아보았다.

"그라모예?"

"가만⋯⋯."

원채는 평화롭게 이마를 맞대고 있는 민가 쪽을 한 번 바라보고 나서
말했다.

"6백 맹 약간 더 안 되까?"

"6백 맹예?"

얼이는 어림없는 예측이란 투로 말했다.

"그거는 아일 꺼 겉은데예."

원채는 지금 그 상황과는 너무나도 어긋나게 성가퀴 위에서 유유자적
놀고 있는 다람쥐를 보며 혼잣말처럼 했다.

"그런가?"

"예."

그런데 나중에 가서야 안 일이지만, 나이 더 든 사람 눈이 나이 덜 먹
은 사람 눈보다 훨씬 더 정확했다. 얼이는 더없이 부끄러웠다. 자기가
관군 숫자를 실제보다 그렇게 부풀려 보았던 것은 아무래도 겁에 질려
있었던 탓이었다. 또한, 원채 아저씨가 적게 본 것은 그만큼 그의 담력
이 센 까닭이라고 보았다.

이재겸이 이끌고 온 군사는 7백 명 정도였다. 왕을 모시고 호위하는
시위대侍衛隊 5백 명과 대구 진위대鎭衛隊 2백 명, 그렇게 도합 7백의 병
사였다.

그러나 그 당시 중요한 것은 관군의 숫자가 아니었다. 의병이 일치단
결하여 전투에 임할 태세가 갖춰져 있지 못했다는 사실이었다. 쉽게 얻
은 것은 쉽게 잃는 법이라 하였던가? 처음에 참 싱거울 정도로 금방 손
에 넣었던 성을, 이번에는 또다시 어이없을 만큼 곧장 내주고 말았다.
마치 인계할 날을 기다리고 있었다는 듯이.

"석 달의 영광이었거마!"

"이랄 수는 없심니더, 이랄 수는?"

"우리가 석 달 동안 황홀한 꿈을 꾸다가 인자 깨어났다, 그리 생각하자꼬. 그런 행복한 꿈이라도 꿀 수 있었다쿠는 기 올매나 좋노."

항복의 흰 깃발을 올리면서 원채가 얼이를 보고 피를 토하듯 내뱉은 소리였다.

"황홀한 꿈예?"

그 순간에 얼이 머릿속에 자리 잡는 게 바로 '세 번의 좌절'이었다. 삼시 세 판의 실패다. 임술년 농민항쟁과 동학전쟁, 그리고 항일의병 투쟁.

농민군도 해봤고 의병도 해봤다. 다 해봤다. 그렇다면 이제 마지막으로 남은 것은 원채 아저씨 얘기처럼 오광대패인가?

글공부에서도 이제는 그만 손을 놓을 때가 된 듯싶었다. 동문수학하던 다른 학동들이 서책을 뒤적이고 있는 시간에 그는 무기를 들고 싸웠다. 지금 와서 머리 싸매고 노력을 해본들 그 벗들을 따라갈 수는 없을 것이다. 무엇보다도 다른 문하생들에 비해서 나이를 많이 먹었다.

하긴 애당초부터 글공부에는 뜻도 흥미도 없긴 했었다. 머리보다 몸으로 놀기를 즐겼다. 그깟 높은 자리도 우스웠다. 그 대신 준서가 있으니 괜찮다는 생각도 들었다. 준서라면 얼이 자신이 못다 한 공부까지 해줄 것이다. 내 주변에 고위직 한 사람 정도만 있으면 될 테니까.

'내도 세속에 물들어뺏나? 없으모 고만이고.'

그때까지는 얼이도 몰랐다. 아니, 얼이 아닌 누구도 앞을 내다보지 못한 건 마찬가지였다. 도내 청년 유생들이 모여든 저 낙육재가 '낙육고등학교'로 개교하게 되고, 그리하여 마지막까지 일제 침략에 맞서서 싸우는 이 고을 최후의 의병 활동 중심지가 되리란 것이다.

지금은 얼이의 하루 생활이 재영의 그것과 별로 다르지 않았다. 생사의 갈림길인 전쟁터에서 기적과도 같이 작은 부상도 없이 성한 몸으로 살아 돌아온 얼이었다. 나루터집 식구들은 그가 평범한 서민으로 자리를 잡기까지에는 많은 시간이 필요할 것으로 판단했다. 정신적으로 너무나 피폐해져 있었기 때문이다.

얼이 역시도 일상적인 생활 그 자체에는 그다지 높은 비중이나 가치를 부여하려고 하지 않았다. 전쟁 후유증이 그만큼 컸다는 징표일까? 하기야 하나뿐인 목숨을 내걸고 싸우던 몸이었다. 돈 몇 푼, 땅 몇 마지기 앞에 놓고 서로 아옹다옹하는 세상일이 너무나 가소롭고 부질없어 보였을지도 모른다. 아직은 이성보다도 감성이 앞설 만큼 너무 젊은 나이여서 그럴 수도 있었다.

그렇다면 효원에 대해서는 어땠는가? 어불성설이지만, 어떤 측면에서 효원은 얼이 마음 중심자리에서 좀 더 멀어져 있었다. 그것은 원채의 이런 제안에서 비롯된 것이었다.

"인자는 만천하에 모든 거를 밝히도 될 시기가 됐다 아인가베."

좋다고 쌍수를 치켜들고 만세를 부를 줄 알았는데 아니었다.

"그래도 아즉꺼지는예."

얼이 목이, 자라목처럼 움츠러들었다.

"아인 기라."

말을 아끼는 얼이에게 원채는 고집으로 나왔다. 어떻게 보면 두 사람이 완전히 뒤바뀐 게 아닌가 싶을 지경이었다.

"내하고 같이 가갖고 우리 오광대 사람들을 만내 보자꼬."

"오, 오광대 사람들을 말입니꺼?"

관군과 일본군이 함께 밀고 들어와도 끄떡없던 얼이 안색이 참외처럼 노래졌다. 솔직히 오광대의 '오' 자도 입에 올리기 싫은 그였다. 오광대를 떠올리면 어김없이 저 불멸의 망령같이 따라오는 살인자였다.

"앞뒤 사정 모돌띠리 털어놓고 안 있나."

"……."

갑자기 벙어리가 돼버리는 얼이였다.

"그런께네 내 이약의 본질은 이렇다네."

얼이는 원채 심정을 속속들이 들여다보지 못했지만, 원채는 하루라도 빨리 두 사람 일을 마무리 짓고 싶은 심정이었다. 어서 풀어야 할 운명적인 숙제인데도 너무나 미적지근한 상태가 지속되고 있는 것이다.

물론 당사자들 입장에서는 그만큼 난삽한 사안이기는 하였다. 하지만 그렇게 해야 원채 자신도 최종완 사체 유기라는 그 무섭고 께름칙한 그늘에서 빠져나올 수 있을 것 같아서였다.

"자네하고 효원 처녀 두 사람 앞날도 갤정해야 할 끼고."

원채는 자기가 그렇게 얘기하면 얼이가 굉장히 좋아하면서 당장 따라나설 줄로 믿었다. 그런데 묘하게도 얼이 반응이 그렇질 못했다. 되레 반대였다. 왠지 모르게 자꾸만 뒤로 빠지려 드는 눈치가 엿보였다. 그는 본디 미온적인 사람이 아니라는 사실을 알고 있기에 당혹스러웠다.

"얼이 자네 와 그라는가?"

원채는 답답했다. 도시 알 재간이 없었다. 그렇게 오광대 본거지에서 효원을 데리고 나오자고 고집 피우던 때는 언제고, 이제는 또 저런 망설임을 보이는 것이다.

"자네가 무신 소리를 해도, 내 다 수용하것네."

원채는 비상한 눈빛을 했다. 택견을 할 때도 그의 눈에서는 그런 빛이 나온다는 사실을 얼이를 비롯한 그의 택견 제자들은 다 알고 있다.

"그러이 자네가 하고 싶은 말 있으모, 요만치도 만종거리지 말고 사내답거로 툭 쏟아내 봐라꼬, 퍼뜩."

몇 번의 다그침 끝에야 얼이는 제 심경을 이렇게 말했다.

"아자씨 말씀 그대로 따르기 되모, 인자 효원이하고 지하고는 오광대패가 돼야 하는 거 아입니꺼?"

"그, 그거는."

이번에는 원채가 주저주저했다. 얼이가 금방이라도 울음을 터뜨릴 것 같은 얼굴로 한 번 더 물었다.

"지 말씀이 잘못됐심니꺼?"

"자, 잠깐만 있어 보게."

원채는 품에서 담배를 꺼내 피워 물었다. 연기를 한 모금 빠니 조금은 여유가 생기는 모양이었다. 믿음이 묻어나는 목소리로 말했다.

"내가 그때 말은 그리했지만도, 똑 그랄 필요사 없제."

"안 그리하모예?"

잠시 그 말뜻을 헤아려보는 빛이다가, 얼이는 눈 하나 깜짝이지 않고 원채 얼굴을 바라보았다. 어딘가 구원의 손길을 간곡하게 바라고 있는 것 같은 그의 눈빛이 원채 마음을 몹시 착잡하고 아프게 만들었다.

"그런 식으로 안 해도……."

말끝을 흐리던 원채는 단서 달 듯했다.

"두 사람이 최종완을 쥑잇다쿠는 죄책감에서 벗어나 잘살아갈 수만 있다모……."

그러자 얼이가 끝까지 듣지도 않고 몸이 상한 짐승처럼 울부짖었다.

"그랄 자신이 없은께 하는 소리 아입니꺼?"

"자신이 없다."

원채 입에서 푸른 담배 연기가 훅 빠져나왔다. 얼이 눈에는 그게 총구에서 나오는 화약 연기같이 비쳤다. 일본군과 한창 접전을 벌일 때 얼이가 본 원채는 그의 몸 전체가 하나의 무기처럼 느껴지기도 했었다.

"효원 처녀 으사(의사)도 함 들어보기는 해야것제."

"아자씨는 생각 몬 하시것심니꺼?"

얼이는 금방 표정이 또 바뀌어 이번에는 굉장히 슬픈 얼굴을 지어 보였다. 저 부산 함락을 앞두고 김해에서 항일의병부대가 무작정 회군한 후부터 얼이는 모든 게 뒤죽박죽이어서 보는 사람을 헷갈리게 만들었다.

"효원이가 이 얼이를 한거석 원망하고 있을 깁니더."

매우 풀이 죽은 목소리였다.

"우째서 각중애 그런 생각을 하거로 됐는고 모리것네?"

그건 절대 아닐 거라는 기색을 드러내며 원채가 묻자 얼이는 한동안 망설이던 끝에 이렇게 얼버무렸다.

"하매 자기를 찾아와야 되는데, 안 그란다꼬예."

원채는 얼이 손이라도 덥석 잡을 듯이 하며 말했다.

"바로 그 땜새 내는 얼이 자넬 다시 보거로 됐거마는."

"질로 다시예?"

"으뱅 활동이 끝나기가 무섭거로, 바로 효원 처녀한테로 달리갈 줄 알았거등. 내 기심 없이 말하자모 그렇다는 이약이네."

원채 음성은 또다시 자기 아버지 달보 영감을 닮아 있었다. 자식은 무엇을 닮아도 부모를 닮는다더니, 원채는 목소리가 그랬다. 얼핏 강물이 철썩이고 있는 듯한 음색이다.

"자네가 그리키나 속이 깊은 사람인 줄 몰랐다 아인가베."

"아자씨가 잘몬 보신 깁니더, 그거는. 비겁한 짓이지예."

성곽을 향해 불어오던 강바람이 돌연 강 건너편 쪽으로 그 기세를 돌리는 것이 눈에 보이는 성싶었다.

"비겁?"

원채 음성이 택견을 할 때 내는 기합 소리를 연상케 했다.

"예."

저쪽 옹기종기 모여 있는 민가 초가지붕 위에 있는 흰 구름 서너 장이 명주실로 잦은 이불과 비슷해 보였다.

"그거는 또 무신 수리지끼 겉은 소리고?"

원채는 미처 그것까지는 모르고 있었지만 얼이에게는 진정 수치심을 떨쳐버릴 수 없게 하는 비밀 하나가 있었다.

그것은 바로 민치목과 맹쭐 부자를 표적물로 겨냥한 그의 흐리터분한 태도였다. 무엇보다도 그의 직성이나 신조에 크게 어긋나는 자세였다. 적어도 그 면에서는 '천필구 새끼'가 못 되었다.

당당히 그자들을 만나 사생결단을 내어야 백번 마땅한 일이었다. 자기든 아니면 그들이든 한쪽은 남강 물고기 밥이 돼야 했다. 하지만 솔직히 털어놓아 아직도 그들이 버겁고 두려웠다. 행여 맞닥뜨리지나 않을까 길을 가다가도 간담을 졸여야 했다. 그들 비슷하게 생긴 사람만 보아도 온몸이 빳빳하게 굳었다.

"이거는 사내대장부가 할 짓이 아닙니더."

그렇게 말하는 얼이 얼굴은 불을 담아 붓는 듯싶었다. 원채 보기에는 금방이라도 활활 불타버릴 것 같아 더럭 겁이 날 정도였다.

"고마 밥이 되든가 죽이 되든가, 아이지예, 밥도 죽도 아모것도 안 돼도 좋은께 효원을 반다시 만내야 되는데 말입니더."

원채는 무예의 고수답게 초점이 또렷한 눈으로 얼이 얼굴을 뚫어지게 응시하였다.

"그란데 와?"

얼이는 와락 몸서리를 쳤다. 얼굴 전체가 붉었지만, 자세히 보니 입술만은 되레 새파랬다. 그리고 그 입술 사이로 흘러나오는 말이 전혀 그답지 않은 말이었다. 그의 몸속에 다른 누군가가 들어가서 말을 하고 있다는 착각마저 일 지경이었다. 얼이는 더할 수 없이 떨리는 소리로 말했다.

"무섭심니더. 겁납니더."

몸집이 엄청나게 크고 시커먼 까마귀 한 마리가 성가퀴에 올라앉아 소리 없이 그들을 노려보고 있었다. 마치 염탐꾼 같았다.

"농민군도 하고 으뱅도 핸 얼이 자네가 아인가베?"

우선 원채는 그렇게 격려하는 말부터 해주고 나서 차근차근 얘기했다.

"시상 사내들 가온데서 얼이 자네만치 사내다운 사내는 안주 몬 봤거마는. 이거는 자네 듣기 좋아라꼬 하는 소리는 절대 아인 기라."

그러나 얼이는 숙인 고개를 있는 대로 흔들어댔다.

"아즉 아자씨가 이 얼이라쿠는 눔이 우떤 눔인가를 잘 몰라서 하시는 말씀입니더."

"내 생각만 그런 거는 아이라. 와 전번에 여게 고을 사람 정용한하고 향교 장의 한완진 그분들도 글 안 쿠던가베? 얼이 자네는……."

"효원을 만내기 되모 우떤 갤정이든지 간에 반다시 내리야 되는데, 그 갤정이 지를 에나 겁재이로 맨듭니더."

그 까마귀는 벙어리인가? 믿어지지 않을 정도로 소리를 내지 않는다. 소리를 내지 않는 새는 무섭다.

"무신 소린고 넘치거로 알것거마는."

원채는 크게 고개를 끄덕거렸다. 아버지 달보 영감도 그랬다. 이제는 힘에 부쳐 노를 잡을 수가 없는 몸이 되었지만, 나룻배에서 영원히 내리는 것을 그토록 망설이고 힘들어했다.

"아자씨 앞인께 지가 이런 소리도 합니더. 넘들한테는 안 합니더. 몬 합니더."

얼이는 한층 솔직해져 있었다. 사람은 힘들거나 약해지면 본연의 모습을 드러내게 되는 법인지도 모른다.

"그렇다꼬 운제꺼지나 이런 상태로만 있을 수는 없는 일 아인가베."

원채는 아버지에게 노를 놓으시기를 권유하던 그 당시를 다시 떠올리며 얼이를 설득하기 시작했다. 그는 자못 조심스럽게 물었다.

"해나 효원 처녀가 딴 소리 안 하까 싶어갖고 몬 만내는 긴가?"

"효원이는 지가 하자쿠는 대로 다 따라할 여잡니더."

"그라모 머시 문제가?"

"그 땜새 더 만낼 수가 없다쿠는 기라예."

"그 땜새?"

"맞심니더."

"효원 처녀가 자네 하자쿠는 대로 다 따라할 그거 땜새 더 몬 만낸다꼬?"

"그렇심니더."

"안 따라할 거 겉애서가 아이고?"

"예."

"허, 대체 무신?"

처음에 원채는 어리둥절한 표정을 지었지만, 조금 더 생각해보니 어쩌면 이해가 되는 소리이기도 했다.

"지난분에도 자네 입으로 이약한 그 운맹이라쿠는 거 말이네."

원채는 말머리를 돌렸다. 바람도 방향이 또 달라지고 있는지 나뭇가지가 반대 방향으로 쏠리고 있었다.

"자넨 그런 거 몬 느낏는지 모리것네."

나불천이 그 아래로 흐르고 있는 서장대 쪽으로 짐작되는 곳에서 얼핏 북소리가 들려오는 것 같았다. 그게 진짜 북소리라면 아마도 서장대 밑에 자리하고 있는 호국사에서 북을 치고 있는 것이리라. 수국이 흐드러지게 피는 오래된 사찰이다. 임진전쟁 당시 순국한 호국영령들이 모셔져 있어 그 뜻을 기리기 위한 사람들 발길이 끊어지지 않는 절집이다.

"내는 전쟁터에 나갈 적마당 들었거마는."

성가퀴에 면해 있는 벼랑을 거슬러 오르고 있는 물새 우는 소리가 간헐적으로 나고 있었다.

"내 운맹이 내한테 하는 소리를."

그렇게 자기 입으로 말해 놓고도 원채는 그 '운명의 소리'라는 것에서 왠지 모를 크나큰 두려움에 싸였는데, 얼이는 도리어 용기 넘치는 목소리로 바뀌었다.

"지는 그 반대였심더."

"바, 반대?"

"예."

"반대라이?"

얼이는 그곳 성내 장대將臺 위에 올라서서 군사를 지휘하는 장수가 된 것 같았다.

"지가 지 운맹을 보고 큰소리쳤지예."

"얼이 총각이 얼이 총각 운맹한테 말인가?"

원채는 질린 기색까지 엿보였다. 까마귀는 여전히 어떤 움직임도 없었다. 살아 있는 새가 아니라 무슨 시커먼 쇠붙이나 검은 돌을 성가퀴에 올려놓은 게 아닐까 여겨졌다. 어쩌면 너무 노쇠하여 간신히 목숨만 붙어 있는 까마귀인지도 모르겠다.

"니는 살아야 한다꼬, 내가 니를 살릴 끼라꼬, 그리 말입니더."

얼이가 그랬을 때 홀연 원채 입에서 기이한 소리가 흘러나왔다.

"일본군 총알이 우떻게 날라오던고 기억나나?"

"예에?"

방금 내가 무슨 말을 들었나 하는 표정을 짓는 얼이더러 원채는 또 한 번 물었다.

"조선군 화살이 우떤 식으로 날라가던고 기억나나?"

얼이는 이번에는 자세히 들었고, 그래서 반문하는 소리도 못 하고 있는데, 원채는 흡사 마지막 쐐기를 박는 사람처럼 세 번째로 물었다.

"칼하고 창이 부딪힐 때 무신 소리가 나던고 기억나나?"

얼이 마음이 곧장 전쟁터로 날아갔다. 바로 옆에서 살점이 튀고 피를 쏟고 비명을 지르며 목숨이 끊겨가던 전우들이다. 적진에서 무슨 이상한 인형처럼 괴상망측한 몸짓을 하면서 쓰러져 가던 관군과 일본군들이다.

그러나 솔직히 말해 그들이 무엇에 의해 그렇게 죽어갔던가는 모르겠다. 지금 내가 살아 있는지 죽었는지 하는 것조차도 제대로 판단이 되질 않는 그런 상황에서 그건 불가능에 가까운 거였다.

"자넬 무시해서 하는 소리는 아인데, 하나도 기억 몬 할 끼거마는."

얼이가 그 말로 인한 무슨 감정을 갖기도 전에 원채는 곧바로 실토하였다.

"내도 가리방상 안 하나."

"아자씨도……."

얼이는 더 이상 말을 잇지 못했다. 원채 아저씨도 얼이 자신과 똑같았던가? 역전의 용사인 그도 그랬다.

"우리가 기억을 하고 있다모……."

원채는 마지막 숨을 거두는 병사가 고향 땅에 있는 부모 형제들에게 남기고 간 유언을 전해주듯 했다.

"그거는 더 이상 운맹이 아인 기라."

얼이도 최초이자 최후의 말인 양 되뇌었다.

"운맹이 아인 기다."

그 소리를 끝으로 그들은 똑같이 입을 다물었다.


얼이와 원채가 한창 운명론적인 이야기에 빠져 있을 그 시각, 진무 스님이 주지로 있는 비어사에 승려 한 사람이 찾아들었다.

"아, 이게 누구시오?"

"별고 없으시겠지요?"

안부 인사를 나누자마자 작금의 사정을 이야기했다.

"저간의 활약상에 관해선 익히 전해 듣고 있었소만……."

"예."

그는 노규웅과 더불어 항일의병을 이끌던 서기재였다. 그는 진무 스님이 동자승을 시켜 내온 녹차를 마실 생각은 하지 않고 낯만 붉혔다.

"참으로 부끄럽습니다."

비어사가 있는 그 고을 북쪽 골짜기를 휩쓸며 내려오는 바람 소리가 어쩐지 좀 심상치 않게 들렸다.

"의진 수뇌부에서 조정의 의병 해산 칙유勅論에 순순히 응했다는 그 사실을 생각하면 고개를 들 수가 없습니다."

법당 문살은 얼핏 복잡하고 혼란스러워 보였지만 잘 보면 대단히 질서정연한 모양새를 갖추고 있었다.

"부처님께서도 진노하실 것입니다."

절집 처마 끝에 매달린 풍경이 울었다. 작은 종 모양의 그 경쇠는 언제나처럼 그윽한 소리를 내었다.

'땡그랑, 땡그랑.'

그러자 그때까지 서기재의 말을 묵묵히 듣고만 있던 진무 스님이 그 풍경소리에 문득 정신이 돌아온 듯, 메마른 손에 들었던 찻잔을 다시 내려놓으며 한숨과 함께 말했다.

"유생 출신 의진 수뇌부의 사상적 한계가 아니었겠소."

진무 스님 몸에서는 변함없이 마른 나뭇잎 바스락거리는 소리가 났다. 그는 어쩌면 앞의 생애에 나무로 살았는지도 모르겠다.

"그래도 의병이 활약하던 지난 석 달간은, 속세를 떠나 있는 이 몸도 참으로 행복하고 기뻐했던 시간들이었소."

서기재는 손바닥으로 법당 방바닥을 내려칠 것같이 했다.

"김해에서 돌아선 게 결정적인 실책이었습니다. 돌이킬 수 없는 과오였지요."

불제자인 그의 얼굴이 그 순간에는 부처보다도 마귀 쪽에 좀 더 가까워져 있었다. 너무나도 아쉽고 화가 솟는다는 어조였다.

"무슨 일이 있어도 부산까지 그대로 곧장 밀고 내려갔어야 했는데 말입니다."

얼이와 원채가 주고받던 소리가 그 자리에서도 나오고 있었다. 진무 스님이 그들 앞에 놓인 찻상 위의 찻잔을 눈으로 가리키며 천천히 말했다.

"어서 차나 드시오."

서기재는 미련과 회한의 미망迷妄에서 벗어나지 못하고 한 번 더 곱씹었다.

"부산까지는 가야 마땅했습니다."

진무 스님은 먼 곳보다 바로 앞에 있는 사물이 더 소중하다고 여기는 것처럼 했다.

"다 식겠소이다."

그래도 서기재는 찻잔 대신 노을이 물들기 시작하는 법당 문짝을 바라보며 경계심을 늦추지 못하는 낯빛으로 말했다.

"솔직히 그 일이 있고 나서부터는, 소승은 물 한 모금 제대로 목을 타고 내려가지 못합니다."

절집에서 가꾸는 밭이 있는 방향으로부터 멧꿩이 우는 소리가 들려오고 있었다.

"음식이나 인간사나 모두가 때를 잘 맞추는 게 가장 중요하지 않겠소."

진무 스님은 꼿꼿한 상체를 조금도 흩뜨리지 않는 자세로 말했다. 서기재의 눈에는 그가 석상으로 빚어 놓은 사람 같아 보였다.

"바로 그 때를 놓……."

서기재가 나도 그 이야기를 하려는 참이라는 말을 꺼내려고 하는데, 진무 스님은 그저 계속 차만 권했다.

"따뜻할 때……."

녹차 향기가 풍경소리를 따라 산사의 해맑은 대기 속으로 스며들고 있었다.

# 다가오는 왜나막신

그로부터 얼마 후였다.

유서 깊은 그 남방 고을에 지금까지 못 보던 인간들이 나타났다. 그것은 왠지 모든 것을 크게 바꿔놓을 것 같은 조짐을 보이는 비상한 사태였다.

행인들은 약간 이색적인 그들을 보고는 고개를 갸우뚱거리며 한참을 바라보다간 제 갈 길로 갔다. 만약 그자들이 쏘아보지 않았다면 더 오랫동안 관찰했을 것이다.

그런데 그 사나운 눈매는 사람들이 계속 지켜보지 못하게 했다. 순박해 빠진 그곳 지역민들은 제 영역 안에서는 큰소리로 짖는다는 개의 속성도 알지 못하는 것일까? '굴러온 돌이 박힌 돌을 빼는' 격이라고나 해야 할는지 모르겠다.

어쩌면 크게 다른 생김새도 아니었다. 그렇지만 또 분명히 같지는 않았다. 다르지는 않은데 같지도 않은, 같지는 않은데 다르지도 않은 것 같은…….

두 명의 젊은 사내였다. 낯가림이 심한 사람에게는 타인의 젊음이 신경을 예리하게 몰아갈 수도 있다. 행여 그자들이 전형적인 조선인 복장을 하고 있지 않았다면 어떤 사람들인가는 금세 드러났을지도 모른다.

그러나 그들은 자신들의 신분을 숨기기 위해서 철저히 위장한 게 틀림없어 보였다. 특히 무엇보다도 그들은 길 가는 사람들이 알아듣지 못하게 지극히 낮은 목소리로 귀엣말을 주고받았다. 그 고을 백성들과는 또 다른 그들만의 독특한 몸짓이라든지 풍기는 분위기가 있다면 그것까지는 감출 수 없겠지만.

그런데 이상하다. 그들 중 하나가 어쩐지 낯설지가 않다. 평범한 조선인 차림새를 하고 있어 숱한 조선인들 속에서 그대로 지나치게 되겠지만, 각 민족의 혈통적인 얼굴 특징만은 어찌할 수가 없는 것이다.

키도 몸집도 엇비슷한 나머지 한 사람도 마냥 생소하기만 한 얼굴이 아니다. 그만큼 두 사람이 서로 많이 닮았다는 이야기였다. 나이 차이도 별로 있어 보이지 않는다. 기껏해야 한두 살 정도? 그렇다면 그들은 형제 사이일 공산이 크다.

그때 나이가 밑인 사내가 나이가 위인 사내를 불렀다.

"무라마치 형!"

무라마치, 그렇다면? 그는 다름 아닌 임배봉과 국제 상거래를 하는 사토의 사위 바로 그자였다.

그는 한 치 오차도 없는 무라마치가 틀림없었다. 흡사 대패로 깎아 낸 듯 뾰족한 턱하며 살짝 스치기만 해도 베일 것같이 날카로운 눈매하며…….

그런데 그가 어떻게 이곳에 나타났을까? 일본이나 부산에 있어야 할 그가? 어쨌든 간에 무라마치는 자기를 부른 다른 일본인 사내를 돌아보며 입을 열었다.

"왜 그래, 무라니시?"

그러자 무라니시라고 불린 사내가, 역시 더럽게 생긴 눈초리에 탐욕스러운 빛을 담고 물었다.

"우리가 언제까지 이 고을에서 상품시장 조사를 할 생각이야?"

그 생소한 이국 말은 근처에 있는 사물들도 귀에 설어하는 듯한 인상을 하고 있었다.

"상품시장 조사?"

무라마치가 쥐나 사마귀처럼 잽싸게 고개를 움직여 사방을 휘 둘러보며 대답했다.

"그렇게 오래 걸리진 않을 게다."

그는 자기 눈에 열병식 하듯이 길가에 쭉 늘어서 있는 수양버들 가로수가 약간 신기한지 힐끔힐끔 보았다.

"그건 물론 이 고을에 사는 임배봉이, 그 조센진 덕분이겠지만 말이다."

그러고 나서 무라마치는 도대체 무엇이 그리도 유쾌한지 한참 동안 자세를 낮추고는 소리 죽여 가며 웃었다. 웃음소리까지도 감추려 드는 그 모습이 누구 눈에도 썩 좋아 보이지는 않을 것이다.

"임배봉이란 자가 보통은 넘는다면서?"

무라니시의 두 번째 물음에 무라마치는 흥, 콧방귀를 뀌며 잔뜩 조롱하고 경멸하는 어조로 말했다.

"넘어봤자지 머. 조센진 주제에 원숭이 재주넘는 것 정도 아니겠어?"

그러면서 이 나라에 원숭이가 있나 없나 알아보려는 듯이 사방을 둘러보는 그였다. 그때 그의 눈에 들어오는 동물은 달구지를 끄는 소, 마차를 끄는 말, 그리고 어슬렁어슬렁 지나가는 개가 전부였다.

"그것도 그렇고, 형."

무라니시는 무라마치와는 달리 웃음 대신 긴장된 얼굴로 변했다. 그러곤 한다는 소리가 다소 미묘했다.

"나는 형의 장인이 자꾸 마음에 걸린다고."

남의 사위 되는 사람의 동생이 형의 장인 되는 사람을 놓고 그러는 것이다.

"그깟 늙은이가 왜?"

어쨌거나 무라마치가 장인 사토를 두고 말하는 태도가 불경스럽기 짝이 없었다. 안하무인이 따로 없었다. 하지만 그에 비해 무라니시는 한층 불안해하는 말투였다.

"혹시라도 우리 형제가 이런 짓을 하고 있다는 사실을 알게 되면 어쩌지?"

무라마치 얼굴에서 단번에 웃음기가 싹 사라졌다. 그러고는 얼음 조각 내던지듯이 차갑게 내뱉었다.

"그딴 작자에게 겁먹을 필요는 조금도 없다고!"

마침 그들 옆을 지나가던 검정개 한 마리가 가로수 밑으로 가서 코로 냄새를 맡고 있었다.

"그래도 지금까지 형하고 같이……."

"신경 꺼!"

무라마치는 무라니시 말을 칼로 자르듯 잘라버렸다.

"제 딸과 같이 살아준 사위인 나를 실컷 부려먹다가 나중에 쓸모가 없어지면 헌 게다짝처럼 팽개쳐버릴 인간이야, 그 인간이."

그 감사나운 기세에 그들 주변 공기마저도 달라지는 느낌이었다. 그것은 앞으로 벌어지게 될 일에 대한 전초전 같아 보였다.

"그건 혹시 형이 오해하고 있는 게 아닐까?"

각성시켜주려는 투의 무라니시 말에 무라마치는 노골적으로 기분 나쁘다는 표정을 지어 보이면서 시비라도 거는 사람처럼 했다.

"오해? 오해라고?"

"응, 오해."

검정개는 그 장소를 포기하고 다른 적당한 곳을 찾아내기 위해선지 한길 건너편을 향해 달려갔다. 어쩌면 제가 늘 맡던 사람들과는 다른 냄새가 나는 걸 느끼고 경계하고 있던 차에 튀어나오는 무라마치의 신경질적인 그 고함에 그만 놀랐는지도 모르겠다.

"자기 딸을 봐서라도 형한테 그러지는 못할 게 아냐?"

무라니시도 여간 끈질긴 구석이 있는 자가 아닌 듯했다. 상대방이 강하게 나오면 뒤로 슬쩍 물러나는 것처럼 하면서도 또 기회를 보아 찔러오는 못된 근성을 가진 자가 확실해 보였다. 그의 말에 무라마치는 고개를 절레절레 흔들며 부정의 말을 던졌다.

"그건 어디까지나 네가 몰라서 하는 소리야."

"몰라서?"

"그래."

"그러고 보니 여기 조센진들이 쓰는 말 가운데, '알아야 면장을 한다'는 그런 말도 있더군."

무라니시가 손가락으로 뒤통수를 긁적이며 시인했다.

"하기야 사위인 형이 나보다야 훨씬 더 잘 알 테지. 나야 뭐 그냥 옆에서 지켜보았을 뿐이잖아."

"그리고 제까짓 게 무슨 천리안을 가진 것도 아닌데, 우리가 이 먼 곳까지 와 있는 줄 어찌 알겠어? 안 그래?"

"하긴 갈수록 귀가 좀 멍하고 눈도 침침해진다고 하더라며?"

그러면서도 무라니시는 여전히 불안하고 걱정스럽다는 빛을 완전히 지워버리지는 못했다. 그는 반드시 풀지 않으면 안 될 또 다른 숙제라도 되는 것처럼 이런 말도 꺼냈다.

"그러면 형수는 어쩔 건데?"

다시 바람이 일기 시작하는 걸까, 잔잔하던 버들가지가 풀어헤친 여자 머리칼같이 출렁거렸다. 버드나무가 가로수로서 과연 적당한 나무일까 하는 의혹이 얼핏 들게 하는 현상이었다.

"형수?"

"장인은 몰라도 아내마저 배신해버릴 수는 없잖아?"

길가 조선 초가집들이 좀 엉성해 보이는 것 같으면서도 어딘가 아늑하고 평화롭게 느껴지는 그들 형제였다.

"배신, 배신이라."

한참 만에 그렇게 곱씹는 무라마치 입언저리에 기묘한 미소가 번졌다. 그는 무슨 가벼운 농담이라도 지껄이듯 하였다.

"그야 두말하면 입 아프고, 세 말 하면 잔소리지."

간악하고 음흉한 빛을 띤 얼굴로 무라니시를 힐끗 보았다.

"우리가 하려는 사업 밑천은 모두 아내 금고에서 나와야 하니까."

저만큼 길 위에서 흰옷을 입고 거친 짚신을 신은 조선 아이들 몇이 굴렁쇠를 굴리면서 달려가고 있었다. 그들 뒤에는 하얀 털이 복슬복슬한 삽사리 한 마리가 꼬리를 흔들어대면서 좋아라고 따라가고 있는 게 눈에 띄었다.

"만약 형수가 자기 아버지 편에 서서 형을 멀리하려고 하면 어떻게 할 거야?"

무라니시가 심각한 표정을 지으며 단서를 붙이듯이 물었다. 어떻게 보자면 형인 무라마치보다도 아우인 무라니시가 오히려 더욱 치밀하고 가증스러운 구석이 있는 인물인지도 알 수 없었다.

"그럴 수도 있겠지."

"그 봐."

그러는 무라니시는 의기소침에서 벗어나 활기를 되찾은 사람처럼 나왔다. 처음에 느낀 대로 그자는 기회에 밝은 인간 같았다.

"하지만 걱정하지 마."

"어떻게 걱정이 안 돼? 방심은 금물이야."

둘 다 조선 아이들이 사라진 곳을 노려보았다.

"금이 섞인 물이 금물 아니고?"

"뭐라고?"

"난, 금이 좋아."

"나도. 아니, 금도 좋고 은도 좋고 동도 좋아. 다 좋아."

어디선가 하얀 비둘기와 잿빛 비둘기가 날아오더니 새빨간 발을 재게 놀리며 요란한 소리와 함께 부리로 맨 흙바닥을 쪼아대기 시작했다.

'구구구, 구구구.'

잠시 그것을 바라보고 있던 무라마치가 불온한 눈빛을 지었다.

"그 여잔 부녀간 정보다도 뭐랄까, 속된 말로 정념에 더 달라붙지."

"형수가 그런 사람이었어?"

땅 위에는 비둘기 무리가 앉아 있고 하늘 높은 곳에서는 커다란 솔개 한 마리가 아까부터 빙빙 맴을 돌고 있었다. 지상의 먹잇감을 노리고 있는 게 틀림없었다. 지금은 저렇게 아주 느리게 고공을 날고 있지만 그야말로 한순간에 쏜살같이 몸을 내리꽂아 목표물을 앞발로 낚아채고는 또 금방 창공으로 치솟는 무서운 놈이었다.

"대강은 알고 있는 줄 알았더니 그게 아니었군 그래."

"금시초문, 그런 줄 미처 몰랐다고."

무라니시는 별게 다 궁금해지는 모양이었다. 어쩌면 그가 조선에 와서 본 조선 여자들의 정숙하고 아리따운 자태에 혹해 있다는 증거일 수도 있었다.

그들이 그러고 있는 동안에도 근처를 지나가는 많은 행인들이 두 사람을 힐끗힐끗 바라다보았다. 하지만 전혀 개의치 않는 외지인들이었다.

"천천히 알면 돼. 성급함이야말로 네가 조금 전에 말한 그 금물이지. 세상 이치가 모두 그런 게 아니겠어?"

그러던 무라마치가 문득 입을 다물며 한길 건너편을 한참이나 응시하였다. 조금 전 검정개가 달려간 그 방향이었다.

"어? 갑자기 왜 그래, 형?"

무라니시도 무슨 일인가 하고 얼른 형의 시선이 가는 곳을 좇았다. 금방 형제 눈이 너나없이 휘둥그레졌다. 그들로서는 태어나 처음 보는 광경인 것처럼 비쳤다.

한길 건너편에는 두 여인이 있었다. 한 사람은 젊고 한 사람은 늙었다. 그들 시선이 딱 고정된 사람은 젊은 여인이었다.

"저게 사람이야, 귀신이야?"

"그, 그래."

둘 다 눈만 끔벅거렸다. 사실 그들만 그런 게 아니었다. 그때 그곳을 지나던 모든 조선 행인들도 하나같이 걸음을 멈추고 서서 그 여인에게 눈을 주었다. 세상에는 오직 그 여인 하나밖에 없는 것 같은 순간이었다.

여인은 얼굴과 몸매만 빼어난 게 아니었다. 걸치고 있는 의상도 그야말로 눈부신 최고급 비단옷이었다.

노파는 수수한 옷차림인 걸로 미뤄보아, 누구 눈에도 그 여인의 몸종이란 걸 알만했다. 노파가 주위 시선들이 부담스럽고 성가셨는지 젊은 여인에게 말했다.

"마님! 그런께 쇤네가 걸어댕기시지 말고 지발하고 가매 좀 타시라꼬 그리카나 말씀 안 드리던가예?"

젊은 여인이 사뿐사뿐 걷는 걸음걸이에 걸맞게 우아하게 물었다.

"어멈! 와 또 그라노?"

그 음성 또한 외모와 썩 잘 어울릴 정도로 무척이나 곱고 맑았다. 그렇게 모든 것을 한꺼번에 전부 갖춘다는 것은 결코, 쉽지 않은 일이었다.

"길거리 사람들이 모도 우리를 쳐다봐싸서 다리가 안 떨어진다 아입니꺼?"

노파는 굉장히 못마땅한지 연방 투덜거렸다. 하지만 젊은 여인은 도리어 요염한 미소를 지어 보이며 말했다.

"어멈이 나이는 좀 묵어도 아즉꺼정 여자는 여자 겉네? 그리키 부끄러버해쌌는 거 본께네. 호홋."

노파 입이 샐쭉해졌다.

"여자 아이모예? 그라모 여태 쇤네를 남자로 보고 있었어예?"

"어? 이약이 그리 돌아가나?"

버드나무 가지가 여기에도 있구나 싶을 만큼 낭창낭창한 허리를 뽐내듯이 쭉 뻗어보는 그녀였다.

"누가 마님 보고 남자 겉다 쿠모, 마님은 기분이 좋것어예?"

노파 투정에 젊은 여인은 한층 가식된 동작을 지었다. 옥같이 하얀 손을 실바람에 나부끼는 꽃잎처럼 흔들었다.

"아이제. 그거는 아이고……."

그새 땅 위에서 종종걸음을 치고 있던 비둘기들은 수양버들 가지에 올라앉아 휴식이라도 취하는지 움직이지 않고 있었다.

"됐심니더 고마. 퍼뜩 가기나 하입시더."

노파는 잔뜩 움츠린 목을 움직여 약간 노르끄레한 빛이 감도는 눈으로 주위를 둘러보며 재촉했다.

"우리가 서 있은께 다린 사람들 아모도 몬 가고 있다 아입니꺼? 이라다가 요기 길거리가 장바닥맹캐 사람들로 꽉 차 삐리것심니더."

그런데 젊은 여인은 미모와는 다르게 심성이 썩 곱지 못한 것 같았다. 그녀는 그게 무슨 대수냔 듯이 말했다.

"몬 가모 저거들 손해지, 오데 우리 손해가? 장바닥이 되모 또 우떻고?"

그러자 노파도 깨소금 맛이라는 얼굴로 말했다.

"시방 그 말씀 들으이, 쇤네 기분이 쪼매 낫아지거마예. 눈깔 빠지거로 쳐다들 봐싸서 신갱질이 나 죽것던데."

"죽지 말고 살아서 저거 좀 봐라. 비둘기 앉은 버드나모가 에나 그림 겉다 아이가."

"그림은 우리 마님이 들어가야 좋지예. 아시지예? 미인도라꼬예."

해랑과 언네였다. 그러나 그들은 자신들을 보고 있는 행인들 속에 일본인 사내들도 섞여 있다는 것은 알 리가 없었다. 게다가 해랑으로서는 지금까지 하도 많이 겪어온 일인지라 그저 대수롭잖게 여겨졌다.

아주 어릴 적부터 '새끼 기생'이니 '매구'니 하는 소리까지 들어가며 살아온 그녀는, 세상 사람들 시선 따윈 관심 밖으로 몰아낸 게 오래였다. 아니, 언제부터인가 되레 그런 세상 사람들 눈길을 잡아끌려고 했다. 말하자면 그녀가 사람들 눈요깃감이 되는 게 아니라, 눈부신 듯 자기를 바라보는 사람들을 은근히 즐기는 것이다.

그리하여 언네가 그토록 가마를 권해도 그냥 한쪽 귀로 듣고 한쪽 귀로 흘려버린 것이다. 더군다나 해랑이 그렇게 한 번 외출하고 나면 바로 그날로 동업직물 매출이 급상승했다. 항상 그런 건 아니지만 행인들 가운데서 해랑을 아는 이가 다른 사람들에게 해랑에 관한 이야기를 해주었고, 그러면 모두 동업직물로 가보길 원했던 것이다. 그래서 배봉은 해랑이 외출을 자주 할 것을 넌지시 말해오기도 하였다. 억호가 들으면 엄청 화를 내니까 억호가 없을 때만 해랑에게 음모를 꾸미듯 살짝 얘기하곤 했다.

어쨌거나 해랑의 모습이 사라지고 난 한참 후에도, 무라마치 형제는 아직도 꿈에서 깨어나지 못한 표정들로 길거리에 우두커니 서 있었다. 그들은 지금 그곳이 조선 땅이란 사실을 잊었으며, 잠시 다른 세상을 다녀온 기분에 빠져 있었다.

"임배봉 사장 말이 허풍이 아니었어."

"임배봉 사장?"

"그래, 우리와 거래하고 있는 임 사장. 여기 기생 자랑이 그리도 심하더니, 역시 이 고을 여자들은 놀랍군."

"임 사장이란 그 조센진이 무슨 말을 했지?"

그러나 무라마치는 그 물음에는 대꾸도 하지 않고 선언하듯 이렇게 내뱉었다.

"방금 결정했다. 포목점이다, 포목점!"

무라니시가 사뭇 흥분한 얼굴로 또 물었다.

"그러면 포목점을 하기로?"

무라마치는 최후의 결단에 쐐기를 박듯 했다.

"그래, 포목점."

둘 사이에 포식을 통한 만족감을 즐기려는 분위기가 가득 흘렀다. 탐욕과 약탈로 얼룩진 역사의 한 순간과도 같았다.

"무라니시 네 눈으로도 봤잖아? 이 고을 여자들이 얼마나 아름다운가를 말이야."

"역시 형의 말 듣고 여기 조선에 오길 참 잘했어. 늘 저런 여자들 보면서 살아갈 상상만 해도 가슴이 막혀."

수양버들 가지가 홀연 미친 듯이 일렁이는 게 아무래도 바람이 드세어질 것 같은 징후였다. 해가 구름에 가려지면서 비까지 뿌릴 것처럼 흐리고 찌뿌듯한 하늘이었다.

밤에 버드나무 가지가 그렇게 흔들리는 그림자를 보면 왠지 섬뜩한 느낌이 들지 않을 수 없을 것이다. 특히 으스름 달빛이 비치는 한밤중에 그 광경을 본 고을 사람 중에는, 그게 나무에 목을 매달고 죽은 처녀 시체인 줄 알고 기절을 했다는 소문도 나 있었다. 기실 그것은 밤눈이 어두운 누군가가 잘못 보면 머리를 산발한 채 나뭇가지에 매달려 축 늘어져 있는 여자라는 착각이 들 만했다.

"이건 상상에만 그칠 게 아니지."

잠시 이리저리 바람에 날리는 버들가지를 경계하는 사람처럼 지켜보고 있던 무라마치가 동생에게 상기시켜주는 어조로 말했다.

"특히 아까 그 여인이 입고 있던 비단옷⋯⋯."

그 젊은 여인의 고운 자태만 머리에 남았던 무라니시는 그제야 생각난 모양이었다.

"아, 그래, 형. 비단옷을 입고 있었어."

무라마치는 그 고을 비단을 보고 일본 여인들이 당장 꼬빡 죽어 넘어지던 광경을 떠올렸다. 하긴 사업의 달인이랄까 귀신인 장인 사토가 거래를 맺은 물품이었다. 그러자 그의 가슴속으로 큰 사고를 한번 쳐보고 싶다는 충동이 한층 강하게 밀려왔다.

"난 그 여자 예쁜 얼굴만 보느라고 입고 있는 옷에는 별로 관심이 없었는데, 역시 형은 대단한, 아니 위대한 사람이야."

무라니시는 아부성 발언에도 능한 인물로 비쳤다.

"사업가의 자질이 정말 탁월하다고. 난 언제 형같이 될 수 있을까? 세상을 뒤흔드는 거상巨商이 너무너무 부럽거든."

"흠."

가벼운 헛기침을 하면서 무라마치는 싸움꾼이 처음 싸움을 시작할 때 곧잘 지어 보이는 모습처럼 손등으로 뾰족한 턱을 쓱 문질렀다. 그런 그에게서는 어쩐지 사람을 불편하게 만드는 불량한 요소가 다분히 엿보였다.

어쨌거나 그건 억호가 상대방을 겁줄 양으로 제 전용물처럼 해 보이는 동작이기도 하였다. 그리고 보면 그들 두 사람은 국적이 다름에도 불구하고 놀랄 정도로 서로 닮은 면이 많았다. 그것도 바람직하지 못한 쪽이었다.

"손이 더 필요할 것 같아."

"손? 무슨 손?"

무라니시가 자기 손과 무라마치 손을 번갈아 보면서 반문했다. 그걸 본 무라마치는 피식 웃음을 터뜨렸다.

"함께 사업을 시작할 다른 동업자를 찾아봐야지."

"동업자!"

그들이 수양버들 가로수가 척척 늘어진 그곳을 떠나서 큰 도랑물이 흐르고 있는 데로 다시 걸음을 옮겨놓기 시작했을 때 무라니시가 귀찮을 정도로 또 물었다.

"형이 미리 생각해 놓은 동업자는 없어?"

그러자 무라마치는 이건 극비란 듯 아주 목청을 아래로 착 내리깔았다.

"지금 이 나라 대구라는 곳에서 잡화상을 하는 우리 일본인 형제가 있는데, 우선 그들을 끌어들인 후에⋯⋯."

무라니시는 눈이 번쩍 뜨이는 모양이었다. 그는 너무 방정맞다고 여겨질 만큼 몹시 들뜬 목소리로 또 물었다.

"대구에서 잡화상 하는 우리 일본인 형제가 있다고?"

"하지만 그들만으로는 부족해."

"또 누구?"

무라니시는 자못 감탄하는 빛이었다. 이번에는 과장이 아니라 진심인 듯했다.

"일본에 있는 사업가도 필요할 거야."

은근히 자신의 애족심을 드러내 보이는 무라마치였다. 무라니시는 그 만 입을 쩍 벌렸다.

"그렇게 많은 이들과 동업을 하겠다고?"

무라마치는 도랑 가장자리에 제멋대로 자란 이름 모를 잡초를 보며 말했다.

"아무래도 국제적인 사업이 될 테니까 그만큼 자금이나 인력이 많이 들어가야 할 거고."

"구, 국제적인 사업?"

무라니시는 좀체 믿을 수 없다는 표정을 지었다.

"아, 그러면 여기 조선 땅에서만 하는 사업이 아니란 얘기야?"

"그렇지! 그러니 너도 각오 단단히 해야 할 거야."

무라마치 이야기는 마치 거기 도랑물 흐르듯 거침없이 줄줄 흘러나왔 다. 그 정도로 그가 철저한 계획을 세웠다는 증거가 아닐 수 없었다.

"먼저 여기서 터부터 잡고, 그다음에는 우리 일본은 물론이고 중국에 까지 사업을 확장시킬 계획이니까."

"주, 중국!"

급소를 찔린 사람이 비명을 내지르듯 하더니 우선 당장에는 이게 가 장 기대가 되고 궁금하다는 투로 물었다.

"이 고을에서는 어디에 포목점을 차리려고 하는데?"

그 소리는 제법 넓은 저 아래 도랑 바닥에까지 가 닿을 정도였다.

"아, 그게 굉장히 중요하다고."

무라마치는 또 한 번 주위를 조심스레 둘러보았다. 하여튼 제 딴에는 안전에 만전을 다하는 모습이었다. 도랑 밑으로 내려가서 물에서 열심히 무엇인가를 잡고 있는 아이들 말고는 다른 사람은 보이지 않는데도 그랬다.

"사람들이 가장 많이 다니는 최고 번화한 곳에 열어야겠지."

무라마치는 천천히 제 계획을 들려주었다. 무라니시가 의혹에 찬 얼굴을 했다.

"형에게 그만한 돈이 있어?"

"그 정도 밑천은 돼."

"역시 형은……."

무라니시는 흰옷을 입고 거친 짚신을 신고 있는 도랑 밑의 아이들을 내려다보고 나서 계속 물었다.

"그런데 어떻게?"

무라마치는 멀리 산 쪽까지 약간 굽은 듯 길게 이어져 있는 도랑 저편을 보았다.

"이 형이 바보가 아닌 바에는 왜 지금까지 그 다 늙어빠진 장인한테 알랑방귀까지 뀌며 붙어 있었겠어?"

"그러니까 장인 몰래 돈을 뒷구멍으로 빼돌리고 있었구나?"

무라니시가 어깨를 건들거리며 헤헤거렸다. 무라마치는 정색을 하며 단호한 어조로 말했다.

"난, 그렇게 생각하지 않는다."

"……."

무라니시 얼굴에서 일시에 웃음기가 싹 가셨다. 몸의 동작도 딱 멈췄다. 무라마치의 그 말 한마디 한마디가 마치 일본도로 상대방 몸의 급소를 정확하게 찌르는 듯한 느낌을 주었다.

"그건 정당한 내 몫이라고 봐."

누구라도 이의를 걸면 그대로 두지 않겠다는 위험천만한 의지와 신념이 그의 전신으로 뿜어져 나왔다.

"정당한 형의 몫?"

무라니시는 몸을 움찔했다. 형을 몹시 두려워하는 아우였다.

"와~아!"

아이들이 큰소리를 지르며 놀고 있는 도랑에 '구구구' 소리를 내며 비둘기 몇 마리가 날아들고 있었다. 어쩌면 그들 뒤를 따라온 비둘기들인지도 모르겠다. 만일 그렇다면 그 미물들 눈에도 그들이 이상하게 비쳤다는 얘기가 될 것이다.

"그렇지!"

아이들 고함소리와 비둘기 울음소리에 섞여 무라마치 음성은 한층 이색적인 느낌을 자아내었다.

"그런 계산이었어."

무라니시는 형의 성격에 생각이 미쳤다. 그는 요만큼도 자기 것을 손해 본다거나 내놓지 않으려는 지극히 이기적인 사람이라는 인식이 먼저 뇌리를 쳤다. 따뜻한 피가 돌지 않는 냉혈한이었다. 부모는 들먹일 것도 없고 동생인 그 자신에게도 마찬가지였다.

'내 도움이 필요하지 않았다면, 나를 데리고 나서지도 않았을 걸?'

무라니시는 그 형에 그 동생 아니랄까 봐 몰래 형을 훔쳐보며 속으로 이해타산적인 셈을 이리저리 굴러보았다.

'그런 사실도 모르고 나는 그저 감지덕지했으니, 이 무라니시 또한 바보가 아닌 바에야…….'

그때 무라마치의 말이 무라니시 귀를 울렸다.

"장인 그 늙은이가 당연히 내게 지불해야 할 임금을 근로자의 정당한 권리로서 찾았을 뿐이야. 노동의 보수를 말이지. 난 착취당하고 있었거든?"

무라마치 눈빛이 너무나 매서워 무라니시는 자신도 모르게 몸을 떨었다.

"형이 이렇게 무서운 사람인 줄 몰랐어."

무라니시 머릿속에 형의 놀라운 검도 실력이 떠올랐다. 일본 전국검도 대회를 휩쓴 무라마치였다. 무라니시 자신도 검술이 뛰어났지만 둘의 대결에서 아직 한 번도 형을 이기지는 못했다. 하지만 칼로써 남에게 질 생각은 없었다. 특히 조센진 따위는 열 명이 아니라 백 명도 단칼에 벨 자신이 있는 그들 형제였다.

"형은 틀림없이 이 고을 돈을 싹쓸이할 거야."

그러면서 무라니시는 저쪽 멀리 산 반대편 방향으로부터 걸어오고 있는 조선인들을 해칠 것처럼 째려보았다.

"나는 흰옷이 싫어. 짚신도 마음에 안 들어."

무라마치가 말없이 힐끗 동생을 바라보았다. 그 눈빛이 서늘하면서 복잡했다. 분명 어딘가 경계하는 기운이 서린 눈빛이었다.

"저놈들은 왜 저따위 옷만 걸치고 신발만 꿰차고 살아가는지 모르겠다고."

그리고 나서 무라니시는 고소하다는 얼굴로 이렇게 내뱉었다.

"조만간 여기 조센진 놈들은 돈이 없어 빌빌거리겠지."

언제 나타났는지 소달구지와 마차가 시끄러운 소리를 내면서 그들 옆을 지나치고 있었다. 황소를 모는 농부와 암말을 끄는 마차꾼 모두 흰옷을 입고 있었다.

'덜컹!'

'덜커덕!'

그 바퀴 소리가 귀에 거슬리는지 인상을 팍 찡그리고 있던 무라마치가 으르렁거리는 투로 물었다.

"아까 내가 했던 말 벌써 잊었어?"

형의 험한 인상에 질린 무라니시 목소리가 흔들려 나왔다.

"무슨 말?"

"기억 못 하고 있군."

"……."

무라마치는, 머리에는 푸성귀를 담은 광주리를 이고 등짝에는 아이를 업은 흰옷 차림의 아낙네 하나가 지나가기를 기다렸다가 말을 이었다.

"이 고을은 물론이고 조선 땅 전체뿐만 아니라, 우리 일본과 중국 돈도 모조리 우리 주머니에 속속 들어오게 될 그날을 기대하라는 거야."

그러자 무라니시는 잔뜩 기대감에 부푼 얼굴이면서도, 아직은 다 믿을 수가 없다는 듯 중얼거렸다.

"그렇게 하려면 정말 보통 사업 수완 가지고는 힘들 텐데."

"힘들 거라고?"

무라마치가 문득 걸음을 멈추었다. 무라니시도 따라 섰다. 두 사람 사이에 야릇한 기류가 흐르기 시작했다. 형제가 아닌 것 같았다. 알다가도 모를 자들이었다.

저만큼 도랑 가에 기와집 한 채와 초가집 네댓 채가 이마를 맞대고 있는 지점이었다. 그중 기와집 대문간 앞에 쭈그리고 앉아 긴 담뱃대를 물고 있는 허연 머리칼의 노인을 흘겨보듯 하면서 무라마치가 말했다.

"형 말 잘 들어."

무라니시는 형의 옆얼굴을 훔쳐보았다.

"말해 봐."

다음 순간, 온몸이 오싹할 무서운 이야기가 나왔다.

"난, 내가 세운 사업체를 군대 조직을 모방해서 경영할 구상을 하고 있다."

"뭐?"

"……."

"형, 방금 뭐랬지?"

무라니시가 멍청한 표정으로 반문했다.

"군대 조직?"

잠자코 합죽한 노인 입에서 뿜어져 나오는 푸른 담배 연기만 보고 있는 형에게 물었다.

"회사를 어떻게 그런 식으로 꾸려나가겠다는 거야?"

그 담배 연기가 총구에서 나오는 화약 연기처럼 보이는 무라니시였다.

"너, 지금?"

무라마치는 어릴 적에 자기 말을 듣지 않는 무라니시에게 해 보였던 것처럼 잔뜩 무서운 얼굴을 만들어 보였다.

"넌, 이 형이 대일본국 군인 출신이란 사실을 그새 잊어버린 거야?"

무라니시가 얼른 고개를 흔들며 강하게 부정했다.

"아, 아니야. 잊지 않았어. 그걸 왜 잊어."

무라니시는 그에게 형이 있는 덕분에 친구들한테서 한 번도 놀림을 당한다거나 두들겨 맞지 않았다는 사실을 상기하며 말했다.

"내가 친구들 모두에게 우리 형이 대일본제국의 훌륭한 군인이란 걸 얼마나 자랑하고 다녔다고."

무라마치가 검도 시합을 할 때 기합 넣듯 짧게 말했다.

"됐어."

무라니시는 형이 자기 말을 제대로 알아듣지 못한 줄 알고 또 입을 열었다.

"그러니까 내 말은 말이야."

무라마치는 습관인 양 신경질적으로 동생 말을 막았다.

"그렇게 생각하고 있으면 됐다니까!"

"형은 괜히……."

"뭐야?"

"아, 아무 말도 안 했어."

"진작 그럴 것이지."

그들은 다시 걸음을 옮겨놓기 시작했다. 걸음걸이가 대단히 단정하지 못했다. 노인이 저 아래 도랑을 내려다보고 담뱃대를 마구 휘두르며 아이들을 꾸짖고 있었다.

"이제부터는 군소리하지 말고 듣기나 해."

무라마치 입에서는 더욱 놀라운 소리가 계속해서 나왔다.

"그리고 또 한 가지, 나는 우리 회사 모든 종업원을 우리 일본인으로만 채용할 거다."

"조선 땅에서 조센진은 안 쓰고?"

무라니시는 다른 건 몰라도 그 말에는 수긍할 수 없다는 빛을 내비쳤다. 그러고는 퍽 조심스레 말했다.

"그건 불가능하지 않을까?"

"뭐라고?"

무라마치 안색이 크게 바뀌었다. 어쩌면 그로서도 가장 예민한 부분일 것이다.

"저놈의 망할 새들이 또!"

"당장 총으로 갈겨버려?"

도랑에서 혹은 날고 혹은 앉아 있던 비둘기들이 일제히 그들 형제 머리 위로 날갯짓을 해오고 있었다. 얼핏 그들을 공격하거나 그들의 대화를 들어보려는 것 같았다.

"가능하지 않다고 봐."

"가능하지 않다고?"

"그, 그래."

"그런 말은 내게 어울리지 않아."

무라마치 눈에서 시퍼런 불꽃이 튀었다. 조선 대장간에서 본, 풀무질로 숯불을 피우는 장면을 떠올리며 무라니시가 탐색하는 어조로 말했다.

"그렇게 하면 이 고을 조센진 놈들이 가만히 있지 않을 거잖아."

"가만히 안 있으면?"

그러더니 무라마치는 한술 더 떠서 이렇게 얘기했다.

"우리 일본인 가운데서도 우리 고향 출신들만 채용할 테니, 너는 아무 소리 말고 그냥 이 형이 하는 것을 옆에서 지켜만 보고 있으면 돼."

"알았어, 알았다고."

무라니시는 순종의 태도를 보이며 어깨에 신바람이 붙었다.

"형만 믿겠어. 상상만 해도 막 신이 나네?"

조선 기생 기둥서방도 할 수 있겠다는 가증스러운 꿈에 젖었다.

"우리가 여기 조선 돈을 몽땅 손에 넣을 날이 빨리 왔으면 좋겠어."

그 말끝에 무라시니는 문득 떠올렸는지 화제를 바꿨다.

"참, 그건 그렇고 말이야."

"왜?"

"그러면 형의 장인이 지금까지 쭉 거래해오고 있는 이 고을 임배봉이라는 그자와는 어떡할 작정이야?"

노인에게 꾸지람을 들은 아이들이 도랑 위로 하나둘씩 올라오고 있었다. 하의가 물에 젖어 있지 않은 아이는 하나도 없었다. 노인이 나무라던 이유를 알만했다.

"글쎄."

무라마치 눈앞으로 임배봉의 중앙집중식 둥글넓적한 얼굴이 그려졌다. 그의 맏손자 동업 모습도 보였다.

'그 늙은이와 애송이.'

지금까지는 거침없이 자신만만하게 대답하던 그도 좀 머뭇거리는 눈치였다. 그는 어서 답변을 듣고 싶다는 동생의 시선을 의식하며 말했다.

"네가 내 동생이니까 하는 말인데, 탁 털어놓자면 그게 가장 큰 걸림돌이 될 것 같기는 하다."

무라니시는 그 보란 투였다.

"그, 그렇지?"

무라마치는 첩자를 연상시키는 모습으로 사방을 둘러보았다.

"더욱이 지금 여기는 우리 일본 땅이 아니고 조선 땅 아니냔 말이다. 똥개도 제 동리에서는 먹고 들어간다는 말이 있을 정도로 이 나라는……."

그러자 무라니시는 조금 전에 기갈이 여간 세어 보이지 않던 그 노인 꾸중을 듣고 몸을 사리던 조선 아이들처럼 하였다.

"그렇다면 큰일이잖아?"

두 사람은 자신들도 모르게 그 자리에 또 멈춰 섰다.

"깊이 생각해보지 않아도 말이야, 아무래도 임배봉 그자는 나보다는 장인한테 더 가까운 감정을 품고 있을 것이다."

그들 머리 위에서 비둘기 소리가 한층 요란했다. 어쩌면 그들 대화를 방해하려고 그러는 건지도 모르겠다.

"아무튼 자칫 우리가 사업을 시작하기도 전에 그자가 알게 되면……."

"도로아미타불이지."

무라니시가 사이비 중처럼 말했다.

"그 즉시 장인 귀에 들어갈 건 정해진 이치고……."

무라마치가 말끄트머리를 흐리자 무라니시는 형에게 단단히 확인을 해두려는 심산인지 이렇게 말했다.

"우리가 이 고을에서 포목점을 하게 되면, 당장 이전부터 여기서 비단 사업을 하고 있던 임배봉 그 조센진하고 맞닥뜨리게 될 것은 뻔한 일인데, 그런 것에 대처할 어떤 방안도 미리 마련해두지 않으면……."

그러자 그 성깔에 한참 듣고 있던 무라마치는 급기야 자존심이 무척이나 상하는 빛으로 동생의 말허리를 끊고 나왔다.

"그래서 내가 구상하고 있는 게 백화점이다."

"백화점?"

무라마치는 오랫동안 머릿속에 담아두었던지 또다시 아까처럼 막힘 없이 이야기하기 시작했다.

"우리 일상생활에서 필요한 상품들을 모을 수 있는 대로 모두 모아, 그것들을 다시 각 부문으로 나누어, 사람들 보기 근사하게 진열해 놓고 판매하는, 그러니까 다시 말하자면 일종의 종합소매점이 될 거야."

무라니시는 다소 생경하다는 어투였다.

"종합소매점이라고?"

"그렇지. 일단 처음 시작할 때는 그냥 상점이지만……."

무라마치는 거기서 잠시 말을 그치더니 나름대로 조선에 대한 지식을 쌓아오기라도 한 품새로 자랑스레 입을 열었다.

"조선 속담들 가운데 이런 속담이 있더군. 천릿길도 한 걸음부터, 라고 말이야.

무라니시가 몽니 부리듯 빈정거렸다.

"조센진들이 속담 하나는 기차네?"

무라마치는 또다시 매 눈같이 날카로운 눈매를 번득이면서 적진을 더

듬어 살피려고 온 정탐꾼처럼 주변을 이리저리 둘러보았다.

"자꾸 조센진, 조센진 하는데, 조센진들은 우리더러 쪽발이라고 하더군."

그새 노인도 아이들도 모두 어디론가 사라지고 도랑물만 무심히 흐르고 있었다. 잡초가 곳곳에 자라고 있긴 해도 물의 양이 제법 많고 깨끗했다.

"그건 그렇고, 속담만 그런 게 아냐."

"그러면?"

그들에게 들을 게 별로 없다고 판단했는지 비둘기들은 홀연 창공 저 높은 곳으로 몸을 솟구치기 시작했다.

"우리가 조센진이라고 부르면서 잔뜩 업신여기고 있지만, 사실 조센진들이 예사 놈들이 아니거든."

무라마치 말을 들은 무라니시는 도시 믿을 수 없다는 기색이었다.

"그럴 리가 없어. 그건 어디까지나 형이 잘못 본 거야."

무라마치가 검도로 내리치듯 말했다.

"내 말 끝까지 들어 봐. 군소리는 하지 말랬잖아?"

대단히 신경질적으로 보이는 그의 이마에 깊은 주름이 셋이나 갔다.

"임배봉이란 놈만 해도 그래."

"그자가?"

무라니시 역시 심각한 표정이 되었다. 얼핏 가볍게 구는 것 같지만 꼭 그런 것만도 아닌 듯했다.

"장사 수완이 놀라워."

"그 정도라고?"

흰둥이와 검둥이가 서로 장난질을 치면서 막 달려가고 있었다. 어느 것이 수컷이고 어느 것이 암컷인지 제대로 분간이 되지 않았다. 간간이 으르렁거리는 소리를 내기도 하는 개들을 물끄러미 바라보고 있다가 무라마치는 다시 입을 열었다.

"장삿술은 우리 일본을 따라올 나라가 없다고 자타가 공인하지만 임배봉은 절대 예사로 볼 장사꾼이 아니야."

무라마치는 덕석 같은 낯판과 솥뚜껑 같은 손을 가진 배봉을 머릿속에 그려보며 동생을 단속시켰다.

"거상으로서의 자질과 능력을 골고루 갖춘 자란 걸 명심하라고."

무라니시는 새삼 그곳이 타국 땅이라는 사실을 인지했는지 조심스러운 모습을 보였다.

"알았어, 형. 경계를 늦추지 않겠어."

무라마치는 더욱 바싹 끈을 조이듯 했다.

"또 있어."

이번에는 무라니시가 약간 신경질적인 반응을 보였다.

"또?"

저만큼에서 잠시 멈추고 있던 흰둥이가 홀연 달려가기 시작했고, 검둥이는 가만히 보고 있다가 이내 그 뒤를 따르기 시작했다.

"그래."

"이번엔 누구야?"

무라니시는 그가 지금까지 보아온 형답지 않게 지나치게 소심한 무라마치가 짜증스러운 모양이었다. 하지만 무라마치는 큰 부담을 가지는 빛이 완연하였다.

"동업이란 그자 손자 놈도 만나봤는데, 눈깔만 붙은 고게 여간 맹랑하지 않더군."

무라니시는 무겁게 받아들인다는 표시인 양 고개를 숙였다가 다시 들었다.

"형의 눈에 그렇게 비쳤다면…….."

물품을 등에 지거나 손에 든 보부상들이 그들을 힐끔힐끔 곁눈질하며 지나갔다. 그 봇짐장수와 등짐장수들을 집어삼킬 듯이 바라보고 나서 무라마치가 신중한 말투로 얘기했다.

"아주 조심해야 할 조센진들이야."

"동업? 동업이라."

무라니시는 처음 나온 그 이름을 곱씹어보다가 문득 깨친 모양이었다.

"그렇다면 그 손자 이름을 따서 지은 게로군."

"뭘?"

"동업직물이란 상호 말이야."

"그렇군."

잠자코 고개를 끄덕이던 무라마치는 약간 감탄하는 기색으로 말했다.

"배봉이 그자가 손자한테 경영수업을 시키기 위해, 우리가 거래하는 장소에 끌고 나왔던 게 확실해 보였다고."

무라니시는 같잖다는 표정이었다.

"헤, 조센진 놈들이 까불고 자빠졌네."

그때 무라마치가 깜빡 잊고 있었다는 듯 조금 흥분된 얼굴로 입을 열었다.

"아, 참. 그런데 말이야. 그 동업이란 놈의 어미, 그러니까 임배봉이 맏며느리가 그렇게 미인이라는 거야."

수양 버드나무에 앉았던 참새들이 도랑 가에서 나지막하게 날고 있는 것이 눈에 띄었다. 아이들이 남긴 과자 부스러기라도 주워 먹으려는 건지 모르겠다.

무라마치는 그곳 조선에 있는 모든 것들을 닥치는 대로 게걸스럽게 먹어치우고 싶다는 엄청난 허기를 느꼈다.

"음식 솜씨도 굉장히 뛰어나다고 하면서 말이지, 어찌나 며느리 자랑을 길게 늘어놓는지, 그 며느리를 꼭 한번 보고 싶다고."

무라니시는 남의 집 며느리에는 별로 흥미나 관심이 없는지 다른 이야기를 꺼냈다.

"이 고을은 기생들이 죽여준다고 하더라며?"

무라마치는 작은 물동이를 머리에 인 중년 아낙과 댕기 머리 나풀거리는 어린 여자애가, 기와집 옆에 붙은 작은 초가집 안으로 들어가는 것을 유심히 지켜보며 대답했다.

"그랬지. 우리한테 애랑이라는 기생을 소개시켜 준다고도 했고."

"애랑."

그들은 알 리가 없었다. 조금 전에 그들이 만났던, 늙은 몸종을 거느린 그 젊은 여인이 바로 임배봉의 며느리였다. 사토와 무라마치 자신이 애랑이라고 잘못 들은 게 아니라 실은 해랑이 맞았는데, 배봉의 임기응변에 감쪽같이 속아 넘어간 것이다.

"기대가 커, 형."

"더 크게 가져도 돼."

한동안 시답잖은 소리로 노닥거리다가 무라니시가 홀연 심각한 표정을 지었고, 무라마치는 조목조목 따지는 어조로 얘기를 나누었다.

"근데, 상품 관리 얘긴데……."

"관리도 그렇지만 광고라든지 유통 등, 우리가 신경을 쏟아야 할……."

그 형과 그 아우가 한배에서 태어난 것은 틀림이 없어 보였다.

"관리에다가 광고에다가 또 유통까지, 세상에는 쉬운 게 없군."

여하튼 그들 일본인 형제는 은밀하게 그 고을 상품시장 조사를 하면서, 가장 미래가 밝아 보이는 사업이 포목점이라는 결론을 내리기에 이르렀다. 그것은 생각하면 할수록 훌륭한 선택인 것 같았다.

"또 말이야."

"응."

"포목이란 원래 말이지."

"아, 그렇구나!"

그러나 무라마치가 동생 무라니시에게 말해주지 않은 것이 딱 한 가지가 있었다. 그건 임배봉과의 동업同業이었다. 임배봉을 동업자로 끌어들이면 과연 득이 될까 실이 될까, 아직은 제대로 판단이 서지 않았던 것이다.

그리고 그 무라마치는 정말 눈곱만치도 예상하지 못했다. 바로 그때 옆을 지나던 크고 으리으리한 사인교 가마 속에서 누군가가 깜짝 놀라는 눈빛으로 자기를 노려보고 있다는 사실이었다.

'헉! 저기 누고?'

그것은 우연치고는 참으로 묘한 우연이었다. 그때 가마 속에 앉아 있는 사람은 바로 임배봉이었다. 그는 처음에 자기 눈을 의심하지 않을 수 없었다. 내가 나이가 들어가니까 눈에 꺼풀이 씌어 잘못 본 게 아닌가 했다.

'요 썩어빠진 눈깔을 그냥 싹 빼서 선학산 공동묘지에 후딱 가서 딱 바꿔갖고 오든가 해야지 안 되것다.'

그러나 다시 봐도 틀림없는 무라마치였다. 배봉은 무라마치와 함께 있는 다른 자를 얼른 훑어보다가 고개를 크게 갸웃했다. 사토가 아니었다.

'둘이 장인과 사우 관계라고는 하지만도, 멤으로 통하는 거는 아인 거 겉었더라. 하모, 그냥 행식적(형식적)으로만 그랬던 기라.'

어쨌거나 무라마치가 이 고을에 나타났다는 것은 너무나도 범상치 않은 일이었다. 그것도 배봉 자신에게는 사전에 한마디 말도 없었다. 배봉 머릿속이 굴렁쇠처럼 재빠르게 돌아가기 시작했다. 놈이 나를 만나러 온 것은 아니라는 확신이 서면서 심장이 거칠게 뛰었다. 그렇다면 무엇 때문에 여기에 왔을까?

'우짠다?'

처음에 배봉은 가마를 멈추게 하여 무라마치를 만나볼까 하는 생각도 했다. 하지만 잠깐 망설이는 사이에 가마는 이미 그들 곁을 지나쳤고, 다시 헤아려보니 섣불리 다가갈 일도 아닌 성싶었다. 무엇보다도 이곳에 나타난 놈의 저의를 전혀 모르고 있는 것이다.

'안 되것다. 내가 다린 데 눈 돌릴 틈새 없다.'

배봉은 단골 기방으로 향하던 가마 방향을 다시 집 쪽으로 돌리게 했다. 머리칼이 쭈뼛 곤두서는 느낌이었다. 지금은 한가롭게 딸 같은 기생 아이들을 옆구리에 끼고 세월아 네월아 가라, 놀고 있을 때가 아니라는 긴박감이 먹장구름같이 몰려들었다.

'니기미!'

'돈만 좀 있으모 다가?'

'애니꼽고 더러버서 몬 살것다.'

'내 멤 겉으모 가매를 땅바닥에 꺼꿀로 콱 처박아삐고 시푸다.'

아무 영문도 모르는 가마꾼들은 그저 시키는 대로 하면서도 속으로는 너나없이 배봉을 욕하고 손가락질했다. 그러잖아도 처량하고 비참한 자기네들 신세와 비교해 가면서 괜한 저주와 탄식까지 퍼붓던 대상이었다.

행랑채 지붕보다 높이 솟게 만든 솟을대문이 위태로워 보였다. 근동 최고의 그 대저택은 관아 고위직들도 부러워하는 집이라고는 하나 때때로 지금처럼 알 수 없는 불안 심리를 안기기도 하였다.

'가마이 있자.'

일단 집으로 돌아와 사랑방에 틀어박힌 배봉은 다시 처음부터 끝까지 찬찬히 되짚어보기 시작했다. 이상하게 예감이 좋지 않다. 그것도 너무 너무 나쁘다. 꼭 내 손 안에 쥐고 있는 것을 빼앗길 것만 같은 기분이다.

'그 왜눔은 또 누꼬?'

무라마치와 함께 있던 자의 얼굴도 떠올려보았다. 이날 처음 보기는 했어도 서로 아주 닮았다. 형제가 아닐까 싶었다. 그러자 마음은 더더욱 긴장되었다. 오금이 저리고 소변이 마려웠다.

'허, 천하의 이 임배봉이가 마이 죽었다, 마이 죽었어.'

한참 동안 끙끙대던 배봉은, 일이 막히거나 혼자 결정하기가 어려울 때면 항상 그러하듯, 며느리 해랑의 처소로 향했다.

"아, 아버님께서 우찌?"

갑자기 불쑥 찾아온 시아버지를 본 해랑은 처음에는 당혹스러워하는 표정이었지만 이내 심상한 얼굴로 바뀌면서 언제나처럼 공손히 맞아들 였다.

"오늘 이 시애비가 안 있나."

"말씀하시이소."

배봉은 무라마치를 본 일에 대해 들려주었다.

"그자가……."

"그랬어예?"

이야기를 다 들은 해랑의 안색이 더없이 심각해졌다. 늘 불그레한 얼굴에서 핏기가 싹 가셨다. 그녀는 자리를 고쳐 앉으며 어두운 음성으로 말했다.

"아버님 말씀맹캐 지도 기분이 상구 꺼림칙하기는 합니더."

배봉은 뜻이 맞는 동지를 만난 사람 같았다.

"며눌아기 니도 그렇제?"

그 방에 있는 갖가지 수집품들이 비밀스러운 이야기를 나누고 있는 시아버지와 며느리를 무연히 바라보고 있었다.

"하모예, 아버님. 사악한 왜눔들 아입니꺼?"

해랑이 독기 내뿜듯 했다.

"머가 안 좋아도 안 좋을 징조지 좋을 징조는 아입니더."

배봉은 그러잖아도 호박씨 같은 눈을 한층 가느다랗게 떠 보였다. 그러자 얼굴에 눈이 붙어 있는지 없는지 모를 판국이었다.

"그란데 그 왜눔들이 우리 고을에 온 목적을 토옹 알 방도가 없으이. 후우."

본디 그런 인간인 줄은 통싯간 새끼줄도 안다지만, 그래도 명색 시아버지라는 사람이 며느리 앞에서 못 하는 소리가 없었다.

"똥인지 된장인지 알아야 손까락으로 퍼묵든지 장군통에 담아갖고 갖다버리든지 할 꺼 아이가?"

"……."

해랑은 여전히 눈같이 새하얀 이마를 숙인 채 한동안 생각에 잠기더니 이윽고 천천히 얼굴을 들며 이렇게 말했다.

"쪼꼼 있다 보모 알 수가 안 있것심니꺼."

"멀리는 안 가도?"

"예, 그러이 너모 심려치는 마시고예, 아버님."

"알것다."

눈과 코, 입 등이 더욱 얼굴 가운데로 쫙 몰렸던 배봉의 중앙집중식 낯판이 조금 펴지기 시작했다.

"그래, 며눌악아. 그래도 니한테 와서 싹 다 이약하고 난께, 내 속이 쪼매 낫다. 장 닐로 귀찮커로 하제?"

해랑은 속으로, 모르면 밉기나 덜하지, 하고 빈정거리면서도 입으로는 비단장사 집안 여자답게 번드르르 말했다.

130

"아입니더, 아버님. 하나도 안 귀찮고 도로 좋아도 너모 좋아예."

배봉은 그 방을 가득 채우고 있는 고가의 장식품들을 보지 않는 척 곁눈질로 훑어보았다. 체경體鏡 속에 비친 며느리 자태는 단순히 고혹적이라는 말을 넘어 머리가 아찔하게 만들고도 남음이 있었다.

"아버님께서 그리 말씀하시모 도로 지가 마이 서분치예."

"그런 기가?"

"예."

"그라모 앞으로는 안 그라지 머."

"시방 이 순간부텀니더."

"알것다, 알것다."

그에게서 늙은이 냄새가 진하게 났다. 누구나 나이가 들면 어쩔 수 없는 현상인 것 같다고 받아들이면서도, 해랑은 조금이라도 덜 맡기 위해 코를 약간 옆으로 돌렸다.

"그라고 오늘 일은 시간을 놓고 차근차근 생각해보이시더. 쉬엄쉬엄예."

"아, 인자 멤이 짜다라 좋아졌다."

빗 꽃살 무늬에 세로로 긴 창살을 아우른 창이 그 순간에는 작고 초라한 방에 나 있는 봉창보다도 더 볼품이 없어 보였다.

"그리하시야 오래오래 건강하시거로 사실 수 있다 아입니꺼? 지는예, 우짜든지 아버님께서 장수하시야…….."

"고, 고맙다. 역시 내한테는 며눌아기 니밖에 없는 기라. 자슥들이라 쿠는 기 모도 니 안 겉다."

시아버지가 올 때마다 해랑이 거르지 않고 그래왔듯, 그녀가 타준 꿀물을 소리 나게 마시고 배봉이 돌아간 후 해랑은 혼자 깊은 상념에 잠겼다.

'아모래도 앞으로 천지가 뒤집힐 일이 터질랑갑다.'

언젠가는 일본인들이 우리 고을에도 들어와 살게 될 것이란 소리를 들어 좀 예상은 하고 있었지만, 막상 그자들이 들어와 있다는 말을 듣자 구름장같이 피어오르는 온갖 망상과 근심에 머리가 아프고 어지러웠다. 나라도 나라거니와 이제부터 우리 동업직물은 어떻게 되려는지.


바로 그 시각.

적진을 살피는 정탐꾼처럼 그 고을이 좁아라, 이곳저곳 한참 돌아다니던 무라마치 형제는, 목도 마르고 시장기도 느껴 강을 끼고 있는 어떤 큰 국밥집으로 들어서고 있었다.

"쌔이 오이소. 방에 들가실랍니꺼, 팽상에 앉으실랍니꺼?"

제법 익숙한 솜씨로 그렇게 손님을 맞이하는 사람은 계산대 앞에 앉아 있던 얼이였다. 공교롭게도 요기할 곳을 찾던 일본인들은 나루터집을 찾아들었다. 그것은 무슨 모를 필연이 아닌지도 모르겠다.

"우리는……."

무라니시에 비해 조선말에 어느 정도 익숙한 무라마치가 말했다. 조금도 조선 사람들 눈치를 보지 않고 거침없이 내는 큰소리였다. 천성적으로 목청이 큰 편이 아닐까 여겨질 수도 있겠지만 또 다른 한편으로는 조선인들이 모를 모종의 어떤 의도가 감춰져 있지 않을까 싶기도 하였다. 그자는 칼로 무엇을 찌르듯이 손가락으로 평상을 가리키면서 말했다.

"저 평상이 좋겠스무니다. 콩나물국밥 두 그릇 부탁하겠스무니다."

'아!'

얼이는 속으로 크게 경악했다. 생사의 끝을 물고 총탄과 화살이 오가는 전쟁터를 경험했던 그가 하마터면 놀라는 소리를 입 밖으로 낼 뻔했다.

일본인들이다!

'쪽바리들이 우리 집에 오다이?'

일본 군인은 보았지만, 일본 민간인은 이날 처음 본다. 얼이가 내심 허둥거리고 있을 때, 무라마치의 큰소리를 들은 우정 댁과 원아가 주방 문틈으로 마당을 내다보면서 비화에게 사뭇 흥분한 목소리로 말했다.

"인자 일본 사람들이 다 오고, 우리 나루터집이 에나 유맹하기는 유맹한갑다. 안 그렇나, 조카?"

"준서 옴마, 알것제? 동업직물만 왜눔 장사치들하고 거래하라쿠는 벱 없다. 나루터집도 한다 고마!"

그런데 비화는 마당 쪽으로는 눈길도 돌리지 않은 채 그때까지 하고 있던 부엌일을 계속하면서 비장한 얼굴로 이렇게 말하는 것이었다.

"드디어 조선하고 일본하고의 싸움이 본격적으로 시작될라쿠는 거 겉심니더. 저 왜눔들 나막신이 오고 있어예."

# 눈동자에 비치다

그로부터 며칠이 흐른 후였다.

"아, 처녀가 누라꼬?"

비화는 도저히 믿을 수 없다는 얼굴로, 지금 그녀 앞에 다소곳이 앉아 있는 어린 처녀를 바라보았다. 그 존재조차 잘 몰랐던, 전혀 예상치 못한 방문객이었다.

한눈에도 여간 영리하고 정숙해 보이지 않는 그 여자아이는, 아무리 높게 봐도 준서보다 나이가 많아 보이지는 않았다. 준서와 동갑이거나 한 살가량 아래로 여겨졌다. 처녀는 그야말로 똑 부러지게 야무진 입매로 말했다.

"할아부지 문상객들이 오싯던 그날 저희 집 마당에 쳐놓은 장막에서, 스님하고 마님 두 분이서 같이 무신 말씀들인가 한거석 나누시는 거를 봤어예."

"내를 봤다꼬?"

비화가 갑자기 허를 찔린 사람처럼 아찔함을 느끼고 있는데 여자아이는 이런 무서운 소리도 했다.

"그 스님은 울 할무이께서 목을 매다신 그 비어사 주지 스님이라쿠는 것도 인자 알고 있고예."

비화는 마음의 갈피를 잡지 못하고 갈팡질팡하는 자신을 속수무책으로 보았다. 그것은 그녀가 세상에서 가장 두려워하는 소리였다. 명주 끈으로 자살한 염 부인이 다시 살아나 눈앞에 나타난 것만큼이나 충격적이었다.

"그, 그거를?"

어떤 강한 힘이 목을 옥죄는 것 같아 비화는 제대로 입을 열지 못했다. 전신이 마비되는 느낌이었다.

"예, 그래서 온 깁니더."

그런데 밉살스러울 만치 낮고 차분한 목소리로 그 말을 한 다음부터 처녀애는 홀연 다른 사람이 된 듯 조급증을 내비치기 시작했다. 그건 상식이나 예의와는 또 다른 그 무엇이었다.

"지발 말씀해주이소. 울 할무이가 우찌해서 그리 돌아가싯는고……."

그 순간, 비화 입에서 반사적으로 튀쳐나오는 말이었다.

"내, 내가 그거를 우, 우찌 알아서?"

비화는 자신의 몸이 가파른 뒤벼리나 서장대 저쪽 나불천 밑으로 아스라이 굴러 내리는 것 같은 엄청난 환각에 빠졌다. 이런 일을 맞을 줄은 정말 몰랐다. 떠올리면 떠올릴수록 아픈 상처를 자꾸 덧내는 어리석은 짓 같아서 억지로 의식 저 밑바닥에 꾹꾹 눌러 다져놓은 사건이었다. 꿈에서도 멀리하리라 했다.

그렇다고 복수를 포기한 것은 결코 아니었다. 내 목숨을 포기하면 했지, 어떻게 그것을 포기할 수 있겠는가? 하지만 상대를 누를 힘을 기를 때까지는 더 생각하지 않기로 독하게 마음먹었다. 그렇기 때문에 이토록 긴 세월을 흘려보냈지 않은가. 그런데 준서보다 어려 보이는 처녀애

하나로 말미암아 그 참혹하고 고통스러운 기억을 너무나 생생하게 되살릴 수밖에 없게 되었다.

'증신 똑바리거로 채리야것다. 그란데 우째서 이리 집중이 안 되고 어지럽노?'

비화가 평소의 그녀답지 않게 그렇게 매우 혼란스러워하고 있자 처녀애는 좀 더 당차게 나왔다. 비화 마음에 악동이 따로 없었다.

"마님께서는 틀림없이 알고 계실 끼라고 믿십니더."

별안간 세상이 텅 빈 듯 너무나 조용해지는 것 같았다. 가게에서 손님들 소리가 쉴 새 없이 들려오고 있었지만, 아무것도 들리지 않는 비화였다. 그녀 귀에 전달되는 건 오직 그 처녀 아이 말뿐이었다.

"울 할무이는 여자지만도 그리 약하싯던 분이 아이라예. 다린 사람들은 모릴 줄 몰라도 지는 압니더."

"무신?"

비화는 어떤 보이지 않는 손이 자신의 입을 틀어막고 있는 기분이었다. 처녀애는 비화가 자칫 비명을 지를 소리까지 했다.

"여게는 반다시 무신 비밀이 숨기져 있심니더."

어린 사람 눈빛이 상대방을 팍 질리게 할 정도였다. 비화는 가쁜 숨을 몰아쉬며 가까스로 물었다. 사실은 부정해 보이고 싶은 마음이 더 크게 작용한 것인지도 알 수 없었다.

"와 그리 자신 있거로 말하는 기제? 머 땜새?"

그러면서 비화는 처녀애가 말이 막힐 거로 생각했는데 그 짐작을 철저히 뒤엎고 그 작은 입에서는 이내 답변이 나왔다.

"한밤중에 할무이가 혼자 마당에 나가갖고 달을 올리다보심서, 한숨을 내쉼시로 눈물을 흘리시는 거를 지가 훔치본 적도 있고예, 또……."

처녀애는 조금 망설이다가 다시 말을 이었다.

"이전에 할무이는 마님께서 지으신 지 옷을 지한테 주실 적마당, 마님에 대해서 짜다라 이약을 해주싯지예. 그 말씀들 가온데 말입니더."

"아, 내 이약 쪼꼼만 듣고……."

비화는 더 듣고 있다간 자기 입에서 무슨 소리가 나올지 몰라 두려웠다. 처녀애의 크고 맑은 눈은 누구의 그 어떤 거짓말도 용납하지 않을 것처럼 느껴졌다. 하지만 사실을 들려줄 수는 없었다. 그건 염 부인을 두 번 죽이는 일이었다. 비어사 대웅전 뒤편 고목에 명주 끈으로 목을 매달아 죽은 것보다도 더 치욕스럽고 고통스럽게 말이다.

"생전에 염 부인께서 처녀한테, 나에 대해 무신 말씀을 하싯는고는 모리것지지만도 이거는 아인 거 겉거마."

비화는 어쩔 수 없이 자꾸만 가빠오는 숨을 가까스로 조절하였다.

"나는 염 부인 마님의 죽음에 대해 아는 기 아모것도 없거마는."

"마님."

비화는 안근眼筋 마비에 의해 물체가 이중으로 보이는 복시複視 현상을 순간적으로 겪으면서 한 번 더 부인했다.

"하나도 모리네."

"……."

처녀애 얼굴에 실망과 서운해하는 빛이 동시에 스쳐 갔다. 비화는 못 견디게 괴로웠다. 자신이 지지리도 못났다는 자격지심에 혀라도 깨물고 싶은 심정이었다. 스스로를 향해 시퍼런 비수를 날리듯 다그쳤다.

'비화야, 니 에나 자꾸 이랄 끼가?'

염 부인 복수를 하기 위해서는 어떠한 위험도 감수해야 했다. 무슨 수모나 고통도 기꺼이 받아들여야 마땅했다. 금방이라도 그녀를 크게 꾸짖는 염 부인 목소리가 들려올 것만 같아 귀를 막아버리고 싶었다. 옛날, 자신의 귀를 스스로 잘라버렸다는 광인이 있었다 하더니, 그럴 수도 있을 것 같았다.

'염 부인이 아이었으모 시방의 내가 우찌 있것노? 그런 거를 안 모리고 있음시도 이기 무신 짓이란 말고?'

그런데도 그녀는 자꾸만 비겁하게 피하려고만 하고 있다. 도대체 무엇이 두려워서? 그 무엇이 겁나서? 왜 솔직하게 말을 못 하는 거야?

배봉과, 점박이 형제? 해랑? 그게 아니라면 세상의 이목?

'에나 에나 몬났다. 비화야.'

그러나 어떻게 토설할 수 있겠는가? 학지암 가는 그 깊고 어두운 숲속 길에서 저 천한 배봉이 놈에게 그토록 능욕당하던 염 부인 이야기를. 아직도 귀에 쟁쟁하다. 배봉의 징그러운 웃음소리와 염 부인의 애원하는 소리가. 나무숲이 울던 소리가…….

'그 소리들 땜에라도, 땜에라도.'

할 수는 없다. 아니, 못 한다. 염 부인 손녀인 이 처녀애가 그 일을 알게 되면 어떻게 될 것인가? 원한을 품고 결국 자살이라는 최악의 극단적인 방법으로 죽어간 염 부인을 다시 무덤 속에서 꺼내 욕보이게 할 수는 없는 것이다. 혼백이라도 얼마나 아프고 힘들어할 것인가.

옥진이 대사지에서 억호와 만호 형제에게 당한 치욕과, 염 부인이 학지암 근처 숲에서 배봉한테 겪어야만 했던 수모는, 이 비화가 죽어 저승에 가서라도 발설하지 않으리라 다짐하며 살아온 세월이 아니었던가 말이다.

그래, 없었다. 애당초 그 사건들은 있지를 않았다. 그러면 됐지 또 무엇이 문제인가? 없는 것을 왜 있게 하는 거야? 비화 넌, 조물주가 아니잖아? 그러니 그럴 능력도 자격도 갖지 못한 거라고.

그러나 그때 다시 들려오는 현실 속 처녀애 말이 비화를 더한층 숨 막히게 하였다. 갈수록 낭떠러지 쪽으로 내몰리고 있는 느낌이었다.

"그날 마님하고 말씀을 나누시던 스님이 비어사 진무 스님이라쿠는 거를 알기 된 뒤부텀, 지는 마님하고 진무 스님을 꼭 만내뵈야것다는 멤을 굳힛심니더."

비화는 자신도 모르게 이렇게 말하고 있었다.

"아, 아인 기라. 지, 진무 스님은 아모것도 모리신다 아인가베?"

일순, 초롱초롱한 처녀애 눈망울이 반짝, 빛을 발했다. 처녀애는 당돌하게 여겨질 만큼 비화 눈을 정면으로 쏘아보며 다그치듯 말했다.

"그렇다모 마님께서는 알고 계신다쿠는 말씀 아입니꺼?"

"내는 안다?"

비화는 억지웃음을 만들어 보였다. 스스로 헤아려 봐도 부자연스럽기 그지없는 웃음이었다.

"사람을 그리 몰아붙이모 우짜노?"

"……."

처녀애 눈빛이 순간적으로 흔들리는 것을 비화는 놓치지 않았다. 그것은 세상을 받치고 있는 기둥이 흔들리는 것과 진배없었다. 하지만 그보다도 더욱더 심하게 흔들리는 것은 비화 자신의 마음이었다.

"내도 염 부인 마님 일만 떠올리모 에나 괴로븐 기라."

처녀애 눈빛의 흔들림은 오래가지 않았다. 아니, 도리어 벽에 박은 대못만큼이나 단단해 보였다. 게다가 행실이 나쁜 악녀같이 어디 끝까지 해보자는 도발적인 시선을 거두지 않았다.

"물론 처녀만큼은 아이것지만도, 이 시상 누보담도 더……."

그러나 비화가 그 말을 끝맺기도 전이었다. 똑똑하고 오달지게 생긴 처녀애 입에서 이런 경악할 소리가 튀어 나왔다.

"마님께서 그 비밀을 알고 계실 끼라는 정그를 지는 하나 갖고 있심니더!"

급기야 비화 입에서 단말마와도 같은 소리가 터져 나왔다.

"머, 머라꼬?"

처녀 아이 얼굴 위에, 비화 너는 분명히 알고 있는 것 같다고 말하던 진무 스님 얼굴이 겹쳐 보였다. 비화는 당장 일어날 것 같은 모습을 보였다.

"그, 그기 무신?"

처녀애는 말이 없었다. 그 침묵이 비화를 한층 못 견디게 몰아갔다. 벌써 몇 차례나 속수무책으로 당한 듯한 그 역공에 자괴심마저 일었다.

비화는 거기 방안이 시퍼렇고 세찬 파도 더미에 휩쓸려 파선 직전에까지 다다른 배같이 느껴졌다. 내가 염 부인 자살 비밀을 알고 있을 거라는 증거를 하나 가지고 있다고?

'대, 대관절?'

비화는 지독한 약물에 중독된 듯 그저 혼미해지는 정신을 차리려고 무진 애썼다. 어쩌면 유도신문일지도 모른다. 그렇다, 유도신문이다.

자기 할머니의 의문의 죽음을 밝혀내기 위해 어린 여자애 혼자서 이곳까지 왔다는 그 한 가지 사실만으로도 결코 소홀히 대할 상대가 아니었다.

"함 들어나 보자."

비화는 팔을 걷어붙이는 심정으로 말했다. 까딱하면 염 부인이 두 번 죽는다.

"우째서 그런 어처구니없는 소리를 다 하는고 말이제."

"……."

"시상은 다 그래서는 안 되고, 할 소리와 들을 소리가 따로 있다고 보거마."

"……."

그렇게 무척 조급증을 드러내던 처녀애는 한참이나 말이 없었다. 그저 핏물이 배여 나올 정도로 야무진 입술을 굳게 깨문 채 방바닥만 내려다볼 뿐이었다. 어깨가 아주 미세하게 떨리고 있었다. 아직은 작고 둥근 어깨였다.

"저, 실은예."

이윽고 처녀애가 힘겨운 듯 고개를 들었는데 갈수록 경천동지할 소리가 나왔다.

"지가 여 오기 전에 비어사에 가서 진무 스님을 만내 뵙심니더."

비화 입에서 자지러지는 소리가 나왔다.

"머라? 지, 진무 스님을?"

"예."

처녀애 답변이 짧았다. 길지 않은 만큼 명료했다.

"그, 그랬던가."

"예."

"그라고 나서 내한테로 온 기다."

"예."

비화는 그만 말문이 막혀 버렸다. 이야기를 나눠볼수록 참으로 두려운 여자아이가 아닐 수 없었다. 과연 안골 백 부잣집 여식답구나 싶었다. 세상 사람들이 분꽃을 분꽃이라고 부르고, 소쩍새를 소쩍새라고 부르는 이유가 다 있는 것이다.

가게 쪽에서 손님들 떠드는 소리가 크게 혹은 작게 들렸다가 또 뚝 끊어지곤 하였다. 이제 저 소리가 내 귀에 들리니 내가 조금은 평상심을 찾았구나 싶은 비화였다.

"마님."

그때 처녀애가 처음으로 제 이름을 밝혔다. 어떻게 생각하면 늦은 감이 있어 약간 결례라고 볼 수도 있었다. 그러나 할머니의 자살이라는 크나큰 비극 앞에서는 그럴 수 있다고 할 수도 있을 것이다.

"지는 다미라고 합니더."

그 방에 있는 사물들도 일제히 귀가 솔깃해지는 것 같아 보였다.

"다미, 백다미."

비화는 그 이름을 가슴에 꼭꼭 새기듯 여러 번이나 되뇌었다.

"진즉 말씀드리야 하는 기 도린데, 시방 지 멤이 그래서예."

그러면서 다미는 앉은 자리에서 고개를 깊이 숙여 보였다. 그 순간에는 시집을 가도 될 정도로 장성한 처녀처럼 비쳤다.

"증말 죄송합니더, 마님."

비화는 여자답지 않게 큰 손을 내저으며 진심으로 말했다.

"아이라. 아이거마는."

"저……."

다미는 무슨 말을 하려다가 그만두는 눈치였다.

"역시나 염 부인 손녀답다 아인가베. 참말로 부럽거마는."

예의범절에도 밝고 똑똑하다는 말을 덧붙이려다 도로 입속으로 삼키며 비화는 내심 더할 수 없이 궁금하고 걱정스러웠다. 심경이 여간 복잡하고 심각한 게 아니었다.

진무 스님께서 저 여자아이에게 무슨 말씀을 하셨을까. 혹시라도 내게서 무언가를 눈치챘다는 소리는 비추지 않으셨는지. 그 밖에도 또…….

아니, 아니다. 그런 불확실하고 무책임한 이야기를 함부로 하실 분은 아니었다. 하지만 영리한 저 처녀애는 벌써 무슨 낌새를 알아차렸는지도 모른다. 그래, 저 아이 정도의 수준을 가졌다면 그럴 수도 있다.

"해나?"

비화는 궁금한 게 있었다.

"진무 스님께서 처녀한테 내를 만내 보라꼬 하시던가?"

그러자 다미는 비화의 그 물음에 담긴 의미를 잠시 짚어보는 눈치더니 이렇게 대답했다.

"아입니더."

비화 짐작을 벗어난 소리였다.

"그라모?"

더욱 비화 예측과 동떨어진 소리가 나왔다.

"도로 그 반대 되는 말씀을 하싯심니더."

비화는 눈을 크게 뜨고 말았다.

"반대 되는 말씀?"

다미는 두 눈을 가만히 내리깔았다.

"만내 봐도 아모 소용이 없다꼬예."

비화는 고통과 당혹이 엇갈리는 그 와중에도 적잖은 호기심이 일었다. 말끝이 사뭇 떨려 나왔다.

"그란데도 처녀 스스로 낼로 만낼 생각을 했다, 그 말이가?"

"예."

얼마 전에 들여놓은 전신을 비출 수 있는 거울에 비친 다미의 몸이 거인처럼 커 보였다.

"아, 그런?"

비화 반응이 가벼운 질책으로 다가갔는지 다미는 온몸으로 사죄하듯했다.

"죄송합니더."

비화는 왠지 모르게 눈이 부셔 거울을 통해 다미를 보며 말했다.

"아, 내는 그런 뜻으로 핸 소리가 아이제."

둘 다 서로에게 진솔했다. 염 부인으로 맺어진 관계이기에 당연히 그럴 것이다.

"압니더, 알지만도……."

다미는 눈가가 염 부인을 닮았다. 어딘가 잔잔한 물결과도 같은 미소가 번지는 눈매였다. 지금 그 순간에는 퍽 슬퍼 보이지만, 그 비극이 없었던 지난날에는 신비스러운 느낌마저 들 정도로 아름답고 그윽한 빛이 담겨 있었으리라.

"진무 스님은 에나 대단하신 분이라쿠는 거를 느끼었어예."

문득 들려온 다미 말에 비화는 자신도 모르게 불쑥 물었다.

"머를 보고?"

다미는 귀한 집 여식답게 희고 깨끗한 손가락을 만지작거렸다.

"그거는예, 마님."

비화는 어쩐지 자꾸만 발목을 틀어 잡히는 것 같은 기분을 떨칠 수 없었다. 스스로 돌아봐도 지나치게 굴곡이 심한 감정 기복이 아닐 수 없었다.

이제 다미는 한없이 영악스러워 보이기까지 했다. 더구나 이런 이야기까지 꺼낼 때는, 혐오는 아니지만 뭔가 기만당하고 있다는 기분마저 들었다.

"보통 사람 겉으모예, 자기가 주지로 있는 절에서 사람이 목을 매달아 죽었다쿠는 거를 우짜든지 기실라꼬 안 하것심니꺼?"

시나브로 강바람이 일기 시작하려는가. 문풍지가 파르르 떨리고 있었다. 아스라이 들리던 물새 울음소리가 흡사 바로 방문 밖에서 내는 것처럼 홀연 커지고 있었다.

"그거는 맞거마는."

비화가 받아들이기에, 처녀애가 아직은 한참 어려도 진무 스님 신발 벗어 놓은 데까지는 가겠구나 싶었다. 저 또래 여느 애들 같으면 그 신발 그림자도 보지 못할 터였다.

"처녀가 잘 본 기라."

"예."

다미는 그 칭찬 같은 말에 부정하지도 겸손한 태도도 취하지 않았다. 아닌 것은 아니고 맞는 것은 맞는 것이란 확고한 지론을 가졌다. 역시 맺고 끊는 데가 해와 달처럼 밝고 분명한 처녀애였다.

"내도 그런 진무 스님한테서 다미 처녀가 느낀 거하고 똑겉은 거를 느끼고 있제."

"무신?"

"그런께네, 이약하자모 안 있나."

"아, 예에."

그런 몇 마디 이야기를 더 나눈 끝에, 비화는 이쯤에서 물어도 되겠구나 싶었다.

"해나, 해나 말이제. 진무 스님께서 다미 처녀한테 당신이 꾸신 무신 꿈 이약을 하신 거는 아인지?"

다미가 흠칫, 놀라는 기색을 했다. 역시 예사 여인이 아니구나! 그렇게 느끼는 빛이 역력했다. 이 여자 앞에서는 절대로 숨기거나 거짓을 말해서는 안 된다는 것을 또 한 번 자각하고 있는 모습을 보였다.

"맞심니더. 꿈 이약을 해 주싯심니더."

그 말에 비화 가슴이 철렁 내려앉았다. 살림집과 가게를 경계 짓는 나무에서 고양이 울음소리가 들렸다.

'야옹, 야옹.'

나루터집에서는 고양이를 키우지 않고 있었다. 밤골집에서 기르고 있는 새하얗고 작은 '나비'는 아닌 듯싶었다.

비화는 한층 긴장감에 사로잡혔다. 그렇게 한 진무 스님의 본심을 어렴풋이 깨닫고 있었다. 실로 무섭고 두려운 일이 아닐 수 없었다. 다미는 거기서 그치지 않았다.

"스님은 또 말씀하싯심니더."

이야기는 그 꿈 이야기에서만 끝난 것이 아니라는 말에 비화는 또 한 번 꿈결인 양 정신이 아득해졌다.

다미가 하는 말은, 어른 뺨칠 정도로 조리가 있어 보였다.

"자기가 아모리 말리도, 처녀는 비화를 만내로 갈 거 겉으이……."

다미의 말속에는 진무 스님이 치던 청아한 목탁 소리와 비어사 추녀 끝에 매달린 풍경 소리가 섞여 있는 듯했다.

"마님을 만내기 되모, 내가 그런 이약을 해 주더라, 그리 말씀드리라꼬 하싯심니더."

어른이 아이 입을 빌려 말을 하는 것 같았다.

"솔직히 그 점이 지는 젤 알 수 없어예."

방문 밖을 스치고 지나가는 게 바람 소리인지 강물 소리인지 잘 알 수가 없었다. 어쩌면 그 두 가지 소리가 어우러져 내는 소리일 것이다.

"다린 거는 절대로 말씀 안 하실라쿰서, 그 꿈 이약만큼은 우찌 그리키나 상세히 들리주시는고 모리것어예."

다미는 너무나 어려운 수수께끼를 받은 아이처럼 난감한 표정을 지우지 못하였다. 금방이라도 눈물을 내비칠 것 같은 울상이 되었다.

"꿈을…… 상세하거로……."

비화는 또다시 오싹 소름이 끼쳤다. 진무 스님은 다미를 통해 비화 자신이 감추고 있는 염 부인 비밀을 알고자 하는 것이다. 확실했다.

'그렇다모?'

다미도 그런 사실을 알아차렸을 것이다. 진무 스님 꿈속에 나타난 염 부인이 비화를 불러 달라고 한 것은, 원통하게 죽어간 자기의 한을 꼭 풀어 달라고 부탁하기 위해서라는 것이다. 그렇게까지 할 정도라면 비화는 그녀 할머니 자살 이면에 얽혀 있는 비밀을 알고 있을 게 틀림없다는 것이다.

"내가 이런 이약하기는 쪼매 머하지만도, 스님께서 무담시 다미 처녀한테 안 하시도 될 말씀을 하싯는갑다."

그렇게 말해놓고 비화는 다미의 눈치를 살폈다. 어쨌든 지금, 이 순간을 아무 일 없이 잘 넘겨야 한다는 강박감에 부대끼는 비화였다.

"안 하시도 될 말씀을 하싯다고예."

다미는 비화가 본 그 이상으로, 심지어 영악스럽다고 여겨질 정도로 비화 그 말을 쪼개고 합쳐보는 듯한 어조로 말을 계속하였다.

"그라모 하시야 될 말씀은……."

비화는 내색은 하지 않아도 다미가 그것은 그렇지 않다고 말해올 것을 믿어 의심치 않았다. 부처님을 믿는 불제자 신분이니 솔직하게 말씀해주시는 게 아니겠냐고 할 터였다. 한데 그게 아니었다.

"그거는 마님 말씀이 맞심니더."

"마, 맞다꼬?"

완전히 예측을 빗나가는 그 말에 또다시 머리가 띵해지는 비화였다.

"안 하시는 기 좋았을 기라예."

그때 또 고양이 울음소리가 났다.

"하지만도 바로 그거 땜에……."

다미는 차라리 일방적인 통보에 더 가깝게 들리는 말을 했다.

"지는 반다시 마님을 만내 뵈야것다는 생각을 하거로 된 기라예."

묵묵히 듣고 있는 비화 입가에 씁쓸한 기운이 묻어났다.

"내가 염 부인 마님의 비밀을 알고 있다쿠는 정그로 삼았고?"

그러나 그렇게 넘겨 짚어보면서도 비화는 전혀 내다보지 못했다. 다미가 제아무리 영특한 처녀애라고 해도 그렇게까지 말할 줄은 몰랐다.

"마님께서는 진무 스님께 기시는 기 있으시지예?"

속이는 자와 속는 자, 그중에 비난과 질책을 받아야 할 쪽은 정해져 있을 것이다. 그렇다면 그 속임의 실체와는 아무런 상관도 없다는 걸까?

"지가 볼 적에는, 진무 스님도 그리 생각하고 계시는 거 같던데예?"

"그리 보는 정그는 또 머신고?"

비화는 진무 스님과 마주 앉아 있다는 착각에 흔들렸다. 다미가 진무 스님이 되어, 비화 네가 알고 있는 염 부인 자살 비밀을 모조리 실토하라고, 죽비로 매섭게 내리치며 아주 강경하게 요구하는 성싶었다.

"웬간한 남자들보담 몇 배나 강하싯던 울 할무이였심니더."

"맞거마. 그런 분이었제."

다미 등 뒤에서 금방이라도 염 부인이 불쑥 얼굴을 내밀 것 같았다.

"저희 집안을 첨 일으키신 분도 할무이라꼬 들었고예."

급기야 다미 눈에 눈물방울이 맺히기 시작했다. 비화는 가슴이 막히는 바람에 무슨 말도 할 수가 없었다. 세상에 둘도 없는 은인이 염 부인이었다. 수백 수천 번도 더 넘도록 해오고 있는 생각이지만, 그녀가 아니었다면 지금의 비화는 그 어디에도 없을 것이다.

머리에 둥근 광주리를 이고 채소 팔러 다니던 초라한 행색의 한 여인이 눈앞에 어른거렸다. 남의 집 바느질감을 안고서 희미한 등잔불 아래 꾸벅꾸벅 졸아가며 일을 하는 한 젊은 여인이 있다.

그 환영 아닌 환영 끝을 물고 비화는 그때까지와는 비교가 아니게 더없는 혼란과 갈등에 시달리기 시작했다. 그것은 거의 불가항력에 가까운 성질의 것이었다. 그렇지만 반드시 풀지 않으면 안 될 숙명적인 매듭 같은 것이기도 하였다.

이 일이 언제까지 비밀로 덮어둘 성질의 것인가? 차라리 이참에 모든 걸 털어놓고 힘을 모아 염 부인 한을 풀어주는 길로 나서는 게 좋지 않을까? 나루터집 혼자 대적하기보다는 근동에서 알아주는 백 부잣집과 둘이라면 훨씬 더 동업직물을 무너뜨리기가 수월하지 않을까? 비록 백 부자는 죽었지만, 그의 자식들이 다 건재健在하고, 또 이렇게 똑똑하고 당찬 손녀도 있으니, 지금이야말로 그동안 벼르고 또 별러왔던 복수의 칼을 꺼내야 할 적기가 아니겠는가?

그러나 비화는 이내 마음속으로 고개를 가로저었다. 설령 그렇게 하여 염 부인 복수를 했다고 치자. 그렇다고 하여 염 부인이 당한 치욕과 수모가 씻길 수 있을까. 오히려 온 세상 사람들 놀림감이 되지는 않을까. 숱한 세월 동안 천하기 그지없는 배봉 따위의 마수에 놀아났다는 사실이 알려지느니, 도리어 복수를 하지 못하는 한이 있더라도 현재 이대로가 더 낫지 않을까.

그렇다면? 결론은 단 한 가지, 결국 복수는 이 비화 혼자 힘으로 해야 한다. 심지어 진무 스님에게까지 내내 비밀로 해오던 일이 아니었던가? 지하에 묻힌 염 부인도 복수보다는 명예를 더 원하고 있을지도 모른다. 나라면 그럴 것이다.

비화가 거기까지 생각을 하고 있을 때였다. 문득 '똑똑' 하는 소리와 함께 방문이 열리더니 이제는 제법 자란 록주를 품에 안은 원아가 방안을 들여다보면서 말했다.

"아즉도 이약이 안 끝났는가베?"

그러자 비화는 역적모의라도 하다가 그만 들킨 사람처럼 몹시 놀라는 모습으로 말했다.

"아, 인자 거진 다 돼 갑니더."

하지만 원아는 다미는 말할 것도 없고 비화 자신이 듣기에도 거북하고 민망스러울 만큼 못마땅하다는 투로 쏘아붙였다.

"대체 저 처녀가 누기에?"

아마 기다리다 기다리다 못 해 들어와 본 모양이었다. 더욱이 지금 비화가 만나고 있는 사람은 아직도 한참 어린 처녀애였다. 비화에게 조언을 구하러 오는 이들은 대개가 남자 어른들이었으며, 어쩌다가 여자라고 하여도 저렇게 나이 적은 사람은 아니었다. 그리고 그 어느 쪽이든 이렇게 오랫동안 시간을 끌지는 않았다.

다미에 관해 아직 아무것도 모르는 원아는, 한편 궁금하기도 하고 또 한편으로는 어쩐지 미심쩍고 불안하다는 기색을 떨치지 못하고 있었다. 만약 염 부인 손녀가 염 부인 자살 비밀을 알고자 왔다는 것을 알면 나루터집은 적잖은 파동에 휩싸일 것이다.

비화는 그것을 원하지 않았다. 아무리 속내를 있는 그대로 다 털어놓고 내 것 네 것 없이 지내는 식구들이라고 할지라도, 이번 일만큼은 누구도 알게 하고 싶지 않았다. 그게 생전에 은덕을 베풀어 주었던 염 부인에 대한 최소한의 예의요, 도리라고 믿었다.

그런데 묘한 일 하나가 벌어졌다. 평소 낯을 크게 가리는 록주는 나루터집 식구들 아닌 다른 사람을 보면 그만 참새 같은 입을 삐죽삐죽 울기부터 하는데 그 순간은 아니었다. 록주는 난생처음 보는 다미에게 생글생글 웃음을 지어 보인 것이다.

'아, 록주가!'

그게 인간들이 모를 신의 무슨 계시 같아 비화 가슴이 소달구지나 말이 끄는 수레의 바퀴처럼 마구 덜컹거리기 시작했다. 이상한 일이었다. 아니 신기했다.

"시상에, 우리 록주가 넘을 보고 다 웃네? 에나 우습도 안 하다 아이가."

그러고 나서 비화는 잔뜩 경계와 의혹을 담은 눈초리로 다미를 노려 보듯이 하는 원아에게 말했다.

"우리 이약 다 끝나가예, 작은이모. 쪼꼼만 더 있다가 주방에 나갈게 예."

원아가 고집불통 늙은이처럼 퉁명스럽게 내뱉었다.

"누가 주방에 일하로 나오라쿠나? 하도 사람이 방에서 안 나온께 내 가 와본 기제. 벨일 없으모 됐거마는."

다미가 연방 록주와 눈을 마주치면서 해맑고 정겨운 미소를 지어 보 였지만 원아는 끝내 다미가 곱게 보이지를 않는 눈치였다. 아직 어린 것 이 어디서 건방지게 하는 빛을 노골적으로 내비쳤다. 본디 원아는 그런 여자가 아니었는데 그 또한 알 수 없는 일이었다.

그렇지만 비화는 끝까지 다미의 신분에 대해서는 감추기로 했다. 잠 시 방 밖에 서 있던 원아는 다미에게 한 번 더 따가운 눈총을 보내고는 방문을 소리 나게 꽝 닫고 돌아섰다. 다미는 원아의 마뜩찮아 하는 태도 가 마음에 걸린 모양인지 표정이 한층 어두워졌다. 꼭 버림받고 찬 길거 리에 내쳐진 아이 같았다.

비화는 다미가 무척 대견스러우면서도 가여워졌다. 염 부인 죽음 뒤 에는 배봉이란 악인이 도사리고 있다는 사실을 알게 되더라도 한갓 여 자아이에 불과한 다미로서는 속수무책일지도 모른다. 아니, 백 부잣집 사람들 모두가 그럴 것이다. 동업직물은 어느 누가 상대해도 너무나 버 거운 집안이었다. 재물도 그렇거니와 관아 높은 이들과 끈을 맺고 온갖 불법 행위를 저지르는 자들이었다. 그리고 그 모든 것들에 앞서, 한없이 순하고 착해빠진 백 부잣집 사람들에 견주어 더없이 거칠고 모진 독종 들이 배봉가 사람들이었다.

비화는 다미에게 배봉 이야기를 꺼내지 않은 것을 큰 다행으로 여겼다. 언젠가는 알게 될지도 모르지만 아직은 아니었다. 세상 모든 일에는 다 시간과 순서가 있는 법이다. 그리고 가장 바람직한 것은 끝까지 모르고 넘어가는 것이다.

"그라모 지가 잘몬 생각하고 있다쿠는 기까예?"

원아 발걸음 소리가 사라지고 얼마나 지났을까, 다미가 가을날의 여울같이 조용한, 아니 감정을 억누르는 목소리로 재차 물었다.

"증말 그래예, 마님?"

원아가 왔다가 간 후 다미는 다소 의기소침해져 있었다. 이번에는 문풍지가 눈에 띄도록 크게 떨렸다. 강바람 따라 사람 마음이 달라지듯 사람 마음 따라 강바람도 달라지는가, 그런 야릇한 감상과 더불어 비화는 새삼 깨쳤다.

'아즉도 아 기는 아구나!'

비화는 일찍이 다미 같은 여자애는 본 기억이 없었다. 그 어린 나이에 할머니 죽음에서 어떤 이상한 점을 알아채고, 심지어 그것을 캐내기 위해 약한 여자아이 몸으로 이렇게 혼자 다닌다는 것은 진실로 범상치 않은 일이었다. 어쨌거나 저 아이 앞날이 순탄하지는 못하리라는 예감이 들어 비화 심정은 아리고 먹먹하기만 하였다.

"글씨, 내도 모리것거마는."

그런 흐리멍덩한 말로 답변할 수밖에 없는 비화는, 스스로에 대한 심한 자괴심과 거부감을 떨치기 힘들었다.

"장사가 바뿌실 낀데 죄송합니더, 마님."

다미가 일어설 채비를 했다.

"가, 갈라꼬?"

비화는 졸지에 빈틈을 엿보인 사람같이 말했다. 다미는 기운이 소진

할 대로 소진한 노파처럼 간신히 입을 열어 말했다.

"예."

그러자 비화 심경에 이제까지 전혀 예상하지 못한 변화가 일기 시작했다. 그것은 결코 다미를 이대로 보내서는 안 된다는 강박감이랄까 어떤 강렬한 의무감 같은 것이었다. 그 감정의 폭은 짚어낼 수 없을 정도로 깊고 넓었다.

그뿐만이 아니었다. 다미를 이대로 그냥 돌려보낸다면 염 부인 복수는 영원히 하지 못할 것만 같다는 초조하고 다급한 기분마저 들었다. 그렇다고 배봉을 입에 올릴 수도 없었다. 그것은 더욱 나쁜 결과만을 초래할 뿐이다. 결국, 비화 입에서 나온 말이었다.

"사필귀정이라쿠는 말이 있거마는. 우리 사람들 사는 시상이 얼릉 보모 아조 지멋대로인 것 겉애도 그기 아이라. 모든 일은 반다시 그 바린 데로 돌아가거로 돼 있다고 보거마."

막 자리에서 몸을 일으키던 다미가 어린 사람 그것이라고는 믿기지 않는 복잡한 눈빛으로 비화 표정을 보며 물었다.

"할무이 일도예?"

비화는 다미가 여전히, 아니 더더욱 버겁다는 느낌을 지우지 못하며 말했다.

"내 말을 와 그런 식으로 받아들이는고 모리것네."

"미안해예."

다미는 고집이 있으면서도 자기가 잘못했다고 판단하면 곧바로 사과하는 용기 있고 꾸밈이 없는 아이였다. 하지만 또 마음이 짠해진 비화는 이렇게 얼버무렸다.

"우짜모 내가 곡해하거로 이약한 거 겉기도 안 하나."

"아이라예, 지가 잘몬 알아갖고 그래예."

"사람 말이라쿠는 기 안 그런가베."

"예, 지도 그리 봐예."

다미가 자리에서 일어섰다. 일어섰을 때의 키를 보니 앉아 있을 때보다 훨씬 컸다. 특히 잘록하고 긴 허리가 그녀를 나이보다도 좀 더 어른스럽게 보였다. 그리고 그게 비화 마음을 한층 아프게 깎아내렸다.

비화가 먼저 방문을 열어주었다. 바깥바람이 이마에 와 닿았다. 다미는 고맙다는 표시로 고개를 깊숙이 숙여 보였다. 이마가 깨끗하고 희었다. 하얀 새를 방불케 했다. 그와 동시에 비화는 해랑의 이마를 떠올렸다. 정녕 맑고 고왔던 이마였다. 하지만 왠지 슬픔도 느끼게 하는 이마였다.

'이마가 이쁜 여자는 모도 불행한 기까?'

그러곤 바로 비화는 피해갈 수 없는 어떤 운명처럼 감지하였다. 다미는 또다시 나를 찾아올 것이다. 해랑의 아집이 생각난 탓이었을까? 그보다는 다미가 예상한 것보다도 훨씬 더 순순히 물러가는 데서 오는 직감일 것이다. 더 말하자면 이날의 걸음은 전초전에 불과한, 장사로 치면 이른바 '첫 거래'를 틔운 격이라고나 해야 할 것이다.

'그렇다모 일방적으로 성사된 거래?'

그런데 참 알 수 없는 노릇이었다. 그게 조금도 성가시거나 화가 나지 않는다는 사실이었다. 도리어 이대로 헤어지기는 너무나 아쉬웠는데 앞으로 자주 만나볼 수 있게 되어 반갑고 다행이라는 마음이 앞서는 것이었다.

'염 부인 손녀라서? 염 부인 손녀가 아인데도 내가 이리하까?'

더군다나 비화를 한층 더 그런 방향으로 몰아간 것은, 마침 그때 공부를 끝마치고 집으로 돌아온 준서 때문이었다. 나중에 가서야 깨달은 사실이지만, 준서의 그 귀가는 벌써 결정지어진 무슨 숙명과도 유사한 것이었다.

그것은 다미가 막 몸을 굽혀 마루에서 댓돌 위로 내려서려고 하는 순간이었고, 준서가 집으로 들어와서 마당 한가운데쯤 이르렀을 때였다. 비화가 얼핏 깨닫기에는, 그들은 거의 무의식적으로 눈이 마주친 듯했다. 다시 말해, 의도적인 면은 조금도 섞여 있지 않았다.

"⋯⋯."

그런데 그 두 사람이 보인 반응은 예사로운 게 아니었다. 비화는 똑똑히 보았다. 준서의 곰보 얼굴을 보는 순간, 다미 얼굴에 스치는 당혹감이랄까, 복잡하기 이를 데 없는 빛을. 그런데 또 그 순간은 지극히 짧아서 만일 비화가 자세히 보지 않았다면 그냥 그대로 놓쳐 버릴 뻔했다. 비화는 놀라지 않을 수 없었다. 사람 표정이 그렇게 한순간에 급변할 수 있다는 것을 처음으로 깨쳤다.

다미는 맨 처음 무심결에 준서를 봤을 때는 엄청난 충격을 받은 듯싶었다. 그리고 그건 지극히 당연하고 마땅한 반사작용 같은 것이었다. 누구라도 똑같은 반응일 테니까. 하지만 다미는 내가 언제 그랬냐 싶으리만치 금방 아무렇지도 않은 표정으로 바뀌는 것이었다.

언제 어디서 그 씨앗이 날아왔는지는 알 수 없지만, 상세히 보지 않으면 발견되지 않을 만큼 마당 가에 숨은 듯이 자라고 있는 작은 잡초 하나가, 그런 다미를 무연히 바라보고 있는 것 같았다.

'역시 그냥 보통 딸아로 봐서는 안 되것다.'

비화는 간담이 서늘해질 정도로 또 한 번 번쩍 정신이 들었다.

'우짜모 진무 스님도 그래서 그런 이약을 안 해줄 수가 없었던 기까? 무섭다. 백 부잣집 자녀다운 기라.'

하지만 준서를 생각하니 비화는 가슴에 커다란 바윗덩이가 얹힌 듯이 답답해졌다. 준서는 당장 쥐구멍이라도 기어들고 싶은 빛이 역력했다.

얼이 덕택에 이제는 많이 심상해졌을 것이라고 믿고 있었는데 그런 게 아니었던가? 그러던 비화 뇌리에 확 불이 켜지는 느낌이 왔다.

'우리 준서가 하매 남녀를 가릴 나이가 됐다쿠는 거를 생각 몬 했다 아이가. 시상 부모 눈에는 자슥이 장 에리거로만 비인다더이.'

그러자 언젠가 저 낙육재 근방에서 지역 유지인 강순재를 만난 후 대사지에 갔을 때, 동업직물 장손인 동업과 준서가 맞닥뜨렸을 적의 일이 또렷하게 되살아났다. 그곳에서 허나연과 양득도 보았다.

그러고 보니 다미와 동업은 빼 박았다. 그날 동업도 준서 얼굴을 보자 표정이 다소 바뀌는가 했지만, 곧 심상한 낯빛을 했었다.

'그라모 따지자모 갤국……'

그날 준서는 오늘처럼 하지는 않았다. 비록 약간 얽은 얼굴임에도 불구하고 조금도 기가 꺾이지 않고 저보다 더 나이 많은 동업을 상대로 당당하게 맞서는 믿음직한 모습을 보여주었다.

'그때 내는 우리 준서를 올매나 자랑시럽기 여깃던가.'

그런데 다미라는 저 처녀애 앞에서 지금 해 보이는 저 모습이라니. 비화는 준서가 나이 들어갈수록 얼굴로 말미암아 더욱 힘들어할 일이 생길 거라는 말이 귀에 들려 가슴이 미어터지는 듯했다. 세상이 무너지는 것만 같았다.

다미는 또 비화 얼굴과 준서 얼굴을 전혀 보지 않는 듯이 하면서도 아주 재빠르게 번갈아 훑어보았다. 모자지간이란 것을 대번에 알아챈 기색이었다. 그렇지만 다미는 자기 말이나 행동에 어떠한 변화나 굴곡도 보이지 않았다. 너무나 무표정하여 마치 준서를 보지 못한 사람처럼 비칠 지경이었다.

"그라모 마님……."

다미는 비화를 향해 허리를 굽혀 보이며 공손히 인사말을 했다.

"지는 고마 가보것심니더. 시간을 마이 빼앗아서 증말 죄송합니더."

그러나 비화는 다미 말에 답할 생각보다도 준서 표정에 더 마음이 쏠렸다. 비화가 잠시 넋 빠진 여자처럼 서 있자 다미가 한층 또렷한 목소리로 이렇게 물었다. 그건 상대방 승낙을 얻어낸다는 것보다 자기 의지를 한 번 더 드러내는 인상을 주었다.

"운제 또 한분 오것심니더. 그래도 괘안을까예?"

비화는 잠에서 깨난 듯 말했다.

"하모, 괘안코말고. 내가 염 부인 마님께 입은 은덕이 올매나 크다꼬."

"고맙심니더, 마님."

다미는 돌아갔다. 비화가 대문간까지 잠깐 배웅을 해주고 돌아와 보니 준서는 그때까지도 혼자서 멍하니 마당 가에 서 있었다. 나무나 돌 같았다.

비화는 목젖을 겨냥해 뜨거운 기운이 울컥 치미는 것을 어쩔 수 없었다. 그녀는 필요 이상으로 큰소리를 질렀다.

"낙육재는 우떻노? 옛날 서당 댕길 때보담 더 낫나, 안 낫나?"

준서 답변이 짧고 애매했다.

"아즉은 잘 모리것심니더."

날이 갈수록 낙육재에는 경남에서 똑똑하고 잘났다는 청년들이 속속 모여들었다. 준서 글방 훈장 권학도 지금은 낙육재로 자리를 옮겨서 젊은이들을 가르치고 있다. 물론 권학 외에도 내로라하는 훌륭한 선생들이 낙육재를 지키고 있었다.

그러나 비화는 물론 누구도 미처 내다보지 못하고 있었다. 지역 사람들에게 선망과 동경의 대상이 되는 그 낙육재가 장차 이 고을 항일의병의 마지막 투쟁지가 되리라는 것이다. 그리하여 준서뿐만 아니라 얼이를 비롯한 많은 젊은이도 엄청난 회오리바람에 휘말리게 되었다.

비화는 준서에게서 보았다. 그 눈동자에 또렷하게 박혀 있는 사람, 그의 망막에서 영원히 지울 수 없는 영혼의 그림자 하나는 바로 염 부인 손녀 다미였다.

# 낙육재

한양에서 천 리나 떨어진 남방 고을에 농상공부 산하 우체사郵遞司가 설치되면서 최초의 근대식 통신 기관으로 성안에 개통한 우편국이다.

그 우편국에 근무하고 있는 체부遞夫가 전해준 서신 한 통. 그 편지를 앞에 놓고 배봉과 점박이 형제는 넋을 잃고 있었다.

"이기 무신 일고, 으잉?"

"그, 그런께 말입니더, 아부지."

잠시 후에 또 물었다.

"에나 맞는 것가?"

"예? 예."

또 잠시 후에 또 확인하였다.

"그리 써져 있나 말이다!"

까막눈 배봉은 편지를 읽은 자식들이 일러주는 그 소리를 도저히 현실로 받아들일 수 없다는 얼굴이었다. 세상은 세상을 보는 사람의 잣대에 맞춰진다고 하는 말도 있거니와, 평소에도 남을 믿지 못하는 그의 성품이 그대로 드러나는 자리였다.

"맞심니더, 아부지. 그리 써져 있심니더."

억호가 침통한 표정으로 말했다.

"맞다꼬? 안 틀리고?"

배봉은 사실대로 고하는 아들들에게 숫제 시비조였다. 여차하면 당장 그 편지를 쫙쫙 찢어버릴 사람처럼 위태위태해 보였다.

"수신인 이름이 아부지가 맞고예."

억호는 편지 겉봉을 제 눈앞에 바짝 갖다 대고 들여다보며 확인시켜 주었다.

"발신인도 무라마치라꼬 돼 있심니더."

그 소리는 편지 겉봉에 부딪혀 그곳 사랑방 곳곳으로 흩어져 내리는 것 같았다. 만호도 한마디 거들었다.

"분맹한 거 겉심니더. 이런 거를 갖고 장난질할 사람이 오데 있것심니꺼?"

배봉은 끄응, 하고 앓는 소리만 내었다. 억호와 만호도 더 이상 입들을 열지 않고 그저 아버지 눈치만 보았다. 한참 후 배봉이 기운 없어 하는 모습으로 자식들에게 물었다.

"우째서 그리 됐는고는 안 써났고?"

억호도 답답하다는 투로 대답했다.

"그냥 일시 귀국한 자기 나라에서 갑자기 죽었다고만 적히 있심니더."

만호가 억호 말끝을 받아 말했다.

"마차에 받힛거나 가매에서 떨어져 생긴 불상사일랑가도 모리지예."

배봉이 얼른 억호 쪽을 보며 만호를 나무랐다.

"가매 이약은 꺼내지 마라."

억호 본처 분녀의 죽음이 떠오른 것이다. 가마에서 떨어진 후유증으

160

로 허리를 아주 심하게 다쳐 장시간 식물인간으로 고생하다가 세상을 떠난 분녀였다. 며느리 사랑 시아버지라는 말을 끌어올 만큼 도타운 정을 준 것은 아니었지만, 어쨌든 간에 시아버지와 며느리라는 인연의 줄로 맺어진 관계였다.

하지만 정작 당사자인 억호는 뭐 그다지 서러워하거나 성을 내는 기색이 아니었다. 그런 무표정한 자식을 보는 배봉 가슴이 칼날에 닿은 듯 서늘했다.

'억호 저눔도 에나 독새 겉은 눔인 기라. 내가 사람 새끼가 아이라 독새 새끼를 났는갑다. 아모리 재취가 이뿌고 좋다 캐도 안 그런가베? 그래도 몇 해를 둘이서 한솥밥 묵음시로 살아온 정분이 있을 낀데.'

그러자 이런 생각이 뒤를 이었다.

'저눔은 내가 죽어도 통곡 한 분 안 할 끼다. 통곡이 머꼬? 눈물 한 방울 안 흘릴 새끼 아인가베.'

그때 만호가 잠시 엉뚱한 데를 헤매고 있는 배봉의 정신을 돌려놓았다.

"아부지! 시방 우리가 너모 감상적이라는 생각이 안 듭니꺼?"

배봉이 일자 무식꾼 같은 사람 얼굴로 되뇌었다.

"감상적?"

"예, 아부지."

"그기 무신 소리고?"

"그깟 늙은 왜눔 하나 죽은 거 갖고 이리싼께 말이지예."

만호도 독하고 모질기로 치면 독사였다. 그런 측면에서 형제는 빼다 박았다. 하긴 똑같이 얼굴에 나 있는 점이 그렇게 닮기도 힘들었다.

"오데 지 아이모 우리가 장사할 왜눔이 없것어예?"

더는 별 볼 일 없다고 씨부렁거리듯 하는 만호였다.

"하지만도……."

배봉이 무어라 말하려는데 억호가 가로채고 나왔다.

"다린 거는 몰라도 그거는 은실이 아부지 말이 맞심니더. 딴 왜눔 장사치들을 찾아보모 되지예."

"음."

배봉은 앓는 소리를 낼 뿐 가타부타 아무런 대꾸가 없었다. 점박이 형제는 모르고 있었다. 바로 지금 아버지가 못내 아쉬워하는 것은 사토의 갑작스러운 사망 소식이 아니라는 것이다. 그건 아들이 아닌 손자 동업을 대동하고 부산포에 가서 사토와 무라마치를 만났던 날의 일이어서 당연하기도 하였다.

나전귀갑문좌경.

배봉은 그 나전귀갑문좌경을 떠올리고 있었다. 일생일대의 실수다. 진작 이럴 줄 알았더라면 그렇게 비싸고 귀한 경대를 냉큼 선물하는 게 결코 아니었다. 그야말로 완전히 바다 건너 가버린 꼴이다. 말 그대로 물 건너 가버렸다. 너무너무 아까워서 눈물이 찔끔 나오려고 하였다.

"야들아, 우리가 앞으로 우짜모 좋것노?"

배봉은 나전귀갑문좌경을 기억에서 떨쳐내기 위하여 머리통을 세게 흔들고 나서 자식들에게 물었다.

"무라마치하고라도 시방매이로 거래를 하는 기 좋으까, 아이모 요분 기회에 그짝하고는 손을 딱 끊어삐는 기 좋으까?"

억호가 그에 대한 답변에 앞서 다른 이야기부터 끄집어냈다.

"가마이 있어 보이소, 아부지. 그보담도 안 있심니꺼, 운젠가 길거리서 무라마치를 보신 적이 있다꼬 하싯지예?"

"하모, 있었제!"

배봉은 번쩍 정신이 돌아오는 모양새였다. 그날 무라마치와 그의 동생처럼 보이는 젊은 일본인은 가마를 타고 있는 배봉 자신을 미처 보지 못했지만, 당시 배봉이 받은 충격은 이만저만 컸던 게 아니었다. 그리하여 맏며느리 해랑에게 먼저 그런 사실을 알렸었고, 해랑은 웅숭깊은 말로 시아버지 마음을 든든하게 해주었다.

"그 무라마치라쿠는 자가 무신 이유로 우리 고을에 왔던고는 알아내싯어예?"

거의 추궁에 가까운 억호 물음에 배봉은 딱딱한 낯빛을 지으며 퉁명스럽게 말했다.

"모린다."

점박이 형제는 한꺼번에 아버지를 질타하는 품새였다.

"몰라예에?"

배봉은 외눈박이나 애꾸눈을 가진 사람처럼 한쪽 눈을 지그시 감고 중얼거렸다.

"하지만도 느낌이 안 좋은 거만은 사실인 기라."

그 소리에 사랑방 안이 어쩐지 으스스한 공기에 휩싸이는 것 같았다. 볼 수 없고 들을 수도 없었지만, 매우 기분 나쁜 뭔가가 다가오고 있다는 께름칙한 기분에서 헤어날 수 없는 그들이었다.

"우짜모, 우짜모 말입니더. 해나 그자가……."

억호는 평소 그답지 않게 감질날 정도로 말을 아끼는 눈치였다.

"우짜모 머 말이고? 그자가 와?"

배봉이 다그치자 억호 입이 어렵게 열렸다.

"해나 우리 고을에 들와서 살라꼬, 미리 둘러보러 온 거는 아이까예?"

배봉과 만호가 동시에 놀라는 소리를 냈다.

"머라꼬? 우리 고을에?"

"왜눔이 우리 고을에 들와서 산다, 그 말이오, 성?"

억호는 그러나 크게 자신 있어 보이는 얼굴은 아니었다.

"머 똑 그렇다쿠는 거는 아이고, 그냥."

만호는 벌레 씹은 상판으로 배봉을 한 번 보고 나서 억호더러 쿡 쥐어박는 소리로 말했다.

"그라모요?"

"우짠지 그런 예감이 쪼매 들어갖고……."

억호가 말을 끝맺기도 전에 배봉이 온몸에 경련을 일으키듯 하며 천장이 내려앉을 만큼 큰 소리로 말했다.

"맞다! 동업이 애비 말 딱 그대로다!"

둘 다 얼른 아버지 얼굴을 보았다. 흥분과 걱정이 뒤범벅된 얼굴이었다.

"내가 관아 사람들한테서 들은 이약인데, 너거들도 함 들어봐라."

배봉은 몹시 목이 타는지 혀로 입술을 축이고 나서 말을 이었다.

"인자 올매 안 가서 왜눔들이 우리 조선 땅 곳곳에 들와서 진을 칠랑가도 모리것다 안 쿠나!"

그 말을 들은 점박이 형제 얼굴에 난 점들이 하나같이 튀어나올 것처럼 보였다.

"왜눔들이 우리 조선 땅에예?"

"지, 진을 치예?"

배봉 눈알이 고양이 그것처럼 노랗게 번득였다.

"하모."

점박이 형제는 서로 얼굴을 마주 보며 허탈한 표정을 지었다.

"그, 그랄 수가?"

홀연 배봉의 사랑방은 늪 같은 침묵에 잠기었다. 배봉 입에서 밭은기침이 터져 나오기 시작했다.

"쿨럭, 쿨럭."

일본인의 조선 진출. 그것도 한양에서 자그마치 천 리나 떨어져 있는 그곳 남방 고을에까지 그들이 발을 뻗친다면…….

"그거는 마, 내중 일이고예, 에나 시상은 살기 좋아진 거 겉심더."

만호가 손가락으로 방바닥에 놓여 있는 우체물을 가리키며 침묵을 깼다.

"우리 고을에도 우체사라쿠는 기 생기갖고, 그리카나 먼데서도 요런 우체물 하나 갖고 소식을 전해오고 말입니더."

억호도 무거운 방 안 공기를 몰아내기 위해선지 목청이 높아졌다.

"앞으로는 우리 동업직물 비단도 요런 식으로 주문을 받아서 팔 날이 안 오까이."

그 말이 떨어지기 무서웠다.

"우, 우체물로 주, 주문을 받아서?"

푸르죽죽한 배봉 입술이 파르르 떨렸다. 형의 말이면 무조건 반대 의사부터 표하는 만호 역시 확신하는 어투였다.

"반다시 올 낍니더, 그런 날이예."

그들 눈에 그 우체물이 매나 독수리의 날개 정도가 아니라 마술의 날개를 매달고 있는 것처럼 보였다. 그렇지 않고서야 어떻게 가능한 일인가. 산과 강은 저리 가라 하고 저 바다 건너서 날아온 전대미문의 마법이다.

"각중애 날씨가 와 이리 더버지는 거 겉노?"

배봉은 손을 들어 이마의 땀을 닦으며 입으로는 연방 이랬다.

"하! 하! 에나로! 에나로!"

그것은 헤아려볼수록 신기하고 경악할 노릇이 아닐 수 없었다. 정말이지 세상은 어디까지 발달할 것인지 그 끝이 보이지 않는 것이다.

하긴 누가 앞을 어떻게 알겠는가. 회오리바람 몰아치는 세상 흐름 속에서 사람들은 꿈에도 알지 못하였다. 그 고을 우체물 9건이 한성우체사로 가는 도중 수원에서 의병들을 만나 모조리 탈취당하고, 체부 이 아무개가 하동 황토현 주막에서 또 의병들에게 편지 1건을 빼앗겼다. 작금의 세상이 얼마나 혼란스럽고 또 무섭게 변해가고 있는가를 보여주었다.

배봉 부자가 어떻게 하면 일본 상인들과 상거래를 하여 자기들 비단을 한 필이라도 더 팔아서 돈을 벌 수 있을까 하는 사욕에만 혈안이 돼 있을 때, 조선 백성들은 이제 피부로 느낄 수 있을 정도로 잠입하는 일본을 내몰기 위하여 도처에서 항일의병의 싹을 틔우고 불을 지피고 있었다.

어디 그뿐이랴. 굳이 멀리 갈 것도 없이, 얼이와 준서 등이 곧잘 어울리는 그 고을 청년 유림들도 항일의식과 민족자주화교육의 중심지인 낙육재에서, 위태로운 조선을 지켜내기 위한 정신을 길러가고 있었다.

그 고을에 있는 낙육재. 그것이 생기기까지에는 적지 않은 산고를 치러야만 하였다. 유생들의 관립서재인 그 낙육재를 맨 처음 세운 이는 경상감사 조현명으로 알려져 있다. 그리고 그 당시에는 경상도 관찰사가 대구에 있었으므로 낙육재 또한 대구에 있었다. 그러다가 경상도가 경상남도와 경상북도로 갈라지면서 경상남도 관찰사가 그 고을에 있게 됨으로써 만들어진 낙육재였다.

그러나 관찰부 소재지라고 해서 그게 금방 세워진 것도 아니었다. 또 힘든 한 단계를 더 거치지 않으면 안 되었다. 그다음으로 넘어가는 높은 장벽 또한, 여간 만만치가 않았다. 처음에는 관립서재에 딸린 전답으로 서재의 운영비를 보조하는 이른바 저 학전學田과 낙육재가 밀양에 자리하고 있었기 때문이었다. 그리하여 그 고을 유생들은 조정에 탄원을 올리기 시작하였다.

ㅡ관찰부 소재지에 학당을 창설해주시오.

－낙육재를 분리하여 우리 고을에도 설치해주시오.

결국, 조정에서는 당시 밀양에 있던 학전인 전답 4백8십 석인가를 그 고을로 분할, 이속시켜 낙육재를 만들기에 이르렀다.

"동업이 에미를 불러서 물어보모 우떨꼬?"

문득, 배봉 입에서 떨어진 소리였다. 억호는 좀 어리둥절한 표정을 지었고, 만호는 아주 못마땅한 낯빛을 했다.

"너거들도 그리 생각하제?"

배봉은 언제나 이런 식이었다. 생활하다가 예상하지 못한 난관에 부닥친다거나 풀 수 없는 큰 고민거리라도 생기면, 큰며눌아기 불러라, 동업이 에미한테 물어보모 답이 나올 끼라, 남어치 우리 식구들 머리 모돌띠리 합치도 저 아아 머리 하나 몬 따라간다, 하는 말들을 입버릇처럼 하곤 했다.

언제부터인가 배봉 마음에서 둘째 며느리 상녀는 없고 큰며느리 해랑만 있는 성싶었다. 은실은 없고 동업만 있는 것 같았다. 재업은 있으나 마나였다.

물론 처음에 해랑이 억호 재취로 들어올 당시만 해도, 배봉은 비록 내색은 하지 않았지만, 경계하는 마음의 빗장을 풀지 않았다. 광에 커다란 자물쇠 채우듯이 그렇게 채웠다. 그 까닭은 간단했다. 해랑이 비화와는 친자매같이 지내던 사이라는 사실을 알았고, 호한과 용삼, 윤 씨와 동실댁 또한 누구보다 서로 가깝게 사귀고 있다는 것을 모르지 않았다.

'해나 억호 저눔이 시한폭탄을 우리 집안에 들이는 거는 아인지 모리것다. 암만 그리는 안 볼라 캐도 멤이 안 그렇는가베.'

해랑이 암사자나 암고양이가 낳은 새끼처럼 비치기도 했다. 그렇지만 해랑이 억호 씨를 배고, 또한 전처소생인 동업과 설단이 낳은 재업을 제 친자식같이 보살펴주는 것을 보고, 그 모든 게 한갓 기우였다는 결론을 내기에 이르렀다.

그리고 무엇보다 배봉은 똑똑히 감지하고 있었다. 무슨 연유에서인지는 모르겠으나 비화를 겨냥한 해랑의 적개심과 반감이 배봉 자신의 그것 못지않다는 사실이다. 거기에다가 결코 비화에게 뒤지지 않을 영특함과 당찬 구석도 있는 해랑이었다. 나루터집과 싸울 때 선발대로서 해랑을 내세울 작전도 짜 두었다.

'흐흐. 또 있제.'

그뿐인가? 까다로운 거래처 사람들도 혹하고 넘어가는 완벽한 미모까지 갖췄으니, 어떤 면에선 비화보다도 훨씬 무섭고 강한 여인이 해랑이었다. 다른 사람은 몰라도, 비화에게만은 해랑이 천적天敵이라는 확신까지 품어보는 배봉이었다. 그렇다면 해랑은 배봉가를 위해 하늘이 보내준 수호천사인 셈이었다.

# 기미가요의 나라

배봉 부자가 그 우체물을 받은 날로부터 얼마 지나지 않아서였다.

서쪽에서 동쪽으로 흐르는 특이한 남강 가장자리에 무라마치와 무라니시 형제가 또다시 모습을 드러내었다.

드디어 그들이 온 것이다. 그것은 배봉 부자가 예상하는 것보다도 몇 배나 더 빠른 사태의 진전進展을 암시하는 것이기도 하였다.

"하늘이 우리를 도우고 있어. 사토가 이때 죽다니. 으하하핫!"

무라마치가 호쾌한 웃음을 터뜨렸다. 그러자 그의 뾰족한 턱이 곧장 떨어져 나갈 것처럼 아슬아슬해 보였다.

"그러게 말이야, 형. 어쩌면 이렇게 시기를 잘 맞춰 일이 터져줬는지……."

무라니시도 헤벌어진 입을 한참이나 다물지 못했다. 하지만 다음 찰나였다.

"그런데 문제가 있어."

갑자기 무라마치가 유유히 흘러가는 남강 물을 보며 대단히 심각한 표정을 지었다. 그러고는 한 번 더 제 마음에 각인시키듯 말했다.

"임배봉 그 인간 말이야."

그의 말은 때마침 불어오는 강바람을 타고 허공으로 흩어졌다.

"임배봉."

그렇게 되뇌는 무라니시 몸도 한순간 경직돼 보였다. 강 건너편 푸른 빛이 무성한 대밭의 대나무들도 일제히 이쪽으로 고개를 빼는 것 같았다. 그쪽 망진산 아래 섭천에는 조선 최하위 계층인 백정들 거주지가 있다는 사실까지도 이미 알고 있는 일본인 형제였다.

"그동안 우리가 이 고장에 몰래 숨어 들어와 발이 닳도록 상품시장 조사를 하여 얻어낸 결론이 뭐야?"

무라마치 음성이 그들이 자랑삼는 '닛뽄도'의 날처럼 예리했다. 불어오던 강바람이 흠칫, 숨을 죽이며 몸을 돌리는 듯했다.

"직물점이야말로 가장 장래가 촉망되는 사업이 아니겠냐고."

이번에는 무라마치 말끝이, 물풀이 자라는 수면에 담그는 잠자리 꼬리처럼 처졌다.

"직물 사업."

이번에도 형의 말을 반복하던 무라니시가 습관인지 눈을 매섭게 치뜨며 좀 더 높아진 어투로 다시 말했다.

"그러게 어디 그 조센진 놈만 알아낸 거야? 그런 게 결코 아니잖아? 우리 형제도 똑같이 짚어냈잖아."

강에는 빠르게 혹은 느리게 날아다니고 있는 흰빛과 잿빛 물새들이 보였다.

"그러니 한번 해볼 만하다고 생각해."

무라마치는 저쪽 남강 위 나룻배를 탄 조선인들 흰옷이 눈부신 듯 몹시 낯을 찡그리며 입을 열었다. 그건 지금까지는 그 혼자서만 고민하던 것이었는데, 판단이 서질 않아 끄집어내게 된 내용이었다.

"그러니까 내 말은 있지, 그자를 우리 동업자로 삼을 것인가, 아니면 가장 큰 경쟁 상대자로 삼을 것인가, 하는 거란 말이야."

그곳 넓은 백사장의 무수한 모래알만큼이나 고민과 갈등이 많다는 표정이었다.

"아군이냐, 적군이냐."

무라니시도 골치가 아픈지 무라마치 못지않은 벌레 씹은 상판대기였다.

"에이, 형. 그 일은 좀 더 여유를 두고 고민해보기로 하고, 우리 오늘은 기생집이나 가는 게 어때?"

"뭐라고? 기생집?"

무라마치는 정말 한심하고 어이없다는 투로 쏘아붙였다.

"무라니시! 넌 어딜 가나 그놈의 총각 표를 내는군 그래."

그 소리 끝에 무라마치는 문득 떠올랐는지 달라진 음색으로 이렇게 말했다.

"참, 우리가 여기 처음 왔을 때 길에서 만난 그 여자 있잖아?"

그러자 무라니시도 마음이 동한 듯 얼굴 가득 호기심이 서렸다.

"사람을 홀리는 귀신 같던 그 젊은 여자? 약간 늙은 여종을 거느리고 있었지."

"어쩌면 유모인지도 몰라."

무라마치 눈에는 언네가 해랑의 젖어미로 비치기도 했던 모양이었다.

"이 고을 물이 좋아서 그런가, 아니면 산이 좋아서 그렇나? 어떻게 그런 뛰어난 미인이 살고 있는지 알고 싶구먼."

그렇게 질투 섞어 지껄이던 무라니시는 아쉽다는 빛을 지우지 못했다.

"하여튼 죽을 때까지 그런 여자는 두 번 보기 어려울 걸?"

"그럴 거야."

무라마치가 자기 말에 시인하자 무라니시는 또 한 번 더 찔러보는 말을 꺼냈다.

"그래서 조선 속담처럼, 꿩 대신에 닭이라고, 응? 형."

원래 겨울철에는 거기 남강에 검은 물닭들이 시도 때도 없이 수많이 날아들곤 하는데 지금은 어느 곳에서도 발견할 수 없었다.

"조금만 더 참아. 아직은 우리가 기방을 찾을 때가 아니야."

졸지에 입과 눈이 한쪽으로 쏠리어 비뚤어지는 무라니시 얼굴이 보기 흉했다.

"경거망동, 금물, 알지?"

무라마치는 특유의 날카로운 눈빛으로 매섭게 주위를 둘러보며 동생을 단속했다.

"이 고을에 사는 조센진들이 절대로 우리 존재를 눈치채지 못하게 해야 돼. 모든 게 극비리에 행해지지 않으면 낭패를 당할 수도 있다고."

강 이쪽과 저쪽의 대나무들이 일제히 한곳으로 쏠리고 있는 게 손끝에 잡힐 듯이 보였다. 그들은 이곳이 유난히 대나무가 많은 고장이라는 사실을 새삼 깨달았다. 그러자 거기에 사는 지역민들도 대나무처럼 성격이 곧고 청청하지 않을까 하는 생각이 들었다.

"그건 형 말이 옳긴 한데, 그래도 맥이 풀리는 걸 어떡해?"

무라니시는 계속 두 개 먹고 한 개 안 준 시무룩한 얼굴을 했다.

"우리 다리 아픈데 어디 좀 앉아서 얘기하자."

"조센진들 귀에 우리 말소리가 들리지 않을 데를 말이지?"

"가만, 저기가 좋겠어."

"그렇군. 진작 저쪽으로 갔으면 더 좋았을 텐데."

그들 머리 위 하늘에 걸린 구름 한 장은 아까부터 꿈쩍도 하지 않고 있었다. 지상에 비해 높은 허공에는 바람이 적게 불어 그런지 알 수는 없지만, 그 구름도 외지에서 온 낯선 얼굴들을 유심히 살펴보고 있는 게 아닐까 싶은 마음이 들게 하는 광경이었다.

"무엇보다 사업을 위해서라도 우리가 어서 이 고장 지리를 익혀야 해."

"토지도 그렇고, 인구도 그렇고 말이지?"

"말은 더 그래."

"조선말도……."

그들은 거기서 조금 더 걸어가 짙푸른 남강이 한눈에 내려다보이는 비탈진 강둑에 탄탄한 엉덩이를 나란히 내려놓았다.

"아, 좋다!"

거기는 전망이 좋은 데다 근처에는 지나는 개 한 마리 눈에 띄지 않는 곳으로, 밀담을 나누기에는 더없이 적합한 장소였다.

"여기는 외치고 팰 수도 있겠네."

"그래도 신경을 끄면 안 되지."

그들은 비록 흔한 조선인 복장으로 변복을 하고 있었지만, 그래도 행여 자기들이 일본말을 하는 것을 조선인들이 들을세라 여간 조심하는 게 아니었다. 거친 면이 있는 것 같으면서도 영악스러울 정도로 꼼꼼한 부분도 있는 자들이었다. 일컫자면 상대하기가 대단히 까다롭고 버겁다는 얘기가 되겠다.

"우리 아까 하던 이야기나 계속해 보자."

무라마치 제의에 기생방 생각을 하느라 그걸 마음에 담지 않았던 무라니시는 약간 잠이 덜 깬 사람 얼굴로 말했다.

"어디까지 하다가 말았지?"

무라마치는 그러는 무라니시를 못마땅한 눈초리로 잠깐 노려보고 있다가 말했다.

"배봉이란 조센진을 동업자로 할 것인지, 아니면 이참에 경쟁자로 할 것인지……."

제 딴에는 경청하는 모습으로 듣고 있던 무라니시가 의혹의 눈빛을 보였다.

"우리가 동업을 하자고 하면, 개뼈다귀 같은 그자가 순순히 응해올까?"

무라마치가 조선 아낙들이 배추에 소금 뿌리듯 실실 웃음을 뿌렸다.

"왜? 자기가 먹을 개뼈다귀를 우리가 가로챘다고 여길 것 같아서?"

"솔직히 그런 거잖아."

바람이 강을 거슬러가며 부는 탓에 물살은 하류에서 상류 쪽으로 역류하고 있는 착시현상을 주었다.

"하긴 그자는 몸이 비대하니 뼈다귀는 아니고 살점이라고 해야겠지."

무라마치는 그 고을 읍내장터 정육점에서 백정이 칼로 살코기 저미는 것 같은 시늉을 하였다.

"개고기 살점, 돼지고기나 쇠고기 살점……."

무라니시가 보기만 해도 살점이 떨어져 나갈 것 같은 잔인한 웃음을 지었다.

"차라리 조센진 살점이라고 바로 말하는 게 좋겠어. 조센진 뼈다귀도 괜찮을 테고."

그 말을 들은 무라마치 얼굴이 납덩이처럼 하얗게 변했다. 그는 주위를 한 번 돌아보고 나서 한껏 낮춘 소리로 말했다.

"얼마 남지 않았어."

"……."

문득 으스스한 공기가 밀려드는 분위기였다. 가까이 서 있는 졸참나무 가지도 파르르 떠는 것 같아 보였다. 아귀도餓鬼道에 빠진 귀신들의 대화를 방불케 하는 말들이 계속해서 오갔다.

"우리 대일본국이 여기 조선국을 먹어치울 날이 저 앞에 보이질 않나 말이야."

"그 생각을 하니 벌써 입안에 침이 괴는군."

"침이 아니고 피가 되겠지."

"피?"

강 건너편 대숲 위로 왜가리들이 '웩, 웨~액' 하는 울음소리를 지르며 날고 있었다. 그 소리가 새소리치고는 그다지 듣기 좋지는 않았다.

"그때가 되면, 말로만 그런 게 아니고, 실제로 조센진 살점이나 뼈다귀가 우리 일본인 주식主食이 될 거라고. 흐흐흐."

무라마치 웃음소리 또한 아귀의 그것만큼이나 섬쩍지근했다.

"내 귀에는 주식물이 아니라, 술과 밥을 말하는 그 주식酒食처럼 들린다고."

그러고 나서 무라니시는 저고리 안주머니에 깊숙이 감추고 있는 권총을 점검하듯 손으로 한 번 툭 건드려보고는 입술을 일그러뜨리며 물었다.

"조센진들을 사냥할 시간이 코앞에 닥쳤다, 그 말이지?"

무라마치는 꿈꾸듯 얘기했다. 아니, 게걸스러운 짐승이 으르렁거리는 모습이었다.

"우리 대일본국은 조선은 물론이고, 중국까지 식민지로 만들게 될 것이다."

무라니시는 두 팔을 치켜들어 만세 삼창이라도 부르는 동작을 취하였다.

"하! 그 넓은 땅덩어리까지 우리가 차지한다?"

무라마치는 일본 하늘은 도저히 따라올 수 없을 정도로 드높고 맑은 조선 하늘을 올려다보았다.

"그러면 엄청난 소비시장이 저절로 생겨날 거란 말이야."

무라니시는 두 손바닥으로 제 배를 슬슬 만졌다.

"벌써부터 배가 불러오는군."

무라마치는 적진으로 맨 먼저 달려가서 아군 깃대를 꽂은 병사처럼 의기양양해 보였다.

"그렇게만 되면 사업 확장은 벌써 따 놓은 당상이고."

무라니시는 복창하듯 했다.

"소비시장, 사업 확장."

실로 거창하고 무서운 소리가 아닐 수 없었다. 그들은 이웃 나라들을 식민지로 만든 후 경제권의 칼을 휘두를 계략을 세우고 있었다. 그 실현 가능성을 떠나 너무 가증스럽고도 혐오스러운 이야기였다.

"그런데 여기 이 고을 말이야."

무라마치가 주변을 둘러보는 시늉을 하며 말머리를 돌렸다.

"무슨 놈의 서당과 향교가 그렇게 많지?"

무라마치가 땅바닥에 침을 '퉤' 뱉었다.

"발바닥에 쫙 깔려 있어, 발바닥에."

무라니시도 공감한다는 듯 고개를 끄덕였다.

"나도 그걸 느꼈어, 형. 어쨌든 예사 고을이 아닌 것만은 확실해. 사람들도 보통이 아닌 것 같아서 솔직히 신경이 쓰이는 것도 사실이야."

무라마치 두 눈에 보기에도 섬뜩한 도끼날이 섰다.

"우리가 나아가려는 길에 방해물도 적지는 않겠지."

무라니시는 두 손등을 맞붙여 보였다.

"아직 잘은 모르겠지만, 약간 배타적인 면이 많은 것 같잖아?"

"잘 봤어. 바로 그 점이 마음에 걸려."

저쪽 강 위에 있는 나룻배와 수면에 비친 나룻배를 번갈아 보면서 무라마치가 말했다.

"폐쇄적인 고장인 만큼 자기들 고향에 대한 애착도 보통이 넘거든?"

"교육열도 대단해. 아직 눈만 붙은 것들이 공부하는 걸 보니 소름이 끼칠 판이야."

"너, 조선에 학문을 권장하는 노래가 얼마나 되는지 모르지?"

"학문을 권장하는 노래?"

"그래, 학문."

도대체 무라마치는 조선에 관해 어디까지 연구하고 조사해 놓은 것일까? 이런 소리까지 자연스럽게 내비쳤다.

"그런 걸 권학가勸學歌라고 하고."

무라니시 얼굴에 시기와 질투가 어렸다.

"이 나라에 그런 게 많다는 거야?"

"내가 여러 가지로 알아본 것 중의 하난데, 대표적인 어떤 권학가에 이런 내용이 들어 있더군."

"야, 역시 형은 대단해. 무서운 사람이야."

"내 머리에 도깨비뿔 났어?"

"그런 것까지 알다니! 이러다가 형이 정말 이 나라 사람이 돼버리는 건 아닌지 모르겠군."

"적을 알고 나를 알아야 한다는 말이 그냥 생긴 줄 알아?"

바람의 방향이 바뀌고 있는 걸까, 너우니 쪽으로 쏠리고 있던 대나무들이 이제는 뒤벼리 쪽을 향해 일사불란하게 푸른 머리를 쳐들고 있었다.

"그 노래 속에 말이야."

"응."

"아무리 좋은 금은보화라도 없어지게 마련이지만, 글은 없어지지 않으며……."

"그래도 난, 글보다도 금은보화가 더 좋아."

"온갖 부귀가 모두 글 속에 있으니 천하에 제일 좋다, 그런 뜻이 담겨 있다고."

"어쭈, 조센진들이 제법인데?"

"제법 정도가 아냐."

"그러면?"

"더 들어보고 말해."

무라마치는 목소리를 강바닥에 닿을 만큼 착 내리깔았다.

"세월은 순식간에 흐르나니 젊을 때 면학에 힘을 쓰라."

고개를 갸웃하며 무라니시가 물었다.

"그건 그 노래에 나오는 소리야, 아니면 형의 머리에서 나온 소리야?"

저 아래 멀지 않은 강 위에서 무엇에 놀랐는지 털빛이 색색인 청둥오리 무리가 퍼드덕거리는 소리를 내며 한꺼번에 허공으로 날아오르고 있었다.

"날 너무 과대평가하지는 마. 부담스러우니까."

"그래도 과소평가보다는 나아."

청둥오리들의 비상은 어딘가 좀 서툴고 모양새가 별로 아름다워 보이지 않았다. 저대로 가다가는 언젠가 날개가 퇴화하여 영원히 날지 못하는 신세가 돼버리지 않을까 우려될 지경이었다.

"그렇게 공부했을 때 향시장원으로 미래가 보장되는 벼슬길로 나아가나니."

"형도 사람 겁주지 마."

역시 청둥오리들은 오래 날지 못하고 근처 물 위로 다시 내려앉더니

물 아래로 잠수를 하면서 물고기 사냥에 몰두하는 모습을 보였다.

"향시장원이란 게 뭔지는 잘 모르겠지만, 장원이니까 좋은 거겠지."

혼잣말 같은 그 소리 끝에 무라니시가 문득 떠올랐는지 감격에 겨운 목소리로 물었다.

"참, 지난번 우리 대일본국 정부에서 제정한 '교육 칙어' 생각나?"

무라마치가 너무나 당연하다는 얼굴로 즉시 대답했다.

"생각나고말고!"

당장 옷깃이라도 여밀 자세를 취하는 그였다.

"천황 폐하께옵서 우리 일본 국민들에게 내리신 말씀이었지 않나."

"천황 폐하."

자기들 나라 천황 이야기가 나오자 그들은 홀연 긴장하는 빛이었다. 어쩌면 우스울 만큼 경건해진다는 표현이 더 어울렸다. 무라마치가 사시斜視 눈이 되며 물었다.

"근데 갑자기 그 얘긴 왜?"

무라니시는 떨떠름한 표정을 지었다.

"솔직히 말해, 그게 있잖아."

무라마치는 약간 주저주저하는 빛을 보이는 무라니시를 재촉했다.

"얘기해 봐."

무라니시는 숨을 크게 몰아쉬고 나서 입을 열었다.

"앞부분에서는 부모에게 효도하고, 형제간에 사이좋게 지내며, 친구를 신뢰하고, 뭐 그런, 뭐랄까, 그러니까……."

"계속하라고."

"도덕적인 항목을 잔뜩 내걸고 있었지만 말이지."

"그런데?"

"뒤에 가서는 영 엉뚱한 소리였잖아?"

그러자 무라마치가 별안간 이제까지와는 달리 큰소리로 입을 열었다.

"국가가 위험할 때는 용기를 내어, 몸을 바쳐 국가를 위해 일하고 천황가家의 번영을 도와야 한다!"

무라니시가 적잖게 겁먹은 눈으로 급하게 말렸다.

"쉬! 소리가 커, 형."

그런 후 무라니시는 이내 다시 말했다.

"결국 잘 따져보면……."

강에서는 나룻배들이 부딪칠 듯 잘 피하면서 오가고 있었다.

"천황에게 충의를 다하고, 자신을 희생해서라도 천황을 주축으로 한 국가에 헌신하는 아이들을 만드는 일을 교육의 기본으로 삼은 거잖아."

그러자 점점 붉으락푸르락하는 얼굴로 듣고 있던 무라마치가 홀연 칼을 휘두르며 기합 넣듯 매서운 일갈을 터뜨렸다.

"무라니시, 너!"

"……."

움찔, 몸을 움츠리는 무라니시였다.

"사상이 형편없이 불온해?"

저만큼 강 가장자리에 떠 있는 나룻배 한 척이 위태롭게 출렁거리고 있었다.

"감히 위대하신 천황 폐하의 뜻을 거역한 자들의 말로末路가 어떻다는 것쯤은 잘 알고 있을 텐데?"

무라니시가 얼굴을 잔뜩 일그러뜨리며 되물었다.

"형은 이 아우보다도 천황과 더 가까운 모양이지?"

무라마치는 농담인지 진담인지 구별이 되지 않는 소리로 이렇게 나왔다.

"천황 폐하가 없으면 우리 조국도 없고, 조국이 없으면 우리도 없는 거라고. 그거 알아, 몰라?"

언제부터인가 바람은 다소 잔잔해져 있었다. 무라니시는 더 대거리하기 싫어진 모양인지 혼자 중얼거리듯 하였다.

"하여튼 아무리 좋게 받아들이려고 해봐도 말이야."

무어라 대꾸가 없는 무라마치 눈치를 힐끔힐끔 살폈다.

"우리 일본 전국 학교에 그 교육 칙어 사본과 천황의 사진을 배포한 일은 좀 그래."

그러고 나서 무라니시는 눈앞으로 점점 확대되어 오는 천황의 얼굴을 떨쳐버리기 위해 고개를 세차게 내저었다.

"내가 잘은 모르지만, 교육의 본질, 뭐 그런 게 있잖아."

"······."

"아무리 황국신민의······."

"······."

무라마치는 동생 말에 수긍도 부정도 하지 않았다. 대신 그의 머릿속에는 경축일에 학교 의례에 참석한 일본 아이들이 천황 사진 앞에서 깊숙히 목례하고, 또한 교육 칙어가 낭독되는 것을 머리 숙여 들으며, 이른바 저 '기미가요'와 같은 노래를 부르는 장면이 그려지고 있었다.

기미가요, 그것은 메이지 시대에 처음 만들어진, 천황의 치세를 경축하는 노래였다. 일본 고대의 노래집에 있던 가사에 곡을 붙인 것이다. 그 노래는 그 후에 소학교의 의식용 노래가 되어 사실상 일본 국가國歌로 취급되기에 이르렀다.

"음."

무라마치가 자신도 모르게 신음 비슷한 소리를 내며 잠시 그런 생각에 빠져 있을 때였다. 무라니시가 기방을 들먹일 때와는 완전 다른 사람이 되어 퍽 심각한 낯빛으로 형의 의견을 타진해왔다.

"차라리 한양에서 사업을 시작하는 게 더 낫지 않을까?"

무라마치는 생전 처음 들어보는 지명인 양 반문했다.

"한양에서?"

무라니시 응답이 짧았다.

"응."

"이 고을이 아니고?"

무라마치가 멀뚱한 얼굴을 했다. 그런 그에게서는 날카로움과 사나움이 많이 가셔 있었다. 무라니시가 또 말했다.

"어차피 남의 나라에 와서 사업을 하려는 판이잖아."

"그야 그렇지."

칼집에서 꺼내려던 칼을 도로 집어넣는 듯한 느낌을 주는 무라마치 대꾸였다.

"그러니 사람도 더 많고 땅도 더 넓은 조선의 수도 한양이……."

무라니시는 그 출렁거림이 그곳까지 전해지는 것 같은 나룻배에 눈을 박은 채 말을 이어갔다.

"남방에 치우쳐 있는 이런 고을보다는 더 승산이 있을 것 같아서 하는 소리야."

묵묵히 듣고 있던 무라마치가 엉뚱한 것을 물었다.

"너, 우리가 한양에서 본 전차 기억나지?"

무라니시는 뜨악한 얼굴로 대답했다.

"기억나지."

"그게 어땠지?"

"참 형편없는 객차였잖아."

"알고 있군."

"창문도 없는 나무 의자에 앉아서 비가 내리면 우산을 받쳐야 하고……."

"맞아."

무라마치가 오싹 전신을 떨어 보였다. 그러자 그의 깡마른 몸매 어딘가에서 흡사 뼈마디 부딪는 소리 같은 게 나왔다.

"겨울에는 찬바람을 고스란히 맞아야 했지."

무라니시는 한층 비웃는 어조가 되었다.

"그래도 그게 너무 신기하다고 많은 조센진들이 구경하고 난리를 쳤잖아. 게다가 또 있어."

"그런 게 중요한 게 아냐."

무라마치는 남의 말을 자르는 건방진 버릇이 몸에 배인 듯했다. 어쩌면 세상 모든 것을 자신의 뛰어난 검법劍法으로 통제할 수 있다고 맹신하고 있는지도 모른다.

"그보다도 말이야."

지금까지 보이지 않던 물닭들이 언제 나타났는지 청둥오리들 속에 섞여 있었다. 털빛이 여러 가지로 고운 청둥오리들에 비하면 그냥 시커멓기만 한 그 물닭들은 그다지 아름답지 못한 축에 들었다.

"전차를 개통한 지 열흘 만인가 아마 그쯤 되는 때에 벌어진 사건 이야긴데……."

무라마치 음성은 긴장감을 실었다. 하지만 무라니시는 기억나지 않는 모양이었다.

"무슨 사건?"

무라마치가 무라니시 눈을 똑바로 바라보며 말했다.

"왜 우리 일본인 전차 운전수가 다섯 살배기 조선 아이를 치고도 그대로 도망쳐버린 일이 있었잖아?"

그러자 무라니시도 조금 전 무라마치가 그랬듯 몸을 떨었다.

"아, 성난 조센진 군중들이 전차를 불태워버린 그 사건?"

청둥오리와 물닭 무리 위로 한껏 우아한 동작을 취하면서 나타난 새는 몸집이 아주 커다란 재두루미였다.

"잘못 건드린 벌집에서 왱왱거리며 튀어나온 벌떼가 따로 없었지."

쭉 찢어진 무라마치 눈이 섬뜩할 만큼 노랗게 번득였다. 영락없는 살쾡이 눈이었다. 그는 살쾡이가 다람쥐나 닭을 공격하듯 당장 무언가를 향해 몸을 날릴 사람 같아 보였다.

"어디 그뿐이면 괜찮게? 조선 인력거꾼들이 전차 때문에 그들 생계에 타격을 입었다고, 조직적으로 전차 운행을 방해한 적도 있지 않았나 말이야."

무라니시는 눈으로는 계속 재두루미를 따라가며 형의 말에 장단을 맞추었다.

"그랬지. 그랬어."

"바로 그런 위험하고 불미스러운 일들을 고려해서, 나는 한양보다도 이 고을에서 사업을 시작하려는 거야."

얼핏 검은 투견을 상기시키는 무라니시는 햇볕에 약간 그을린 목을 갸우뚱하였다.

"그런 일 때문이라고?"

알 수 없는 이야기였다. 무라니시는 탐색하는 눈빛으로 물었다.

"형은 조센진 놈들이 두렵다는 거야, 뭐야?"

무라마치가 흰자위 많은 눈알을 굴리며 주변을 자세히 살펴보고 나서 대답했다.

"솔직히 그래."

무라니시는 귀를 의심하는 빛이었다.

"뭐라고?"

무라마치는 대가리를 빳빳하게 치켜들고 먹잇감을 공격하는 살무사처럼 잔뜩 독기 품은 얼굴로 말했다.

"그놈들은 독종들이야."

"형……."

강가에 내려앉아 날개를 접은 채 강 어딘가를 한참 응시하고 있는 재두루미가 어쩐지 음흉스럽고 위험해 보였다. 날고 있을 때와는 너무나도 판이한 모습이 아닐 수 없었다. 역시 새는 날갯짓을 하고 있어야 아름답고 멋져 보이는 게 아닐까 싶었다.

"그놈들을 이기기 위해서는 더 강한 독이 필요하지."

"어떤 게 더 강한 독이지?"

청둥오리와 물닭은 누가 더 물고기 사냥을 잘하는지 내기라도 붙은 모양이었다. 연방 첨벙거리는 물소리가 끊이질 않았다.

"이 고을 조센진들도 마찬가지야."

재두루미 또한 서서히 물고기 사냥에 나서고 있었다.

"수백 년 전, 조센진들이 말하는 소위 저 임진왜란 당시에, 여기 군·관·민 7만 명이 하나로 똘똘 뭉쳐 10만 명이 넘는 우리 일본 대군에게 끝까지 저항하다가 죽어간 곳이……."

무라니시는 비명 올리듯 하였다.

"7만! 그 많은 목숨들이?"

"바로 저기 보이는 저 성이다."

무라마치는 고개를 돌려 성곽 쪽을 쳐다보았다. 그것은 난공불락의 성채처럼 우뚝 서서 그 반갑잖은 인간들을 내려다보고 있는 것 같았다. 무라니시는 한층 알 수 없다는 듯 또 물었다.

"그런데도 형은 여기서 사업을 시작하려고 하잖아?"

그러자 무라마치는 매우 중요한 기밀 정보 하나를 알려주는 것같이 했다.

"그건 임배봉 그 조센진 때문이지."

"임배봉 때문?"

무척 의아한 표정을 짓는 동생더러 한 번 더 확인시켜주었다.

"그래, 동업직물."

"아, 그자는 형보다도 형의 죽은 장인과 더 가까운 사이잖아."

싹 베어서 땔나무와 숯으로 쓰면 좋겠다는 생각을 하며 무라니시가 바라본 졸참나무에서 잎사귀 하나가 땅으로 굴러 내리고 있었다. 그게 사람이든 짐승이든 나무든 최후 모습은 다 비참하고 나약한 듯했다.

"그건 인정해."

무라마치 음성은 무미건조하리만치 담담했고, 무라니시 그것은 굴곡이 심했다.

"그 때문에 그자와 동업할 것인지, 경쟁자로 나설 것인지, 여러 날 동안이나 굉장히 고민해왔다."

그의 입가에 기묘한 웃음기가 떠오르더니 일방적인 통보처럼 말했다.

"방금 막 결정했는데…… 동업을 하기로 했어."

드디어 재두루미가 물고기 사냥에 성공하였다. 놈의 굽어진 긴 부리 끝에는 은빛 물고기 한 마리가 속절없이 걸려 있었다.

"동업 쪽으로?"

무라니시가 확인하듯 물었다. 무라마치가 두 눈을 가느다랗게 뜨며 말했다.

"이 나라 전래 속담 가운데, 호랑이를 잡으려면 호랑이굴로 들어가야 한다, 그런 기막힌 것이 있더군."

하지만 무라니시는 걱정스럽다는 빛을 풀지 못했다.

"임배봉 그 조센진이 우리 제의에 순순히 응해줄까?"

무라마치가 저러다가 피가 배여 나오지 않을까 싶을 정도로 입술을 질끈 깨물었다.

"그렇게 하도록 만들어야지."

무라니시는 호기심이 크게 동하는지 목소리도 높아졌다.

"형한테 좋은 방책이라도 있는 거야?"

무라마치가 음흉한 미소를 흘리며 단언했다.

"있고말고!"

무라니시는 엉덩이를 움직여 몸을 형 쪽으로 가져갔다.

"그게 뭔데?"

무라마치는 '흐흐' 하고 소리 나게 웃고 나서 말했다.

"누구라도 넘어가지 않을 수 없는 최고의 계략이지."

무라니시가 무라마치 쪽으로 좀 더 바짝 다가앉았다.

"어서 말해 봐."

"……."

"무슨 계략인데, 응?"

"지금 임배봉 그자는……."

"그, 그래, 듣고 있어."

"어떻게 하면 자기들 비단을 우리 일본에 많이 내다 팔 수 있을까 하는 그 한 가지 생각밖에는 없을 걸?"

청둥오리와 물닭의 물고기 사냥 솜씨는 재두루미에 비하면 좀 못한 것 같았다. 잠수했다 허탕을 치고 물 밖으로 나오는 경우가 적지 않았다.

"그건 그렇겠지."

강 위에는 조금까지는 보이지 않던 채색된 놀잇배 두 척이 붕 떠 있었다. 붉은색과 청색이 어우러진 그 배들은 고니 모양의 유람선이었다.

"그런데 장인이 죽어버렸잖아."

"그럼 형 장인의 죽음과 상관이?"

"아암. 그러니 그잔 일본 수출의 판로가 막혀버린 거야."

"아, 그렇군!"

"어때?"

무라마치가 자신감에 찬 어조로 물었다. 한껏 느긋한 태도를 짓는 무라니시 얼굴에 여유로운 자의 흡족한 미소가 가득 살아났다.

"오히려 그자가 동업하자고 우리한테 달라붙겠군."

"그뿐만이 아냐."

"뭐?"

놀잇배에서 흥겨운 풍악 소리가 흘러나오기 시작했다. 지금 거기 강가 언덕에 조선을 호시탐탐 노리는 일본인들이 있다는 것을 알아도 그렇게 놀 수 있을까?

"미끼는 더 있어."

"미, 미끼?"

허둥거리는 무라니시는 미끼 꿴 낚시 끝에 걸린 물고기 같아 보였다. 무라마치는 천천히 낚싯대를 들어 올리는 낚시꾼을 연상시켰다.

"그렇지. 훨씬 더 구미 당길 미끼지."

"그건 또 뭔데?"

무라마치는 풍류를 즐기며 머리 위에 하얀 물새들을 거느린 채 남강 위에 한가로이 떠 있는 놀잇배에 눈길을 둔 채 대답했다.

"중국에도 비단을 팔 수 있다고 유인하는 거야."

"중국에도? 그 약아빠진 자가 그런 말에 속아 넘어갈까?"

무라마치는 강 쪽에서 시선을 거둬들였다.

"완전히 거짓말은 아냐."

"그럼 뭐야?"

야심에 찬 소리가 가파른 강둑을 뒤흔들었다. 강 맞은편에서 불어오는 바람이 언덕에 부딪혀 상승 기류를 타고 허공으로 날아올랐다가 흩어지는 게 눈에 보일 만큼 투명한 날씨였다.

"나는 장차 중국으로도 진출할 계획이니까."

"주, 중국에까지?"

무라니시는 그만 열린 입을 다물지 못했다. 그런 동생을 바라보고 있던 무라마치가 약간 어두운 어조로 나왔다.

"근데……."

"으응?"

"그 임배봉보다도 그의 손자가 난 더 마음에 걸린다고."

"손자 누구?"

무라니시가 또 형 같지 않군, 하는 투로 묻자 무라마치는 심각한 얼굴을 지었다.

"동업인가 하는 그 어린놈……."

무라니시는 더욱 어이없다는 표정을 지었다. 그럼 내가 본때를 보여줄까? 하고 말하는 것처럼 했다.

"아, 그게 무슨 소리야? 아직 한참 어린놈이라고 했잖아?"

"한참 어린놈이지."

"한데, 그런 애송이가 뭐가 무섭다고 그러는 거야? 그건 형의 착각이라고밖에 볼 수가 없어."

"정말 그럴까?"

"맞는다고."

무라니시가 약간 폄훼하는 빛까지 내비쳤지만 무라마치는 보검寶劍을 다루듯 더할 나위 없이 신중하고 조심스럽게 말했다.

"그놈은 예사 놈이 아냐."

"그 정도라면?"

무라마치가 하도 그러니 무라니시도 뭔가 심상치 않다는 기분이 들었는지 이제는 둘 다 조바심이 이는 목소리로 바뀌었다.

"비록 조센진 피가 흐르고 있지만, 그놈 눈에는 힘이 들어 있어. 그런 걸 아마 영채映彩라고 하지."

"영채?"

무라니시도 으스스함을 느끼는 모습이었다.

"난, 상대 눈을 보면 단박 알아. 그자가 어떤 인간인가를."

"하긴 형이 그렇다면 그럴 거야. 형은 오랫동안 검도를 하면서 늘 상대 눈을 주의 깊게 봐왔을 테니까."

"직접 맞붙어보기도 전에 서로를 쏘아보는 눈빛에서부터 이미 승부가 결정 나는 경우가 허다하지."

"내가 보기에 지금 형이 지나친 신경과민에 빠져 있는 것 같아."

"뭐? 방금 뭐랬어? 내가 신경과민이라고?"

무라마치보다는 못해도 역시 검법에 능한 무라니시가 앉은 자리에서 칼을 겨누는 자세를 취하며 기합 넣듯 말했다.

"까짓 것! 정 안 되면 칼로 베 버리면 되지 뭐."

"칼로?"

"칼로는 일본 땅에서도 형을 대적할 자가 없는데 조선 땅에서야 더 이를 말이겠어?"

"칼로도 안 되는 일이 세상에는 얼마든지 있다는 걸 몰라?"

물결이 이는 강은 얼핏 무수한 이랑을 가진 넓은 논밭을 닮아 있었다.

"나도 그 정도는 알지, 왜 몰라? 여자에 대해서는 형만큼 통달하지 못했을지도 모르지만 말이야."

"난, 요즘은 여자를 생각하지 않고 있어."

"지금 무슨 소리야?"

땅에 떨어진 졸참나무 낙엽 위로 까만 개미들이 기어 다니고 있는 게 보였다.

"아니, 생각해도 도무지 충동이 일어나지 않는다고."

"형! 혹시 장애?"

무라마치는 어이없다는 웃음을 피식 터뜨렸지만, 표정은 한층 굳어졌다.

"이왕지사 말이 나온 김에 하는 소린데, 이 나라 조선에는 택견이라는 전통무예가 있다."

"택견?"

처음 들어보는 무라니시였다.

"그것은 비록 맨손으로 하는 무술이지만 웬만한 칼잡이들은 그들 앞에서 다 무릎을 꿇을 수밖에 없을 정도로 강하지."

어지간해선 상대를 인정하지 않으려는 강한 자의식의 소유자인 무라마치 말에서 큰 긴장감을 느낀 무라니시는 어깨를 움츠렸다.

"그게 그렇게 강한 무예라고?"

무라마치는 한 번 더 동생에게 주입시켰다.

"엄청 강하다."

무라니시는 결의를 다지는 빛을 보였다.

"택견, 택견……."

그 소리는 강 위로 물결처럼 파문을 일으키며 스러졌다.

"무적無敵이다."

무라마치 눈에서 쇠라도 뚫어버릴 것 같은 노란 광채가 강렬하게 번뜩였다.

"어쩌면 우리 가라테보다도 더 뛰어난 무술일 수도 있어."

무라니시가 거의 비명에 가까운 소리를 질렀다.

"가, 가라테보다도?"

가라테는 세계 최강이라고 믿어온 무라니시였다.

그때 다른 까치 한 마리가 또 날아오더니 먼저 온 까치처럼 소나무에 앉으려다 말고 창공으로 치솟아 성곽 쪽으로 날아갔다.

"무라니시 너도 가라테 고단자니까 알겠지만……."

무라마치는 땅에서 천천히 몸을 일으켰다. 그러고는 가라테 자세를 취하며 말했다.

"우리 대일본국 특유의 권법인 이 가라테는, 치기와 받기 그리고 차기, 그 세 가지 방법을 기본으로 하잖아."

무라니시가 민족적 자존심이 뭉개진다는 어투로 말했다.

"그걸 모르는 일본 무도인武道人이 어디 있어?"

긴 한숨을 내뿜으며 무라마치가 말했다.

"하지만 조선 택견은 그보다도 훨씬 탄탄한 기본기가 있다."

소나무에 앉은 까치가 자기도 그렇게 생각한다는 듯 꽁무니에 달린 기다란 깃을 까딱까딱하고 있었다.

무라니시는 상대 무예에 관해 알아놓으려는 의도로 보였다.

"탄탄한 기본기 그리고 또?"

어쩌면 그는 무도인의 탁월한 촉수로 언젠가는 택견이라는 것과 반드시 겨루어야 할 날이 오리라는 것을 예견하고 있는 것 같기도 하였다.

"보통 사람들은 택견이란 게 그저 단순히 한 발로 상대방 다리를 차서 넘어뜨리는 호신술의 하나라고 생각하고 있는데……."

무라마치는 버거움을 느끼는지 거기서 일단 말을 끊었다가 운기를 모으듯 단전에 힘을 넣은 후에 다시 입을 열었다.

"내가 실제로 지켜본 바로는 그게 아니었어."

"택견이 그렇게 무서운 거라니!"

"글쎄, 단순히 무섭다는 말 정도로는 부족한⋯⋯."

이번에는 무라니시가 반발하듯 형 말을 잘랐다.

"아무리 그렇다고 해도 우리 가라테 앞에서는 맥을 못 출걸?"

그러나 그 말에는 가타부타 토를 달지 않고 무라마치는 두 눈에 섬뜩한 살기를 띠고 입안으로 곱씹었다.

"가라테와 택견이 목숨을 걸고 겨루어야 할 날이 다가오고 있다."

문득, 강바람이 은신하고 있다가 일제히 행동을 개시하는 반란군같이 거세지기 시작했다. 공격하기가 어려워 좀처럼 함락되지 않을 성싶은 그곳 성이 흔들릴 정도였다.

"사생결단의 순간이 온다."

어느 틈에 무라마치 옆에 나란히 일어서 있는 무라니시 두 다리가 미세하게 떨리고 있었다. 그것을 힐끗 보며 무라마치가 상한 맹수처럼 소리쳤다.

"아까 내가 말한 대로, 우리 입에 괴는 것은 침이 아니고 피가 될 것이다!"

무라니시는 자칫 무릎이 꺾일 뻔한 모습으로 복창하였다.

"피!"

그새 놀잇배는 뒤벼리가 있는 저 하류 쪽으로 아주 멀어져 있었다. 어떻게 보면 작은 고니 시체가 강물 위에 둥둥 떠다니는 것 같았다.

# 택견

이곳은 상촌나루터에서 가장 인적이 드문 곳이다.

민치목이 만취한 소긍복을 강으로 밀어 넣어 살해하는 장면을 얼이가 목격한 그 장소. 박재영이 몰래 지켜본 운산녀와 치목의 낮 뜨거운 불륜 현장. 하지만 지금은 언제 그런 일이 있었느냐는 듯싶게 시치미를 뚝 따고 있는 곳이다.

초록 나무숲과 하얀 모래밭과 푸른 강물이, 사람으로 치자면 궁합이 잘 맞는다고나 할까, 아무튼 그렇게 한데 어우러져 있는 그곳은 절경이기는 하지만, 언제나 무서울 만큼 한적하고 을씨년스럽기까지 했다. 나라가 어지럽고 모두가 먹고살기에 여념이 없는 탓에 자연이 선물한 그런 멋진 운치를 즐길 틈이 없었다.

그런데 바로 그런 그곳에 홀연 활기가 넘쳐나기 시작했다. 한창 힘이 마구 치솟는 젊은이들이 대거 몰려든 것이다. 후끈 달아오를 대로 달아오른 그 열기에 남강 물이 뜨거운 용광로에 든 물처럼 펄펄 끓어오를 지경이었다.

그러자 그곳은 이제 더 이상 끔찍한 살인이나 은밀한 불륜을 결코,

허락하지 않을 곳으로 변했다. 더없이 밝고 맑은 곳으로 탈바꿈하기 시작한 것이다. 물새들도 한층 경쾌한 소리로 노래하는 듯했다. 강 언저리 물풀들은 신나게 전신을 흔들어대었으며 물고기들도 힘찬 자맥질을 하였다.

대체 거기 무슨 일이 일어나고 있는 걸까? 하나같이 기백이 넘치고 웅대한 포부를 품은 모습들이었다. 호랑이와 용의 기상이 합쳐져서 상촌나루터를 새로운 또 다른 세계로 탈바꿈시키고 있는 형용이었다. 그리하여 무엇을 이루어낼 것인가는 남강 속의 용왕도 내다보지 못할 터였다.

그들 모두는 어떤 한 사람을 빙 에워싸고 서서 그가 하는 소리에 열심히 귀를 기울이고 있었다. 잠시라도 다른 곳에 한눈을 파는 사람은 두 눈 씻고 봐도 찾을 수 없었다. 그것도 타의가 아니라 자의에 의한 것이었다. 그야말로 혼연일체였다.

자기보다 어린 사람들에게 상세히 무엇인가를 들려주고 있는 삼십 대 사내, 그는 상촌나루터 최고참 뱃사공이던 꼽추 달보 영감의 장남인 원채였다.

그때 거기 모여 있는 젊은이들 얼굴 또한 하나같이 낯설지가 않았다. 얼이와 준서 그리고 권학을 스승으로 모시고 학문을 닦던 서당 학동들이 있었다. 문대와 철국, 남열, 정우 등등이었다. 그뿐만이 아니었다. 그들 외에도 인재양성소인 낙육재에 다니는 젊은 유생들도 꽤 섞여 있었다. 하지만 그러면서도 더없이 끈끈한 동질감이 전해지는 분위기였다.

잠시 후에 문득 그들이 이루는 대오隊伍가 확 달라졌다. 2열 횡대로 서는 동작들이 대단히 민첩하고 정연하였다. 정규 군사 훈련을 받은 군인들이 무색할 정도였다. 너나없이 비장하고 결연한 빛이 뚝뚝 묻어나는 얼굴들이었다.

"천얼이!"

젊은이들 앞에 선 원채가 얼이 이름을 불렀다.

"예!"

얼이가 차렷 자세를 조금도 흐뜨리지 않고 큰소리로 대답했다.

"앞으로 나오도록!"

"예!"

원채는 얼이를 무리 가운데에서 빠져나오도록 명했다. 그러고는 원채 자신처럼 다른 사람들과 마주 보도록 서게 하고는 이제까지보다 좀 더 목청을 높였다.

"자아, 그라모 시방부텀 시작한다!"

"……."

젊은이들 사이에 팽팽한 고무줄 같은 긴장감이 감돌았다. 남강도 그 흐름을 딱 정지하는 것처럼 보였다. 넓은 모래펄 위로 내리는 기류가 심상찮았다.

"모도 증신 똑바로 채리도록! 알것능가?"

원채 목소리가 우렁찼다. 그러자 저마다 한입으로 대답했다.

"옛!"

그 소리에 강물과 나무숲과 모래밭이 소스라쳐 몸을 일으키는 것 같았다. 물새들 날갯짓도 달라지는 듯했다.

"모든 잡념들을 저 강물에 모조리 띄워 보내라!"

시간이 갈수록 원채는 평상시 그의 목소리보다도 훨씬 더 절도 있고 기운 넘치는 목소리로 변해갔다.

"시방 이 시각부텀 모든 갱칭(경칭)은 생략한다."

"……."

"얼이는 전에 내한테서 기본적인 것을 배웠다."

196

그는 비범한 안광이 뿜어져 나오는 눈을 들어 옆에 선 얼이를 한 번 보고 나서 다시 말을 이어갔다.

"그러이 얼이가 취하는 동작을 보고 따라하모 도움이 될 끼다."

젊은이들은 강가 나무들처럼 부동자세로 서서 눈 하나 깜빡이지 않고 원채를 바라보았다. 그의 입을 통해서 나온 근엄한 말들이 젊은이들 대오 사이로 싱싱한 활어活魚가 되어 헤엄쳐 나갔다.

"맨 먼첨 이 택견의 기원에 관해 이약해주것다."

택견. 그랬다. 지금 이들은 원채로부터 택견을 배우려고 하는 것이다. 얼이에게 원채가 택견의 명인名人이라는 소리를 듣고 그 무예를 전수받기 위하여 앞을 다퉈가며 달려온 젊은이들이었다.

"택견은 아주 기나긴 세월 동안 우리 전통문화 안에서 전해 내려온, 맨손 격투 기술이자 민속놀이로서 민간에서 널리 행해지기도 하였다."

원채는 평소 얼이나 준서가 보아오던 사람이 아니었다. 우선 말씨부터 그러했다. 그리하여 한양 말과 지역 말을 적절히 섞어가며 구사하는 스승 권학을 떠올리게도 했다.

"이 택견은 일명 각희脚戲, 또는 비각술飛脚術이라 할 정도로 특히 발 기술이 탁월한 무예인 것이다."

다른 사람들은 물론이고 얼이 또한 이미 들은 이야기였지만 들을수록 더 가슴 깊이 와 닿는 느낌이었다.

조금 전까지 나무숲에서 지저귀던 새들과 간간이 수면 위로 솟구치던 물고기들도, 지금은 숨을 숙인 채 원채 말에 귀를 기울이는지 조용했다.

"택견의 증신은……."

원채는 오른쪽 집게손가락을 치켜세웠다.

"한마디로 진眞, 곧 참이라 할 수 있다."

강물은 누구도 거스를 수 없는 대자연의 이치를 잘 보여주려는지 위에서 아래로 천천히 흐르고 있었다. 원채 음성은 점점 더 열기를 더해갔다.

"만일 참된 증신이 없다모 그것은 곧 영혼이 없는 몸하고 다릴 바 없는 것이니, 우떤 한쪽으로만 치우쳐서는 안 되고, 몸과 멤이 하나로 합쳐진 심오한 인격 형성이야말로 무예의 경지인 것이다."

수련생들은 작은 소리 하나 내지 않고 귀를 기울였으며 강가에 있는 온갖 물새들도 소리를 내지 않았다. 강바람도 그곳은 비껴가며 부는 것 같았다. 모래알들은 꼭 배움에 불타는 청년들처럼 눈을 반짝이는 듯했다.

"자아, 그라모……."

원채는 제일 먼저 택견 수련의 첫 단계로서 상대방 없이 자기 혼자서 할 수 있는 기본자세부터 가르치기 시작했다.

"맨 첨 배울 때가 중요하다. 잘몬 익혀놓으모 내중에 곤치기가 안 쉽다."

모두가 바짝 정신을 차리고 임했다. 얼이 또한 이미 배운 동작이지만 처음 수련하는 것 같은 정신자세로 임했다.

"택견은 예법을 중시하는 무예인 기라."

원채는 그게 택견의 특장特長인 양 여러 차례나 예법을 강조했다.

"자, 기본자세인 '바로 자세'를 따라 해보도록!"

"예!"

젊은 수련자들은 무술 사범이 지시하는 대로 일사불란하게 움직였다. 몸을 가지런히 하여 양발을 뒤꿈치에 붙였다. 그러고는 발끝은 사십오 도로 향하도록 하고 양손을 포개어 하단전(아랫배)에 가볍게 대었다.

"그 자세로 윗몸을 구십 도 정도 꾸부릿다가 천천히 일어난다."

'바로'와 '절' 동작이었다.

"아, 너모 빨리하는 사람이 있다. 그거는 금물이다."

원채는 '느림'을 강조했다.

"천천히, 더 천천히."

조선 땅에 들어오고 있는 일본 낭인들이 칼을 잘 쓴다는 사실을 익히 들어 알고 있는 젊은이들이었다. 그리하여 이른바 저 '사무라이'라고 하는 자들과 싸워 이기기 위해서는 무예의 고수가 되어야 한다는 각오와 결의에 찬 그들이었다.

"그렇제! 시방꺼지는 모도 잘하고 있는 기라."

"옛!"

무술 제자들의 늠름한 모습을 보자 원채는 한층 더 결연한 마음이 되었다. 그동안 여러 차례나 조선을 노리는 왜적들을 상대로 목숨을 건 사투를 벌여왔던 그였다. 그리고 여러 수련생 가운데서 유일하게 직접 일본군과 맞닥뜨린 경험이 있는 얼이 표정이 남달라 보였다.

얼이는 오광대패 중앙황제장군 최종완을 죽인 살인범으로서 언제 어느 곳에서 관군의 붉고 굵은 오라를 받아야 할지 모른다. 그자가 효원을 범하려는 것을 보고 극히 순간적인 충동에서 죽인 정당방위라 하더라도 그것은 엄연한 살인이었다. 그래서 얼이는 누구보다도 더 열심히 무예를 연마해야 할 것이었다.

"다음은 '품'의 자세다."

원채는 깊은숨을 몰아쉬고 나서 가르침을 계속했다.

"이 '품'은 곧바로 공격과 방어를 하기 위한 기본으로서, 몸의 중심과 안정성 그리고 정확성이 유지되거로 해야 하제."

지상에 내려온 별빛 같은 수련생들 눈은 사범에게서 잠시도 떨어질 줄 몰랐다. 태양을 중심에 두고 타원 궤도를 그리며 운행하는 행성들을 방불케 하였다.

"일단 유사시에는 운제 우떤 때나 민첩하거로 행동으로 이뤄질 수 있는 자세가 돼야만 한다.”

그런 후에 원채는 얼이에게 시범을 보여주라고 명했다.

“옛!”

강이 갈라지고 나무가 쓰러질 것 같은 짧고 우렁찬 대답과 함께 얼이는 우선 ‘원품’의 자세부터 해 보이기 시작했다. ‘바로 자세’에서 오른발을 어깨너비로 자연스럽게 벌리고는 시선은 먼 곳을 바라보듯이 하였는데, 그 모습이 대단히 여유로워 보였다. 그러자 다른 수련생들도 얼이 동작을 그대로 따라 했다.

얼이 눈이 수련생들 한가운데 서 있는 준서 몸에 꽂혔다. 그건 참으로 뜻밖이고도 놀랄 일이었다. 준서가 다른 사람들 중앙에 서 있는 것이다. 언제나 사람들 맨 뒤쪽이나 한쪽 옆에 숨듯이 끼어 있곤 하는 준서였다. 그런 준서가 지금은 모두의 시선이 가장 잘 와 닿는 위치에 자리 잡고 있었다.

‘준서가 택견을 배울라쿠는 으지가 남다리다쿠는 정그 아이것나. 틀림없이 준서가 최고 뛰어난 택견 고수가 될 꺼 겉다.’

얼이는 퍽 흐뭇하고 기뻤다. 비화 누이와 재영 매형도 아주 좋아할 것이다. 평소 하늘도 놀랄 정도로 두뇌가 특출한 준서였다. 그렇지만 몸이 허약한 게 언제나 가슴 한쪽 귀퉁이에 걸리는 나루터집 식구들이었다. 어쩌면 택견이 준서를 강한 사내로 만들어 줄 수도 있을 것이다. 아니, 반드시 그렇게 되도록 해야 한다.

그러나 그런 얼이지만 준서 마음 저 밑바닥까지는 들여다보지 못하고 있었다. 그때 준서는 언젠가 어머니와 함께 갔던 대사지에서 우연히 맞닥뜨렸던 동업직물 장손 동업을 떠올리고 있었다. 똑똑한 젊은이라고 소문이 자자한 그였다. 배봉의 손자이고 억호의 아들 그리고 동업직물 후계자였다.

200

그와 머리싸움뿐만 아니라 몸싸움까지 벌여야 할 날이 반드시 올지도 모른다. 아니다. 모르는 게 아니라 안다. 그것이 수컷들 세계였다. 그날 억호 심복 양득이 나타났을 때 얼마나 긴장하였던가? 어머니나 그들 앞에서 그런 눈치를 보이지 않으려고 애썼지만 내심 무척이나 겁을 집어먹었던 게 속일 수 없는 사실이었다.

그뿐만이 아니다. 점박이 형제를 떠올리면 오금이 저리기까지 하였다. 준서 자신의 눈으로 봐도 아버지 재영은 도저히 그자들의 적수가 되지 못했다. 결국, 여자인 어머니가 상대할 수밖에 없어 보였다. 그런 현실을 잘 깨닫고 있는 준서이기에 발 벗고 택견을 배우려고 따라나선 것이다. 혁노에게도 같이 배우자고 했더니 그는 고개를 휘휘 내저으며 이렇게 말했다.

"내사 폭력은 싫다 고마."

준서는 웃으며 말했다.

"성아, 무예하고 폭력은 다리다."

그러나 혁노는 고집을 꺾지 않았다.

"내는 시간이 올매나 아까븐데? 택견 배울 시간에 한 사람이라도 더 우리 천주학 신자가 되거로 뛰다닐란다."

"하기사! 혁노 새이가 믿는 하느님맹캐 기운 센 이가 또 오데 있것나. 없제."

그렇게 말하면서, 항상 어머니가 존경하고 의지하는 저 진무 스님이 주지로 있는 비어사 대웅전 부처님 생각도 해본 준서였다.

그런저런 생각을 하면서도 준서는 얼이가 계속해서 취해 보이는 멋진 택견 동작을 좇아서 하기에 바빴다. 다른 수련생들도 마찬가지였다. 새와 강물과 나무도 덩달아 바쁘게 몸을 움직이는 성싶었다.

상대 공격을 왼쪽으로 변화하여 선 방어자세인 '좌품', 그리고 상대 공격을 오른쪽으로 변화하여 선 방어 자세인 '우품'도 배웠다. 적어도 지금 그 순간만큼은 제 얼굴에 나 있는 곰보딱지를 잊어버리고 있는 준서였다. 모두가 치를 떨 무서운 집중력이었다. 하느님과 부처님도 뜯어말리지 못할 지경이었다.

그러나 준서도, 그 밖의 거기 누구도, 전혀 눈치를 채지 못하고 있었다. 드넓은 모래밭 저쪽 어둡고 울창한 나무숲 안에 도둑이나 자객처럼 숨어 그들을 훔쳐보고 있는 두 개의 그림자가 있었다.

어둠 속 살쾡이처럼 샛노랗게 번뜩이는 눈. 먹잇감을 노리는 맹수의 눈.

언제부터 그곳에 몸을 감추고서 지켜보고 있었을까? 그림자들은 시종 숨을 죽인 채 택견 수련 장면을 노려보고 있었다.

"형, 대단해. 특히 사범의 몸놀림을 보면······."

"쉬, 조용햇!"

놀랍게도 그건 조선말이 아니다. 그렇다. 일본말을 쓰고 있다. 그런데 그 목소리들이 전혀 낯설지만은 않다.

"입 다물어."

"······."

"무예를 닦은 자들은 눈과 귀가 놀랍게 발달돼 있는 법이지."

곧이어 덧붙였다.

"야생동물처럼."

크게 더듬거리는 말도 나왔다.

"아, 알았어."

"더 관찰해보자고."

그 음성의 주인공들은 바로 무라마치와 무라니시 형제였다. 나루터집을 찾아들기도 했던 자들이었다. 임배봉과의 동업을 획책하면서 그 고을에서 백화점을 운영하려고 하는 장본인들이었다. 동생 무라니시도 가라테 고단자지만, 형 무라마치는 일본 전국검도 대회를 휩쓴 검법의 달인이었다.

"음."

여러 날에 걸쳐 고을 구석구석을 염탐하고 다니는 그들이었다. 이날은 나루터집과 나란히 붙어 있는 밤골집으로 가서, 근동에서 소문이 자자한 매운탕거리를 안주로 술을 마실 계산을 하고 상촌나루터에 모습을 드러낸 것이다.

하지만 몰래 엿보고 있는 눈들을 까마득히 모르는 원채와 젊은이들은 시간 가는 줄도 모르고 오로지 택견 수련에만 빠져 있었다. 다른 세계에 와 있는 사람들 같아 보였다.

"다음 자세!"

저 '혼자 익히기'와 '서서 익히기' 가운데 하나인 '발과 손 놀리기'가 펼쳐졌다. 그것은 장엄해 보이기까지 하는 광경이었다.

"천얼이!"

"옛, 사부님."

역시 이번에도 그것을 이미 배웠던 얼이가 원채 명령을 좇아 시범을 보이고 나머지 다른 수련생들은 부지런히 따라 하였다. 어찌나 일사불란한 동작들이었는지 흡사 얼이의 여러 개 그림자가 비치는 것 같았다.

얼이는 '원품'으로 서서 발을 올려 반원을 그리면서 발뒤꿈치로 엉덩이뼈를 가볍게 때렸다. 바로 '품밟기'를 원활하게 하기 위한 발놀림으로 '저 기차기'였다. 택견 동작들은 갈수록 하나의 멋진 예술을 방불케 하였다.

"다음은 한손 긁기!"

원채 구령이 잇따라 떨어졌다.

"옛!"

발밑의 모래밭이 움푹 팰 만큼 얼이 대답이 우렁차다. 원래 운동신경이 무척이나 뛰어난 얼이다. 그런 데다 특히 동생 준서에게 한 수 가르쳐준다는 생각에 매우 신바람이 붙어 있는 얼이 동작은, 그야말로 표범같이 날래고 불곰처럼 힘이 넘쳐 보였다.

"다음!"

"옛!"

얼이는 '원품'에서 보다 자세를 낮추었다. 그런 다음에 왼 손목을 제쳐 좌측 사십오 도 방향으로 들어 올렸다가 무릎을 펴고 일어나면서, 제쳤던 손목을 구부려 손끝을 오른쪽 어깨에 가볍게 대는 동작을 지어 보였다. 그러자 실수 없이 따라 하는 수련생들이었다.

"시방 이 동작은 상대방 목덜미를 낚아채는 공격 수단이 되는 것이다."

원채의 자상하면서도 엄격한 가르침이 피가 끓고 살이 타는 젊은이들 머리 위로 죽비처럼 떨어져 내렸다. 원채 머릿속에는 일찍이 그가 목숨을 걸고 상대했던 저 미군과 일본군 모습들로 가득 차 있었다. 연습은 실전같이. 한순간의 방심과 작은 실수가 치명적인 부상이나 죽음과 곧장 맞닿아 있다.

"이번에는……."

얼이는 손등으로 손목을 제쳐 상대 목을 밀어 넘어뜨리는 저 '한손 제치기' 동작도 취해 보였다. '원품'에서 손목을 구부려서 손끝을 아래로 향하도록 하여 어깨높이로 팔꿈치를 들어 올린다.

"아."

"후우."

갈수록 동작이 좀 더 복잡하고 어려워지자 수련생들은 저마다 점차 당혹감에 젖는 빛이 뚜렷해지기 시작했다. 점점 따라 하는 게 더 힘들어졌다. 택견은 역시 아무나 쉽게 익힐 수 있는 수월한 무예는 아니었다. 높은 가지 끝에 매달린 열매는 그만큼 따기가 어려운 법, 이러다간 낙오자가 나올 공산도 컸다.

그러나 아주 정확하게 얼이 동작을 따라 하는 준서는 전혀 그렇지가 않았다. 흰옷의 준서는 한 마리 학이 춤을 추는 것처럼 보였다. 수련생들 동작 하나하나를 놓치지 않고 찬찬히 살펴보고 있던 원채도, 그런 준서가 무척이나 대견하여 입가에 흐뭇한 미소를 띠며 생각했다.

'머리만 영리한 줄 알았더이, 인자 본께 운동신경도 한거석 발달돼 있다 아인가베. 역시 여장부 김비화 아들 값을 하는 기라. 저런 식으로 나가모 올매 안 가서 얼이 총각하고 맞붙어도 우열을 가리기가 에렵것다.'

다음으로 이어지는 '한손 헤치기'를 그대로 따라서 하는 사람은 준서 하나밖에 없었다. 그만큼 그 동작은 굉장히 난해했다.

'원품'에서 자세를 낮춘다. 손목을 구부려 반대편 환도의 뼈 부위 가까이에 댄다. 손목을 위로 제쳐 손바닥과 땅이 수평을 이루게 한다. 배꼽 높이로 곡선을 그리며 무릎을 펴면서 왼쪽 사십오 도 방향까지 헤친다…….

그때 그곳 모래밭에서 멀찍이 떨어진 나무숲 그늘 속에서 또 한껏 낮춘 생경한 일본말이 흘러나왔다.

"형!"

"왜?"

"가운데 서 있는 조그만 놈이 제일 잘하는데?"

"그렇군."

"약간은 두려운 새끼야."

"보기에는 약해 보이는데 무예 자질은 가장 뛰어난 것 같아."

맞았다. 준서는 타고난 무예 자질을 갖추었다. 그리고 그건 결코 어떤 우연이 아니었다. 김호한. 그렇다. 바로 제 외할아버지 피가 그의 몸속에 흐르고 있는 것이다. 문무를 겸비한 장군 김호한의 피였다.

'준서가 매행을 닮았으므 우짤 뿐했노?'

이번에도 얼이 마음이 그러했다.

'비화 누야하고 가리방상하거마는!'

원채가 그랬듯 맞는 생각이었다. 그리고 더 나아가 그것은 더없이 다행스러운 일이었다. 만약 아버지 재영을 닮았다면 행동이 달팽이같이 굼뜨고 소위 깡다구도 없을 것이었다. 정신력 또한, 어머니 비화를 빼박은 덕에 굉장한 인내심과 성실성을 지녔다.

그런데 다음 순간, 문득 이런 낮고 조심스러운 일본말이 나무숲 속을 울렸다. 그건 마치 작고 가벼운 낙엽 하나가 땅 위로 떨어져 내리는 소리 같았다.

"그건 그렇고, 앞에 나와 서서 시범을 보이고 있는 덩치 큰 저놈 말이야. 혹시 어디서 본 기억이 없어?"

그렇게 묻는 무라마치 안광이 날카로운 날이 되어 얼이 몸을 잔뜩 겨누고 있었다. 무라니시 시선도 수련생들 앞에 나서서 시범을 보이는 얼이를 향했다.

"글쎄, 난 처음 보는 것 같은데?"

무라니시 말에 무라마치가 훈계조로 말했다.

"무라니시! 넌 좀 더 심각하고 예리해질 필요가 있어. 특히 조센진 놈들을 그 대상으로 한다면 더……."

무라니시는 끝까지 듣지도 않고 물었다.

"저놈이 누구야?"

무라니시 눈에 형이 금방이라도 크게 기합을 내지르며 달려가서 조선인들을 모조리 칼로 해쳐 버릴 사람 같아 보였다. 무라마치 형 정도의 검도 실력이라면 그것은 불가능한 일이 아닐지도 모른다. 무엇보다도 상대방들은 모두가 맨손이었다. 하나도 남기지 않고 전부 쓰러뜨리고 싶었다. 특수훈련을 받은 살수殺手처럼.

'조센진은 씨를 말려야 한다.'

그렇지만 지금 당장은 그보다도 형이 지목하는 덩치 큰 놈의 정체에 더 강한 호기심이 쏠렸다. 그만큼 나무숲 그늘에 가려진 형의 표정이 굳고 긴장돼 보이는 탓이기도 했다. 무라니시도 가슴을 졸였다. 호흡이 가빠왔다. 대체 저놈을 어디서 봤던가?

그때쯤 무술시범을 보이는 자들은 둘로 늘어나 있었다. 그 덩치 큰 젊은 놈뿐만 아니라 사범인 삼십 대 사내도 함께 동작을 해 보이기 시작한 것이다. 아니, 거기서 그치는 게 아니라 그 사범은 입으로 설명을 하면서 몸으로는 자세를 취했다.

"'품밟기'에는 세 가지가 있다."

택견의 품밟기 가운데서 가장 근본이 되는 '품내밟기'가 이내 펼쳐졌다. 굼실거리고 능청거리는 몸동작이 무척이나 독특한 몸놀림이었다.

"헤, 느려 터졌어."

그것을 본 무라니시가 약간 업신여기는 투로 말했다.

"힘도 없어 보이고. 쯧, 저까짓 게 무슨 무예라고 설치고 있는 거야."

무라마치는 말이 없었다.

"그냥 가버려?"

"……."

"저런 동작으로는 개미 새끼 한 마리도 죽이지 못할 거야."

여전히 지금 그들 발 근처에서 기어 다니는 개미들이 내는 소리가 그러할까 싶을 정도로 낮은 무라니시 목소리였다. 아까부터 소리를 죽여가며 말을 해야 하는 그는 너무 답답한 나머지 숨통이 막히는 것 같았다. 그래 당장이라도 고함을 내지르면서 조선인들 앞에 그 모습을 드러내고 싶은 충동을 가까스로 억누르고 있었다. 형의 엄중한 단속이 없었다면 벌써 그렇게 했을지도 모른다.

"너."

하지만 그다음에 나오는 무라마치 음성은 더 낮았다. 그러나 그 속에는 듣는 사람을 오싹하게 하는 힘이 들어 있었다. 더욱이 그가 하는 이야기 내용은 더 그랬다.

"모르는 소릴랑 하지 마."

"뭐?"

나뭇잎 살랑거리는 소리가 희미하게 났다.

"겉으로 보기에는 저래도 실은 무서운 무예야."

"저게 무서운 무예라고?"

그런데 무라니시 그 반문은 들은 척도 하지 않고 무라마치는 차마 보아서는 안 될 것을 본 사람이 단말마를 지르듯 했다.

"아, 저럴 수가!"

무라니시는 무슨 허깨비 같은 소리냐고 자칫 큰소리로 물을 뻔했다. 그런 무라니시 귀에 무라마치 목소리가 더한층 조심스럽게 울렸다.

"지금 저자들이 하고 있는 동작을 가만히 잘 관찰해보니 말이야."

"……."

"공격과 방어를 할 경우에 발질의 탄력을 돕고, 또한 상대 공격의 타격점을 흩뜨려놓음으로써……."

"……."

"그렇지! 상대 공격의 기세를 둔화시키고 충격을 흡수시킬 수 있는 발놀림의 보법임이 틀림없어."

한동안 입을 다문 채 형의 말을 듣기만 하던 무라니시는 그가 놀랐을 때 곧잘 쓰는 말로 물었다.

"그, 그 정도야?"

무라마치가 고개를 절레절레 흔들었다.

"아니, 그 정도보다도 훨씬 더 그래."

무라니시는 그만 울상을 지을 얼굴이었다.

"혀엉……."

일본 전국검도 대회를 늘 석권한 무라마치 눈은 매우 정확했다. 비록 간단하고 심지어 허술해 보이기까지 하는 택견이지만, 그 속에는 대단한 싸움기술이 감춰져 있다는 것을 간파하고 있는 것이다.

"아직도 저 덩치 큰 애송이 놈을 어디서 봤는지 모르겠어?"

무라마치 눈길이 원채에게서 다시 얼이한테로 옮겨지고 있었다.

"그, 그."

무라니시가 여전히 대답을 하지 못하자 무라마치 입에서 놀라운 말이 나왔다.

"나루터집, 나루터집이라고 있잖아?"

"나루터집."

"콩나물국밥으로 유명세를 타고 있는 음식점 말이야."

"콩나물국밥."

무라니시 되뇌임은 나무둥치들에 막혀서 숲 밖으로 빠져나가지 못했다. 무라마치는 주변을 둘러보면서 상기시켜주었다.

"다른 데도 아니고 바로 여기 상촌나루터에서 영업하고 있는 가게다."

그러자 비로소 무라니시가 손으로 무릎이라도 '탁' 칠 사람처럼 하더니 애써 낮춘 소리로 말했다.

"아, 그래! 그 집에서 음식값 계산하던 놈이다!"

무라마치가 퉁을 주었다.

"둔해 빠지긴."

문득, 거기 나무숲이 수런거리는 소리를 내었다.

"너, 정신 똑바로 차려."

"아, 알았어."

"우리가 앞으로 저런 조센진 놈들을 상대하려면, 무술 수련도 더 많이 하고 정신도 바짝 긴장시키지 않으면 안 돼."

"우리 형제의 칼솜씨는 귀신도 두려워할 정도잖아? 무술이야 더 닦을 필요가 없고, 단지 정신은 좀 더 차려야겠지."

"무예라는 건 정신이 더 중요하다고."

"그래도 몸이……."

그러나 어느새 무라마치는 동생 말은 아예 들은 척도 하지 않고 또다시 택견 수련 장면을 뚫어지게 응시하고 있었다. 폐부 깊은 곳에서 우러나오는 신음 같은 소리가 그의 입에서 새 나왔다.

"음."

그곳에는 한쪽 발을 중심으로 하여 앞으로 한 족장 밟았다가 다시 뒤로 한 족장 밟는 멋진 동작이 바야흐로 행해지고 있었다. 그것은 '앞뒤로 길게 밟기'라고도 하는 '품길게 밟기'였다.

수련생들 가운데에는 그런대로 잘 따라서 하는 사람도 있고, 그렇게 하지 못한 나머지 시뻘게진 얼굴로 멍청하게 서서 어쩔 줄 몰라 하고 있는 사람도 있었다. 그렇기는 해도 하나같이 택견을 배우겠다는 신념과 의지만은 확고해 보였다. 그래서 잘하는 사람이나 못하는 사람이나 모두 경계해야 할 대상이라고 보는 무라마치였다.

"담에는 적의 공격을 피하거나 반격을 위한 동작이 되것다. 이것을 '품째밟기'라고 하제. 잘들 보도록!"

원채는 이번에도 그 자신이 직접 시범을 보여주기 시작했다. 원품에서 좌품을 취했다가 몸을 중심선으로 따라 왼발을 거두어들였다. 그런 후에 자세를 더 낮추어 어깨너비 두 배 정도 옆으로 길게 째어 몸의 중심을 잡았다가 일어나면서, 오른발을 끌어당겨 왼발 가까이 가져와 한쪽 다리로 서는 동작이었는데, 그야말로 잔잔한 물 흐르듯 학이 가볍게 날갯짓하듯 그렇게 유연해 보일 수가 없었다.

"무섭군."

그것을 유심히 지켜보고 있던 무라마치가 온몸에 잔뜩 힘을 실으면서 이빨 가는 소리로 혼잣말을 했다.

"굉장한 몸놀림이야. 장차 저 사범 놈을 상대하자면 내 칼도 여간 날카로워지지 않으면 안 되겠는걸."

무라니시는 자존심도 상하고 질리기도 하는 모양새였다.

"형! 이제 겁 좀 주지 마."

그런데 무라마치 형제가 몰라서 그렇지, 사실 그때까지 그네들이 본 것은 택견의 가장 기본적인 동작에 지나지 않은 것이었다.

"자아, 이거는 내중 가서 더 자세히 배우것지만도, 우선 이런 거도 있다쿠는 거를 알아 놓기 위해서……."

잠시 후 다시 이어지는 '발질' 시범은 가히 신기神技에 가까웠다. 그건 사람이 아니라 귀신만이 할 수 있는 무예 같았다. 그때쯤 얼이도 다른 수련생들 속에 들어가 준서 옆에 서서 함께 익히고 있었다.

"발질로 상대방을 공격할 적에, 심을 쥐갖고 강하거로 하는 것과, 심을 빼고 부드러븐 몸놀림으로, 말하자모 손끝을 갖고 물방울을 튕기듯이 하는 것, 그런 차이에 따라 차는 방법이 다리제."

"와아!"

"헉!"

수련생들은 말할 것도 없고, 무라마치 형제까지도 원채의 말과 동작에 서서히 빠져들고 있었다.

"그런데 택견의 이 발질은, 심을 모도 뺀 상태에서 허리하고 무릎, 발목의 굴신작용을 이용해갖고 튕겨 차는 타법을 응용한 것이라."

거리가 다소간 떨어진 탓에 무라마치 형제가 숨어 있는 지점에서는 원채 말을 상세히 알아들을 수는 없었다. 그렇지만 원채가 하는 동작만은 손끝에 잡힐 듯이 선명하게 그들 시야에 들어왔다. 그들 입에서는 쉴 새 없이 이런 소리가 나왔다.

"혀, 형."

원채가 하나씩 차례대로 해 보이는 그 시범 동작들은 보면 볼수록 경이로웠다. 이제 초보 수준인 수련생들은 따라서 하지는 못하고 넋을 잃고 선 채로, 택견 고수의 화려하고도 눈부신 발질을 지켜보고 있었다.

"걷어차기!"

그런 매서운 일갈과 함께, 원채는 몸에서 힘을 빼는 것 같더니만 무릎을 구부려 다리를 가볍게 들어 올렸다가, 어느 한순간 발등과 구부렸던 무릎을 쭉 펴면서 발등으로 상대의 턱을 차올리는 발질을 해 보였다. 아무리 강한 자라도 일단 그 발질 공격을 받으면 턱이 깨어져 버릴 것 같았다.

"째차기!"

몸 안에서 밖을 향해 발등으로 상대 얼굴이나 허구리(옆구리)를 차는 발질이다.

"후려차기!"

원품 자세에서 발을 차는 방향으로 허리를 약간 틀고, 발을 들어 몸 바깥쪽에서 몸 안쪽을 향해 구부렸던 무릎을 쭉 뻗으며 발등을 곧게 펴 상대방 허리 또는 얼굴을 차는 기술이다.

"……."

모두가 숨들을 죽이고 있다. 사람도 자연도 움직임을 멎었다. 그때 원채는 이미 사람이 아니었다. 한 마리 학이었다. 그 우아하고 변화무쌍한 몸동작. 사람 몸이 어떻게 그리도 부드러울 수 있을까? 발이 어떻게 그리도 높이 올라갈 수 있을까? 공기를 찢고 바람을 가르고 태양마저도 걷어차 버릴 듯하다.

"아!"

마침내 무라마치 형제 얼굴에도 식은땀이 줄줄 흘러내렸다. 큰소리를 쳐대던 무라니시도 그때쯤에는 아무 소리도 하지 못하고 가쁜 숨만 몰아쉬었다.

수련생들은 흡사 귀신의 춤사위를 보는 표정들이었다. 얼이 또한 간간이 본 원채의 택견 기술이 뛰어나다는 사실은 알고 있었지만, 저 정도일 줄은 미처 몰랐다. 그가 미군이나 일본군과의 전투에서 살아남을 수 있었던 것은, 단순히 운이 아니었다는 생각을 했다. 그는 그런 실력을 지니고 있었던 것이다.

얼이는 준서 쪽을 슬쩍 바라보았다. 누가 옆에서 쿡 찔러대도 모를 정도로 심취해 있는 모습이었다. 얼이는 다시 한번 확인했다. 앞으로 지금 여기 있는 사람 중에 택견 최고수는 누가 뭐래도 준서가 될 것이다.

'비화 누야가 에나 좋아하것다. 매행도 마찬가지고.'

그러나 계속 이어지는 원채 몸동작으로 인하여 얼이 머릿속에는 더 이상 다른 생각들이 끼어들 틈새가 없었다.

'내는 시방 사람이 아이라 구신을 보고 있는 기라.'

원품 자세에서 상체를 웅크려 무릎을 펴면서 발바닥으로 상대 하복부를 밀어 차는 '는질러차기'도 놀랍지만, 몸을 공중으로 높이 뛰어오르게 하는 '솟구치기'는 사람의 몸놀림이 아니었다. 원채는 새였다. 허공을 자유자재로 날아다니는 새였다.

"흐으."

무라마치 입술 사이로 계속해서 나오는 신음소리였다.

"택견."

무라니시도 더없이 공포에 질려버린 모습이었다. 그는 형에게 어서 이 자리를 피하자고 말하고 싶었다. 저런 자에게는 어떤 무기도 통하지 않을 듯했다. 하지만 그런 마음과는 전혀 상반되게 무라니시는 형에게 이렇게 속삭였다.

"맨손이 무기를 당할 순 없어. 특히 우리 칼 앞에서는 더 그럴걸."

무라마치가 주의를 주듯, 어떻게 들으면 체념조로 말했다.

"하지만 일단 손에서 무기를 놓쳐버리면 그것으로 끝이야."

무라니시는 '끝'이란 그 소리가 몹시 신경을 긁어놓는지 짜증을 부렸다.

"무슨 소리야?"

무라마치가 그들이 은신하고 있는 나무의 잎이 흔들릴 만큼 큰 한숨을 내쉬었다.

"그게 우리 칼잡이들의 가장 큰 약점이지."

"야, 약점."

무라니시 얼굴이 형편없이 일그러지고 있었다.

"아무리 인정하고 싶지 않아도 인정을 해야 할 것은 인정해야 돼."

그런 상황 속에서도 무라마치 말은 절도節度를 유지하고 있었다. 제아무리 택견의 최고수라 할지라도 그자와 맞대결을 펼치면 승부를 가늠하기가 쉽지 않을 것이다.

"그, 그건……."

원채가 내지르는 기합 소리에 무라니시 말은 묻혀버리는 인상을 주었다.

"하지만 오늘 우리가 저 광경을 볼 수 있었던 것은 엄청난 행운이며 수확이다."

그러는 무라마치 얼굴은 어떤 새로운 기대와 신념으로 넘쳐 보였다. 무라니시는 그 말을 듣자마자 달라붙는 모습이 되었다.

"행운? 수확? 행운과 수확이라니."

"승산이 있어."

"그, 그게 사실이야?"

"그렇지. 적을 알았으니까."

"지피지기."

이윽고 수련생들은 한참 동안 하던 연마를 멈추고 잠시 휴식시간으로 들어가고 있었다. 그러자 비로소 강물도 다시 흐르고 모래알도 깊은 마취에서 깨어나 눈을 반짝이는 것 같았다.

"가자."

"응."

두 그림자는 발소리를 죽여 가며 그곳을 벗어나기 시작했다. 일본 검도와 가라테로 다져진 몸매답게 매우 힘차면서도 날렵해 보였다. 그렇지만 누구도 그러한 사실을 알아채지 못했다.

구름장만 무심하게 떠 있는 하늘 아래 나무들만 그들을 우두커니 지켜보고 있었다.


계곡에서 흘러온 물이 흡사 동그라미를 그리듯이 휘감아 돌아드는 곳.

그 강을 끼고 있는 들녘은 썰렁한 분위기를 자아내고 있는데, 주위에는 인가도 보이지 않고 휑한 논바닥만 드러누웠다.

그런 곳에 거짓말같이 홀로 자리 잡고 있는 사찰 하나가 있다. 절집 뒤로 강이 흐르는 것도 좀 그렇거니와, 산이 아닌 들판에 어색한 듯 앉은 품새 또한 그냥 예사로 보이지 않는다.

그 절로부터 저만큼 떨어진 텅 빈 들판에 서서 그 절을 바라보며 긴 이야기를 나누고 있는 두 개의 그림자가 있었다. 그 행색들이 여느 사람들과는 다르다. 바로 승복 차림새다. 스님들이 절 안으로 들어가지 않고 절 밖에 선 채로 무슨 대화를 그토록 오랫동안 주고받는 것일까?

"저 절은 벌써 오늘날과 같은 이런 어려운 시국時局이 또 오리라는 것을 내다보고 있었던 게 아닌가 싶어요."

"그렇습니다. 그렇지 않고서야 애당초부터 저런 장소에 절이 생겨날 이유도 없지요."

"흠."

"저 절을 보고 있으니 제가 처음 비어사를 찾았을 때가 생각납니다."

비어사? 그렇다면? 그들 중 한 사람은 비어사 주지 진무 스님이 분명했다. 그런데 나머지 한 사람은 낯선 얼굴이다.

"명각대사께서 계시는 곳에 비하면……."

진무 스님이 명각이라고 부르는 스님은 진무 스님과는 아주 다른 인상을 주었다. 몸집도 무척 비대할 뿐만 아니라 얼굴 또한 살이 많이 붙어 있다. 그래서인지 진무 스님에게서 가랑잎을 떠올린다면 명각대사는 바위를 연상할 수 있을 성싶다.

"비록 들판에 있긴 하지만 범상치 않아요."

그러고 나서 진무 스님이 파리한 손가락으로 가리켜 보이는 곳에는 거대한 산봉우리가 우뚝 서 있었다.

"우리 민족의 영산靈山인 저 지리산 천왕봉이 정면으로 바라보이는 자리가 아닙니까? 그런 사실 하나만으로도 저 절은 달리 보이는군요."

그러자 명각대사도 거기서 멀찍이 떨어져 있는 주변의 산을 둘러보면서 공감했다.

"잘 보셨습니다. 지금 제 눈에 비치는 저 산은 연꽃 형상을 하고 있어, 참으로 예사롭지 않습니다."

그에 의하면 그 절은 연꽃 가운데 터를 잡고 있다는 것이다.

"임금의 스승으로 삼던 덕이 높은 중이⋯⋯."

"하긴 국사國師가 왕의 도움을 받고 창건한 사찰인 만큼⋯⋯."

그런데 웬일인지 두 사람 모두 말끝을 흐리면서 안색 역시 밝지를 못했다. 그건 아마도 그들 마음이 하나같이 어둡고 무거운 상태라는 증거가 아닐까 싶었다.

"저 절은 일본과 연관된 이야기들이 있지요."

"예, 그 생각을 하면 마음이 그렇습니다."

역시 일본이란 말이 흘러나오기 시작했다. 그리고 그와 동시에 그곳 공기가 홀연 크게 바뀌는 것 같았다.

"일본국을 경계하기 위해서 말입니다."

"섬나라 오랑캐들의 침략을 그대로 두었다간 안 되지요."

아무래도 그들은 그 절 안으로 들어갈 생각들이 없어 보였다. 시간이 없어서인지 아니면 또 다른 연유가 있어서인지는 모르겠다. 그렇지만 그냥 지나가다가 우연히 그 절을 발견하고 발걸음을 멈춘 것 같지도 않았다. 지금 그들은 법당 부처님을 찾아뵐 일보다도 이 나라 중생들부터 먼저 돌보아야 할 그 무엇이 있는 건지도 알 수 없었다.

"천왕봉을 바라보고 있으니 역시 우리 조선 땅의 정기가 지리산을 거쳐 일본으로 흘러간다는 풍수지리 학설이 틀린 소리가 아닌 듯합니다."

"예, 맞습니다. 그래서 한 국사께서도 몇천 근이나 나가는 약사여래 철불을 만들어 지맥을 눌러 놓으려고 하지 않았겠습니까."

"허, 참으로 대단한 불상이지요. 어찌 그렇게 많은 쇠를 구할 수 있었는지."

"제가 알기로는, 그것에만 그치지 아니하고, 삼 층 석탑과 오 층 목탑도 세워 그 맥을 잡아 이 땅의 정기를 지키려 했다지요."

"아, 그 말씀을 들으니, 또 하나 떠오르는 게 있군요."

"무슨?"

"여기서 좀 떨어진 곳에 '두무소'라고 하는 폭포의 깊은 물이 있는데, 바로 그곳에 커다란 무쇠 솥을 넣어 두었다고 합니다."

"그렇게라도 해서 우리나라의 정기가 유실되는 것을 막을 수 있다면……."

"제 말씀이 바로 그거예요."

두 사람은 쉬 그 장소를 떠나지 못했다. 저 사찰이 흥하면 우리나라는 융성하고 일본은 망하고, 저 사찰이 망하면 우리나라는 힘이 약해지고 일본은 강해진다, 하는 이야기를 전해 들은 그들로서는 감회가 남다를 수밖에 없을 것이다.

"왜구도 그런 사실을 어떻게 알았는지 걸핏하면 저 절을 해치려 한다고……."

"저도 들었습니다. 지난날 남해안까지 들어와서 노략질을 일삼던 그자들이 저 절에 불을 지른 적이 있다더군요."

"그렇게 몹쓸 악귀들이 또 있을까요?"

"부처님께서도 절대 저들을 용서치 않으실 것이외다."

천왕봉은 계속해서 그 절과 스님들을 내려다보고 있었다. 연꽃 형상을 한 산이 둘러싼 한가운데 자리에 앉아 있는 그 절 쪽에서 불어오는 바람 끝에는 향불 냄새뿐만 아니라 연꽃 냄새도 묻어나는 듯했다.

# 바다가 있는 사막

돗토리(조취鳥取) 사구砂丘.

바다가 있고, 그 옆에는 사막이 있는 곳이다.

그러잖아도 왕방울 같은 왕눈의 눈은 한층 더 커졌다. 내륙지방에 살던 그에게는 바다도 신기했는데, 거기다가 난생처음 대하는 사막의 그 웅대함이라니.

그전에 몇 번 그곳에 와봤다는 쓰나코 역시 넋을 잃은 표정을 지우지 못했다. 바다의 푸른빛과 모래밭의 노란빛이 어우러져 연출하는 자연의 경관은 대단했다. 인간이 얼마나 보잘것없는 존재인가를 일깨워주는 것 같았다.

그 조취 사구에 오기 전에 들렀던, 그곳에서 약간 떨어져 있는 저 다이센산에서도, 일본인들은 신의 영험한 능력 앞에 그저 감탄을 금치 못하고 있었다. 예로부터 그네들이 신성한 산으로 떠받들어왔다는 그 산은, 그 지방 최고봉답게 여러 사람의 눈길을 크게 잡아끌 만하였다.

그런데 왕눈은 바람이 휘몰아쳐서 이루어 놓았다는 그 모래언덕을 처음 대하는 순간, 그 다이센산보다도 훨씬 더한 심장의 요동을 느꼈다.

저게 모두 모래가 맞는가 싶었다. 저 멀리 바다를 배경으로 하여 거대한 모래언덕을 오르내리고 있는 사람들이 개미 떼처럼 조그맣게 보였다.

왕눈이 신기하게 여긴 게 또 있었다. 그것 역시 난생처음 보는 매우 이상한 동물이었다. 등에 혹이 나 있는 그 동물은 그가 상상도 해보지 못한 동물이었다. 조선의 상촌나루터 터줏대감인 꼽추 달보 영감이 동물처럼 꾸미고 일본에 나타난 것은 아닐 텐데.

"저 동물 이름이 뭔지 모르죠?"

쓰나코가 눈으로 저만큼 모래밭을 가고 있는 그 동물을 가리키며 왕눈에게 물었다. 소나 말, 개, 당나귀처럼 다리가 넷이고 기어 다니는 건 똑같은데 생김새는 달라도 너무나 달랐다. 그 동물 등에는 젊은 일본 여자 두 사람이 올라타고 있었다.

쓰나코는 신이 나 하면서도 약간 겁을 집어먹은 얼굴을 하고 있는 그 동물 등 위의 여자들과 그 동물을 번갈아 보며 알려주었다.

"낙타라는 동물이에요."

"낙타."

왕눈은 그 말을 여러 차례나 되뇌었다. 낙타, 낙타. 참 세상에는 희한한 동물도 다 있구나 싶었다. 긴 다리와 둘로 갈라진 발굽이 약간 불안한 느낌을 주었는데, 위胃에 물을 저장할 수 있다는 사실을 왕눈은 나중에 알았다.

"잠깐만요."

쓰나코는 늘 하던 것처럼 가방에서 필기구를 꺼내 무언가를 꼼꼼하게 적고 나서 다시 입을 열었다.

"낙타는 이런 사막에 사는 동물이래요."

"아, 우찌?"

왕눈은 아무래도 믿을 수가 없었다. 대체 나무 한 그루 풀 한 포기 없는 이런 황량하고 삭막한 모래벌판에서 살아가는 동물이라니. 어쨌거나 그 때문인지는 모르겠지만 그 동물의 몸 빛깔도 모래와 아주 닮은 노란빛이었다. 그래서 혹시나 모래로 빚어 만든 게 아닐까 싶은 착각이 들 지경이었다.

'내하고 좀 가리방상하다.'

그런데 그 동물 눈이 어쩐지 왕눈 자신의 눈과 무척 많이 닮았다는 생각이 들었다. 크고 새카만 눈. 게다가 조금 겁을 먹고 조금 슬퍼 보이는 눈빛.

그러자 왕눈 심경에 그늘이 졌다. 그의 마음은 또다시 거기 사막과 바다를 훌쩍 건너서 고국으로 달려가고 있었다. 그는 고향 남강 변 모래밭에 혼자 서 있었다. 근동에서뿐만 아니라 조선 땅을 통틀어 최대 규모의 소싸움이 벌어지는 드넓은 백사장이었다.

그러나 지금은 투우가 펼쳐지는 계절이 아니어서 강에 접하고 있는 그 모래밭은 그저 휑뎅그렁하니 쓸쓸하기만 하였다. 그날따라 빨래터에서 빨래하는 아낙들도 보이지 않았다. 동편으로 선학산을 떠받치고 있는 뒤벼리 절벽 위로 까마득하게 날고 있는 것은 까마귀거나 솔개일 것이다.


─두껍아, 두껍아. 헌집 주께, 새집 다오.

어디에선가 그런 소리가 들려오고 있었다. 바로 옥진과 비화 목소리였다. 그와 동시에 그의 눈앞에 옥진과 비화가 나타나 보였다.

그들은 아주 열심히 '모래집'을 만드는 중이었다. 언제나 그렇듯 친자매처럼 다정해 보이는 모습들이었다. 둥글게 쌓아 올린 모래더미에다 한 손을 집어넣고 다른 한 손으로 모래를 탁탁 두드리면서 계속 모래집 짓는 노래를 부르고 있었다.

─두껍아, 두껍아. 헌집 주께, 새집 다오.

─새집 안 주모, 헌집 안 주 끼다. 두껍아…….

그렇게 둘이서 한참이나 정신없이 모래집을 짓고 있던 중, 비화가 먼저 약간 떨어진 곳에 서 있는 왕눈을 발견하고 얼른 옥진에게 말했다.

"진아, 재팔이다."

옥진이 고개를 들어 왕눈을 쳐다보았다. 그 눈길을 받은 왕눈의 온몸이 무엇에 찔린 듯 찌르르 했다. 비화가 왕눈더러 말했다.

"니도 이리 와서 우리캉 같이 노자."

늘 가슴 한구석이 텅 빈 듯 허전한 왕눈의 마음을 전부 채워주고도 남을 넉넉한 미소를 지으며 또 말했다.

"집 지으모 에나 재밋다 아이가."

여자 형제는 없고 남동생 상팔이 하나만 있는 왕눈에게 언제 어디서나 눈물이 날 만큼 다정다감한 누이같이 받아들여지는 비화였다.

하지만 왕눈은 그 자리에 못 박힌 양 그대로 서 있기만 했다. 꼭 모래 사람 같았다. 말도 하지 못했다. 옥진 앞에만 서면 언제나 그랬듯이 지금도 통나무처럼 뻣뻣하게 서 있기만 했다. 한데, 옥진이 툭 내던지는 말이었다.

"언가야, 그냥 놔 놔삐라."

"아, 그래도 그라모 안 된다."

비화가 민망한 표정을 짓는데 옥진은 한술 더 떴다.

"여자아아들 노는데 머스마가 와 끼들 낀데?"

"……."

그 소리가 귀를 후려치는 순간, 왕눈 눈앞에서 강과 하늘이 뒤바뀌고 있었다. 당장 발밑 모래밭이 그대로 푹 꺼져 내려앉으면서 까마득한 그 구멍 속으로 끝도 없이 굴러떨어지는 느낌이었다. 지옥 골짜기가 그런

지도 모르겠다.

"진아, 니 사람이 그리 말하모 안 된다."

어른같이 찬찬히 타이르는 비화 말에 옥진은 조그만 꽃잎을 갖다 붙인 것 같은 입술이 뾰루퉁해졌다.

"와? 우째서 안 되는데?"

"동무끼리 같이 노는 기 우때서?"

비화가 옥진을 나무라는 소리가 왕눈 귀에 아스라이 들렸다. 그런데 미처 그 여운이 다 사라지기도 전에 강가를 흔드는 옥진의 높은 소리였다.

"동무?"

"하모, 동무."

다시 앙칼지게 터져 나오는 큰소리였다.

"왕눈이가 내 동무라꼬?"

다시 차분한 음성이다.

"그라모 동무 아이가."

냉소와 타이르는 소리가 나왔다.

"동무, 눈깔 빠지것다."

"동무 맞는 기라. 니하고 나이도 똑 안 겉나."

"나이가 겉으모 다 동무가?"

"하모, 동갑인께 더 안 좋으까이. 그리고 나이가 안 겉애도 동무 하모 되제, 몬 할 끼 머꼬?"

"언가 니가 암만 글싸도, 내는 왕눈이 겉은 머스마하고 동무 하기는 싫다 고마! 시상에 오데 동무 할 사람이 없어서?"

"니 에나로!"

왜가리 한 마리가 남강 하류의 뒤벼리 남쪽, 돼지를 많이 키운다는 돝골 쪽에서 날아오고 있었다. 짝을 지어서가 아니었다. 외롭게도 한 마리였다. 그놈은 왕눈 바로 머리 위에서 빙빙 맴돌았다. 마치 동무도 없이 외로운 우리끼리 동무하자는 것 같았다.

왕눈은 한마디도 하지 못한 채 쓸쓸하게 등을 돌려세웠다. 그러고는 햇볕을 받아 꼭 눈물 자국처럼 반짝이는 모래밭 위를 터덜터덜 걸어가기 시작했다. 모래에 찍혀 나오는 그의 발자국 흔적만이 나를 버리고 혼자만 가지 말라고 기를 쓰며 주인의 뒤를 줄곧 따라오고 있었다.

"진이 니 와 왕눈이를 그리 싫어하노?"

"시끄럽다 고마!"

"하이고, 귀청 나가것다."

"내가 눌로 좋아하든지 싫어하든지."

"니 그라모 벌 받는다, 벌."

"흥! 누가 내한테 벌 주 낀데?"

"하느님하고 부처님이. 그라고 남강 용왕님도."

"줄라모 주라 쿠지?"

"머라꼬?"

"누가 시껍 묵을 줄 아는가베?"

"참, 가시나도."

"가시나가 우때서? 언가 니는 가시나 아이가?"

"머?"

"같은 가시나가 돼갖고 가시나, 가시나 글쌌지 마라."

"그라모 머스마라 쿠까?"

"언가 니는 머스마가 되고 싶은 모냥이제?"

"그기 멤대로 되모……."

옥진과 비화가 계속 그렇게 쉴 새 없이 주고받는 소리가 강바람에 섞여 왕눈 등 쪽으로 실려 오고 있었다. 왜가리가 목에 무엇이 걸린 것처럼 '웩, 웨~액!' 하고 거북한 소리로 울었다.

왕눈이 시간관념도 없는 과거에서 현재로 돌아온 것은 낙타를 타고 있는 일본 처녀들이 큰 소리로 내지르는 함성 때문이었다. 이제 그녀들은 무섬증은 모두 가신 목소리로 무어라 외쳐대고 있었다. 물론 왕눈으로서는 무슨 뜻인지 알아들을 수 없었다.

"3만 년에 걸쳐 만들어졌대요, 여기 이 사막은."

쓰나코 음성이 사뭇 흔들렸다. 그녀는 벌써 공책에 그런 사실을 기록해 놓았을 것이다.

발밑에 밟히는 모래알은 서걱거리는 듯하면서도 무척이나 부드러웠다. 그때 홀연 침입자처럼 느닷없이 바람이 강하게 불어오기 시작했다. 조금 전까지는 그렇게 잔잔한 날씨였는데 참 변덕스럽기 그지없었다.

"어머, 갑자기 웬 바람이 이리 불어요?"

쓰나코가 옷깃을 여미면서 약간 당황한 목소리로 말했다. 어쩌면 모래알이 눈이나 입에 들어갔는지도 모르겠다.

'아, 시원타.'

그러나 왕눈은 속이 다 후련해짐을 느꼈다. 꽉꽉 막혔던 가슴이 그 바람에 툭 틔는 것 같았다. 그는 쓰나코나 다른 사람들처럼 피하지 않고 불어오는 바람을 정면으로 맞으며 꼿꼿한 자세로 섰다. 마음도 몸도 훌쩍 더 커지는 성싶었다.

그래, 불어라, 바람아. 불고 또 불어 여기 이 모래알들을 모조리 날려버려라. 저 낙타와 낙타를 타고 있는 일본 처녀들과, 저 멀리 모래언덕을 오가고 있는 개미 무리 같은 사람들, 그리고 쓰나코와 이 석재팔이도 깡그리 날려버려라. 이 세상 끝까지.


함부로 뒤엉킨 실타래처럼 가닥을 잡기 어렵고 터질 듯이 복잡하기만 했던 왕눈의 마음은, 넓고 단조로운 바다와 사막같이 한없이 단순해지기 시작하였다. 팔랑개비를 뱅뱅 돌리면서 들판에서 신나게 뛰어놀던 그 철없고 근심 걱정 없던 어린 시절로 돌아가 있었다.

그는 어릴 적부터 흙을 갖고 무엇을 잘 만들었듯이 장난감도 썩 잘 만들었다. 빳빳한 색종이를 여러 갈래로 자르고 그 귀를 구부려 한데 모아 철사 같은 것의 꼭지에다 꿰어 자루에 붙여서 바람에 잘 돌아가도록 만든 팔랑개비는 정말 멋이 있었다.

'씨~잉.'

바람은 갈수록 한층 드세어지고 있었다. 저 산맥에서 흘러내린 센다이 강과 바람이 옮겨놓았다는 모래가, 뜬금없이 함부로 불어 닥치는 거센 바람에 속절없이 날아오르고 흩어지고 있었다. 흡사 소싸움이 벌어지고 있는 현장 같았다.

그런데 금방 또 익숙해지는 존재가 인간들인가 보았다. 그곳 여행객들은 어느새 세찬 바람이 만들어내는 사막의 오묘한 조화 앞에서 황홀하고 신비롭다는 낯빛으로 서 있었다. 그 순간에는 푸른 하늘과 푸른 바다마저도 온통 노란 모래 빛깔로 뒤덮여버리는 성싶었다. 바람이 불 때마다 웅대한 모래톱 위에 그려지는 물결무늬는 누구 눈에도 장관이 아닐 수 없었다.

그 광경을 지켜보고 있는 수많은 여행객 가운데 일본인 노부부가, 서로 무슨 말인가를 주고받더니 똑같이 엄숙한 표정들로 바뀌었다.

"방금 저분들이 무슨 얘기들을 했냐 하면요."

쓰나코는 일본인 노부부가 조선말을 알아듣기라도 하듯 낮은 소리로 일러주었다.

"여기 모래언덕이 살아 있는 것 같대요."

"살아 있는 모래언덕……."

저 바람도 모래집을 짓고 싶은 것일까? 왕눈은 그런 생각을 했다. 헌 집 줄 테니 새집 달라고 하면서 두꺼비를 부르고 싶은가? 그런데? 왜 살가죽에서 독액을 낸다는 무서운 두꺼비에게 그런 주문을 하는 걸까? 세상에는 다른 동물들도 무수히 많은데 말이다.

'등짝에 집을 짊어지고 댕기는 달팽이한테라모 또 모리겄다.'

어쨌거나 쓰나코의 그 말을 듣고 나서 보니, 사막 자체가 하나의 거대한 생명체와 같다는 느낌이 들기도 했다. 그리고 그에 비하면 나 같은 우리 인간들은 아주 미세한 모래 먼지에 지나지 않는다는 허무한 감정이 밀려들었다.

'인자 내도 나이 묵어간다쿠는 신호까?'

왕눈은 갑자기 자신이 폭삭 늙어버린 기분이 들었다. 달라진 것이라고는 별로 없는 것만 같은데 세월만 무심히 흘러가고 있다는 말인가 싶었다. 아니었다. 그건 극히 일시적인 착각과도 유사한 성질의 것이었을 뿐, 그는 여전히 시간 감각에 둔감한 상태였다.


하여튼 바람기는 조금씩 세력이 약화되고 있었다. 사람들은 바람이 좀 더 불었으면 하고 바라는 눈치였다. 강한 바람이 이루어내는 자연의 신비와 조화를 조금이라도 더 오랫동안 가슴에 간직해두고 싶어서인가? 미친 말이 마구 질주하면서 일으키는 것 같은 모래바람이었다.

모래밭에서 일어나는 샛노란 바람은 왕눈에게 결코 생소한 것이 아니었다. 고향 남강변 백사장에서 싸움소들이 싸울 때, 그것들이 불러일으키는 흙먼지 모래 먼지를 보면서 자란 그였다. 하지만 지금은 그 자욱했던 기운들보다도 몇 배나 더 강렬한 먼지 바람이 그의 횅한 가슴을 관통하고 있었다.

수다스러운 일본 여자들을 태운 낙타는 어딘가로 사라지고, 왕눈과 쓰나코는 계속해서 사막을 걸어갔다. 여행객들 숫자도 크게 줄어든 것 같지는 않았다. 어쩌면 이 지구상에 살고 있는 사람들 숫자는 사막의 모래알보다 많을지도 모르겠다는 생각을 해 보는 왕눈 마음 위로 차디찬 겨울비 같은 물줄기가 쉼 없이 흘러내리고 있었다. 그리고 그것은 다시 얼음장이 되어 '쨍' 하고 갈라지는 소리를 내었다.

그 넘치는 숱한 사람들 속에서, 오직 단 한 사람 때문에, 오직 그 한 사람만을 그리워하면서, 언제나 흐르는 강물처럼, 아니 흘러도 흐르지 않는 것처럼 보이는 저 바닷물같이 살아온 지난날들이었다.

"우리 인간들 세상살이는요, 끝없이 펼쳐져 있는 사막 위를 걸어가는 것과 같은 게 아닐까, 방금 막 그런 생각이 들었어요."

쓰나코 음성도 어느 틈엔가 눅눅해져 있었다. 밝고 경쾌한 목소리를 낼 때의 그녀가 더 좋은 왕눈이었다.

"꼭 늙은 여자 같은 소리를 제가 하고 있네요. 후후후."

왕눈은 아무 말 없이 쓰나코를 한 번 건너다보고는 고개를 돌렸다. 그러곤 조선인 피와 일본인 피가 섞여 흐르고 있을 그녀에게는 또 무슨 말 못 할 고뇌와 애환이 감춰져 있는 것일까 생각을 굴려보았다. 또 머리가 지끈지끈 아파지기 시작했다.

그것은 그 사고를 당한 후로 시간 감각을 놓아버린, 일종의 기억상실증 환자로 살아가고 있는 왕눈 자신으로 말미암은 것이라고는 꿈에도 생각지 못하는 그였다. 그리고 그런 사실에 대한 쓰나코의 쓰라린 자각이 그녀에게 결혼하지 않고 독신녀로 살아갈 것을 회유, 아니 강요하고 있었다.

왕눈은 그 쓰나코에게서 눈이 선량하고 큰 낙타의 등에 나 있는 흉한 혹을 닮은 설움을 감지하였다. 그렇지만 그것은 옥진을 향한 그의 감정과는 그 기류가 현저히 달랐다. 한마디로 말해 사랑의 감정과는 거리가 멀었다. 물론 남녀 간의 이성적인 느낌까지도 없다는 소리는 아니었다. 때로는, 아니 둘이 함께하는 시간이 모래톱과도 같이 점점 쌓여갈수록, 쓰나코에게서 '여자'를 발견하는 일이 잦아졌다.

그런데 그 야릇한 빛깔의 감정 결을 매번 여지없이 허물어버리는 사람이 더 말할 것도 없이 강옥진이었다. 그랬다. 왕눈은 옥진만 떠올리면 이 세상 모든 다른 여자들에게서 멀리 떨어져 나가는 자신과 만나지 않으면 안 되었다. 어떻게 보면 서글퍼지면서도 참 신경질이 날 노릇이었다. 하지만 그렇다고 해서 옥진을 한 번이라도 원망한다거나 저주해본 적도 없었다. 그건 애당초 있어서는 안 될 금기인 것 같았다.

멍청이가 돼버린 것일까? 지금 왕눈 자신이 겪고 있는 모든 슬픔이나 고통은 오직 그 스스로가 만들어낸 것이라고 욕하고 비웃고 윽박질렀다. 사실 옥진 쪽에서 먼저 돌팔매질을 한 경우는 거의 없었다. 먼저 접근하였다가 또 먼저 상처를 입는 쪽은 언제나 왕눈이었다. 가해자와 피해자가 동일인이었다.

그 중간에 비화가 있었다. 그렇지만 비화는 완벽한 방패가 돼주지는 못했다. 맺어줄 수 있는 끈은 더더욱 아니었다. 그럼에도 왕눈은 비화가 언제나 고마웠고 더없이 믿음직스러웠다. 그가 살아오면서 만났던 어떤 남자들보다 든든한 언덕과도 같은 여자가 비화였다.

바다와 만나고 있는 사막에 서서히 어둠이 내리깔리기 시작했다. 그 감각이야 있든 없든 시간은 인간들에게 주어지는 축복, 아니 재앙 같은 것인지도 모른다. 시간을 휘어지게 하는 어떤 강력한 힘이 존재한다면 그 속에 함몰해 버리고픈 심경이었다.

'아아아.'

왕눈 가슴 복판을 겨냥해 대책 없는 객창감이 우우 밀려들었다. 오늘 밤도 영영 친숙해질 수 없을 것 같은 다다미방에 고단한 몸을 눕혀야 할 것이다. 날짜가 바뀔수록 온돌방이 그렇게나 그리울 수가 없었다. 온돌방에만 누울 수 있으면 온갖 아픔과 갈등은 씻은 듯이 가시리라 여겨졌다. 방 구들장 밑에 있는 방고래에서 쥐처럼 살아도 좋겠거니 했다. 어쩌다가 하필이면 사람이 되어 이러는가?

'내가 사람으로 태어나도 남자로 안 태어나고 도로 여자로 태어났으모, 그라모 옥지이를 좋아 안 했을 끼고, 또 그라모 여 일본꺼정 안 와도 됐을 끼다.'

그런 생각을 하던 왕눈은 그의 몸속에 다른 사람이라도 들어가 있는 듯 뜬금없이 큰소리로 쓰나코에게 물었다.

"일본에도 금줄(禁-)이라쿠는 기 있심니꺼?"

"예? 무슨 줄요?"

생뚱맞은 그 말에 쓰나코는 약간 어리벙벙한 표정을 지었다.

"금줄요. 인줄(人-)이라고도 하고예."

기억이 술술 잘 풀리는 줄처럼 살아나는 왕눈이었다.

"난, 처음 들어보는 말 같아요."

쓰나코는 그것에 관해서도 기록을 해놓을까 하다가 그만두는 눈치였다.

"그기 머신가 하모예."

왕눈은 그것에 대해서 간단하게 들려주었다. 부정不淨을 타지 않게 사람이 함부로 드나들지 못하게 문이나 길 어귀에 건너 매는 줄이라고 설명했다.

"아, 일본에도 그 비슷한 게 없지는 않은 것 같긴 하네요."

그러고 나서 쓰나코가 또 물었다.

"그런데 그건 왜요?"

끈질긴 면도 있는 여자였다. 그리고 그런 점에서 보면 옥진보다도 비화와 더 가깝다고 할 수가 있었다.

"이유가 있을 거잖아요."

"……."

왕눈은 선뜻 입을 열지 못했다. 사실대로 말해주면 쓰나코는 또 필시 화를 내거나 울기 시작할 것이다. 왕눈은 갈등과 자조로 가득 찬 자기 마음속을 내비쳐 보이는 대신 그 줄에 대한 설명만 해주기로 마음먹었다.

"우리나라에서는 가정에서 아이를 놓으모 마귀를 쫓아삔다는 으미에서……."

쓰나코는 무섭다는 표정을 지으며 무당이 푸닥거리하듯 말했다.

"마귀를!"

시나브로 빛이 스러져 가고 있는 사막은 도저히 헤어날 수 없는 거대한 늪을 떠올리게 했다.

"예, 그래갖고 말입니더."

그 말을 하는 왕눈의 눈앞에 왼새끼를 꼬아 대문의 한쪽 기둥에서 다른 쪽 기둥에 어른 키 정도의 높이로 쳐놓은 금줄이 나타나 보였다.

"그란데 머스마를 놓을 때하고 가시나를 놓을 때하고가 다리지예."

왕눈이 거기까지 이야기했을 때 처음에는 그저 수동적으로 듣고 있는 것 같던 쓰나코가 자못 흥미를 보이며 능동적으로 나오기 시작했다.

"아, 그래요?"

"예."

"어떻게 다른데요?"

"가시나를 놓으모 그 줄에다가 생솔가지하고 숯을 끼우고예……."

쓰나코는 너무너무 재미있다는 표정이었다.

"생솔가지와 숯을요?"

"예."

"왜 그러는지는 모르겠지만 참 독특한 풍습 같아요."

"여게도 있을 거 겉은데예."

왕눈은 일본에도 그와 비슷한 게 있지 않을까 생각한다는 말을 하려는데 쓰나코가 먼저 물었다.

"계집아이 경우는 그렇고, 그럼 사내아이는요?"

"머스마는……."

그러던 왕눈은 그만 입을 다물었다. 괜히 낯이 화끈거렸다.

"아, 머스마는 안 있심니꺼."

쓰나코는 사내아이를 계속 머스마라고 하는 왕눈의 그 말이 좀 우스운지 '호호' 소리를 내어 웃고 나서 채근하였다.

"어서 말해 줘요, 재팔 씨."

어쩔 수 없었다. 왕눈은 기어들어 가는 소리가 되었다.

"생솔가지하고 숯 말고도예."

"……."

"꼬치……."

"예?"

"빠, 빨간 꼬치……."

"그건……."

쓰나코는 그것이 '고추'를 뜻하는 조선 경상도 방언이라는 것을 알지 못했다. 왕눈은 잘됐다 싶었다. 더 이상 쓰나코에게 그 이야기를 하고 싶지 않았다. 그의 머릿속에 오래전 들었던 소리가 왕왕 울리고 있었다.

─요 화냥년아! 머라꼬? 함 더 말해 봐라.

─흥! 말해 보라모 누가 몬 할 줄 알고?

─그런께 해 봐라 안 쿠나!

─좋다 고마. 빨간 꼬치 파란 꼬치 썩은 꼬치 싱싱한 꼬치, 싹 다 무본

(먹어본) 내다, 와?

　－저년 보래? 그거 무신 자랑이라꼬, 또야?

　－자랑이다, 우짤래? 니가 한 분 더 이약해 봐라 안 캤나?

　－암만 내가 글 쿠더라도 그렇제, 우찌 저런 말을 벌로 할 수 있노.

　－와 더 듣고 싶은가베? 노란 꼬치 검은 꼬치…….

　그것은 왕눈과 한 동네 사는 어떤 화냥기 많은 여자가 바람을 피운 사건으로 피해 여성과 서로 복장을 쥐어뜯고 머리칼을 그러잡으며 크게 벌어진 싸움판에서 터져 나오던 소리였다. 그 광경을 구경하며 킥킥거리던 사람들 모습도 바로 어제인 양 선연하게 되살아났다.

　"조선의 특이한 풍습을 알게 해줘서 고마워요."

　그 기억을 떠올리고 있는 왕눈 귀에 들려온 말이었다. 그것은 또 한 번 쓰나코의 놀라운 변신을 보여주는 일이 아닐 수 없었다.

　'남자인 내는 꽁해 있는데, 여자인 쓰나코는 금방 안 풀어지나.'

　평소에 말이 없고 마음이 좁아 무슨 일을 잊지 않고 속으로 언짢아하는 성격인 그 자신을 잘 알고 있는 왕눈이었다. 그래서 그는 활달하고 말수가 많은 여자를 더 좋아한다는 사실도 알았다. 언제쯤이나 '꽁한 사람'이라는 그 부끄러운 굴레를 훌훌 벗어버릴 수 있을까.

　"한 가지만 더 가르쳐주세요."

　여전히 낯을 펴지 못하고 있는 왕눈 마음을 어떻게든 돌려보려는 심산인지 좀 더 명랑한 목소리로 쓰나코가 말했다.

　"그 줄, 아, 금줄이라고 했죠?"

　"예? 예."

　서서히 내리기 시작하는 어둠의 장막에 가려지고 있는 쓰나코 얼굴이 생소하게만 느껴지는 바람에, 왕눈은 급히 뒤돌아서서 무작정 어디론가 달아나고 싶은 충동에 빠졌다.

"그 줄을 며칠간이나 걸어두나요?"

쓰나코가 재차 물었고, 그제야 왕눈은 다소 서먹함에서 빠져나온 얼굴로 대답했다.

"보통 21일 동안요."

그러고는 조금 더 겸연쩍음을 떨쳐버릴 양으로 말했다.

"그라고 또 우떤 곳에서는예."

"아, 예."

"신성한 장소를 표시할라쿠거나 큰 나모, 큰 바구 겉은 거를 말입니더, 신령을 상징하는 물체로 모시갖고……."

"아, 예."

쓰나코는 계속 '아, 예' 소리를 후렴 치듯 하였다.

"고사를 지낼 적에 금줄에다가 흰 종이나 흰 헝겊, 주먹만 한 짚 뭉치 겉은 거를 달아 건너매는 풍습도 있지예."

그는 쓰나코가 먼저 입에 올린 '풍습'이라는 그 말을 자기도 썼다. 다른 말보다 훨씬 더 강한 느낌을 주기도 했다.

"고마워요. 호호."

그때 또 낙타 한 마리가 그들 바로 앞을 지나갔다. 아까 본 그 낙타는 아니었다. 먼젓번 낙타는 잔등에 감색 깔개를 덮고 있었는데, 지금 바라보는 낙타는 아주 선명한 붉은색 밑자리였다. 그리고 거기 올라탄 사람은 남자 어른과 어린 사내애였다. 왕눈은 순간적인 착시 현상에 허우적거렸다.

왕눈 자신과 그의 아들. 그러면 아이의 어머니는?

여행객들 사이에서 무슨 환호성 같은 것이 크게 울려 퍼진 것은, 그 낙타가 막 모래언덕 저편으로 신기루처럼 사라지고 난 다음이었다.

"아, 저것 좀 봐요!"

조금 전 일은 깡그리 잊은 듯한 쓰나코가 이날 따라 더 길어 보이는 흰 손가락으로 어느 한 곳을 가리키며 흥분한 목소리로 말했다. 왕눈 시선이 그쪽으로 당겨졌다.

"아!"

왕눈 입에서도 감탄의 소리가 흘러나왔다. 그는 꼭 모래알이라도 들어간 사람처럼 커다란 눈을 연방 끔벅거렸다.

"정말 꿈같지 않아요?"

어린 소녀같이 그러는 쓰나코에게 이번에는 왕눈이 말했다.

"아, 예."

쓰나코 말 그대로 멋들어진 장면이었다. 모래언덕을 지나 수평선 너머로 웬 불빛 같은 게 보였다. 잘못 본 건 아니었다.

"고기잡이배예요."

쓰나코가 여전히 흥분한 얼굴로 들려주었다.

"고기잡이배에 등불이 켜져 있는 거예요, 등불."

왕눈 눈이 화등잔이 되었다. 다른 세계에서처럼 또 한바탕 여행객들이 내지르는 함성이 터져 나왔다.

"어쩜 저렇게!"

"그, 그렇네예."

그 등불은 실로 야릇한 느낌을 풀어내고 있었다. 왕눈과 쓰나코는 물론이고 거기 있는 모든 여행객은 한참 동안 꼼짝도 하지 않은 채 그 자리에 멈춰 서서, 그 고기잡이배가 내뿜는 등불을 바라보고 있었다. 그것은 인간의 것이 아닌 듯싶었다.

더욱이 모래언덕에 그 아스라한 빛살이 서리자, 그곳은 한층 이 세상이 아닌 것만 같은 기묘하고 환상적인 분위기를 이루어내고 있었다. 사막의 모래밭을 붉게 물들이고 있는 고기잡이배의 등불 빛이었다.

그런데 얼마나 그렇게 말을 잃고 서 있었는지 모르겠다. 어떤 알 수 없는 감각에 문득 정신을 차린 왕눈은 너무나도 놀라며 더할 수 없이 당황하고 말았다. 언제 잡은 것인지는 알 수 없지만 쓰나코의 손이 그의 손을 꼭 잡고 있었다.

"……."

왕눈이 보기 민망할 정도로 당혹스러워하는 모습을 엿보이자 쓰나코도 마찬가지 기색이 되었다. 어쩌면 그녀는 그 신비스러운 광경에 너무 홀려버린 나머지 자신도 모르게 그런 행동을 했는지도 모른다. 그럴 것이다. 어떨 때 보면 그녀는 지나치게 소녀적이어서 왕눈을 소년 시절로 데려가곤 했었다.

아니, 어쩌면 그것을 빌미로 한 실수인 것처럼 그랬을 수도 있었다. 기실 그녀도 왕눈과의 그 기약 없는 날들이 정녕 견뎌내기 힘들었을 것이다. 시작은 있었지만, 끝은 없을 것만 같은 상황에 처해지면 어떤 사람이라도 마찬가지가 아니겠는가?

어쨌든 그녀는 얼른 왕눈 손을 놓았다. 하지만 왕눈 손에는 그녀 손이 남기고 간 온기가 고스란히 그대로 남아 있었다. 그것은 그곳에 있는 무수한 모래알로 문지르고 드넓은 바닷물로 헹궈내도 영영 지울 수가 없는 지문이 되어 그와 함께할 것만 같았다.

검은 상의와 흰색 바지를 입은 남자들이, 아무도 타고 있지 않은 낙타들을 끌고 두 사람 앞쪽을 지나가고 있었다. 낙타를 부리는 사람들이었다. 낙타 우리로 데리고 가는 것일까? 그 낙타들은 내일도 모레도 어쩌면 수송 수단에서 퇴출될 때까지 관광객들을 태우고 괴로운 걸음을 지속해야 할 것이다. 인간들이야 신나고 재미있는 일이겠지만, 매일같이 그 짓을 해야 하는 낙타들은 얼마나 지루하고 힘이 들 것인가? 그 고통과 시련은 죽는 것보다 더 심할 것이다.

'내가 똑 저 낙타 겉다.'

문득, 왕눈 머릿속을 스치는 생각이었다. 굵은 모래 알갱이가 가득히 든 것처럼 입안이 그렇게 까칠할 수 없었다.

언제부터인가 고개를 어두운 수평선 저쪽 어딘가로 돌리고 서 있는 쓰나코는 움직일 줄 몰랐다. 흡사 모래로 빚어 놓은 사람 같았다.

# 다시 여자로 태어나다

고을 목사, 아니 군수가 또 바뀌었다.

관기 효원을 한양 고인보 선비에게 첩으로 상납하는 대가로 조정 고위직으로의 진출을 꿈꾸던 강득룡 목사가 그 고을을 떠났다. 풍문에 의하면 강원도 어딘가로 갔다고 하는데 확실한 것을 아는 이는 아무도 없었다. 그게 자의였든 타의였든 무슨 대수랴.

당시 시국은 그깟 군수 하나 자리 이동 따위에 눈을 돌릴 만한 여유마저 허락하지 않았다. 그것은 호수에 떨어지는 작은 빗방울 하나가 호수에 어떤 영향도 미치지 못하는 것처럼 고을 백성들 관심을 거의 끌지 못했다.

그러면 무엇이 가장 큰 문제로 부상하였는가? 입술에 묻히기조차 싫은 말이지만 바로 저 일본의 움직임이었다. 그때쯤은 모르는 백성이 아무도 없었다. 이대로 나가다간 끝내 조선이 왜놈들에게 잡아먹히고야 말 것이다. 아니, 이미 일제라는 야수의 아가리 속에 반은 들어가 있었다.

모두가 어지간한 일에는 그야말로 왼쪽 눈썹 하나도 까딱하지 않는, 감각이 철저히 닳아버린 사람들로 변해버렸다. 다른 건 아무것도 필요

없었다. 오로지 죽지 않고 살아남는 게 시급했다.

―우찌 살꼬?

산과 들과 강을 정신없이 날아다니며 새들이 내는 소리가 '어떻게 사나?' 하는 걱정이나 푸념으로 들렸다.

―우리 조선국이 와 이리 돼삣노?

당연히 민심은 더할 나위 없이 흉흉해졌으며, 만나면 너나없이 긴 한숨부터 폭폭 내쉬었다. 특히 살아온 날들이 살아갈 날들보다 많은 사람일수록 더 그랬다. 당장 내일을 예측할 수 없는 캄캄한 나날들이었다.

그저 오늘 하루가 전부였다. 아니다. 오늘 하루도 없었다. 그 밤을 자고 나서 눈을 뜨면 어떤 세상이 그들을 기다리고 있을지 아무도 알지 못했다. 아는 게 두려웠다.

"니도 내도 증신없어 할 때, 이런 때가……."

그런 어수선한 분위기 속에서 원채가 얼이와 효원에게 한 소리였다. 두 사람은 동시에 원채 얼굴을 보았다.

"예?"

"아자씨, 그기 무신 말씀입니꺼?"

그 무렵 오광대 합숙소는 말 그대로 무주공산, 적막강산이었다. 탈놀음판을 펼치는 쪽이나 탈놀음판을 구경하는 쪽이나 다 같이 놀이마당에 나갈 겨를이 없는 실정이었다. 그건 지극히 당연한 일이었다. 나라가 폐가처럼 기울어져 가는 형국에 무슨 신명이 나서 놀이를 생각하겠는가 말이다.

"내가 모도 알아서 할 낀께네."

원채는 망설이는 젊은 연인들에게 다짐받듯 하였다.

"운젠가 내가 두 사람한테 이약했디제."

별다른 가구나 장식품이 없는 그 방은 지난날 다소 무미건조한 분위기를 풍겼지만, 효원이 기거하면서부터 좀 아기자기한 느낌을 준다는 생각을 하며 원채가 또 말했다.

"두 사람 얼굴은 너모 시상에 알려져 있다 아인가베."

턱짓으로 방문 쪽을 가리켰다.

"시상 눈을 기시고 살아갈라모 안 있나."

효원은 시종 고개를 떨어뜨린 채 말이 없고, 인내심이 바닥을 드러냈는지 얼이가 원채 말끝을 자르고 나왔다.

"그런께 저희 두 사람……."

거기서 한층 복잡한 눈빛으로 효원을 한 번 보고 나서 물었다.

"오광대패가 돼라, 그런 요지의 말씀이라예?"

그러잖아도 작은 새 같은 효원이 몸을 옹크리자 나중에는 흔적조차 보이지 않을 성싶었다.

"목소리가 크거마는."

원채는 방 밖으로 잠깐 귀를 기울였다.

"정 그라모 딴 일을 함시롱 하모 되제."

얼이에게 무어라 더 말할 기회를 주지 않으려는 독단적인 어조로 말했다.

"그라고 이것도 내가 먼젓번에 하매 했던 소리지만도, 최종완 그 사람에게 속죄할 길도 된다고 보네."

이번에는 효원이 얼굴을 들고 오랫동안 참아왔던 양 이렇게 얘기했다.

"지도 바로 그거 땜에 고민 한거석 했어예."

그러고는 얼이를 한 번 보고 나서 어렵사리 말을 이었다.

"그래서 아자씨 말씀매이로……."

얼이가 효원 말을 급하게 가로막았다.

"내 이약 함 들어보소."

얼이 시선은 최종완의 그 방 침입이 있고 나서 효원이 새로 만들어 단 방문 고리에 가 있었다.

"효원은 우리가 오광대패가 되모 최종완 그 사람한테 했던 짓을 잊어 뻬고 살아갈 수 있다고 믿소?"

다그침에 가까운 얼이 말에 효원은 벙어리 총각 효길로 돌아간 모습을 보였다.

"그, 그."

얼이는 어림없는 망상일랑 던져버리라는 투로 말했다.

"그 사람이 속해 있던 오광대라는 거를 잊은 기요?"

"……."

원채와 효원의 눈이 마주쳤다. 둘 다 눈빛들이 몹시 흔들리고 있었다.

"내 생각에는 도로 그 사람 생각이 상구 더 나갖고……."

얼이는 목이 메어 말끝을 맺지 못했다. 원채도 효원도 더 이상 입을 열지 못했다. 그것도 맞는 소리였다.

어쩌면 최종완에 대한 기억을 잊으려면 오광대에서 멀어지는 게 최상의 길일 수도 있었다. 오광대 놀음판을 펼칠 때마다 그의 망령이 아귀와도 같이 달라붙을지 모른다. 특히 그가 줄곧 도맡아왔던 중앙황제장군 역을 어느 누가 하든 마찬가지일 것이다.

그렇지만 효원의 안위를 헤아려보면 원채가 권유하는 대로 따르는 게 또 옳았다. 아무리 갈수록 세상은 질서가 엉망이고 모든 게 크게 바뀌어가고 있지만, 나라에서는 교방에서 달아난 관기를 그대로 곱게 내버려 둘 것 같지 않았다. 효원이 체포되면 얼이 존재도 곧바로 드러나게 될 것이다. 그렇게 되면 수사망이 좁혀지면서 끝내 두 사람은…….

"탈만치 우리 얼골을 가려줄 거도 없을 거 겉어예."

효원이 힘겨운지 다시 고개를 숙이면서 말했다. 그녀 눈은 최종완 시신이 놓여 있었던 곳을 억지로 외면하고 있었다. 방바닥 장판을 교체할 생각까지도 했지만, 자칫 오광대 사람들이 이상하게 여길까 봐 그만두었다.

"그라고 오광대 놀아본께 말입니더."

놀이판 연습을 하는 장소인 안마당 쪽으로 눈길을 돌리면서 말했다.

"한분 해 볼 만한 거 같다는 생각도 들고예."

효원은 원채 의견을 따르기로 결심한 모습을 보였다. 얼이가 거부의 빛을 거두지 않자 이런 소리도 하였다.

"되련님하고 지하고 둘이 같이 놀이마당 펼치모 에나 신이 날 기라예."

갈수록 한술 더 떴다.

"또 누가 우찌 알것어예? 앞으로 오광대가 우리나라 전통을 이어가는 놀음판으로 자리 잡을랑가."

"내 생각은 다리요, 효원."

"그리만 되모 우리는 이름을 날릴 수도 있고예."

"이름?"

급기야 얼이가 벌컥 화를 냈다. 그건 효원 앞에서 일찍이 없었던 일이었다. 원채 또한 난감하고 당혹스러운 빛을 지우지 못했다.

"유맹해지모 더 우리 신분이 탄로 날 끼라는 거는 와 모리요?"

"알아예. 더 들어보이소."

효원은 관기의 이력이 헛되지 않았다. 얼이가 그럴수록 더 안정된 모습을 보이며 철부지 남동생 타이르듯 했다.

"그때는 세월이 마이 흘러서, 우리 신분이 드러나도 무신 일이 있것어예?"

얼이는 잠금장치가 되어 있는 방문이 흔들릴 만큼 큰 한숨을 내쉰 후에 낙심하는 목소리로 말했다.

"하늘이 보고 있고, 땅이 다 아는 일이오."

그때 이제까지 관망만 하는 사람 같아 보이던 원채가 끼어들었다.

"효원 처녀 말이 딱 맞는다고 보네."

"예?"

얼이가 반발심 섞인 소리를 내면서 원채를 바라보았다. 답답하고 원망스럽다는 빛까지 담겨 있는 눈이었다.

"시상은 갈수록 엄청시리 큰 변화에 휘말리기 땜에, 지내가삔 일은 아모도 생각 안 하는 그런 때가 올 끼거마는."

원채 음성은 무겁고 어두운 기운을 담고 있었다.

"머보담도 왜눔들 시상이 돼삐모, 그거보담 더한 일들도 돌아볼 여유가 없을 끼 아이것나."

"아자씨!"

얼이가 두 눈에 벌겋게 불을 켜고 소리쳤다. 그러자 원채는 가만히 있는데 효원이 움찔, 했다. 그가 조금 전 그녀에게 해 보인 생소한 언행과 마찬가지로, 원채에게 그러는 것을 지금까지 단 한 번도 본 적이 없는 효원이었다.

"원채 아자씨는 이 나라가 왜눔들 시상이 되기를 원하시는 깁니꺼?"

총알이나 화살처럼 말을 쏘아대면서 얼이가 그 큰 덩치를 흔들어대자 방도 덩달아 흔들리는 느낌을 주었다.

"아, 되련님!"

효원이 더없이 당황하고 놀란 얼굴로 얼이를 나무라듯 했다.

"그기 무신 말씀이라예? 우찌 원채 아자씨한테 그런 이약을 해예?"

급기야 변화를 보이지 않던 원채 안색도 술을 마신 것처럼 붉어졌다.

"얼이 총각!"

그는 목을 뒤로 젖혀 천장 쪽을 올려다보면서 단언하였다.

"내 하늘을 보고 자신 있게 고할 수 있을진대, 이 나라 백성치고 조선이 일본의 속국이 되는 거를 원하고 있는 사람은 단 하나도 없을 것이네."

문득, 문짝이 밖에서 누가 홱 잡아당기기라도 하듯 덜컹거렸다가 도로 잠잠해졌다. 안마당과 폐정 주위를 감돌던 바람이 방향을 바꾸어 불고 있었다.

"임배봉이 겉은 인간이라도 그거는 가리방상할 끼거마는."

원채 표정은 단호함을 넘어서 비장해 보이기까지 하였다. 생사의 경계를 넘나들며 살아온 자의 모습이 거기 있었다.

"임배봉."

얼이가 질긴 물질을 잘근잘근 씹듯이 곱씹었다. 임배봉이란 이름이 나오자 방에는 홀연 긴장감이 나돌고 공기는 한층 어둡고 무거워졌다.

"으흐흐."

얼이가 오열을 터뜨렸다. 그의 울음소리는 점점 커졌고, 나중에는 두 손으로 제 머리칼을 함부로 쥐어뜯기 시작했다. 성 밖 공터에서 망나니가 휘두르는 칼에 뎅겅 달아나는 아버지 천필구 목을 본 뒤부터 애꿎은 꽃대나 짐승 모가지를 비틀어대던 그 손이었다.

"흑."

효원도 흐느꼈다. 그녀는 얼이 팔을 잡아 흔들었다.

"지발 고만 울어예, 예?"

얼이는 효원의 손을 냉정하게 탁 뿌리쳤다.

"이 폴 놓으소!"

원채가 그들을 외면했다. 그러자 눈에 들어오는 방 벽이 가파른 절벽으로 다가오고 누가 세게 억누르듯 가슴이 답답했다.

"얼이 되련님이 안 좋아하시모, 안 좋아하시모……."

효원은 스스로 손을 거둬들였다.

"이 효원이도 안 할 기라예."

원채가 '헛헛' 하고 마른 기침을 토했다. 그러고는 아무것도 보지 않으려는 사람같이 고개를 숙이면서 몸을 앞으로 구부리자 등짝이 약간 솟으면서 그의 아버지 꼽추 달보 영감처럼 비쳤다.

상처 입은 짐승이 내는 것과 유사한 소리를 내며 당장 무슨 사고라도 저지를 것 같은 얼이가 너무 불안했던지 효원은 거의 애원 조로 나왔다.

"누가 낼로 왕비를 시키준다 캐도예, 되련님이 싫다 쿠시모 지는 절대로 안 합니더. 되련님이 안 좋아하시는 거를 지가 와 해예? 그라이 울지 마이소."

얼이가 절규했다.

"효원!"

효원도 필사적이었다.

"되련님!"

원채는 보지 않아도 서로 붙들고 마구 몸부림치는 젊은 연인들을 피부로 느꼈다. 그의 두 눈에서도 물기가 번득이고 있었다. 연인들의 애끊는 울음소리는 방바닥을 적시고 바람벽을 타고 천장까지 차올랐다.

'우짜다가 좋아해서는 안 될 두 사람이 서로 좋아해갖고 이런 비극을 맞노.'

그런데 원채가 더는 그 자리에 앉아 있을 수가 없어 밖으로 나가버리기 위해 막 몸을 일으키려고 했을 때였다. 울음을 뚝 그친 얼이가 눈물이 번들거리는 얼굴로 원채를 보고 말했다.

"알것심니더, 아자씨. 아자씨 말씀대로 하것심니더."

"……."

원채 안색이 확 달라졌다. 효원도 의외였는지 커다란 눈을 한층 크게 떴다. 그러자 그녀 얼굴에는 눈만 붙어 있는 것 같았다.

"되련님! 시방 그 말씀이?"

효원이 떨리는 목소리로 물었고 얼이 고개가 팍 꺾였다. 말에는 더 힘이 없었다.

"다린 방법이 없다 아이요."

그러자 원채가 방구들이 꺼지게 한숨을 내쉬며 말했다.

"내 생각에는 쪼꼼 더 시간을 두고 갤정을 내리는 기 좋을 꺼 겉네."

"아입니더, 아자씨. 더 생각할 필요도 없심니더."

"그래도 내중에 가서 후회 안 할라모 그래야 하네."

"그런 일은 없을 깁니더."

이번에는 효원이 방관자처럼 두 사람을 바라보기만 하였다.

"똑 그기 아이라도 잘 찾아보모 머가 있을 끼라 보네."

"인자 찾는 일에도 지쳐삐릿심니더."

"그래도 시상은 넓은 곳이고, 그래서 포기하모 안 되제."

어쩌면 더 좋은 무언가가 있을 것 같은 예감이 들기도 하는 원채였다. 그렇지만 얼이는 필요 이상으로 우기는 모습을 보였다. 아마도 또 자기 마음이 바뀔까 봐서 그러는 것이 아닌가 싶었다.

"오광대패가 되는 기 젤 좋을 꺼 겉심니더. 아, 겉은 기 아이고, 바로 깁니더."

"얼이 총각."

잠시 그곳이 빈방인 것 같은 침묵이 흐른 후에 얼이 입이 다시 열렸다.

"나루터집 장사를 거들어감시로 놀이패를 하모 시간도 없을 낀께 이런저런 잡멤도 안 들 끼고예."

효원의 울음소리가 점차 잦아졌다. 얼이가 효원더러 말했다.

"이왕 멤무운 거, 하로라도 더 퍼뜩 오광대패가 돼서 놀고 싶소."

그러는 얼이 눈길은 최종완 사체가 있던 방바닥에 정확히 못 박혀 있었다. 그는 최면술에 걸린 사람이 거의 무의식적으로 중얼거리듯 하였다.

"탈을 쓰고 놀음판에 빠지모 다 잊아삘 기라."

그날따라 동네 개나 닭이 내는 소리 하나 없었다.

"그, 그리!"

감정이 벅차오른 효원은 제대로 말을 잇지 못했다.

"이 시상 모든 근심 걱정도 멀리 달아날 꺼 겉소."

얼이 눈에 최종완 시신이 환히 보이는 듯했다. 농민군 할 때 사용하던 몽둥이로 세게 뒤통수를 때려죽인 그였다. 그날 그가 흘린 피가 아직도 눈에 선했다. 원채가 다른 곳으로 옮기기 전에는 그 집 우물 속에 매장해 두었던 시신이었다. 아니다. 영원히 얼이 자신의 가슴 저 안에 묻어 놓고 있는 그였다.

"되련님."

"얼이 총각."

효원과 원채는 그저 얼이만 자꾸 불렀다. 방 안 공기도 얼이 쪽으로만 흐르고 있는 것 같았다.

"아자씨, 부탁합니더."

그러던 얼이는 너무나 면목 없어 했다.

"장 아자씨께 부탁만 하네예."

"무신 소리를?"

"아이라예, 진짭니더."

"내사 부탁하이 더 좋거마는."

"예?"

"그만치 내를 믿고 좋아한다쿠는 거 아인가배."

원채의 진심이었다. 무술인답게 호방하고 솔직한 성품의 소유자였다.

"에나 고맙심니더. 그라고 또예."

얼이는 또 행여 어렵게 내린 자신의 결심이 흔들릴까 우려되고 불안한 모양이었다.

"낼이라도 오광대 사람들 다 모다놓고예, 모돌띠리 털어놓고 싶심니더."

효원이 크게 당황하여 격한 목소리로 말했다.

"얼이 되련님! 그, 그거는 더 고민을 해봐야 해예!"

하지만 얼이는 제 할 말만 계속했다.

"그라모 멤이 상구 가벼워질 꺼 겉고예."

효원이 입을 다물었다. 어디선가 가까운 곳에서 개 짖는 소리가 처음으로 들려왔다. 얼이는 세상 다 산 사람 같아 보였다.

"사람이 넘을 기시고 산다쿠는 기, 참말로 심들고 괴롭다쿠는 거를 깨달았심니더."

원채가 고개를 끄덕였다.

"그 심정 십분 이해가 되거마는."

"감사합니더, 아자씨."

이번에는 닭 소리가 났다. 꽤 멀리서 나는 소리였다. 비로소 지금 그들이 있는 곳이 사람 사는 곳이라는 실감이 났다.

"알것네."

원채는 갑자기 조급증을 느끼는 목소리였다.

"내가 조만간 오광대 사람들을 여게 합숙소에 모이거로 해 보것네."

그는 또다시 가슴이 답답한지 손바닥으로 그 부위를 서너 번 두드리고 나서 말을 이었다.

"그 자리에서 효원 처녀에 대한 모든 거를 밝히고, 얼이 총각도 오광대에 들어올 수 있거로 부탁도 해야것고 말일세."

그때 효원이 마지막으로 한 번 더 확인해보고 싶다는 듯 원채에게 물었다.

"아모래도 얼이 되련님하고 지가 최종완 그 사람한테 속죄할 길은 그리하는 길밖에 더 없것지예?"

"아, 그거는……."

원채가 그건 아니라는 말을 하려는데 얼이가 먼저 입을 열었다.

"인자 더 이약하지 마시오, 효원."

"되련님."

이번에는 개와 닭이 내는 소리가 동시에 들려오고 있었다. 효원은 같은 소리라도 그녀 혼자 있을 때 듣는 소리와는 왠지 다르다는 기분이 들었다. 그처럼 앞으로 얼이 도령과 함께하면 모든 것이 달라지리라는 기대감도 맛보았다.

"내 멤은 하매 굳어졌으이."

"그래도예."

얼이가 결단을 내리자 도리어 망설이는 빛을 보이는 효원에게 원채 또한 이렇게 말해주었다.

"최종완에 대한 속죄도 속죄지만서도, 두 사람이 살아갈 일을 가마이 생각해 봐도, 이기 최상의 선택이 아일까 싶거마는."

효원의 하얀 이마가 붉었다.

"내하고 셋이서 같이 우리 고을 오광대를 발전시켜 나가는 것도 큰 으이(의의)와 가치가 있다고 보요."

원채는 일시적인 감상에서가 아니라 긴 안목을 가지고 얘기하는 것 같았다. 그는 일부러 그러는지 진짜로 그러는지 몰라도 점점 감격에 찬 어조로 변해갔다.

"오광대 전수자가 된다꼬 가상해보모, 어깨가 으쓱해진다 아인가베?"

효원이 신기하다는 얼굴로 되뇌었다.

"오광대 전수자."

그러고 보니, 원채는 택견 전수자인 동시에 오광대 전수자이기도 하였다.

"특히나 우리 얼이 총각이나 효원 처녀 겉은 젊은 층이 불어나야, 탈놀음이 상구 더 잘 개승 발전될 끼라. 하하하."

그 '계승 발전'이란 말에 유난히 힘을 주는 원채의 호쾌한 웃음소리가 변화를 가져다주었다. 겨울 강가 돌멩이처럼 딱딱하게 굳어 있던 얼이 얼굴이 조금 풀린 것이다. 효원 표정도 덩달아 밝아졌다.

"그리만 되모 증말 올매나 좋으까예."

한 가닥 희망을 걸어보려는 두 사람을 향해 원채가 밝고 가벼운 목소리로 말했다.

"웃음이 좋기는 좋은 거 겉거마는. 두 사람도 방금 내매이로 크거로 소리 내서 함 웃어 봐라꼬. 꽉 멕힛던 심통이 고마 탁 트인다 아인가베."

어쩐지 방문 밖이 한결 밝아지고 있는 느낌이었다.

"우리한테 원채 아자씨가 안 계싯다모예."

효원이 울먹이는 소리로 말했다.

"에나 고마버예, 아자씨. 죽어도 절대 몬 잊을 기라예. 원채 아자씨가 아이었다모, 시방쯤 얼이 되련님하고 지하고는……."

얼이 음성도 물기 밴 조선종이같이 눅눅했다.

"그 말이 맞심니더. 아자씨는 우리 두 사람한테는 영원한 은인입니더."

원채가 쑥스러운 표정을 지었다.

"아, 우리 사이에 새삼시럽거로 무신 그런 말을 다 하나?"

"아입니더. 벌로 핸 소리가 아이라예."

"그보담도 시방부터가 진짜 시작이라꼬 보거마는. 우리 고을 오광대 역사를 새로 써야 할 순간 말일세."

얼이와 효원 눈이 허공에서 마주쳤다. 둘 다 눈물이 그렁그렁한 눈이었다. 그것을 본 원채가 방문 쪽으로 고개를 돌리며 말했다.

"우리끼리라도 안마당에 나가갖고 한마당 놀아보모 우떨꼬? 내가 요새 오광대 마이 몬 놀아서 몸이 근질근질해갖고 하는 소리제. 얼이 총각이 오광대 새 식구가 된 거를 축하하는 환영식도 안 되것나."

얼이가 부끄러운지 조그맣게 말했다.

"지는 아즉꺼정 아모것도 할 줄 모린다 아입니꺼. 솔직하거로 말씀드리서 광대패보담도 무도인武道人이 더 되고 싶었고예."

그러자 효원이 명랑한 목소리로 말했다. 새가 지저귀는 듯한 그녀 특유의 음색이 이제야 그대로 되살아난 것이다.

"그라모 기경꾼 하시모 되지예. 원채 아자씨하고 지하고는 놀음판을 열고예."

원채가 힘차게 자리에서 벌떡 일어섰다.

"효원 처녀 말이 딱 맞거마는. 그라고 오광대 놀음판은 광대패도 중요하지만도 관객도 중요하제."

원채는 너무나 침체한 분위기에 빠져 있는 두 사람이 흥을 느끼게 하려는 의도인 것처럼 어깨를 들썩거리며 말했다.

"아, 기경꾼도 없는데 무신 신이 나갖고 놀음판 하것능가?"

길에서 아이들 떠드는 소리가 홀연 높아졌다가 다시 낮아지고 있었다. 그 소리는 개나 닭이 내는 소리보다도 훨씬 더 정겹게 다가왔다.

"그런 뜻에서 보모 젤 중요한 사람은 얼이 자넨 기라."

그 말끝에 원채는 다시 한번 아주 호걸스러운 웃음을 터뜨려 보였다. 상촌나루터 강가 모래밭에서 낙육재 젊은이들에게 택견을 가르칠 때처럼 활기 넘치는 모습이었다. 어쩌면 그는 나중에 택견 도장道場을 열어 거기 관장館長이 될지도 모르겠다.

그런 원채 몸 뒤편에서 얼이는 발견하였다. 한때는 상촌나루터에서 모든 뱃사공을 휘어잡는 터줏대감 노릇을 하던 그의 아버지 꼽추 달보 영감 모습을. 치목의 아들 맹쭐에 의해 강에 빠져 죽을 뻔한 그를 건져 주고, 나루터집에 찾아와서 횡포를 부리는 배봉과 점박이 형제를 몰아내 준 사람이 그였다. 그러고 보면, 그들 부자가 다 같이 은인이었다.


그로부터 이틀 후였다.

관군과 일본군을 상대로 한 전투에 참여한 경험도 있어 남달리 담대한 얼이였지만, 막상 오광대 사람들 앞에 서니 가슴이 더없이 후들거리고 무릎부터 떨려왔다. 거기 오광대 합숙소 방안 가득 오광대패들이 자리하고 있었다.

최연장자인 꼭두쇠 이희문을 비롯하여, 어딩이 역의 상인 박상수, 무시르미 역의 소지주 강용건, 소무와 옹생원, 문둥이 역을 골고루 맡는 야학 글방 선생 동길선, 정미업을 하는 상좌 함또순, 신장과 양반 역을 하면서 장구와 꽹과리에도 능한 악사 문광시, 뛰어난 탈 제조자 김융, 재담에 남다른 소질을 지닌 서물상, 소리와 장단을 가르치는 김또석하, 등등.

저 오방신장무의 중앙황제장군 최종완 한약방 주인 한 사람 모습만 보이지 않았다. 그런 가운데 오광대 사람들은 아까부터 원채 옆에 엉거주춤한 자세로 서 있는 효길과 어떤 덩치 큰 젊은이를 번갈아 가며 바라보고 있었다.

"아, 효길이 총각은 와 안 앉고 그리 장승매이로 서 있노? 오늘 첨 온 사람도 아이고. 그리하고 있은께 보는 사람이 무담시 부담이 안 가는가 베?"

꼭두쇠 이희문이 뭔가 분위기가 여간 심상치 않다는 것을 벌써 눈치 챈 얼굴로 효원에게 말했다. 하지만 효원은 한층 낯을 붉힐 따름이었다. 그뿐만 아니라 여느 때와는 달리 아무 수화手話도 하지 않고 마치 구원을 청하듯 원채만 바라보았다.

그러나 오광대 사람들 시선은 대부분 원채나 효원보다도 낯선 젊은 사내에게 깊이 꽂혀 있었다. 개중에는 연방 고개를 갸우뚱하는 품이, 내가 어디서 저 젊은이를 봤더라? 하는 기색이 내비치기도 했다. 그랬다. 오히려 다른 곳에서 보았다면 얼이를 알아볼 이들이 많을 수도 있었다. 그런데 불쑥 자기들 앞에 나타난 탓에 미처 깨닫지 못할 수도 있었다. 어쨌거나 맨 처음부터 얼이를 가장 눈여겨보고 있던 야학 글방 선생 동길선이 원채에게 말했다.

"집에 온 손님을 우째 저리키나 오래 세와두는 기요? 갤래요, 갤래. 얼릉 자리에 앉거로 안 하고 머하요?"

연방 결례를 강조하는 동길선이었다. 그래도 원채는 평상시 그답지 않게 계속해서 자꾸 머뭇거리기만 하였다.

"아, 예."

악사 문광시도 젊은 사내로부터 원채에게 눈길을 돌리며 물었다.

"그라모 우리도 모도 일나야 되것소?"

"아, 아입니더."

그 소리에 원채는 화들짝 정신이 나는 듯했다. 온갖 살상 무기가 난무하는 전장에서 몸을 굴리던 그였지만, 지금 그 자리에서는 여간 긴장하고 초조해하는 모습이 아니었다.

'내가 셈도 없이 얼이 총각을 끌어들인 기까?'

솔직히 무슨 얘기부터 어떻게 끄집어내야 할지 그저 머릿속이 하얗고 난감하기만 했다. 무엇보다 자초지종을 알게 되었을 때 그곳에 모인 그들이 어떤 반응을 보일 것인지도 두려웠다. 예상을 할 수 없으니 더욱 불안했다. 그런 긴장된 와중에도 생각은 천 갈래 만 갈래였다.

'도로 효원 처녀를 아모도 모리거로 빼돌리고 나서, 효길이 그눔이 내한테도 말 한마디 안 하고 오데론가 가삣다꼬 둘러대는 기 안 좋았으까?'

그편이 훨씬 나은 선택이었을 성싶었다. 오광대 사람들이 자신과 같은 패거리들이 아니라 시시비비를 따져 처벌을 내리는 판관判官처럼 비쳤다.

'저 두 사람이 오광대패가 되는 기 최종완한테 속죄하는 길이라꼬 본 기, 암만캐도 잘몬 된 판단인 거 겉다.'

원채는 후회도 되고 조마조마하기도 하여 서 있기도 힘들었다. 귀에서 윙윙 소리가 들릴 정도로 어지러웠다. 그렇지만 이제는 어쩔 도리가 없었다. 즉흥적인 결정이 아니라 오랫동안 고심한 끝에 내린 결론이기도 했다. 그 두 사람을 그 단계에까지 끌어오느라고 어르고 달래고 또 때로는 협박 비슷한 소리까지 해가면서 정말이지 마음고생도 참 많이 겪었다.

'그러이 여서 만종기릴 기 아이고 우쨌든 밀고 나가봐야 안 하나.'

우선 두 사람에게 오광대보다 더 안전한 은신처도 없을 것이었다. 탈을 둘러쓰고 살면 사람들은 그들이 농민군 주모자와 교방에서 탈주한 관기라는 사실을 까마득히 모를 것이다. 그러다가 시간만 흘러가면 모든 게 조용히 묻혀버릴 것이다.

'내가 볼 적에는……'

그리고 원채도 딱 꼬집어서 말해 보일 수는 없지만, 어쩐지 두 젊은 연인은 장차 이 고을 오광대를 후대에까지 길이 전할 운명을 타고난 사람들같이 느껴질 때가 한두 번이 아니었다. 막다른 골목에서 선택한 막연한 희망과 기대가 그런 불투명한 예감으로 탈바꿈하여 다가오는 건지는 모르겠지만 하여튼 그랬다. 게다가 어떤 보이지 않는 손이 원채로 하여금 그 일을 하도록 조종하고 있다는 기분도 좀체 지울 수 없었다.

'용기를 가지야 한다 아인가베.'

원채는 기도하는 마음으로 자신을 다독였다.

'이거는 우리 사람이 할 수 있는 영역을 상구 벗어난 일 겉다 아인가베. 하늘이 시키는 일인 기라.'

그래, 효원을 효길이란 가명으로 남장을 시켜 오광대패 속에 숨어들게 한 일부터가 이미 정해진 하늘의 뜻인지도 모르겠다. 사실 여기 오광대 본거지 같은 은신처가 아니었다면 효원은 관아에 붙잡혀 갔을 수도 있다. 세상은 한없이 넓은 것 같으면서도 막상 필요한 장소를 찾아보면 그렇게 구하기 힘든 곳이기도 한 것이다.

'하매 정해져 있는 일이다.'

원채가 그렇게 혼자 온갖 사념에 시달리고 있는 시간이 더 길어지자 방안은 점점 크게 술렁거리기 시작했다. 꼭두쇠 이희문의 제지로 입들을 다물고는 있어도 더는 참고 있을 수 없다는 공기가 그들 사이에 팽배해 갔다. 그들을 나무랄 수만도 없기는 했다. 그럴 수밖에 없을 정도로 원채의 침묵이 너무 길었다.

"흐음!"

마침내 꼭두쇠 이희문의 입에서 큰기침 소리가 나왔다. 그것은 누가 들어봐도 이제 더 기다릴 수 없다는 무언의 독촉이었다.

"……."

그저 원채만을 바라보는 얼이와 효원의 핏기 하나 없는 얼굴에도 금방 울음이 터져 나올 것 같은 기색이 역력하였다. 이제 유일한 탈출구는 오로지 그의 손에 쥐어져 있었다. 그렇지만 원채는 영원히 그렇게 있을 사람처럼 보였다. 평소의 그가 아니었다.

"어허, 이거야 원."

"사람 미치것다 고마."

"시방 우리가 이기 머하는 짓고?"

"안 되것다, 내는 일어나삐야것다."

급기야 그런 소리까지도 흘러나오기 시작했다. 이제 방 안 분위기는 답답함을 넘어 험악해 보일 지경이었다. 원채를 노려보다시피 하는 오광대 사람들 얼굴 가득 뭔가 크게 조롱당하고 있다는 빛마저 감돌았다. 도대체 사람들을 모두 불러놓고 생면부지의 애송이 하나 데려와서 하고 있는 꼴이라니?

지금 그곳에 있는 사람들이 그렇게 시간적으로 여유가 넘치는 이들도 아니었다. 꼭두쇠 이희문을 빼고는 전부 나름 생업에 종사하고 있었다. 그저 오광대 놀음판이 좋아서 모인 그들이었다. 그런 사람들에게 이날 그 자리에 꼭 와 달라는 신신부탁을 해놓고서 저렇게 시간을 허비하고 있었다.

드디어 꼭두쇠 역할을 잘하라는 모두의 눈길을 한꺼번에 받은 꼭두쇠 이희문이 붉어진 음성으로 원채에게 화살을 날렸다. 그것은 평소 그가 원채를 대하는 태도가 아니었다. 결국, 모든 게 뒤죽박죽인 셈이었다.

"시방 우리를 놀리는 기요?"

"……."

얼이와 효원은 숨이 막히는 듯했다. 그 방이 탈출구 없는 감옥처럼 느껴졌다.

"우리는 원채 당신을 통 이해할 수가 없는 기라!"

여차하면 삿대질까지 할 기세의 이희문이었다.

"꼭 좀 와 달라꼬 그리 신신당부 해싸서 만사 제끼놓고 온 우리들 아인가베?"

그래도 묵묵부답인 원채였다.

"그래놓고는 인자 와서?"

저마다 몹시 화난 중에도 믿기 어려워하는 표정들이었다. 도대체 원채 저 사람이 저렇게 소심하고 옹졸하고 우유부단한 졸장부였던가?

결코, 아니었다. 그는 거기 누구보다도 사내다웠다. 효길이라고 하는 생면부지의 벙어리 총각을 자기들 합숙소에 머물러 있게 해준 것도 순전히 원채를 무척 신망하고 두려워했던 까닭이었다. 그렇다면 지금까지 원채라는 인간을 잘못 알고 있었던가?

한데, 바로 그 순간이었다. 누구도 전혀 상상치 못한, 하늘과 땅이 자리바꿈을 하는 듯한, 그야말로 모두가 숨넘어갈 정도로 경악할 사태가 벌어졌다.

"원채 아자씨!"

그랬다. 다섯 마디. 원 채 아 자 씨.

"……."

그때 그곳 상황을 그 무슨 말로 나타낼 수 있을까? 어느 누구도 믿을 수 없는 일이 발생한 것이다. 아무리 인간 세상은 너무나도 불가해한 현상들이 불시에 벌어지는 곳이라 할지라도 이건 아니었다. 상식이란 게 있는 것이다.

오광대 사람들은 말할 것도 없고 원채와 얼이, 심지어 당사자인 효원마저 그들에게 닥친 그 현실 앞에서는 그냥 속수무책으로 비쳤다. 귀신을 본 사람들 표정이 저러할까?

원채 아자씨. 그 소리의 진원은…… 벙어리…… 벙어리 입이었다!

더더욱 황당무계한 노릇은, 남자 입에서 튀어나온 여자 음성이었다. 그것도 그냥 사내가 아니라 벙어리 사내가 내뱉은 낭랑한 여인의 음성이었다.

그런데 하늘이 놀라고 땅이 놀랄 일은 거기서 그친 게 아니었다. 또다시 모두 하나같이 기절하고야 말 목소리가 이어졌다. 젊은이 입에서 터진 굵은 소리였다.

"효원!"

그 젊은이가 효길을 보고 효원이라고 부르고 있었다! 그건 너무나 놀라고 당황한 나머지 졸지에 터져 나온 외침이었지만 모두는 똑똑히 들었다.

세상에, 벙어리가 말을 다 하고, 그것도 사내 벙어리 입에서 그렇게 낭랑한 여자 목소리가 나오고, 효길이란 남자 이름이 효원이란 여자 이름으로 불렸다.

그러나 그게 다시 있을 수 없는 특효약이었다, 원채에게는. 그제야 원채가 되고 있었다. 평상시의 원채다. 드디어 그는 매우 침착하고 또렷한 목소리로 입을 열기 시작한 것이다.

"시방부텀 모도 말씀드리것심니더."

그 방에 큰 파도 같은 술렁거림이 일었다. 방이 출렁이는 배 같았다.

"먼첨 여러분께 용서부텀 빌것심니더."

원채는 적진으로 혼자 들어온 용사처럼 결연한 빛을 보였다.

"용서 몬 하시고 지를 쥑일라쿠모 이 모가지를 내놓것심니더."

이번에는 더 큰 소요가 일었다. 목숨까지 내놓겠다니. 도대체 뭘 용서해 달라는 것인가?

"하지만도 그전에 지 말씀만은 꼭 들어주싯으모 합니더."

그런 후에 원채는 느닷없이 얼이와 효원에게 말했다.

"두 사람, 이분들께 큰절을 올리시오."

뜬금없는 큰절이었다. 그때까지도 정신을 차리지 못하고 멍하니 앉아 있는 오광대 사람들을 향해 두 사람은 얼른 방바닥에 넙죽 엎드려 고개를 있는 대로 깊이 숙였다.

"허, 대, 대체 이 무, 무신 짓들이오?"

꼭두쇠 이희문이 자리에서 벌떡 일어날 것같이 하며 큰소리로 물었다. 그러자 원채 자신 또한 엎드려 있는 얼이와 효원 옆에 털썩 몸을 내려놓더니만 역시 큰절부터 올렸다.

"어? 어?"

"이, 이기?"

"무신 짓들이고, 으잉?"

여기저기서 더없이 놀라고 당황한 소리들이 터져 나왔다. 도깨비에 홀려도 단단히 홀리는 것이라고 볼 판이었다. 그들이 살아오면서 지금 같은 일은 겪어본 적이 없을 것이다.

"자, 두 사람……."

이윽고 다시 고개를 든 원채가 얼이와 효원에게 무릎을 꿇고 앉으라고 시킨 다음, 자신도 무릎을 꿇은 자세로 입을 열기 시작했다.

"모도 돌아들 가시갖고 생업에 종사하시야 될 바뿌신 분들인께, 우짜든지 짧거로 말씀 올리것심니더."

거기 오광대 합숙소를 단숨에 날려버릴 듯한 폭탄선언이 이어졌다.

"방금 막 모도 보싯다시피 효길이는 버부리가 아입니더. 그라고, 남자가 아이고, 여잡니더."

또다시 엄청난 술렁거림과 함께 모두 다시 한번 서로의 얼굴을 마주보며 바보 같은 표정을 지우지 못했다. 땅 불이 내리친 현장이 따로 없었다.

"버, 버부리가 아이라?"

"여, 여자!"

이 무슨 해괴하고 엉터리 같은 일인가? 벙어리 총각이 한순간에 벙어리가 아닌 처녀로 둔갑해버렸다.

그때 무시르미 강용건이 덜덜 떨리는 손가락으로 얼이를 가리키며 간신히 물었다.

"그, 그라모 저, 저 총각은 누요?"

얼이가 무어라 입을 열려는데 원채가 손짓으로 말리고 나서 대답했다.

"막 바로 이약하지예. 효길, 아니 효원 처녀하고 혼래 치를 사람입니더."

원채는 두 사람이 연인 사이라고 말하지 않고 그보다도 훨씬 더 가까운 혼인할 관계라고 이야기하고 있었다. 어쨌든 간단하고도 빨리 모든 사연을 털어내 버리려는 의도에서였다. 양해를 구하고 추궁당하지 않으려 길게 이야기하면 할수록 한층 더 복잡해지고 난처해질 것이다.

그러나 원채는 끝까지 얼이와 효원의 신분만은 꼭꼭 감추었다. 그들 가운데 얼이 얼굴은 혹 알아볼 사람이 있을지 몰라도, 감영의 교방에만 있던 관기 출신의 효원 얼굴은 본 사람이 없을 것이다.

얼이야 누구란 게 밝혀지더라도 그다지 큰 문제는 없으리라 믿는 원채였다. 그들 모두가 평범한 이 나라 백성으로서 조정과 관리들을 원망하고 증오하는 같은 백성이었다. 얼이가 농민군 출신이고 항일의병으로 활약을 했다는 그 사실을 알게 되더라도 관아에 밀고하거나 개인적인 악감을 품지는 않을 것이다. 도리어 더 가까이하고 싶어 할 것이다.

그렇지만 효원의 경우는 크게 달랐다. 세상 사내들이라면 죄다 너나없이 마음이 당길지도 모른다. 한 고을 목사가 혈안이 되어 찾던 관기.

더군다나 교방을 탈주한 당찬 기녀. 누구나 호기심과 흥미를 느낄 만한 여인이다.

"아, 그라모 시방꺼정 효길, 아니 저 처녀가 여 숨어 지냈던 거는?"

상좌 함또순이 눈을 빛내며 물었다. 원채가 서둘러 대답해주었다.

"예, 실은 저 처녀 집안에서 반대를 하고 있거든예."

놀라운 기지와 재치가 발휘되는 순간이었다.

"그란데 둘이는 좋아갖고?"

누군가의 그 말에 원채는 그 호기를 놓칠세라 재빨리 고개를 끄덕이며 말했다.

"예, 예, 시방 말씀하신 바로 그대롭니더, 그대로예. 에나 잘 아시네예? 하지만도 남녀 정분이라쿠는 기 오데 그렇심니꺼?"

원채는 그 방 사람들이 그때까지 벌어진 불의의 그 사태를 처음부터 되짚어볼 틈도 주지 않고 직사포를 쏘듯 하였다.

"그라고 머보담도 말입니더, 시방 저 두 사람은 떨어져갖고는 하로도 살 수가 없을 만치 서로가 서로를……."

졸지에 효원은 자기 집안에서 그녀가 사랑하는 남자와의 사귐을 용인하지 않는 바람에 가출한 여염집 천하 불효녀로 전락해버린 꼴이었다. 하지만 그보다 더 행실 나쁜 여자가 되어도 어쩔 도리가 없다. 관기라는 사실만 들통나지 않는다면.

"……."

그러나 오광대 사람들은 여전히 짙은 경계와 의혹의 눈빛을 거두지 못했다. 아직도 원채 이야기를 어디까지 믿어야 할지 모르겠는 기색이 뚜렷해 보였다. 무엇보다도 그동안 벙어리 총각인 줄로만 알았던 효길이 젊은 여인이란 경악할 사실 앞에 그저 허둥거리는 모습이었다. 그것은 지극히 자연스럽고 당연한 반응들이었다.

"아, 또 한 가지 더 있심니더."

그런데 그런 불신의 분위기가 갑자기 확 뒤바뀐 것은, 원채가 얼이를 오광대에 가입시켜 달라고 한 그 순간부터였다.

"저런 젊은이가 들오모 우리 오광대를 보는 시상 사람들 눈도 시방하고는 상구 더 배뀔 수도 있을 기고, 또오…….""

원채는 그야말로 남산 검불 북산 검불 있는 대로 그러모아 가며 침이 마르고 입이 닳도록 늘어놓았다.

"저 총각을 말입니더. 있지예?"

그러자 꼭두쇠 이희문도 어색하고 불편한 기분이 조금은 가신다는 표정이 되었다. 특히 무엇보다도 얼이를 믿으려 드는 눈치를 엿볼 수 있었다. 앞으로 자기들과 함께 지내려고 하는 사람이니 더 이상 의심하지 않아도 될 것 같다는 신뢰감도 들 만했다. 그건 참으로 시의적절한 제안이 아닐 수 없었다. 신의 빼어난 한 수였다.

"우리사 식구가 한 사람 더 불어난께 좋제."

오광대를 이끄는 우두머리답게 이희문은 패거리가 늘어나는 일이라면 그저 무작정 크게 환영하고 좋아하는 사람이었다. 그럴 때 보면 그렇게 단순한 사람도 없었다.

"효길, 아니 효원 처녀도 앞으로 계속해서 우리하고 같이 놀음판을 팰칠것고 하이, 식구가 한 사람이 아이고 두 사람이 늘어난 거 아이요?"

김또석하의 음성이 꼭 소리와 장단을 가르칠 때 내는 목소리 같았다. 그런데 그의 말을 들은 얼이와 원채 마음이 그다지 편하지는 못했다. 앞으로 그들이 효원을 어떻게 대할 것인지 현재로서는 매우 불투명한 일이었다. 게다가 지금 당장은 하도 갑작스럽게 부딪힌 일이라 한참 어리벙벙한 상태이겠지만, 좀 더 여유가 생기면 모두는 상황을 보다 정확하게 들여다보게 될 것이다. 그렇게 되면 모든 게 도로 아미타불이 되면서 전말이 다 드러날 수도 있다.

그러나 어쨌든 간에 효원에 대해서도 밝힐 부분은 밝혔고, 또한 얼이도 오광대패가 될 수 있게 되었으니, 일단은 한숨을 돌려도 될 터였다. 나중에 터질 일은 또 그때 가서 막으면 될 게다. 원채는 황당하고 새삼스러운 눈빛으로 얼이와 효원을 번갈아 바라보며 저들끼리 무어라 귀엣말을 나누는 오광대 사람들을 둘러보면서 속으로 다짐했다.

'시방부텀 상구 더 조심해야것다. 얼이 총각하고 효원 처녀한테도 단속 단디 시키고. 이런 상상은 에나 하기 싫지만도, 해나 저들 가온데 또 최종완이 겉은 자가 나오지 말라쿠는 벱도 없는 기라.'

그런 생각 끝에 바라본 효원이 몹시 낯설었다. 원채는 무슨 이물질이라도 들어간 듯 연방 눈을 끔벅거렸다. 지금까지와는 비교가 아니게 여자로 비쳤다.

다시 여자로 태어난 여자였다.

# 위험한 모의

관아 사람들을 만났든 거래처 사람들을 만났든 간에, 귀가할 때의 배봉은 언제나 만취 상태였다. 임배봉이 아니라 '주酒배봉'이라고 불러야 마땅했다.

그 넘치도록 많은 술자리를 잘도 감당해내는 것을 보면, 그의 체력은 아직도 대단한 모양이었다. 아니었다. 나이를 거꾸로 먹는지 그는 예전보다도 더욱 혈색이 좋아 보였다. 눈과 코와 입이 한군데로 몰리는 중앙 집중식 얼굴에는 번지르르한 개기름이 줄줄 흘렀다. 그가 늘 약장수처럼 떠벌리는 뱀탕 덕을 톡톡히 보는 건지도 모르겠다.

그런데 언제부터인가 술을 마시면 꼭 하는 한 가지 버릇이 생겨 있었다. 집에 들어오면 그 즉시 자신의 사랑방이 아니라 맏며느리인 해랑의 처소부터 찾는다는 것이었다.

'뭐야? 시아버지가 며느리 방 출입이라니? 그것도 술까지 마신 상태에서?'

세상 사람들이 들으면 정말이지 대책 없는 주책바가지이고 지지리도 못 배운 상놈 짓이라 할만했다. 사실로 따져보면, 그는 김호한의 죽마고

우인 소긍복이라는 몰락 양반을 이용하여 일약 상놈에서 양반으로 탈바꿈한 가짜배기 신분이기는 하였다. 결국, 중요한 것은 현재 어떤 위치에 있느냐 하는 거였다.

어쨌거나 그럴 때는 세상에서 최고로 자상한 시아버지 면모를 절대로 잃지 않았다. 얼핏 허점투성이인 것 같으면서도 챙길 것은 다 챙기는 약아빠진 존재였다. 그런가 하면, 해랑 또한 그 어떤 며느리보다도 시부모를 극진히 모시는 착해빠진 여자인 척했다. 둘 다 막힘이 없는 말이 척척 휘늘어진 수양 버들가지였다.

"시상에서 젤 이쁜 우리 며눌악아, 내가 왔다."

"쌔이 오시이소."

"머 불핀한 거는 없제?"

"그런 거는 없심니더, 아버님."

"해나 있으모 한 개도 기시지 말고 모돌띠리 이약해라이. 이 시애비가 싹 다 해갤해줄 낀께네."

"에나 고맙심니더, 고맙심니더."

"고맙기는? 어, 취한다. 크윽."

"아버님, 이거 퍼뜩예."

"니한테 오모 내가 모든 긴장을 풀고 멤을 탁 내리놓은께 상구 더 술기운이 오리는 거 겉다 아인가베."

"예? 그러시예?"

"하모."

"벨로 잘하도 몬 하는 질로 그리키나 믿어주신께네 증말 머시라꼬 감사하다쿠는 말씀을 드리야 할랑고 모리것어예."

"내가 그런 말 들을라꼬 하는 기 아이다."

"압니더. 자, 얼릉 드시이소."

"그래, 그래."

배봉은 해랑이 서둘러 내놓은 교방 음식, 그 가운데서도 특히 숙취에 아주 좋다는 국물을 '후루룩' 소리 나게 들이켜며 묻곤 하였다.

"동업이, 재업이, 고것들은 시방 지들 방에서 책 보고 있는 모냥이제?"

"예, 아버님. 당장 가서 데꼬 오것심니더."

그러면서 해랑이 몸을 일으키자 배봉이 급히 말렸다.

"아, 아이다. 공부하거로 고마 놔 나라."

"그래도 할아부지가 오싯는데 그라모 안 되지예."

"내는 괘안타."

"우짜모 그리 관용을 베풀어주시는고……."

"사내는 우짜든지 공불 해야 하는 기다."

"맞아예."

"그래야 오데 가서라도 큰소리 땅땅 치제."

"예, 아버님."

"공부하는 데 드는 돈은, 내가 우리 집 기동 뿌리를 빼서라도 대준다."

"아아들한테도 시방 아버님께서 하신 그 말씀을 그대로 전하것심니더."

"그랄래? 하기사 그라모 더 공부를 열심히 할 끼라."

못 배운 게 평생의 한이 되어 내 후손들만은 세상 누구보다도 서책을 많이 접하게 하리라 다짐을 해온 배봉이었다.

'그것들이라도 그리한께네.'

자식들인 점박이 형제는 죽으라고 책을 멀리했는데, 천만다행으로 그 밑에 태어난 손주들은 하나같이 책 읽기를 즐겨 배봉 마음이 좋았다. 그리고 그 모든 게 온전히 새 어미 해랑의 덕이라고 믿는 배봉이었다.

'맏며누리가 복디이 아이가, 복디이.'

그런 가슴 뿌듯한 생각을 하면서 배봉은 언제나 해랑이 공손하게 두 손으로 받아 벽에 걸어 놓은 자기 중절모를 한동안 물끄러미 올려다보았다.

'내가 몬 핸 기 벨로 없지만도 저거 하나는 참 잘 마련했는 기라.'

하루가 다르게 머리카락이 빠지는 머리통을 감추는 데는 모자보다 더 좋은 게 없었다. 꼭대기의 가운데가 접히고 둥근 챙이 달린 신사용의 그 모자를 쓴 거울 속 모습은 그가 봐도 십 년 이상은 젊게 보였다.

그래 기생방에 들어서도 모자를 벗지 않을 경우가 빈번했다. 기녀들은 그런 배봉을 두고 멋쟁이라고 추켜세웠다. 심지어 그네들 스스로 타락하기로 작심한 듯이 이런 형편없는 소리까지 지껄여가면서 세상에 다시없이 재미있다고 저마다 깔깔대곤 하였다.

"나으리는 여자하고 동침하실 적에도 모자를 안 벗으시지예?"

"진짜 그리하시는고 알고 싶다, 그자?"

"머? 요, 요 앙큼한 것!"

"아앙크음? 솔직한 거하고 안 솔직한 거하고도 구벨을 몬 하는 기, 고마 주디 닫치라."

"내 주디 갖고 내 이약하는데 와 시비고?"

"아, 공은 배봉 나리한테 넘어갔으이 인자 우리는 들어나 보자."

그러면 배봉은 솥뚜껑만 한 손으로 모자를 더 깊이 푹 눌러쓰며 제 깐에는 점잖게 한소리 했다.

"어허? 양반이 쓰시는 모자를 놓고 그런 상말 하모 안 되제. 알것능가?"

그러나 해랑 앞에서는 아무것도 감추는 게 없었다. 스스럼없이 모자를 벗었다. 딸이 없는 배봉에게 해랑은 며느리라기보다도 딸이었다. 늘 두 개 먹고 한 개도 안 준 것처럼 생뚱하게 구는 아들놈들보다도, 웃는 얼굴로 사근사근히 대해 주는 며느리가 훨씬 마음에 들었다.

더군다나 새 며느리 해랑이 누군가. 바로 칼로 착착 쳐 죽여도 속이 시원찮을 원수 집안 김호한의 여식 비화와 눈에 천불이 나게 친자매같이 붙어 지내던 아이였다. 그런 해랑이 배봉 자신 못지않게, 아니 어쩌면 그보다 더 호한의 식솔을 증오하고 저주하는 것을 지켜볼 때면, 모자를 확 벗어 던지고 온 세상이 흔들릴 만큼 소리 높여 만세 삼창이라도 부르고픈 심정이었다.

'흐흐흐. 비화 고년.'

비화가 그런 해랑으로 인해 얼마나 속상하고 힘들어할 것인지를 단지 상상만 해도 당장 날개가 돋아나서 훨훨 날아갈 것 같았다. 그뿐이랴. 해랑이 있어 동업직물 자산은 어제 다르고 오늘 다르게 무서운 속도로 불어나고 있지 않은가.

'복디이가 굴리들온 기라, 복디이가.'

또 복덩이였다. 동업과 재업도 그렇지만 해랑이야말로 배봉에게는 세상 최고가는 복덩이였다. 정말 살맛나게 해주는 복덩이.

그러나 배봉은 미처 알지 못했다. 그가 해랑의 처소를 찾을 때마다 문이나 기둥 뒤에 몸을 감추고 그를 몰래 노려보고 있는 어떤 그림자가 있었다. 증오와 분노의 불길이 이글거리는 눈빛을 한 언네였다.

그런데 배봉 눈에는 그 언네가 잘 보이지 않는 모양이었다. 일부러 그러는 것인지 실제로 관심 밖이어서 그런지는 모르겠지만, 그는 바로 제 눈앞에 있어도 언네를 본체만체했다. 그녀가 젊었을 땐 낮이고 밤이고 옆구리에 끼고 돌던 그였다.

그리하여 질투심을 이기지 못한 재취 운산녀가 언네 몸 부위를 인두로 지지고 칼로 싹 도려내 버렸다는, 차마 입에 올리기조차 뭐한 괴담까지 나돌지 않았던가 말이다. 하지만 지금은 집에서 키우는 소나 닭보다도 더 못한 신세로 전락해버린 언네였다. 새 마님 해랑의 푸른 젊음과 붉은 아름다움을 더 돋보이게 해주는 조연助演으로서만 존재할 뿐이었다.

그런가 하면, 해랑 또한 시아버지 모시는 일은 천한 종년 따위에게 맡겨선 안 되고 며느리인 자신이 직접 해야 한다는 것을 입증해 보이기라도 하려는지, 심지어 배봉에게 떠다 주는 찬물 한 그릇도 항상 손수하였다.

'흐응! 늙은 눔이나 젊은 년이나 잘 해봐라, 잘 해봐!'

그런 시부와 며느리를 흘겨보며 언네는 속으로 자신이 지어낼 수 있는 오만 가지 욕설과 저주를 쏟아냈지만, 그곳에 배봉이 오면 그 바람에 언네는 일정 시간 사이에는 오히려 자유의 몸이 되기도 하였다. 종에게 오롯이 자기만의 시간이 주어진다는 것은 쉽지 않은 일이었다.

"그라모 쇤네는……."

그녀는 곧바로 그 자리를 벗어나지는 못하고 잠시 두 손 맺고 우두커니 서 있다간, 세상에 그럴 수 없이 공손한 태도로 그렇게 고하고는 여종들 거처인 자기 방으로 굼벵이처럼 느릿느릿 들어가 버리기 일쑤였다.

어찌 됐건 그때부터 한동안은 상전이 종을 부르는 일은 없을 것이었다. 싸늘한 방바닥에 뼈만 앙상하게 남은 등짝을 대고 드러누운 언네는, 뿌드득 이빨을 갈아대면서 또다시 혼자 속으로 온갖 증오와 비난의 말을 퍼부어댔다.

'배봉이 이 개만도 못한 눔! 똥물에 팍 튀기서 쥑일 눔! 쫙쫙 사지를 찢어서 질바닥에 내다버릴 눔! 분녀매이로 가매에서 탁 떨어져서 빙신이 돼삐라. 큰 빙신이 돼갖고 석 달 열흘만 꼼짝 몬 하고 살다가, 고만 주디이서 시커먼 피를 토함서 죽어삐라.'

그래도 한때는 그렇게 총애하던 여자를 지금 와서는 어찌 저렇게 거들떠보지 않을 수도 있다는 말인가? 그 부위가 없는 여자라는 손가락질을 받아가면서 수치심과 원통함과 고통에 시달린 채 하루하루를 지옥같이 연명해가고 있는 이 죄 없는 종년을.

'으, 에나 몬 참것다.'

언네가 벌떡 몸을 일으켜 앉은 것은 다음 순간이었다. 충혈된 두 눈에서 보기만 해도 섬뜩한 시퍼런 살기가 뻗쳐 나오기 시작했다. 그런 눈빛으로 그녀는 지금 배봉이 있을 안방 쪽을 집어삼킬 듯이 노려보았다.

나날이 번창하고 있는 비단 사업이며, 재업이 동업보다는 학문은 물론이고 그 밖의 모든 면에서 떨어진다는 사적인 얘기에서부터, 그 고을뿐만 아니라 중서부 경남 일대에 새로 개편된 스물한 개 군郡을 거느리는 막강한 관찰사의 권한에 대한 부러움 섞인 얘기도 하고, 고종의 소학교령에 의해 경남 최초로 성내 매월당 자리에 설립된 소학교가 어쩌느니 하는 공적인 소식에 이르기까지, 시아비와 며느리가 볼썽사납게 딱붙어 앉아서 날 새는 줄 모르고 이야기꽃을 피우고 있을 것이다.

혼자 그런 상상을 하는 언네의 주름진 얼굴이 참혹해 보일 만큼 함부로 일그러지기 시작했다. 바로 악녀의 얼굴이었다. 집에 불을 확 싸질러 잿더미로 만들어 버리고 싶다는 충동에 휩싸였다.

'내 요것들을 뼈가지도 안 남거로 꼭꼭 씹어서…….'

그런 소리를 연방 속으로 곱씹어가며 언네는 무엇인가에 씐 여자처럼 자리에서 일어서고 있었다. 발끝에 밟힌 치맛자락이 자칫 쫙 찢어질 뻔하였다.

"……."

이윽고 소리 없는 유령과도 같이 방문을 열고 밖으로 나온 언네는, 마당 가에 서서 목이 끊어지도록 안방 쪽을 올려다보고 있더니만 별안간 홱 몸을 돌려세웠다. 그러고는 마치 도둑고양이같이 굉장히 잽싸게 움직이기 시작했다. 중년을 넘긴 여자의 몸놀림이라고는 믿어지지 않을 만큼 민첩해 보였다.

'진즉 나와삐릴 거로. 요만치만 나와도 애간장이 다 시원타. 가매솥 누룽지맹커로 붙어앉아갖고 머 얻을 기 있다꼬.'

언네는 순식간에 집에서 벗어났다. 행랑채의 그 많은 비복들은 아무도 그런 사실을 알지 못했다. 어둠의 장막 속에 하늘을 찌를 듯이 우뚝 높이 선 솟을대문이, 어딘가로 황급히 사라져 가는 그 집 여종의 뒷모습을 물끄러미 바라보고 있었다.


도대체 지금 언네는 어디로 가고 있는 것일까, 그 야심한 시각에.

아니, 그때 시각이 문제가 아니었다. 지금 그녀 눈에는 말 그대로 보이는 것이 없었다. 당연히 다른 잡념이 끼어들 여지도 없었다. 오직 한 가지, 온몸을 활활 불태워버릴 것 같은 강한 복수심만이 그녀를 온통 지배하고 있을 뿐이었다. 그녀는 조종당하고 있는 한 개 꼭두각시에 지나지 않았다.

'너거가 운제꺼지 비까번쩍한 고 비단옷 척척 걸치고 그리 웃어감서 살 수 있을랑가 함 두고 보자.'

언네 몸속에는 다른 혼이 들어와 있는 듯했다. 몸도 그녀의 그것이 아닌 것 같았다. 제정신 제 몸뚱어리라면 그 나이에 그리 빨리 움직일 수 없을 것이다. 그 탓에 그녀는 아슬아슬할 정도로 너무나 위험하고 부담스럽게 비치는 터였다.

얼마 동안이나 그렇게 바람같이 씽 내닫았을까? 저만큼 무슨 키 큰 시커먼 괴물을 연상케 하는 나무들이 빙 둘러서 있고, 그 한가운데 크고 둥근 가마 모양으로 드러누운 물체 같은 것이 어렴풋이 비쳤다. 바로 가매못이었다. 그 고을 주봉인 비봉산 서편 자락에 있는 못.

그렇다면? 언네는 지금 허겁지겁 꺽돌에게로 달려가고 있는 참이었다. 비봉산 나무숲 속에 둥지를 틀고 있는 새들과 가매못 물마저도 깊은 잠에 흥건히 빠져 있는 것 같은 이슥한 한밤중이었다.

가매못 안쪽 마을 초입에 있는 꺽돌네 사립문은 닫혀 있긴 했지만 걸어 잠근 것은 아니었다. 거기 집들이 하나같이 전부 그랬다. 하긴 도둑이 들어도 가져갈 게 별로 없는 세간이었다. 아니, 도둑질하러 왔다가 오히려 무엇을 놓고 간다는 소리까지 있었다. 그 동네에 사는 사람들은 모두가 고만고만한 살림이었다. 잘살고 못사는 집이 없이 똑같으니 그냥 편한 마음들이었다.

이윽고 언네는 마치 자기 집이나 아들의 집 안으로 들어가듯 전혀 망설이지 않고 사립문을 쓱 밀었다. 야밤의 침입자를 맨 먼저 발견한 것은 낮은 층 마루 밑에 배를 깔고 앉아 있던 삽사리였다. 그리고 그다음이 외양간의 천룡이었다. 양득이 훈련시킨 해귀와 갑종 우승 자리를 놓고서 피를 말리는 싸움을 벌였던 소였다.

'컹!'

'음매!'

늪처럼 깊고 고요하게 가라앉아 있던 마을이 홀연 짐승들이 함부로 내지르는 소리로 뒤덮여버렸다.

"이, 이기 무신 소리라예?"

설단의 기겁하는 소리에 이어 몸을 뒤척이던 꺽돌이 말했다.

"저, 저것들이 와 저라노?"

아침부터 저녁까지 비화가 거저 주다시피 한 논밭에서 허리 한 번 펴지도 않고 일하던 꺽돌도 그렇지만, 억호에게 양자라는 허울 좋은 명목으로 빼앗겨버린 아들 재업 생각에서 벗어나기 위해 온종일 일에만 매달리는 설단도, 세상모르게 곤히 곯아떨어져 있다가 어둠 속에서 놀라 눈을 떴다.

"도, 도독인가 봐, 봐예!"

설단이 잔뜩 겁에 질린 소리로 말했지만, 꺽돌은 자리에서 일어나자마자 방문부터 벌컥 열어젖히며 매섭게 고함쳤다.

"거 누고?"

그 소리가 어찌나 크고 우렁찼던지 막 마당 안으로 들어서던 그림자가 도망은커녕 그만 소스라치며 털썩 그 자리에 그대로 주저앉아버릴 것 같았다.

"우떤 눕이고?"

검은 그림자를 발견한 꺽돌이 당장 마당으로 휙 몸을 날릴 듯이 하면서 또다시 일갈을 터뜨렸다. 그러나 남편 몸 너머로 그 그림자를 본 설단은 공포에 사로잡혀 비명조차 지르지 못했다. 그때 그림자가 황급히 말했다.

"내, 내다!"

순간, 꺽돌의 거구가 벼락이라도 맞은 것처럼 움찔했다. 그러고는 확인하듯 했다.

"어, 어머이?"

"그, 그래. 꺽돌아!"

언네는 금세 울먹이는 음성이 되었다. 부리나케 방 밖으로 나온 꺽돌이 툇마루에서 뛰어내려 맨발인 채 언네에게로 달려갔다.

"어머이가 우짠 일입니꺼, 이런 한밤중에?"

그러면서 꺽돌은 얼른 두 팔을 뻗어 허물어지듯 마당에 주저앉기 직전의 언네 몸을 재빨리 부축해 품에 안았다. 바윗덩이같이 탄탄한 꺽돌의 넓은 가슴이었다.

"으흐흑."

언네가 와락 울음을 터뜨렸다.

"어머이! 와, 와예?"

몹시 당황한 꺽돌이 언네 몸을 잡아 흔들며 큰소리로 물었다.

"우째서 이라는고 퍼뜩 말씀해보이소!"

하지만 언네는 계속 울기만 했다. 꺽돌이 피맺힌 목소리로 언네를 불렀다.

"어머이!"

설단이 방에서 나와 마루 끝에 서서 때아닌 광경을 멀거니 지켜보았다. 불시에 찾아든 사람을 향해 삽사리와 천룡이 번갈아 가며 내지르는 소리가 별도 얼마 보이지 않는 캄캄한 밤하늘을 찢어발기고 있었다. 달도 공포에 싸인 듯 샛노란 얼굴이었다.

"시끄럿! 조용히 햇!"

꺽돌이 기합 넣듯, 그러나 한껏 낮은 소리로 명했다. 그러자 막 소리소리 질러대던 개와 소가 동시에 딱 주둥이를 다물었다. 짐승들 소리가 가신 마당에는 적요한 공기가 감돌았다.

"안으로 들가이시더."

꺽돌은 언네 몸을 달랑 들어 마루 쪽으로 돌아오기 시작했다. 그 모습이 종이 인형 하나를 옮겨놓는 것처럼 보였다. 갑종 천룡의 뿔도 맨손으로 뽑거나 밧줄에 매달아 질질 끌고 갈 정도의 장사가 꺽돌이었다.

"이 방으로예."

꺽돌이 언네를 자기들이 자고 있던 방으로 데리고 들어가려고 하였다.

"아이다, 고마 여서……."

그 자리에서 버티려 드는 언네였다.

"무신 일이 있는 기지예?"

언네의 그런 모습을 본 꺽돌은 한층 심상찮은 느낌이 들었다.

"퍼뜩 말씀해보이소!"

별수 없이 언네를 마루 끝에 걸터앉힌 꺽돌이 그대로 선 채 사립문 밖을 내다보고 나서 말했다.

"지한테 이약 몬 하실 기 없다 아입니꺼?"

"흑."

그런데 언네는 계속되는 꺽돌의 물음에도 대답 대신 그저 울기만 하였다. 난감해진 꺽돌은 우두커니 서서 우물 속같이 깊어 보이는 하늘만 올려다보았다. 설단도 속이 타는지 언네 가까이 다가와서 얼굴을 들여다보더니 말했다.

"시방 안색이……."

그 말이 끝나기도 전에 꺽돌이 당장 언네에게 무슨 불상사라도 일어나지 않을까 두려워하는 목소리로 물었다.

"와? 어머이 안색이 우떻는데?"

그러나 그건 언네의 얄팍한 술수였다. 꺽돌과 단둘만 이야기를 나눌 기회를 얻기 위한 거였다.

이윽고 꺽돌도 언네의 그런 속셈을 알아차렸다. 그는 당혹스러운 표정을 지우지 못하고 있는 설단에게 말했다.

"안 되것소. 온 동리 사람들 잠 다 깨것소. 내 어머이하고 잠깐 밖으로 나가갖고 이약 좀 하고 오것소."

그러자 내가 언제 울었느냔 듯이 즉시 엉덩이를 들고 마루에서 일어서는 언네였다.

"이러키 늦은 밤중에?"

설단은 썩 내키지 않아 하는 기색을 내비쳤다. 제정신 똑바로 박혀 있는 여자라면 누구든 마찬가지일 것이다. 그러자 달도 그 말이 나오기를 기다렸다는 듯이 구름 뒤로 숨어 세상이 한층 어둠으로 덮이게 했다.

"여는 우리 동넨데……."

꺽돌이 좀 더 강압적인 어조로 나왔다. 믿어지지 않을 만큼 사람이 달라져 있었다. 너무나 변한 그 모습은 당혹감을 넘어 무섬증까지 느끼게 하였다. 그는 설단에게 다른 소리는 하지 말라는 엄한 경고처럼 말했다.

"괘안소."

설단은 불안하고 안타까운 낯빛을 지었다.

"그래도예."

그들 눈에 낯선 언네만 경계하듯이 보고 있던 삽사리와 천룡이, 가벼운 실랑이를 벌이고 있는 주인 내외 쪽으로 목을 돌리고 있었다.

"그러이 당신은 고마 방에 들가서 잠이나 더 자시오."

"그라시지 말고……."

설단이 연방 남편 눈치를 보아가며 조심스럽게 입을 열었다.

"방에 들가서 말씀들 나누시소. 지는 옆방에서 잘 낀께네예."

꺽돌이 소같이 우직하고 고집스러워 보이는 굵은 목을 흔들었다. 차라리 소와 이야기를 하는 게 더 나을 성싶었다.

"시간이 짜다라 안 걸릴 끼요."

언네는 마치 그 자리에 없는 듯 어떤 말도 움직임도 없었다. 그녀의 혼령이 잠깐 거기 왔다가 돌아간 것 같았다.

"그래도 밤기운이 몸에 안 좋다 아입니꺼."

설단은 평소와는 달리 남편 의견에 고분고분 따르지 않는 자신이 스스로 돌아봐도 너무 주제넘고 낯설었다. 아니, 싫었다. 저이에게 이러는 건 아니다. 아직도 그에게 죄를 짓고 있다는 강박감에서 벗어나지 못하고 있는 그녀였다.

'얄궂어라. 내가 와 이라노?'

하지만 이상하게도 그를 집 밖으로 내보내지 않고 집 안에 그대로 붙들어 두고 싶었다. 그러자 어둠 속에서 봐도 꺽돌의 낯빛이 약간 붉어지는 게 불쾌하다는 증거였다.

"그라고 저짝 방은 오래 비워 논 방이라 놔서……."

꺽돌은 억지로 감정을 삭이는 목소리였다.

"잠을 잘라 캐도 안 좋을 끼고."

"……."

설단은 더는 무어라고 입을 열지 못했다. 꺽돌 성질을 누구보다도 잘 알기 때문이었다. 그리고 그때 설단 머릿속에 어떤 강한 암시처럼 퍼뜩 떠오르는 것이, 언젠가 그녀더러 삽사리를 찾아오라고 집 밖으로 내보내고 나서 자기들끼리 뭔가 밀담을 나누던 일이었다. 그 기억이 설단의 마음을 한없이 아리게 만들었다. 금방 울음이 터져 나오려 하는 걸 가까스로 참았다.

그렇다. 여기에는 분명히 뭔가가 있었다. 설단은 아무리 더 말을 해봐야 아무 소용이 없다는 것을 절망처럼 깨달았다. 더군다나 지금 언네가 하는 짓이 여간 예사롭지 않았다. 버거운 언네 앞에서 설단은 감당해낼 수 없는 크나큰 한계를 절감했다. 그건 일종의 포기에 가까운 것이었다.

"나가이시더, 어머이."

꺽돌의 그 말속에는 친모에게 하는 것보다도 더 깊은 정이 묻어나고 있었다. 언네 또한 역겨울 정도로 다정스레 응했다.

"그라까?"

설단은 자신도 모르게 부르르 진저리를 치고 말았다. 언네로 인해 남편에게 좋잖은 일이 벌어지고 말리라는 불길한 예감에 사로잡힌 것이 벌써 몇 번째인가? 아무리 그건 망상일 뿐이라며 벗어던지려고 해도 그 예감은 찰거머리같이 달라붙었다.

'우짤 수 없다 아이가.'

끝내 설단은 일단 물러서야 했다. 언네와 설단 자신 둘 중에 누구 한 사람을 택하라면, 꺽돌은 언네를 택할 것 같다는 생각을 벌써 해왔다. 그런 위험한 가상을 해본다는 사실부터가 설단에게는 참으로 견딜 수 없는 고통이요, 수치였다. 하긴 상전 억호에게 못된 짓을 당한 주제에 무슨 낯짝을 치켜들고 남편에게 이러니저러니 할 수 있겠는가? 비록 그녀로서는 불가항력이었다고 할지라도 그게 면죄부가 될 수는 없음을 알았다. 그것은 언제나 그녀의 발목을 잡는 족쇄였고 헤어 나올 수 없는 올가미였다.

'그래도 내한테는 우리 재업이가 있은께. 함께 살고 있지는 안 해도 같은 고을 안에 있은께.'

설단은 마음이 노을빛처럼 서러워지면 늘 그러하듯이, 또 그런 생각으로 자위하면서 와락 복받쳐 오르는 설움과 한을 꿀꺽 삼켜야만 하였다. 그것이 그녀의 속으로 내려가서 내장을 헐고 깎아내리는 독소가 될지언정.

기실 그녀에게 재업의 존재만큼 크나큰 아픔이, 씻지 못할 분노가 다시 있을까. 하지만 그런데도 막다른 곳까지 다다른 순간에는 언제나 그 아이를 떠올리며 위안 삼곤 하는 자신이었다. 그건 마지막 보루와도 같았다.

'그런 아아도 없다쿠는 점에서 보모, 언네가 내보담도 더 불쌍한 여자겄다.'

설단의 눈은 언네에게서 꺽돌에게로 옮아갔다.

'저 사람이 무담시 낼로 서분커로 맹그는 짓을 할 나쁜 남핀은 아이제.'

꺽돌을 이해하지 못할 바는 아니었다. 명색이 신혼여행이라고 나서서

278

둘이 함께 가 보았던 덕유산 옹달샘이 머릿속에 그려졌다. 그리도 맑고 깨끗한 물이 솟아 나오는 거기가 남강의 발원지라고 하였지.

그날 꺽돌은 자신이 지리산 근방 어느 마을에 살다가 어느 날 황 할아범 손에 이끌려 이 세상 밖으로 나왔다는 이야기를 들려주었다. 어린 그를 친모처럼 대해 준 언네라고 했다. 만일 남편이 친모처럼 생각한다면 아내인 그녀도 당연히 친 시어머니같이 모셔야 당연할 터였다. 그렇지만 어쩐지 정이 가지 않고 무섭기만 한 언네였다. 더 가까이 다가가려고 하면 할수록 마음과는 달리 몸이 자꾸만 뒤로 쳐지는 것이었다.

"그라모 나가 보자."

언네는 힐끔힐끔 설단의 눈치를 보면서 마지못해 하는 듯 느릿느릿 몸을 움직였다. 새끼 밴 암염소를 떠올리게 하는 그 모습이 또 설단 눈에 몹시 거슬렸다. 차라리 잘됐다 하고 빠르게 행동했다면 더 참을 만했을 것이다.

꺽돌과 언네는 마당을 가로질러 사립문을 빠져나갔다. 유령그림자를 떠올리게 했다. 삽사리와 천룡이 눈을 크게 뜨고 밤의 목격자들처럼 그 장면을 지켜보고 있었다.

설단은 바로 방으로 들어가지는 못하고 잠시 멈칫멈칫하면서 사립문 앞까지 가 보았다. 두 사람은 처음에는 집 밖에 서 있는 늙은 감나무 밑으로 갈 것처럼 하더니 이내 가매못 쪽으로 발을 옮겨놓기 시작했다. 힘없이 돌아서는 설단의 눈에 눈물이 피잉 돌면서 아무것도 볼 수가 없었다. 왜 그렇게 서러운지 모르겠다. 어느 누가 이유 없이 막 때려도 그토록 섧지는 않을 터였다.

'낑낑.'

삽사리란 놈이 저도 뭐가 그리 슬픈지 설단이 뒤에서 그런 소리를 냈다.

'음매~애.'

천룡도 설단을 위로해주려는지 긴 여운을 남기는 울음을 울었다.

징그럽게 크고 시커먼 쥐 한 마리가 설단의 발등을 밟고 지나갈 듯이 아슬아슬하게 사람 앞을 가로질러 집 뒤껻으로 달아났다. 평상시 같았으면 곧장 비명을 내지르며 그 자리에 철버덕 주저앉았을 설단이었다. 하지만 지금은 그저 무감각한 그녀였다. 설사 쥐가 발을 물어도 그대로 있었을지 모른다.

"흑흑."

방으로 들어온 설단은 이부자리 위에 쓰러질 듯 몸을 던지고는 소리 죽여 가며 흐느끼기 시작했다. 남의 남편과 놀아나다가 불쑥 나타난 본처에게 그 사내를 빼앗기는 것 같은 기분이었다.

어쩌면 남편도 억호를 떠올리면 그와 비슷한 감정을 맛볼지도 모르겠다는 자각이 얼핏 일었다. 그러자 뭐 서러워할 것도 기분 상해할 것도 없지 싶었다. 그렇기는 해도 우려되고 걱정되는 마음만은 어쩌지 못했다. 참 빌어먹어도 열두 번도 더 빌어먹을 심사였다.

'지발 아모 일도 없어야 할 낀데.'

그러나 시간이 흐를수록 별별 방정맞은 온갖 그림들이 잇따라 나타나 보였다. 잠은 이미 천 리 밖으로 달아나버렸다.

'해나 무신 사고라도 생기모 우짜노?'

제발 남편이 무사하기만을 빌고 또 빌 뿐이었다. 그가 다시는 돌아오지 않을 것만 같은 불안과 초조가 아귀처럼 들러붙는 밤이었다.

비봉산 쪽에서 수리부엉이 소리가 났다. 그런데 '부엉, 부엉' 하는 그 소리가 설단 귀에는 이렇게 들리는 것이었다.

－남편 죽고, 자식 죽고, 우찌 살꼬!

창호지에 배어드는 짙은 어둠이 달님의 타는 마음같이 검었다. 남편이 돌아올 낌새는 집 안이나 집 바깥 어디서고 전해지지 않았다. 어떻게 해서 얻은 행복인데 새처럼 훌쩍 날아가 버리면 어쩌나? 이 나라 텃새라는 수리부엉이 울음소리는 도시 그칠 줄을 모르고 있었다.

ㅡ남편 죽고, 자식 죽고, 우찌 살꼬!

설단이 눈을 붙이지 못한 채 혼자 애를 바싹바싹 태우고 있는 그 시각이었다.

언네와 꺽돌은 아무도 없는 어두컴컴한 가매못 가에 앉아 있었다. 사위는 검은 정물화를 방불케 했다. 그곳은 건설업으로 제법 기반을 굳혀 가고 있는 맹쭐이 와서 간혹 낚싯대를 드리우기도 하는 장소였다, 언젠가 한 번은 맹쭐이 해랑에게 집적거렸다가 오히려 된통 당하기만 했다는 사실을 그들로서는 알 리가 없었다.

"어머이."

꺽돌의 애써 낮춘, 그러나 좀처럼 격한 감정을 다스리지 못하는 말소리에 가매못 물도 심란하여 출렁거리는 듯했다.

"그라모 전에 하고는 이약이 안 다립니꺼?"

"……."

대답은 어둠에 묻혀버린 듯싶고, 질문만 살아 있었다.

"그때도 비미이 고민해갖고 핸 깁니꺼?"

꺽돌 입에서 더욱더 구체적인 소리까지 나왔다.

"동업이가 장성해서 동업직물을 물리받을 때꺼지는 기다리자꼬 안 했심니꺼?"

언네 답변이 궁색했다. 아니, 조급했다.

"그라자 캤디제."

지금 설단이 듣고 있는 수리부엉이 울음소리가 그곳까지 들려오고 있었다. 가매못 마을 전체를 그 소리로 온통 뒤덮어버릴 심산인 것 같았다.

"그란데예?"

꺽돌 얼굴이 어둠 너머에서 보아도 돌덩이같이 딱딱하고 병자처럼 창백했다. 그에게서 건장한 장년의 사내 모습은 찾을 수가 없었다.

"하지만도 멤이 배꿨다."

삭정이를 연상케 하는 앙상한 언네 손아귀가 그녀의 치맛자락을 악착같이 움켜쥐고 있었다. 그것은 얼핏 가파르고 메마른 땅거죽을 죽어라고 붙들고 있는 모진 나무뿌리를 연상케 했다.

"와예? 우째서예?"

꺽돌이 묻는 말의 여운이 미처 사라지기 전에 곧바로 튀어나오는 껌껌한 밤빛과도 같은 언네 목소리였다.

"내가 그때꺼정 몬 살고 죽을 꺼 겉은 기라."

꺽돌 음성이 근처에 서 있는 나무들 사이를 맴돌았다.

"와 돌아가시예? 반다시 살아 계시야지예."

언네의 갈색 치마는 계속해서 펄럭거렸다. 조금만 더하면 풍선이 되어 그녀를 허공으로 떠오르게 해버릴 것처럼 불안해 보였다.

"꿈도, 내가 죽는 꿈만 꾸고……."

마을 저 뒤편 무덤들이 모여 있는 낮은 산 하늘에 별들이 졸리는 듯한 눈을 하고 있었다.

"꿈은 장 반대라 안 쿠던가예?"

"그거는 기분 나쁜 꿈을 꾼 사람들이 해쌌는 소리 아이가."

그네들이 한껏 낮춰가며 주고받는 말들은 어두운 가매못 수면 위에 잠깐 떠돌다가 속절없이 흩어져 갔다.

"이험합니더."

"……."

회피성을 담은 언네의 묵묵부답에 꺽돌이 위험하다는 것을 재차 일깨워주었다.

"이험합니더, 상구예. 그거 모립니꺼?"

"와 몰라?"

하지만 그런 되물음만 돌아왔다. 점점 비뚜로 나가는 언네 말투가 꺽돌 귀에는 익숙하지 못했다. 이제 수리부엉이 우는 소리는 간헐적으로 들려오고 있었다.

"그 집안 것들이 서로 싸우거로 하자쿠는 첨 계획대로 하입시더."

사정과 한숨이 섞인 꺽돌 제안에 언네가 신경질과 함께 딱딱 분질러가며 말했다.

"그때꺼지는, 내가 몬 살아 있다, 캐도?"

"또 그런 말씀 하실랍니꺼?"

수리부엉이 울음소리가 뚝 그쳤다. 어쩌면 울기에도 지쳐버린 게 아닌가 싶었다.

"우리 목적을 이룰 때꺼지는, 아이지예, 목적을 이루고 나서도 상구 더 오래오래 사시야 합니더."

그들 주변에 우뚝 서 있는 단풍나무 가지를 흔들던 바람이 비봉산 능선 쪽으로 불어가는 게 눈에 보이는 듯했다.

"기회가 온 기라, 기회가."

"지가 볼 적에는 기회가 아이라 위깁니더, 위기예."

기회와 위기. 둘 다 고집을 꺾지 않았다. 예전에 없던 일이었다. 그만큼 중요한 사안이긴 했다. 경거망동했다가는 목숨도 보전하기 어렵다는 걸 잘 알았다. 하지만 포기라는 것은 꿈에서라도 안 되었다.

"이리 좋은 기회를 놓치삐모……."

언네는 오른손으로 약간 올라간 치맛자락 끝을 잡아 끌어내려 짚신

위에 놓이듯 감싸져 있는 발등을 덮으며 말했다.

"난주 두고두고 후회한다 고마."

꺽돌은 너무나도 답답하다는 어조였다.

"지 말씀은, 후회를 안 할라쿠모 말입니더."

언네는 마지막 배수진을 치듯 하였다.

"아이모, 내 눈깔을 빼삔다."

그러자 온 세상이 하나의 거대한 검은 눈처럼 보였다. 아니, 보기에
는 멀쩡하나 못 보는 청맹과니라고 해야 마땅하다.

"무신 그런?"

결국, 꺽돌이 먼저 입을 다물고 말았다. 그의 마음이 난장亂場보다도
어지러웠다. 모든 밤이 거의 그렇듯, 지금 그 밤도 낮보다는 몇 배 크고
무거운 힘으로 사람을 덮어 누르고 있었다. 인간이 자연의 지배를 받는
순간이었다.

'밤, 저 밤.'

비록 배운 사람은 아니지만 꺽돌은 제 인생 경험을 통해 익히 깨치고
있다. 밤에 내리는 결정이 얼마나 위험하고 무모하고 즉흥적인지 안다.
어둠의 입김은 사람 간덩이를 한없이 부풀어 놓는다. 만용이랄까 하여
튼 밤의 마력 앞에서 인간들은 돌이킬 수 없는 과오를 범하는 경우가 허
다하다. 그가 그런 사실을 깨닫지 못하고 있었다면, 그 자신이 언네보다
앞서 일을 저지르고 말았을 것이다.

'내는, 내는.'

그랬다. 밤이면 꺽돌은 임배봉 저택 담장을 뛰어넘고 싶은 강렬한 충
동에 부대끼곤 하였다. 오랫동안 종살이를 하던 집이기에 그 집 구조는
누구보다 잘 알고 있다. 잠입할 때도 빠져나올 때도 절대 발각되지 않을
자신이 있다.

그러나 영원히 머물 것 같았던 어둠이 퇴각하는 군대처럼 점차 물러가기 시작하면 그의 자신감도 그처럼 물러가기 일쑤였다. 동업직물은 하나의 성채였다. 난공불락의 성채였다. 그리고 배봉은 그곳 성주였다. 굉장히 힘이 세고 날쌘 사병들을 수하에 무수히 거느리고 있는 성주였다.

꺽돌은 비봉산 정상의 두 그루 고목 밑에서 치른 억호 심복 양득과의 대결을 통해서도 잘 깨치고 있다. 양득 하나만 상대하기에도 기운이 부칠 판인데, 그 우글거리는 종들을 혼자서 어떻게 다 대적할 것인가?

나이 들어가는 배봉은 제쳐두고라도 점박이 형제 또한 결코 만만하다거나 녹록하지 않다. 둘 다 체구 값을 하는지 완력과 싸움기술이 어지간한 쌈꾼들을 능가한다. 특히 그들 잔혹성에는 모두가 혀를 휘휘 내두를 정도가 아닌가?

그때 적잖게 들떠 있는 언네 목소리가 복잡한 상념에 빠져 있는 꺽돌 귀를 잡아 흔들었다.

"배봉이 그눔은 술이 취해 한분 곯아떨어지모, 누가 업어가도 모리고 옆에서 굿을 해도 모리고 잔다."

꺽돌 눈에는 지금 그 순간의 세상이 그런 것 같았다. 비봉산과 가매못의 코 고는 소리가 나는 듯했다. 비봉산처럼 높고 가매못같이 넓은 게 배봉의 오지랖이었다.

"하매 몇 분을 이약하지만도 우리한테 이리 좋은 기회가 다시없다."

"……."

꺽돌은 입을 열지 않았다. 언네는 너무 지나칠 정도로 서두르고 있었다. 시간이 갈수록 더 그랬다. 그런 언네가 꺽돌 눈에는 그야말로 물가에 내놓은 아이 같아 보였다.

"술을 처묵으모 운제까지고 해랑이한테 온다쿠는 보장도 없다 아이가."

꺽돌이 동조하지 않자 나중에는 이런 소리까지 했다.

"당장 낼부터라도 해랑이 처소에 안 올 수도 있고 말이제."

그냥 듣고만 있어서는 해결될 일도 아니었다. 꺽돌은 마지못해 물었다.

"시방도 해랑이하고 같이 있는 거를 보고 오싯다꼬예?"

그 말이 떨어지기 무섭게 언네는 가느다란 목뼈가 부러지게 끄덕이면서 큰 소리로 얼른 대답했다.

"하모, 하모."

수리부엉이가 또다시 소리 내기 시작했다. 머리 양쪽에 귀 같은 털이 나 있는 저놈은 먹이를 실컷 잡아먹고 기분이 너무 좋은 나머지 저러고 있는 것일까? 다른 밤새들은 그 텃세에 눌려 아무 소리도 내지 못하고 있는 게 아닌가 싶었다.

"술이 억수로 취해갖고 벨벨 새 뒤집어 날라가는 소리 다 하고 있을 끼거마."

가매못 물이 가슴팍까지 차오르는 느낌이 들면서 숨이 가빠오는 꺽돌이었다.

"시방이 딱 적기適期다 안 쿠나?"

잠시 후 깊은 고민과 갈등에 싸였던 꺽돌이 재차 확인하듯 또 한 번 물었다. 그 소리는 가매못 수면에 파문을 일으킬 것처럼 크게 떨려 나오고 있었다.

"배봉이가 해랑이 방에서 나와갖고 지 처소로 갈 적에 뒤에서 감쪽겉이 해치워삐자, 그 말씀이지예, 시방?"

그러자 언네가 일단 시도만 하면 다 성공할 것처럼 하였다.

"그기 여의치 않으모 더 기다릿다가 지 방에서 잠 잘 때를 노리든지."

더없이 심각한 표정으로 언네 말을 듣고 있던 꺽돌은, 소리를 내어 말하지는 않고 자신에게 환기하듯 입안으로 중얼거렸다.

"머를 갖고……."

그렇다. 철저한 준비물이 필요했다. 무슨 무기로 배봉을 해치울 것인가? 하긴 두 손으로 목을 졸라 죽이는 방법도 있다. 그러나 더 빠르고 확실한 것은 아무래도 칼일 것이다.

"배봉이 담 순서는 운산녀다."

"……."

한 사람 해치우는 것만 해도 너무 버거워 가슴에 쇠뭉치를 매단 것 같은 꺽돌에게 계속 쏟아지는 말이었다.

"그담 번에는 점벽이 고것들이고, 또 그담에는……."

그 바닥을 드러낼 줄 모르는 실현성이 없는 허황된 언네의 무분별한 계획에, 꺽돌은 누가 손으로 잡아 빼듯이 머리털이 뭉텅뭉텅 빠져나가는 기분이었다. 목 부위가 갑자기 허전해지기 시작했다. 그때까지 이 모가지가 붙어 있지 못할 것이다. 언네 목도…….

그러나 하지 못하겠다고 할 순 없었다. 그러기에는 언네 원한이 너무나 깊어 보였다. 아니, 그보다도 지금까지 언네에게서 받은 은혜가 그것을 허락하지 않았다. 정 안 되면 억호 그놈만이라도 죽이고 나도 죽으면 크게 한은 남지 않을 것이다.

"좋심니더. 가 보입시더, 어머이."

마침내 벌떡 몸을 일으켜 세우며 꺽돌이 더할 수 없이 비장한 목소리로 말했다. 그것은 사람이 아니라 밤의 악령이 내는 괴기스러운 신음에 가까웠다.

못물이 소스라쳐 등짝을 웅크리는 것 같았다.

# 달도 별도 치를 떨어라

임배봉의 대저택은 저승보다도 더 멀게 느껴졌다. 어쩌면 저승길을 밟고 있었다.

그런데 기이했다. 그곳으로 가는 도중 꺽돌은 점점 자신이 달라져 가고 있다는 느낌을 맛보았다. 온갖 생각에 부대끼는 것이 아니라 머릿속이 텅텅 비어버리는 듯했다. 마치 가벼운 산책이라도 하는 것 같은 감정에 젖었다. 죽이지 못하면 죽는 일인데, 스스로 짚어 봐도 정말 알 수 없는 현상이었다.

'시방 내가 너모 버거운 상대 앞에서 겁을 집어묵고 모든 거를 포기하고 있는 기까?'

문득, 그런 기분에 사로잡혔다. 그러지 않고서야 마음이 이렇게 담담할 수 있을까.

꺽돌을 철저히 믿는 것인가? 언네에게서 조금도 주저하거나 두려워하는 빛을 읽을 수가 없었다.

한恨, 바로 그것 때문일 것이다. 한이 빚어낸 비정상적인 인간 심리. 그녀를 실컷 노리개 삼다가 그냥 내팽개쳐버린 주인 사내를 겨냥한 무서운 저주와 분노, 복수심이다.

꺽돌은 앞장서서 걸어가고 있는 언네를 바라보았다. 독하기로는 온 세상이 고개를 쩔레쩔레 흔들 운산녀에게 얼마나 모질게 당했을지. 보통 사람들은 상상도 할 수 없을 정도의 극심한 고초를 겪지 않고서야 어찌 이런 짓을 하려 들겠는가? 정말 섬뜩한 그 괴문처럼 그녀의 몸 일부분을 어떻게 해버렸는지도 알 수 없다.

꺽돌은 느닷없이 온몸이 덜덜 떨리면서 걸음을 제대로 옮겨놓을 수가 없었다. 그 부위가 없는 여자. 만약 실패하여 사로잡히게 되면 그 자신 또한 그렇게 만들어 버릴지 모른다. 그러면 그는 남자 아닌 남자가 되리라.

꺽돌은 절망과 공포의 얼굴과도 같은 어둠 속에서 미친 듯이 머리통을 뒤흔들었다. 그러면서 필사적으로 용기를 북돋우기 위해 안간힘을 써댔다.

'아인 기라. 그리 되기 전에 내가 면첨 그것들을 손봐줄 끼다. 설단이를 저리 맨든 고 악마들을.'

그러자 꺽돌의 몸 안에서는 그때까지와는 또 다른 새로운 변화가 일기 시작했다. 그것은 이루 말로써는 표현할 수 없는 엄청난 희열과 기대감까지 동반한 것이었다. 심장이 팽창해질 대로 팽창해진 풍선처럼 금방이라도 터져날 것만 같았다. 그는 속으로 의기양양하게 말했다.

'기다리라, 이것들아!'

드디어 저만큼 임배봉의 대저택이 그 위용을 드러내 보였다. 어두운 밤빛에 싸인 그것은 흡사 거대한 죽음의 집과도 같았다.

그 속에서 살인사건이 발생해도 모른 척 입을 굳게 다물고 있을 집. 바깥세상과는 철저히 격리된 곳이다.

"내는……."

"예……."

서로의 귀에도 간신히 들릴 정도로 지극히 낮고도 짤막한 말을 주고
받았다. 언네는 자연스럽게 솟을대문을 통해 들어가고, 꺽돌은 아무도
모르게 담장을 뛰어넘어 잠입하기로 작전을 짰다.

"내중에, 알제?"

"아, 거."

그들이 접선할 장소는 해랑의 처소 뒤편에 서 있는 크고 오래된 오동
나무 밑으로 정했다. 예로부터 딸을 낳으면 마당에 심어 시집갈 때 그것
을 베어 장롱을 만들어 주었다는 오동나무. 그렇지만 해랑은 아직 딸이
고 아들이고 낳은 적이 없다. 영영 그럴 것이다. 그 나무는 어쩌면 그 집
을 짓기 이전부터 그 자리에 자라고 있었던 것인데 지금까지 그대로 보
존하고 있는지도 모른다.

이윽고 언네가 먼저 솟을대문을 열고 들어간 후, 꺽돌은 소리 죽여
담장을 끼고 돌다가 어느 순간 휙 몸을 날렸다. 그것은 마치 날개 달린
짐승이 공중으로 몸을 솟구치는 것처럼 보였다. 그 큰 체구에도 불구하
고 얼마나 날렵한지 꼭 조그만 새털 하나가 잔잔한 호수 위에 떨어져 내
리듯 그렇게 가벼운 착지는, 그 어떤 작은 소리마저도 용납하지 않았다.
비봉산에서 들리던 수리부엉이 울음소리도 그곳까지는 따라오지 못해
사위는 늪만큼이나 조용하게 가라앉아 있었다.

해랑이 머무는 안채는 눈을 감고도 찾아갈 수 있는 곳이었다. 지난날
분녀가 살아 있을 당시에 그녀를 모시던 언네를 만나러 남몰래 찾아들
던 곳이다. 오동나무 그늘 아래서 언네가 가져온 음식물을 급하게 먹느
라 목이 막혀 캑캑거리던 날도 있다. 한 벌밖에 없는 꺽돌의 의복이 낡
아 떨어지면 언네가 바느질로 꼼꼼히 기워주던 곳도 바로 그 오동나무
밑이었다.

그러한 기억들이 소롯이 되살아나면서 꺽돌은 다시 한번 마음을 굳게 다잡았다. 만약 발각되어 붙잡히게 되면 죽임을 당하거나 고문을 당해 병신이 될지도 모를 모든 위험을 무릅쓰고라도 어머니 언네의 소원을 꼭 풀어 줄 것이다. 아내 설단의 한도 꼭 씻어 주리라.

그로부터 얼마 지나지 않아 꺽돌은 약속 장소에 당도했다. 언네 모습은 아직 보이지 않았다. 아무래도 꺽돌 자신보다는 시간이 좀 더 걸릴 것이다. 그건 걸음이 느려서가 아니라 준비할 것 때문이었다. 아까 가매못을 떠나기 전에 언네는 미리 일러주었었다.

"정지에 있는 큰 식칼 한 개를 몰래 훔치서 넘들 모리는 데 꼭꼭 숨기놨다. 그거 갖고 갈라모 쪼꼼 늦을 끼다."

꺽돌은 굵은 목을 쭉 빼고 오동나무를 올려다보았다. 어느 가지 끝에도 달은 걸려 있지 않았다. 오늘이 그믐인가? 그게 아니라면 지금 하늘을 잔뜩 뒤덮고 있는 먹장구름 탓이다.

지지난해인가 한 달에 똑같은 달이 두 번이나 뜬 적이 있었는데, 나중에 떠오른 달을 보고 사람들이 '배신의 달'이라고 하는 소리도 들었다. 그달은 너무나 억울할 수도 있겠지만 왜 그렇게 부르는지는 알 것도 같았다. 어쨌든 오늘은 이런 일을 하기에 더없이 좋은 밤이었다.

'지발 성공…….'

이윽고 발소리도 없이 언네가 나타났다. 흡사 어둠 속에서 도둑고양이 한 마리가 움직이는 것처럼 보였다. 실제로 그 순간에는 그러잖아도 왜소한 그녀가 몸을 한껏 옹크리고 있는 바람에 더 그렇게 비쳤다.

"자아."

"예."

칼을 넘겨주는 손도, 칼을 넘겨받는 손도, 다 같이 부들부들 떨렸다.

자칫하면 땅바닥에 그대로 떨어뜨릴 것처럼 위태로워 보였다. 혹시라도 그렇게 되면 그 소리를 듣고 누군가 달려올지도 모른다. 아무튼, 조심 위에 또 조심해야 한다.

칼은 달빛이 내리지 않은 어두운 대기 가운데서도 그 시퍼런 날의 기운을 유감없이 번뜩이고 있었다. 나는 내 본연의 의무를 다할 테니 부디 나를 잘 활용하라고 일러주는 것 같았다.

"인자 막 일어날라쿠는 눈친 기라."

꺽돌 손에 들려 있는 큰 식칼에 눈을 박은 채 언네가 들릴 듯 말 듯 하는 소리로 그런 사실을 전해주었다.

"……."

잠자코 고개를 끄덕이는 꺽돌 귀에 또 이런 소리가 채근하듯 파고들었다.

"우리가 마츰맞거로 왔다."

"예."

두 사람은 할 수 있는 최대한으로 발소리를 죽여 가며 안채와 사랑채를 연결해주고 있는 중문 쪽으로 갔다. 거기 키 큰 감나무가 있었지만, 워낙 사위가 캄캄한 탓에 잘 보이지가 않았다. 바로 옆에 있는 그들이 서로를 알아보지 못하고 손으로 더듬어야 그곳에 있다는 것을 알 정도였다. 그 밤에 어둠은 그들의 동지 역할을 톡톡히 해주고 있는 셈이었다.

"흐~억."

그런데 바로 다음 순간이었다. 언네 입에서 그런 외마디가 튀어나오려 했고, 그와 때를 같이하여 꺽돌의 커다란 손이 부리나케 그녀 입을 콱 틀어막았다. 천만다행으로 그 소리는 언네 입속에서 그대로 사그라졌다. 언네뿐만 아니라 꺽돌도 숨이 턱, 막히는 듯했다.

"……."

마침내 안채 크고 높직한 대청마루 위에 배봉과 해랑의 모습이 나타났다. 얼핏 물 위에 어른거리는 그림자를 방불케 하였다. 기둥에 걸린 호롱에서 뿜어져 나오는 불빛은 흐릿했다. 그래서인지 그곳 모든 것들이 더없이 비현실적이면서 무척이나 괴기스러워 보였다. 하지만 이만큼 떨어진 곳에서도 사람 형체는 알아볼 수 있었다.

"아버님, 그라모……."

해랑이 배봉에게 잘 가시라는 인사를 했다.

"어, 그래, 그래."

배봉은 손을 흔들어 인사를 받은 후 걸음을 옮겨놓기 시작했다. 갈수록 비대해지는 그는 아직도 비틀거리는 품이 여전히 술이 덜 깬 모양이었다. 어쩌면 해랑이 술을 더 대접했는지도 알 수는 없었다.

그러나 지금 거기는 자기들 집 안이니 당연히 서로가 별로 신경을 쓰지 않는 것 같았다. 밤이고 낮이고 항상 다니는 곳이니 술이 좀 취해 있다고 해서 헤맬 리는 없었다. 해랑이 안으로 들어가고 배봉은 자칫 몸의 균형을 잃을 것처럼 하면서도 제 처소를 향해 정확히 걸음을 떼놓고 있었다.

품속에 칼을 감춘 꺽돌이 조심스럽게 배봉의 뒤를 쫓기 시작했다. 언네도 꺽돌의 뒤를 따랐다. 어둠에 묻힌 희끄무레한 물체 세 개가 일렬로 서서 가고 있었다. 꺽돌은 배봉의 그림자, 언네는 꺽돌의 그림자처럼 비치기도 했다. 그런가 하면, 유령들의 소리 없는 행렬을 떠올리게도 하는 장면이었다.

언젠가 조 관찰사에 의해 뇌옥에 갇힌 재영을 구하려고 해랑에게 부탁하기 위하여 그곳을 찾아왔던 원아가 느꼈듯이, 그 집은 외부인이 함부로 들어왔다간 하루 종일 그 안에서만 뱅뱅 돌 정도로 넓고 복잡했다. 집안의 구조가 어지럽게 갈래가 져 있어 미로 같았다.

그렇지만 그때 그곳을 걷고 있는 세 사람에게는 전혀 그렇지가 않았다. 어디쯤 무슨 나무가 서 있고, 또 어디쯤에서 담장이 꺾이고, 또 어디쯤 무슨 별채가 있고 하는 것을, 그야말로 명경 알만큼이나 훤하게 알고 있었다. 모두가 적진이 아니라 아군의 본진에서 활극을 펼칠 상황이라고 할 수 있었다.

배봉은 천천히 걸어가고 있었다. 마치 나들이 나선 사람처럼 비쳤다. 무슨 생각을 하고 있는지는 알 수 없어도 뒷모습이 꽤나 진지하고 심각하게 느껴지기도 했다. 이제는 제법 익숙해진 양반걸음이었다. 그 팔자걸음은 앞으로 걷는다기보다 게처럼 옆으로 걷는 것 같았다. 그런 까닭에 그들은 아직도 해랑의 안채로부터 그다지 벗어나지 못했다.

'음.'

하지만 그동안 꺽돌의 머릿속은 오만 가지 상념들로 칡넝쿨처럼 복잡하게 뒤엉켜 있었다. 어느 지점에서 배봉을 해치울 것인가? 아무래도 그의 사랑채보다는 연못이 있는 정원 쪽이 좀 더 나을 듯싶었다. 시체를 연못에 빠뜨려버리면 발견되기까지의 시간을 벌 수도 있을 것이다. 특히 사랑채 부근에는 배봉이 사병으로 부리는 젊고 건장한 종들이 머무는 곳도 있다. 혹시라도 그들이 잠을 깨어 우르르 달려 나오면 이쪽은 꼼짝없이 당하고 말 것이다. 시간이 없다.

'얼릉 저놈을…….'

그러나 꺽돌은 선뜻 실행에 옮기지를 못하고 있었다. 바로 지금이라고 작심하고 품 안에 들어 있는 식칼을 막 꺼내려고 하면 그만 발부터 헛디디는 것이었다. 아주 잠깐 사이에 배봉과의 거리가 제법 멀어지기도 하고, 바짝 따라붙었다 싶은데 그곳은 너무 탁 트인 장소였다.

'아, 여게다!'

그러다가 배봉의 사랑채와 운산녀의 안채 어름에 있는 또 다른 중문 근처에 막 이르렀을 때였다. 급기야 꺽돌은 식칼을 꺼내 들었다. 짙은 어둠 속에서도 시퍼런 날이 위험하게 번뜩였다. 그것은 마치 피에 굶주린 흡혈귀의 이빨처럼 보였다. 칼자루를 불끈 거머쥔 사내의 손등에 힘줄이 불거져 나왔다.

그런데, 이제까지 구름장 뒤에 숨어 있던 달이 문득 고개를 내민 것이다. 그러자 배봉의 넓은 등짝이 꺽돌 바로 코앞에 보였다. 어쩌면 정확히 찌를 수 있게 달이 희미하나마 그 빛을 던져주는 것 같기도 했다.

'시방이닷!'

그리하여 드디어 꺽돌이 배봉 등짝에 칼을 꽂으려고 하는 결정적인 순간이었다. 모든 게 끝이 날 찰나였다.

"아, 아버님!"

별안간 밤의 대기를 뚫고 터져 나오는 소리가 있었다. 그건 복병이 침입자를 향해 내지르는 공격 신호와도 같았다.

'헉!'

꺽돌은 그만 자신도 모르게 얼른 칼 든 손을 거둬들이고 말았다. 그러고는 후닥닥 뛰기 시작했다. 근처에 빙 둘러쳐져 있는 담장을 향해서였다. 그것은 거의 동물적인 반응이었다.

'어머이!'

그리고 그와 동시에 육감으로 느꼈다. 언네도 자기처럼 열불 나게 달아나고 있다는 것을. 나 혼자만 아니고 언네를 데리고 함께 도망쳐야 한다는 생각이 그 긴박한 속에서도 퍼뜩 뇌리를 스쳤다. 혼자 두어서는 위험천만하기 그지없었다. 그 결과는 보지 않아도 뻔했다. 하지만 이미 늦었다. 언네는 어디에 있는지 보이지를 않았다.

"사람 살려어!"

앞의 그 목소리가 목이 터지게 마구 외치고 있었다. 꺽돌은 담장 쪽을 향해 급히 몸을 날리면서 반사적으로 뒤를 돌아보았다. 그곳에는 중절모 하나를 손에 든 해랑이 보였다. 그녀는 몸과 음성을 한꺼번에 떨면서 배봉에게 말하고 있었다.

"아, 아버님이 놔 노, 놓고 가신 모, 모자를 가, 갖다 드릴라꼬……."

꺽돌은 그 화급한 와중에도 확 깨달았다. 배봉이 모르고 해랑 방에 그대로 두고 온 모자를 가져다주기 위해 해랑이 거기까지 뒤쫓아온 것이다. 정녕 더럽게도 운이 좋은 작자가 배봉이었다. 목숨 줄이 무쇠만큼이나 강하고 고래 심줄보다도 더 질긴 놈이었다.

어쨌거나 시간이 없었다. 꺽돌은 담장을 뛰어넘었다. 그리고 곧 뒤를 이어 배봉의 고함 소리가 담장 너머에까지 들렸다.

"이눔들아아, 쌔이 나와 봐라아! 이눔들아아, 퍼뜩!"

배봉이 미친 듯이 종들을 부르는 소리가 대저택 안팎을 막 뒤흔들고 있었다. 묘지 같던 한밤의 정적은 한순간에 깨어지고 모든 것들이 소스라쳐 눈을 뜨고 있었다. 담장 저쪽 집 안에서는 더없이 크나큰 움직임이 전해졌다. 손끝에 잡힐 것같이 생생하게 느껴지는 그 기운은 일촉즉발의 위기감을 몰아왔다.

그러나 꺽돌은 얼른 그 자리를 벗어나지 못했다. 아니, 그럴 수 없었다. 언네는 아직도 집 안에 그대로 있다. 그야말로 독 안에 든 쥐였다. 그렇다고 다시 담장을 넘어 들어가 언네를 구출한다는 것은 귀신도 불가능한 일이었다. 그건 그야말로 섶을 지고 불 속으로 뛰어드는 꼴이었다.

그때쯤 이미 집 안에서는 대낮같이 불이 환하게 밝혀지고 어지러운 발자국 소리가 줄을 이었다. 비복들, 특히 무예를 연마한 사병들이 총출동했을 것이다. 그자들은 저마다 손에 창이며 칼을 들고 눈에 보이는 것은 모조리 찔러댈 기세일 것이다.

'어머이, 어머이……'

꺽돌은 심장이 터질 것만 같았다. 심한 어지럼증이 덮쳐 머리를 흔드니 꿀렁꿀렁 소리가 났다. 잘못했다. 역시 무모한 짓이었다. 좀 더 기다렸어야 했다. 억지를 써서라도 막아야 했다. 마음만 앞서서는 안 되는 일이었다.

'아아, 무신 수를 쓰든지 간에 어머이가 집을 빠지나와야 할 낀데.'

하늘에서는 문득 달이 발걸음을 재촉하는 것 같았다.

'그래야 같이 도망칠 수 있을 낀데.'

그러나 지금 당장은 언네가 밖으로 나올 때까지 기다릴 수 없었다. 조금이라도 더 빨리 그곳을 벗어나지 않으면 안 되었다. 틀림없이 배봉의 사병들이 우르르 밖으로 달려 나오고 있을 것이다. 그러고는 아직은 멀리까지 달아나지는 못했을 것이라고 보고 집 근처를 샅샅이 수색할 것이다. 그런 계통에는 누구도 따라올 수 없는 전문가 놈들이었다.

꺽돌은 뛰었다. 울면서 뛰었다. 끝없이 언네를 부르면서…….


언네가 붙들린 곳은 뒤뜰 우물가 근처였다. 그녀가 동업과 재업을 빠뜨려 죽이려고 점 찍어놓기도 했던 그 우물터였다.

"가자, 이년아!"

"콱 찔러삐기 전에 쌔이!"

"아즉 노망들 나이도 아인 기, 뒤질라꼬 환장 안 했나?"

"아, 요, 요거 하는 거 좀 봐라?"

"미치도 이리 미칠 수 있는 기가?"

"가마이 몬 있것나? 오데서 도망칠라꼬."

언네는 배봉이 거느리고 있는 건장하고 억센 사병들에 의해 배봉 앞으로 질질 끌려갔다. 횃불을 여러 개나 밝힌 사랑채 앞마당은 거기 자라는 나무들의 나뭇잎 개수도 셀만 하고 땅바닥에 기어 다니는 개미도 보일 만큼 환했다.

"요녀언!"

배봉은 꼭 동헌 마당에서 죄인을 신문하는 사또 같아 보였다.

"……."

차가운 맨땅에 꿇려 앉혀진 언네는 이미 산 사람 같아 보이지를 않았다. 끝까지 붙잡히지 않으려고 혼자서 필사적으로 사병들에게 대항하느라 옷은 함부로 뜯기고, 비녀가 빠져 어디론가 달아나버린 머리카락은 귀신처럼 산발 모양을 하고 있었다. 살펴보나 마나 몸은 성한 데가 없을 것이다.

"흐~음!"

용상 못지않게 화려하고 커다란 의자를 축담 위에 내놓고 떡하니 앉아서 엄청난 분노에 찬 소리를 내는 배봉의 양옆으로, 점박이 형제 부부와 그들의 자식들이 보였다. 운산녀 모습도 눈에 띄었다. 그리고 마당에 무릎 꺾인 채 쪼그린 언네 주위에는 많은 사병이며 비복들이 저승사자들처럼 겹겹이 둘러서 있었다.

"네 이녀언!"

드디어 배봉의 불같은 신문이 시작되었다.

"니년, 니년이 감히 낼로 쥑일라 캐?"

당연히 첫 순서로 공범부터 들고 나왔다.

"같이 있던 그눔이 누고, 엉?"

달은 두꺼운 구름장 사이에서 숨바꼭질하고 있었다. 그리고 그때마다 별빛은 좀 더 밝아졌다 어두워지기를 반복하였다.

"좋기 말로 할 때 순순히 불거라. 안 그라모 인자 니년 목심은 없다."

"……."

"알것나, 모리것나? 하기사 안께 가마이 있것제."

"……."

"허어, 그래도야?"

그러나 언네는 배봉이 을러대는 내내 어떤 말도 하지 않았다. 고개도 들지 않았다. 그저 죽이든지 살리든지 네 마음대로 하라는 빛이 노골적으로 드러나 보였다. 모든 것을 포기하여 무방비상태였다. 그래서 오히려 성불한 것처럼 편안해 보이기까지 하는 한 인간이 거기 있었다.

"언네 조년!"

배봉이 제풀에 목이 마르고 아파서 잠깐 쉬는 사이에 운산녀가 모두에게 들으란 듯이 큰소리로 입을 열었다.

"조년이 올매나 몬되고 독한 년인고 내는 알제."

그러자 언네를 제외한 모두의 시선이 운산녀 얼굴로 향했다. 횃불에서 나오는 빛을 받는 얼굴 한쪽은 붉고, 그렇지 않은 얼굴은 어둠에 가려져서 검은 게, 흉물스럽고 괴기스러워 보이기까지 하였다.

"조년 주디를 열라쿠는 거는 애시당초 팍 글러묵은 짓일 끼거마는."

사랑채 지붕을 바람이 흔들었다.

"모도 들가서 잠이나 자는 기 낫을 걸?"

끌이나 대패로 민 듯 하관이 쪽 빠진 운산녀는, 입술을 보기 흉하게 일그러뜨리고 웃어가며 계속해서 말을 뱉어냈다.

"뼈가 뿔라지고 살이 터지나가도 절대로 불 년이 아인 기라. 눈 뺄 내기를 해 봐라, 내 말이 틀릿는고."

지난날 배봉과 놀아난 죄로 자기에게 끌려가 온갖 고문을 다 당해도 실신할 때까지 입을 열지 않았던 일을 상기시켜주는 것이다. 운산녀의 그 말을 들은 배봉이 '흥' 하고 콧방귀를 뀌며 자신 있게 말했다.

"내한테는 안 되제. 지년이 모돌띠리 실토 안 하고는 안 되제."

배봉은 사나운 짐승이 으르렁거리듯 종들에게 명했다.

"내가 고만두라고 할 때꺼지 매(심하게) 쳐라!"

"옛, 마님!"

언네 양쪽에 바짝 붙어 서 있던 자들이 손에 쥔 몽둥이를 치켜들었다. 횃불의 붉은 빛을 받은 몽둥이들이 이루어내는 어지러운 그림자들이 기괴한 유령처럼 으스스한 기분을 자아내었다.

"퍽!"

"억!"

"받아랏!"

"으아아아……."

허연 살점이 튀고 벌건 핏물이 솟구쳤다. 지옥이었다. 넓은 마당 가장자리에 죽 심어진 여러 종류의 정원수들도 모조리 떠는 듯싶었다. 몽둥이가 언네 몸뚱이를 내리칠 때마다 반작용처럼 제 몸을 움찔움찔하는 이들도 있었다.

"요것들이 낼로 우찌 알고?"

그때 배봉의 기세는 지금 하늘에 있는 달과 별도 따올 수 있을 것 같았다. 무려 스무 군데도 넘는 인근 군郡들을 총지휘 감독하는 막강한 권력자 관찰사와도 가까이 터놓고 지내는 그였다. 자기 눈에 조금이라도 벗어나는 사람이 있으면 없는 죄도 뒤집어씌워 끝장을 보고야 직성이 풀리는 인간이었다. 그런데 감히 그의 목숨까지 노렸던 자이니 어느 누구도 배봉을 말릴 수가 없는 것은 정한 이치였다.

"에잇!"

"허~억!"

고문은 끝없이 이어졌다. 그 밤이 다하고 새날이 와도 멈춰질 것 같지가 않았다. 무수히 밝혀져 있는 횃불들도 너무나 지치고 지루해진 나머지 곧 꺼질 듯이 하다가 되살아나곤 했다. 지금 달과 별은 어디쯤 있는지 모르겠다.

"으음, 음……."

그런데 시간이 지나갈수록 배봉의 둥글넓적한 중앙집중식 얼굴에 초조한 기색이 감돌기 시작했다. 운산녀가 했던 말 그대로였다. 실신하면 찬물을 끼얹어 정신이 들게 한 후 또 매질을 가하고, 실신하면 다시 찬물을 끼얹고…….

그러기를 몇 차례나 되풀이했는지 알 수가 없었다. 나중에는 그 광경을 지켜보고 있던 모두가 슬그머니 고개를 돌려버렸다. 해랑과 상녀가, 지옥의 재현과도 같은 섬뜩한 장면 앞에서 제 얼굴이 아닌 동업과 재업, 은실을 데리고 그 자리를 뜬 것은 한참 전이었다.

"저, 저."

여종들도 힐끔힐끔 주인들 눈치를 봐가면서 차츰 그곳을 떴다. 이제 남아 있는 사람들은 사내들뿐이었다. 하지만 그 사내들마저 하나같이 언네를 외면하고 있었다. 언네에게 매질을 가하는 종 둘과 배봉만 제대로 언네를 볼 뿐이었다.

"누고? 그눔이 누고?"

"모, 모린다."

"죽을라꼬 용쓰나, 이년이!"

"쥐, 쥑이라."

"더 매, 매 쳐라, 이눔들아!"

"옛!"

"으윽."

"그래도 몬 불것나?"

"……."

마침내 동녘이 희붐하게 터오고 있었다. 고문을 당하는 쪽도 고문을 가하는 쪽도 모두가 지칠 대로 지쳐버렸다. 달도 별도 치를 떨었을 밤의 대학살 현장이었다.

"저년을 곳간에 갇아 놔라."

"예, 마님."

배봉은 입이 찢어져라 하품을 하였다.

"내가 한숨 자고 나서 다시 시작할란다."

종들은 어서 끝내고 싶은 빛이었다.

"예, 예, 마님."

배봉은 언네를 집어삼킬 듯이 노려보면서 명했다.

"그때꺼지 조년은 절대 잠을 재우지 마라."

그 말을 들은 언네 입가에 핏물과 함께 야릇한 웃음기가 소리 없이 번져 나오고 있었다. 신체뿐만 아니라 혼까지 도려내진 여자 같았다.

"독새 겉은 년!"

배봉이 독기를 내뿜는 독사같이 내뱉었다.

"내, 내는……."

무슨 말인가를 하려던 언네가 여러 시간에 걸쳐서 행해진 심한 고문 끝에 몸도 마음도 제 것이 아닌 탓인지, 더는 말을 잇지 못하고 가까스로 치켜들었던 고개를 다시 푹 꺾었다. 어쩌면 목뼈가 산산이 부서져 있는지도 모른다.

"하지만도 내 앞에서는 안 통한다쿠는 거를 알기 될 끼다."

배봉은 사람의 그것이라고는 할 수 없을 정도로 퉁퉁 붓고 피멍 든 언네 얼굴에 대고 침을 '퉤퉤' 뱉고 돌아서면서 한다는 소리였다.

"잠을 잘 수 있어야 도망치는 꿈이라도 꾸제. 안 그런 기가, 언네야."

그러자 언네가 이번에는 '깔깔깔' 소리를 내어가며 광녀처럼 웃었다. 망가질 대로 망가진 그 몸 어디에 그럴 힘이 남아 있는지 기적을 보이는 것 같았다.

"아."

급기야 매를 가하고 있던 종들조차도 손에서 몽둥이를 놓쳐버렸다. 땅바닥에 떨어진 몽둥이는 살점과 핏물로 범벅이 돼 있었다.

# 아름다움은 독하다

가매못 안쪽 마을이다.

배봉의 집에서 혼자 도주했던 꺽돌은 언네가 배봉에게 붙잡혀 그 모진 고문을 당한 후 곳간에 갇혀 있을 거라는 예상은 하지 못했다. 꺽돌 자신처럼 거기서 빠져나와 어딘가에 숨어 있을 것으로 믿었다. 언네는 그 집 구조를 손바닥 안같이 훤히 알고 있으며 또 평소 머리 회전이 빠르고 동작도 민첩한 편이어서 호락호락 당할 사람은 아니라고 보았다.

'그란데 오데로 달아나싯으까?'

그런 의문이 뒤를 이었다. 언네의 은신처에 대해서는 짐작되는 바가 단 요만큼도 없었다. 따라서 그게 제일 마음에 부리로 걸렸다. 그 나이 되도록 오직 배봉 집안에서 종노릇만 한 그녀였기에 아는 사람이 거의 없을 것이다. 더군다나 그녀를 숨겨줄 만한 사람은 더 구하기 힘들 것이다. 배봉과 점박이 형제는 그 사실을 알게 되면 그야말로 삼족을 모두 능지처참하려고 덤벼들 위인들이었다.

'그렇다모 정해졌다.'

결국, 그녀가 찾을 곳이라고는 이 넓고 넓은 세상을 통틀어 오로지 꺽돌 자신의 집밖에 더 없었다.

'쪼꼼만 기다리고 있으모 안 오시까이?'

그런데 웬일까? 하얗게 뜬눈으로 밤을 새워가며 행여 사립문 여는 소리가 들릴까? 귀를 곤두세웠지만, 아침이 희붐한 빛을 이끌고 올 때까지 그녀는 끝끝내 나타나지 않았다. 그 일이 꿈이었던가 싶기도 했다. 하지만 그렇게 보려는 자체가 꿈이었다.

'컹, 컹컹!'

삽사리가 공연히 집 밖을 내다보며 짖는 소리가 문풍지를 흔들었다.

'움~매.'

먹성 좋은 천룡이 벌써 여물을 달라는 건지 주인 찾는 소리가 좁은 마당을 한 바퀴 돌았다가 사라져갔다.

"저노무 자슥들이 아츰부텀 와 저리 발광들이고?"

설단이 애먼 짐승들에게 간단없이 욕설을 퍼부어대고 있었다. 자식을 빼앗겨버려 자식이 없는 그녀는, 그 두 마리 짐승을 자식과도 같이 여겨왔기에 여태까지 한 번도 그렇게 한 적이 없었다. 지금 그만큼 신경이 날카로워져 있다는 증거이긴 하겠지만 꺽돌은 듣기에 안 좋았다.

"밥을 안 주 끼다 고마."

그렇게 옹졸하고 치사스러운 으름장까지 늘어놓는 설단 또한 간밤에 제대로 눈을 붙이지 못했다. 꺽돌은 겉으로는 아무런 일도 없었던 것처럼 가장했지만 세상 부부 사이라면 그 정도 눈치를 채지 못하겠는가? 무슨 일인지 알아낼 길이 없지만, 분명히 꺽돌과 언네는 그 밤에 어떤 심상찮은 일을 저지른 게 틀림없었다.

"날이 다 샜는데……."

설단은 그때까지 자리에 누워 있는 꺽돌을 훔쳐보며 입안으로 말을 굴렸다.

"어지(어제) 매다 남은 밭도 매야 하는데…….

"끙."

하지만 꺽돌은 그런 앓는 소리를 내며 몸만 한 번 뒤챘을 뿐 가타부타 아무 말이 없었다. 동창이 훤히 밝아오고 있었지만, 그는 일어나서 한술 떠먹고 일하러 나갈 생각이 조금도 없어 보였다.

설단은 부엌에 들어가 힘없이 아침상을 준비하면서도 좀체 일이 손끝에 잡히지를 않았다. 또다시 외양간에서는 천룡이 '움~매' 하고 주인을 불러대는 것 같았다. 삽사리란 놈은 부엌문 바로 밖에까지 와서 안을 보며 연방 낑낑거리는 게 배가 고픈 모양이었다.

"저리 안 가나? 요 망할 늠의 개새끼가? 팍 쫓아내삘라."

설단은 아궁이의 불을 헤치고 있던 부지깽이를 챙겨 들고 부엌에서 뛰어나왔다. 그것을 본 삽사리가 매우 잽싸게 마당을 가로질러 사립문 밖으로 횅하니 달아났다. 그 광경을 지켜본 천룡도 다시는 소리를 내지 않았다. 짐승도 짐승이라고 할 수 없었다.

꺽돌이 방문을 열고 거의 기다시피 해가면서 툇마루로 나온 것은 해가 중천에 떠 있을 무렵이었다. 눈알이 폭음해댄 사람만큼이나 벌겋고 얼굴은 까끄라기처럼 까칠해 보였다. 턱수염이 길고 눈 밑이 거뭇거뭇한 게 영락없이 중병을 앓는 사람 몰골이었다.

그 큰 덩치로 좁은 마루에 고양이같이 웅크리고 앉은 그는, 문득 간밤에 가매못 속으로 던져 넣은 식칼을 떠올렸다. 증거를 없애기 위해서였다. 그렇지만 어둠을 젖히고 '첨벙' 하던 그 소리는 아직도 귓전에 고스란히 남아 있었다. 그뿐만 아니라 물에 빠져들던 그 소리는 갈수록 더 커지면서 온 세상을 가득 메울 것처럼 왕왕 울리는 성싶었다.

'해랑이 고 야시 겉은 년만 아이었으모…….'

되새겨볼수록 눈물이 솟을 만큼 너무나도 억울하고 아쉬웠다. 하필이

306

면 한참이나 벼르고 별러 간신히 잡은 그 결정적인 순간에 여우 같은 해랑이 나타날 줄은 정말 몰랐다. 만일 해랑만 끼어들지 않았다면 배봉은 이미 이 세상 사람이 아닐 것이다.

'하늘이 무심하다쿠는 그 말이 맞거마.'

절호의 기회를 놓치고 말았다. 그런 천재일우는 이제 두 번 다시 얻기 어려울 것이다. 아니, 어쩌면 영원히 불가능할지도 모른다. 배봉은 앞으로 한층 더 자기 신변 보호에 신경을 쓸 것이다.

"밥……."

설단이 물기 묻은 손을 건성으로 앞치마에 닦으며 꺽돌을 향해 더없이 조심스럽게 입을 열었다.

"밥 생각이……."

꺽돌은 밥 생각이 없다며 찬물 한 그릇만 달래서 그것을 한 방울도 남기지 않고 전부 들이켰다. 머리가 약간 맑아지자 보다 강한 불안과 초조가 밀려들었다.

'해나 내를 안 알아봤을까?'

그러다가 고개를 가로저었다. 칠흑과도 같은 밤이었고, 또 곧바로 도망쳤기 때문에 그럴 가능성은 희박했다. 무엇보다도 그인 줄 알았다면 벌써 집으로 들이닥쳤을 것이다. 그런 점으로 미뤄볼 때 들킨 게 아닌 것만은 확실했다.

'그거는 증말 다행이제.'

그런데 그럴수록 더욱 마음에 걸리는 건 두말할 것 없이 언네였다. 도대체 어디로 달아났기에 지금까지도 깜깜무소식일까? 어쩌면 이 고을을 벗어나서 배봉가의 손길이 닿지 못하는 저 멀리 갔을지도 모르겠다.

'그라모 고것들이 아모리 날고긴다 쿠더라도 몬 잡을 끼다.'

꺽돌은 억지로 좋은 쪽으로만 생각하려 했다. 꼬리를 잡히지 않기 위해 우리 집에 오지 않는 것이라고 보았다. 배봉의 명을 받은 사병들이 온 고을에 쫙 깔려 있지 않겠는가 말이다. 그래, 섣불리 바깥으로 나돌아 다니다간 금방 발각될 것이니 꼭꼭 숨어 있기로 작정했을 것이다. 그래, 그보다 더 현명한 처신은 없을 테지.

'턱 떨어진 광대라꼬…….'

꺽돌은 속으로 중얼거리며 자신과 언네의 처지를 다시 돌아보았다. 그러고는 굳게 다짐했다. 의지할 데 없어 꼼짝 못 하게 된 그들이지만, 결코 이번 한 번의 시도만으로 멈추지는 않을 것이다.

"여보."

그때 꺽돌 옆자리에 조심조심 와 앉는 설단 얼굴이 해산 날짜를 바로 코앞에 둔 산모처럼 부석부석했다. 핏기 한 점 없어 가을날 이웃집 탱자나무 울타리에 열린 노란 탱자 같은 얼굴이었다. 그런 아내를 얼핏 바라본 꺽돌의 고개가 아래로 깊이 숙여졌다.

'만약…….'

꺽돌은 모든 것이 들통나고 자신이 배봉에게 붙잡혔을 경우를 가상해 보았다. 아내는 청상과부가 될 것이다. 절대로 곱게 살려둘 배봉이 아니었다. 꺽돌 자신뿐만 아니라 어쩌면 설단도 마찬가지였다. 그의 집에는 불을 지르고 천룡과 삽사리마저 참혹하게 도살해버릴 자였다.

"아츰도 안 드시고 점심꺼정……."

설단이 꺽돌 눈치를 보아가며 혼잣말처럼 말했다.

"막걸리나 한 뱅 사다 주소."

꺽돌이 고개를 들지 않은 채 말했다.

"빈속에……."

말끝을 잇지 못하고 금방 울음을 터뜨리려고 하는 설단이었다.

"밥이사 장 묵는 기고……."

그러던 꺽돌 머릿속에 불현듯 비화 모습이 자리 잡았다. 그녀가 소작 부쳐 먹을 땅을 무상으로 주지 않았다면 어찌 하루 세끼 밥을 꼭꼭 챙겨 먹을 여유가 있을까? 그 비화와 친자매같이 지냈다는, 배봉의 중절모를 손에 든 해랑의 얼굴이 다시 떠오르면서, 꺽돌은 자신도 모르게 버럭 고함을 내지르고 말았다.

"퍼뜩 술 안 사오고 머하노?"

배봉의 사랑방이다.

부름을 받고 급히 달려온 해랑을 바라보는 배봉 얼굴은 세상 무슨 말로도 표현하기 어려웠다. 시아버지와 며느리라는 관계를 떠나서 생명의 은인에게 어떤 이야기를 어떻게 해줄 수가 있을는지. 그녀가 아니었다면 벌써 죽어 없어졌을 그였다.

"고맙다, 고맙다이. 니가, 며눌아기 니가 내를, 낼로……."

목이 메어 그런 소리밖에 하지 못했다. 참으로 감개무량한 노릇이 아닐 수 없었다. 어디 세상 기적이라는 게 별것이랴. 해랑이 자기 목숨을 구해주었다니. 그는 기적을 경험했다.

'비화야.'

마음속으로 비화를 불러냈다. 비화가 이 일을 알게 되면 머리칼을 쥐어뜯고 피를 토할 것이다. 엄청난 증오와 분노 그리고 배신감의 포로가 되어 완전히 미쳐 날뛸 것이다. 철천지원수의 부고를 거의 들을 뻔했다가 못 듣게 됐으니 그 원통하고 절통함을 어찌할꼬.

"그보담도, 아버님."

해랑을 바라보며 어쩔 줄 몰라 하는 배봉에게 해랑이 냉기가 느껴질 만큼 차분하고 낮은 목소리로 말했다.

"그날 밤 언네하고 같이 있은 공범이 눈고, 그거부텀 먼첨 밝히내는 기 상구 더 급하고 중요합니더."

그러고 나서 경계와 두려움이 서린 얼굴로 그곳 방문을 바라보았다.

"그눔이 운제 또 아버님을 해칠라꼬 들어올지 안 모립니꺼?"

그 말에 임금 처소만큼이나 으리으리하게 꾸며 놓은 그곳 사랑방 가득 무어라 할 수 없는 무서운 기운이 차오르는 듯했다.

"그, 그야……."

"더 단디 안 하모 큰일 납니더."

"내도 그거는 알것다. 알것는데……."

한 번 호되게 당한 배봉은 힘도 없고 자신도 없어 보였다. 그럴 때 보면 너무 늙어서 집도 지키지 못하여 주인에게 구박받는 개처럼 처량한 꼬락서니였다. 그의 입에서는 한숨 섞인 소리가 절로 흘러나왔다.

"언네 조년이 하도 독한 년이라 놔서, 아모리 심한 고문을 해도 당최 실토를 하지 않으이. 후우."

"포기하모 안 됩니더."

그러는 해랑의 눈빛이 대단히 매서웠다. 변신에 변신을 거듭하는 한 여자가 거기 있었다. 애교 철철 넘치던 목소리도 정나미가 똑 떨어질 정도로 딱딱하고 싸늘했다.

"무신 수를 써서라도 반다시 알아내야 합니더."

배봉이 한 가닥 실낱같은 기대를 담은 목소리로 물었다.

"해나 며눌아기 니는 몬 알아보것더나?"

행여나 무시당할세라 아내나 자식들에게도 감추는 사실을 며느리에게는 숨김없이 그대로 털어놓았다.

"인자 내도 마이 늙었는지 눈깔이 침침해서 도통 모리것는 기라."

구름그림자라도 지나가는지 방문 밖이 갑자기 어두워졌다.

"안 그래예, 아버님. 아버님은 아즉도 한창이신 기라예."

그렇게 우선 입에 발린 소리부터 하고 나서 해랑은 조그만 꽃잎처럼 작고 붉은 입술을 질끈 깨물며 대답했다.

"그날 사방이 너모 어둡기도 했지만도예, 하도 졸지에 벌어진 일이라 놔서 지도 그자를 볼 틈이 없었어예, 아버님."

배봉이 너무너무 분하다는 듯 운산녀의 구박 대상이 되는 그 이빨 가는 소리로 말했다.

"열 일을 제쳐놓고서라도 우떤 눔인고 꼭 알았어야 했다."

온통 돈으로 도배 칠갑을 한 것 같은 사랑방 주인답지 않게 배봉은 점점 더 주눅이 들어 보였다.

"몇 사람이 도독 하나 몬 지킨다더이."

늘 건장한 종들이 철통같이 지키고 있는 내 집 안에서 그런 일을 당했다는 사실이, 그로서는 어떤 말로도 표현할 수 없을 만큼 충격적이고 기가 꺾일 노릇이 아닐 수 없었다. 돈이 무소불위의 힘을 발휘한다고 믿고 살아왔는데 그것도 아니었다.

"아즉 끝난 기 아입니더, 아버님."

해랑이 위로의 말을 건넸다. 금방 또 사근사근해진 모습인지라 배봉이 헷갈릴 판이었다. 천년 묵은 백여우가 열두 번도 더 재주를 넘는다더니, 우리 며느리가 혹 전생에 여우가 아니었을까 싶어지는 그였다. 하지만 여우라고 할지라도, 그에게 도움을 주는 저 '황토밭 여우'이니 뭐가 문제 될 게 있으랴.

"너모 심려치 마시이소."

여우의 입 같은 입에서 잇따라 말을 쏟아내고 있었다.

"지가 수단 방법 안 가리고 알아내것심니더."

"그렇나?"

아궁이 속같이 어둡던 배봉 안색이 조금은 밝아졌다. 그는 해랑의 손이라도 덥석 잡을 듯이 하였다.

"우짜든지 니만 믿는다, 악아."

해랑은 턱없이 크고 빛깔과 무늬가 현란한 그 방 중국 도자기에 눈길을 보내면서 자신 있게 말했다.

"예, 아버님."

"며눌아기 니는 에나 영리한께 반다시 알아낼 끼다."

"지가 그리 영리하지는 몬해도 꼭 그래야지예."

"와 안 영리해? 영리하다. 누보담도 더 영리하다."

"다린 사람도 아이고 감히 아버님을 노린 것들 아입니꺼."

그러고 나서 입으로 뭐라 혼자 중얼거리던 해랑은 갑자기 치맛자락에 씽 바람이 나도록 벌떡 일어섰다.

"시방 곳간에 가 보것심더."

배봉이 눈곱까지 낀 벌게진 눈으로 물었다.

"니 혼자 갈라꼬?"

해랑은 그 눈에서 만정이 다 떨어지면서도 전혀 그런 내색을 하지 않고 다소곳하게 대답했다.

"예."

배봉도 몸을 일으킬 자세를 했다.

"내하고 같이 가자."

"아입니더, 아버님."

해랑이 코스모스를 연상시키는 고개를 흔들었다. 언제나 화사한 봄꽃과 유사한 분위기를 자아내는 그녀인데, 그 순간에는 가을 냄새가 풍기는 듯했다.

"지 혼자 가갖고 언네 고년을 족치는 기 더 좋을 거 겉심더."

해랑의 만류에 배봉이 힘들고 지친 얼굴로 말했다.

"그라모 그리해라. 솔직히 내는 쪼매 쉬고 시푸다."

그 방 온갖 화려한 장식품들도 주인에게서 전염되었는지 후줄근히 늘어져 보였다.

"간밤에 잠을 한숨도 몬 자서 그런지 기운이 하나도 없다 아이가."

약 먹은 쥐같이 하는 배봉에게 해랑이 선 채로 말했다.

"아버님은 그냥 푹 쉬시소. 지한테 모든 거를 다 맡기시고예."

"알것다, 악아."

"절대로 아버님을 실망시켜 드리지는 안 할 깁니더."

"그래, 고맙다, 악아."

해랑은 '영원히 잠이 들어라' 하는 그녀의 속말을 밀치고 겉으로는 더없이 공손하고 다정스럽게 굴었다.

"싹 다 잊아삐고 주무시소."

사랑채 지붕 위에서 바람 소리인지 새소리인지 구분이 잘되지 않는 무슨 소리가 연이어 나고 있었다.

"알것다. 그라모 내는 요리 두 다리 쭉 뻗고 잘란다."

채신머리없이 며느리 보는 데서 덜렁 다리를 길게 내뻗고 있는 시아버지였다.

"그라시고 나모 심이 펑펑 나실 기라예, 아버님."

해랑의 발길은 곧장 곳간을 향했다. 전화위복이라고 했지. 이번 기회를 잘만 살리면 이 집안에서의 내 위상은 어느 누구도 넘볼 수 없을 정도로 높아질 수 있을 거야. 내심 그런 계산을 따져보는 그녀 얼굴에 야릇한 미소가 감돌았다.

'바람도 와 이리 좋노!'

날아갈 듯 멋들어진 기와지붕을 타고 내려오는 바람 끝이 시원했다. 그 바람을 집어 타면 곧바로 하늘나라로 갈 수 있을 성싶은 그녀 마음이었다.

"어? 아씨 마님께서?"

곳간 나무문 밖에서 파수 보고 있던 건장한 사병들이 눈부신 듯 해랑을 보고 하나같이 허리를 굽실거리며 물었다.

"아씨 마님께서 여는 우짠 일이심니꺼?"

해랑이 이제는 몸에 밴 위엄 넘치는 목소리로 명했다.

"곳간 문을 열거라."

"예?"

눈이 휘둥그레진 그들에게 해랑은 누구도 거역할 수 없을 만큼 근엄한 어조로 다시 말했다.

"내가 언네 저년하고 쪼매 할 이약이 있다."

그래도 서로 얼굴을 마주 보면서 주저주저하는 그들은 배봉이 신뢰하는 사병들답게 만만치 않았다.

"아버님도 허락하신 일인 기라."

그녀 자신의 권위에 손상이 갈까 봐 하지 않으려고 했던 말까지 하였다.

"아, 예, 아씨 마님."

그제야 그들이 서둘러 곳간 문을 열어주었다. 해랑은 그녀 힘이 아직은 배봉의 힘에 크게 못 미친다는 사실을 실감하고 단전에 잔뜩 기운을 넣었다.

'삐이걱.'

문 여는 소리부터가 매우 음산하게 들렸다. 염라대왕이 있는 지옥문 여는 소리가 저러할까? 해랑은 곳간 안으로 한 발을 들여놓았다. 그 순간, 흙냄새 두엄 냄새가 뒤섞인 공기가 그녀 코끝으로 훅 끼쳐 들었다. 해랑은 눈이 거기 어둠에 익숙해질 때까지 잠시 그대로 서 있었다.

"아!"

이윽고 저 안쪽에 족쇄가 채워진 채 쓰러져 누워 있는 물체가 흐릿하게 보였을 때 해랑 입에서 비명 같은 소리가 나왔다. 해랑은 어쩐지 자꾸 물러지려는 마음을 꼭 다잡으며 천천히 그쪽을 향해 걸어갔다.

"언네야, 내가 왔다."

감정이 거의 담겨 있지 않은 듯한 그 목소리가 여간 차분하지 않았다. 흡사 얼음장 위로 굴러가는 방울이 내는 소리 같았다.

"으으."

겨우 귀에 들릴 무척 미세한 신음과 함께 죽은 양 꼼짝도 하지 않고 있던 언네 몸이 아주 조금 움직였다. 벌레가 꿈틀거리는 형용이었다.

"내다, 동업이 에미."

해랑이 계속해서 말했다. 사람이 내는 소리가 아니라 녹음된 기계가 내는 것처럼 굴곡이 없는 똑같은 어조였다.

"내하고 이약 좀 하자."

"……."

새파란 외양과는 달리 노숙함이 뚝뚝 묻어나고 있었다. 그 변신에는 귀신도 혀를 내두를 것이다.

"아즉 이대로 죽기에는 아까븐 나이 아이가."

처음에 약간 움직이는 것 같았던 언네의 몸은 시신처럼 꼼짝도 하지 않았으며, 아무 대꾸도 없었다.

"닐로 살리줄라꼬 내가 온 기다. 무신 말인고 알것제?"

도저히 병립할 수 없는 동정과 협박이 교묘하게 한데 섞인 음성이었다.

"죽고 싶은 거는 아이제?"

곳간에 쌓여 있는 먼지가 해랑의 말소리에 폴폴 날리는 느낌을 자아내고 있었다. 누구든 그곳에 며칠만 있으면 폐부터 병이 생길 성싶었다.

"살고 싶다 아이가. 살고 싶으모…….."

그러자 마지막까지 침묵만을 고수할 것 같던 언네가 힘겹게 입을 열었다. 저주와 한으로 뭉쳐진 소리가 나왔다.

"내가, 내는…….."

무어라고 해야 할지 모를 정도로 굉장히 기분 나쁜 그 안 공기에 상을 찌푸린 채 가만히 듣고 있다가 다독이듯 하는 해랑이었다.

"그래, 함 말해 봐라."

언네가 운명하기 직전의 사람처럼 부르르 몸을 떨며 말했다.

"니 땜에 죽기…… 된 기라."

"죽기?"

해랑의 반문에 언네는 피를 토하듯 하였다.

"니만 아이었으모, 니만 아이었으모."

"머라?"

해랑이 홀연 광녀처럼 웃음을 터뜨렸다.

"호호호, 호호호."

그 웃음소리는 무간지옥 골짜기와도 같이 깜깜한 곳간 속을 왕왕 울리고 있었다. 그것은 귀곡성보다도 섬뜩했다.

"니만 아이었으모? 호호, 오호호호."

해랑이 웃어댈 때마다 언네 몸이 움찔움찔했다. 마치 해랑의 웃음이 고문당한 언네 몸에 난 상처를 쿡쿡 찌르는 칼끝이기라도 한 듯했다.

"배봉이가 아이고 와 내고?"

"…….."

애먼 사람 잡지 말라는 투였다.

"우째서 강해랑이고? 임배봉이가 아이고?"

해랑 입에서는 시아버지 이름이 존칭도 달지 않고 거침없이 나왔다.

그뿐더러, 상대가 말을 할 틈도 주지 않고 철저하고 무자비하게 일방적이었다.

"낼로 걸고넘어질라꼬?"

언네의 침묵이 곳간 먼지를 한 켜 더 쌓아 올리는 것 같았다.

"오데 함 해봐라, 누가 넘어지는가."

거미가 수십 마리는 줄을 치고 있을 듯한 곳간 어둠침침한 천장을 잠시 동안 올려다보고 있더니 불쑥 내뱉었다.

"니 썩어빠진 눈깔에는 이 집안에서 내가 젤 만만해 비이는 모냥이제?"

어린 시절 소꿉놀이할 때 노래 부르던 것처럼 했다.

"네야, 네야, 언네야이. 니가 사람 한참 잘못 봤……."

거기서 말을 뚝 그친 해랑은 더한층 싸늘한 표정으로 바뀌었다. 그 안을 지배하고 있는 어둠도 몸을 사릴 만큼 매서운 언성으로 나왔다.

"무담시 심 뺄 짓 더 하지 마라."

충고인지 으름장인지 조롱인지 분간이 되지 않는 음색이었다. 검푸르게 피멍이 든 언네 입에서는 무슨 대꾸 대신 신음 같은 소리만 새 나왔다.

"흐."

기실 지금 언네는 입을 열 기력은 고사하고 숨을 쉬기조차 힘들었다. 그런 판국에 해랑이 와서 또 쉴 새 없이 괴롭히고 있으니 배봉에게 당했던 것보다 몇 배나 더 심한 고문이 아닐 수 없었다.

"니는 에나 영리한께 안 있나."

아까 배봉이 그녀더러 했던 소리를 이제 그녀가 언네에게 하고 있었다. 언네는 안간힘을 다해 가까스로 입을 열었다.

"내, 내는……."

해랑은 몸을 숙여 언네 얼굴을 들여다보며 말했다.

"니?"

"……."

언네는 자기를 보는 해랑의 눈에서 무수한 거미줄이 뽑혀 나와 자기 전신을 온통 친친 감아버리는 느낌에 오싹 진저리를 쳐야 했다. 그건 일찍이 저 독살스러운 배봉이나 운산녀에게서도 겪어보지 못했던 일이었다.

"아, 니는 늙은 야시매이로 너모너모 영리한께네 안 있나."

해랑의 음성은 다시 사귐성 좋게 변했다.

"내 이약이 무신 뜻인고 금방 알 끼다."

핏물이 말라붙고 부르튼 언네 입귀가 보기 흉하게 말려 올라가는 게 어둠 속에서 흐릿하게 보였다.

"너거들이야말로……."

언네는 초주검이 된 상태에서도 마지막 기운을 다 그러모아 말했다.

"심 빠질 짓 하지 마라. 하지……."

나중 말은 입 밖으로 나오지 못했다.

"머라꼬?"

해랑은 꼭꼭 씹어 내뱉듯 하였다.

"시방 말 다했나?"

언네는 전혀 꿀리지 않는 어투였다.

"다했다."

"그으래애?"

해랑의 표정이 또다시 싹 바뀌었다. 백 개의 꼬리가 달린 여우, 백 개의 얼굴을 가진 여자였다.

"……."

그런 얼굴로 해랑은 또 한동안 말없이 언네 얼굴을 가만히 노려보기만 했다. 언네 또한 제 딴에는 같이 노려보는 듯하더니 그만 힘에 부치는지 눈꺼풀이 밑으로 쳐졌다. 그러자 더욱 늙어 보이는 인상이었다.

"네야, 네야, 언네야이."

해랑의 입이 노래하듯 다시 열렸다. 어쩌면 지금 그녀는 노래 부르기 놀이를 하고 있다고 생각하고 있는지도 모른다. 세상에서 최고로 재미있고 신나는 놀이.

"내가 안 있나, 한마디만 더 해보게."

그녀는 곳간 출입문 쪽에 서 있는 파수꾼들을 힐끗 돌아보고 나서 언네 귀에 대고 아주 낮은 소리로 말했다.

"꺽돌이제?"

일순, 언네 몸이 천둥 벼락을 맞고 감전된 것처럼 보였다. 해랑이 속삭이는 소리로 한 번 더 물었다. 아니, 확인시켜주듯 했다.

"꺽돌이제?"

언네가 소리쳤다.

"아이다!"

언네는 있는 힘을 다해 한 번 더 부인했다.

"아이다, 꺽……."

하지만 '꺽'에서 끝이었다. '돌'이란 말은 꺼내지 못했다. '꺽돌은 아이다'라는 그 소리를 하려다 급하게 멈춘 것이다. 그래서 다른 사람 귀에는 마치 '억' 하고 소리를 지르려다가 그만두는 것으로 들릴 것이었다.

'역시나 보통 년은 아인갑다.'

해랑은 가슴 밑바닥으로 찬 바람이 씽 불어 닥치는 느낌이었다. 자기 같으면 저렇게 할 수 없을 것이다. 아니다. 누구도 불가능할 것이다.

'그리키나 심한 고문을 당해갖고도 이라다이?'

언네는 이승과 저승을 오가는 그 경황망조 속에서도 곳간을 지키고 있는 사병들을 의식하고 있었던 것이다.

'늙어가는 종년이라꼬 벌로 봐갖고는 에나 안 되것다.'

해랑은 화살과 창이 정면으로 날아오는 것을 보는 것처럼 눈이 아찔하고 등골이 송연했다. 다른 여종들이 언네를 두려워하는 것은 단지 언네가 그 집안에 먼저 들어왔다는 그 한 가지 사실 때문만은 아니라는 것을 깨달았다.

'단디 안 하모 일이 나것다. 도로 당할 수도 있는 기라.'

언네 두 발에 채워놓은 쇠사슬이 풀리면서 해랑 자신의 목을 감아올 것 같았다. 그리하여 그런 상태로 죽어가고 있는 자기 모습이 눈앞에 나타나 보였다.

'시아부지한테는 그리 큰소리 막 쳐놨다 아이가.'

해랑은 언네가 알지 못하게 전의를 가다듬으며 숨을 훅 몰아쉬었다. 그러고는 이번에도 언네 귀에만 겨우 들릴 정도의 소리로 말했다.

"니년 주디로 내한테 모돌띠리 탈탈 털어놓고 그새 잊아뿟나?"

해랑은 고삐 죄듯 바짝 옥죄어갔다.

"이거는 시치미 뗀다꼬 해서 될 일이 아이제."

"……."

언네는 한참 멍해 보였다. 당연했다. 그러잖아도 심한 고문에 골병이 들 대로 든 육신인 까닭에 정신도 오락가락하고 있었다. 더군다나 그날 사로잡히고 나서는 지금까지 물 한 모금도 얻어먹지 못했다.

"그라모 내가 심 좀 빼지 머."

해랑 말이 계속해서 언네 귓속을 꼬물꼬물 파고들었다. 해랑은 아름답고 행복했던 추억담을 들려주는 사람 같아 보였다.

"니가 내한테 꺽돌이 이약했던 거 기억 안 나는가베?"

"꺼, 꺽……."

언네 입에서는 그 고장 주산인 비봉산에 깃들이고 사는 멧꿩이나, 성곽을 감돌아 흐르는 남강에 서식하는 왜가리가 내지르는 것과 비슷한 소리가 나왔다. 무언가에 목이 졸려 나오는 소리 같았다.

"하매 노망들 나이도 아이거마."

해랑은 언네 눈을 멀어버리게 할 정도로 매섭게 쏘아보면서 개수작 부리지 말라고 주입하듯 했다.

"니가 버티모 버틸수록 더 괴롭다쿠는 거 모리나."

마침내 언네 고개가 광풍에 꺾이는 맨드라미 목처럼 푹 꺾였다. 그것을 지켜보는 해랑의 입가에 기괴한 웃음기가 번져났다.

"으흐흑."

언네는 뼈가 다 드러나 보일 정도로 야윈 어깨를 들썩이며 흐느끼기 시작했다. 밖으로 빠져나가지는 못하고 거기 곳간 안에서만 맴돌고 있는 그 소리는 한 맺힌 여귀女鬼의 울음소리 그 자체였다.

"상구 어리석은 것들."

해랑은 언네의 울음마저 용납하지 않으려는 모질고 독한 면을 보였다.

"울모 무신 답이 나오나? 암만 종살이하는 것들이라 캐도 그렇제."

"흑."

이윽고 해랑이 끌끌 혀라도 찰 것같이 하면서 언네에게서 떨어져 나왔다.

"저, 저."

언네가 황급히 얼굴을 들고 해랑에게 무어라 얘기하려다가 다시 고개를 아래로 처박았다. 고개를 들고 있을 기운마저 소진해버린 모습이었다.

"내는 갈란다."

마지막으로 남길 유언을 들먹이듯 하였다.

"더 할 이약 없제?"

해랑은 홱 돌아서서 곳간을 나갔다. 거기 퀴퀴한 냄새와 대조되어 한층 고급스럽고 은은하게 느껴지는 화장품 냄새를 남겨놓고서였다.

"너거들······."

해랑이 파수꾼들에게 하는 소리가 언네 귀에는 천 리나 떨어진 곳에서 나고 있는 것처럼 아스라이 들렸다.

"한거석 수고한다. 아나, 이 돈 갖고 난주 술이나 사 무라."

사병들 말소리도 가뭇없이 들렸다.

"어이구구! 이, 이리키나 많은 돈을?"

"고, 고맙심니더, 아씨 마님. 조심해서 살피 가시이소."

그 소리를 끝으로 곳간 나무문은 다시 쾅 닫혔다. 간신히 안으로 새어들던 눈곱만한 빛살마저 금세 사라져버렸다. 그 어둠과도 같이 짙은 절망감이 너덜너덜해진 누더기를 방불케 하는 언네 온몸을 휩싸기 시작했다.

"흐, 으흐흐흐······."

언네는 통곡했다. 해랑은 내 편이 될 줄 알았다. 적어도 적은 아니라고 보았다. 비봉산 신령이 와도 남강 용왕이 와도 돌이킬 수 없는 엄청난 실수였다. 그녀는 칠흑과도 같은 어둠의 일부분이 되어 그저 속으로 힘없이 울부짖었다.

'미안하다이, 꺽돌아. 내 땜에 니가 죽기 생깄다.'

해랑은 쏜살같이 배봉에게 내닫고 있을 것이다. 그리하여 노발대발한 배봉의 명을 받은 사병들이 당장 가매못 안쪽에 있는 꺽돌의 집으로 달려갈 것이다. 그리고 그다음은, 상상조차도 하기 싫었다.

'우짜노? 미안해서 우짜노, 꺽돌아이.'

움직일 수 있다면 엉금엉금 기어가서라도 곳간 벽에 머리를 세게 부딪고 죽어버릴 것을. 그러면 죄의식에서 조금은 벗어날 수 있으려나.

322

'꺽돌이 니는 아즉도 마이 살 수 있을 나이 아이가?'

언네는 족쇄가 단단히 채워진 불편한 몸을 흔들어가며 오열을 터뜨렸다. 혼자 정신 나간 여자처럼 중얼중얼하기를 그치지 않았다. 그 곳간에 켜켜이 쌓인 어둠이 눈을 뜨고 그런 그녀를 물끄러미 지켜보고 있었다.

해랑은 곧장 배봉이 있는 곳으로 내닫는 게 아니었다. 어찌 된 노릇인지 발길은 제 처소로 향하고 있었다. 천하를 손안에 거머쥔 사람처럼 얼굴 가득히 득의만면한 표정을 짓고서였다.

"아, 여보!"

해랑이 중문을 막 통과하고 있는데 문득 억호기 앞을 막아섰다. 부전자전, 날이 갈수록 낯판이 평안리 타작마당같이 넓어지고 배가 돝골 쪽 뒤벼리처럼 튀어나오는 억호였다. 그나마 동생 만호에 비하면 조금은 덜 비대한 몸집이었다.

"시방 오데 갔다 오는 기라?"

억호의 그 물음은 중문 근처에 자라고 있는 오래된 감나무 둥치에 부딪혀 땅으로 굴러내리는 듯했다.

"아버님께서 와 보라 하시서예."

해랑의 대답이 시원시원했다. 그렇지만 또 나오는 억호의 물음은, 가시덤불에 걸린 새가 퍼덕이는 소리와 유사한 느낌을 던져주었다.

"그라모 언네 일 땜새 부리신 거 아이요?"

억호에게 언네는 해랑이나 다른 사람들과는 또 다른 상관관계로 맺어져 있는 것이다. 해랑은 이번에도 즉시 답했다.

"예, 맞아예. 언네 일 땜새 그랬어예."

"머 좀 알아낸 기 있소?"

그렇게 묻는 억호 얼굴이 해랑 눈에 얼간이 같아 보였다. 입술에 상대가 눈치채지 못할 정도로 엷은 웃음을 깨문 해랑의 답변이었다.

"하나도 없어예."

대문 안에 거듭 세워놓는 중문처럼 겹겹이 자신을 위장하는 벽을 세우고 있는 요물이 해랑이었다.

"없다꼬……."

실망감에 젖은 억호 표정이 더욱 침통해졌다. 그러자 한층 바보스러워 보였다. 그게 딱 그의 한계인지도 모른다.

"언네 공범을 알아낼라쿠는 일은 포기해야 할 꺼 겉어예."

해랑도 짐짓 더없이 화가 나고 억울하다는 빛을 지었다. 억호가 그의 심복 양득이 키우는 해귀처럼 굵은 고개를 끄덕이며 말했다.

"고년 지독한 거는 조선팔도가 싹 다 알고 있다 아인가베."

"그렇지예?"

해랑이 지금 그 소리를 번복하지 말라는 듯 말했고, 억호는 재확인시켜주는 어조로 말했다.

"하모, 독종 운산녀꺼지도 굴복 몬 시킨 종년인 기라."

늙은 감나무 가지에서 까마귀가 울었다. 그 까마귀 몸 빛깔 같은 껌껌한 곳간 속에 갇혀 있는 언네의 피맺힌 절규를 떠올리게 하는 울음소리였다.

'감나모 밑에 누우도 삿갓 미사리를 대어라.'

억호가 듣지 못하도록 혼자 마음속으로 그런 말을 중얼거리고 있는 해랑은 천의 얼굴을 가진 여자였다.

의당 자기에게 올 이익이라도 서둘러서 노력하지 않으면 안 된다.

그런 의미를 지니는 혼잣말은, 그녀가 교방 관기로 있을 때 관헌들에게서 귀동냥한 것이었지만, 언제부터인가 그녀의 생활신조로 자리 잡고 있었다.

# 수묵화 속의 초가집

 세상에는 없는 게 참 많다. 하지만 단 한 가지, 그렇지 않은 게 있다. 없는 것이 없다. 바로 비밀이다. 비밀은 없다.

 알려지기 위해 존재하는 것이 그 비밀이었다. 사람 입만큼 가벼운 것도 없다는 증거였다. 못물 위에 떠 있는 새털만 한 무게도 없는 인간들의 주둥이였다.

 ―에나?

 ―에나가?

 ―우쩨 그런 일이?

 ―함 더 이약해 봐라. 그래서 우찌 됐다꼬?

 ―그기 안 있는가베.

 배봉이 집안 비복들에게 그렇게 단단히 입막음을 시켰음에도 불구하고 언네 사건은 온 고을에 파다하게 퍼져 버린 것이다. 그것은 날개를 매달고 꼬리를 달랑거려가며 사방팔방 잘도 번식하였다. 호열자가 혀를 내두를 판국이었다.

 '혁!'

그 소문을 먼저 전해 들은 사람은 꺽돌이 아니라 설단이었다.

'옴마야!'

읍내장에 갔던 설단은 장거리를 사는 둥 마는 둥 하고 치마 끝에 바람을 묻히고 집으로 달려왔다. 숨이 턱까지 차올랐다.

"여, 여, 여보!"

그때 꺽돌은 마당 가에서 작두로 천룡에게 먹일 여물을 썰고 있었다. 하지만 하도 잡다한 생각에 잠긴 데다가 기운이 없어 실체는 없어지고 그저 사람 허물만 둘러쓰고 있는 형용이었다.

"어, 언네 아주머이, 언네 아주머이가!"

사립문이 부서질 정도로 세게 밀치고 마당으로 들어서면서 설단이 거기까지 말했을 때, 꺽돌은 이미 벌떡 몸을 일으켜 세우고 있었다.

"어머이? 어머이가 와?"

그러잖아도 언네 소식을 몰라 전전긍긍하고 있던 꺽돌이었다. 불길한 예감이 감사나운 짐승같이 덤벼들어 한밤중에 열 번도 더 넘게 눈을 뜨곤 했다.

"무, 무신 일이 이, 있는 기가?"

어쩌면 설단보다 더 허둥대는 소리로 묻는 꺽돌 머릿속에 당장 간밤 꿈이 되살아났다. 꿈자리가 더없이 뒤숭숭했다. 언네가 어디론가 한없이 가 보이는 꿈이었는데, 그런 그녀 뒤를 무서운 맹수 떼가 쫓아가고 있었다. 현실 세계에서는 볼 수 없는 해괴망측하게 생긴 것들이었다. 어떻게 보면 반인반수半人半獸 형상을 한 괴물들이었다.

'어머이, 어머이.'

그가 언네를 구할 거라고 혼자서 갖은 용을 써대다가 어느 순간 눈을 뜨고 일어나 보니 온몸이 식은땀으로 멱을 감고 있었다.

"시, 시방 그, 그 집……."

"머?"

설단이 금방 숨넘어갈 사람같이 하며 들려주는 이야기를 듣고 있는 꺽돌 얼굴은 그야말로 사색이 돼 가고 있었다.

"우, 우찌나 고문을 당했는고, 사, 사람도 모, 몬 알아본다쿠는 기, 기라예, 사람도!"

"아."

꺽돌은 그대로 땅바닥에 무너져 내릴 사람 같아 보였다.

"여, 여보!"

깜짝 놀란 설단이 병아리 같은 몸으로 곰 같은 그를 얼른 부축하여 툇마루 끝에 간신히 앉혔다.

"어머이, 어머이."

꺽돌은 그저 '어머이' 소리만 자꾸 되풀이할 뿐이었다. 그런 남편 모습을 옆에서 안타깝게 지켜보는 설단 눈에, 그는 한 번 걸리기만 하면 도저히 목숨을 부지할 수 없는 무서운 열병을 앓는 환자와 다르지 않았다.

"울 어머이를 우짜노? 우짜노?"

"여, 여보."

꺽돌은 발작을 일으켰다.

"아인 기라! 이거는 아인 기라!"

설단이 손까지 비볐다.

"지, 지발예. 당신이 이라시모 안 됩니더!"

친모 얼굴도 모른 채 지금까지 살아온 꺽돌이었다. 그런 꺽돌이기에 친자식보다 더 언네에게 효를 다했고, 친자식이 없는 언네 또한 꺽돌에게 세상 어떤 부모보다도 정을 다 쏟았다.

"내, 내 땜에 어머이가, 어머이가."

꺽돌은 대번에 알았다. 언네는 죽기를 각오하고 꺽돌 자신의 이름을 발설하지 않았다는 것을. 그러니 그 잔인하고 악독한 배봉에게 당했을 고문은 보지 않아도 눈에 선했다.

"내가, 내가 주, 죽을 늠인 기라, 내가. 당장 못에 가서……."

그러면서 꺽돌이 갑자기 마루에서 벌떡 일어서더니만 곧장 집 밖으로 달려나가려고 했다. 그것을 본 설단이 파랗게 질린 얼굴로 급히 그의 몸을 잡으며 외쳤다.

"여보! 오, 오데로 가실라꼬예?"

"놔! 놔라!"

집터가 함부로 울렸다. 초가지붕과 토담이 와르르 내려앉기 직전이었다.

"지발 즈, 증신 채리이소."

"이거 몬 놓것나?"

꺽돌이 설단의 손을 뿌리치면서 있는 대로 악을 써댔다. 감나무 뿌리에 코를 처박은 채 납작 엎드려 있던 삽사리가 그런 주인들을 보고 몹시 애달픈 소리로 낑낑거렸다. 천룡도 외양간에서 일어서더니 그 비좁은 공간 안을 이리저리 빙빙 돌면서 자꾸만 우는 소리를 내었다.

"여, 여보! 당신이 이라시모 지도 몬 살아예!"

설단이 울면서 애원했다. 집으로 온 언네와 함께 나갔다가 늦게 돌아온 그날 밤 이후로 꺽돌은 다른 사람이 돼 있었다.

"이거 안 놓으모……."

상대가 누구든 살인이라도 칠 기세의 꺽돌이었다. 실제로 그의 두 눈에 번득이는 것은 보기만 해도 진저리가 쳐지는 엄청난 살기였다. 그래도 설단은 이를 앙다문 채 말했다.

"몬 놓심니더!"

부부 사이에 서로 잡고 뿌리치는 실랑이가 벌어졌다. 그들 자식과 같은 짐승들도 그대로 있지 못하고 놀라다가 울다가 하였다.

'음매애애.'

'컹, 컹컹!'

해는 서산마루에 아슬아슬하게 걸려 있었다. 마당 가득 놀 기운이 흘렀다. 붉고 서러운 핏빛이었다. 늙은 감나무도 붉은 옷으로 갈아입었다. 근처 비봉산과 가매못에서 동시에 불어오는 바람기가 좀 더 강하게 느껴졌다.

그때였다. 열린 사립문 사이로 누군가가 급하게 집 안으로 뛰어들었다. 여자였다. 여자가 큰 소리로 말했다.

"고만들 하소! 이기 무신 짓들이오?"

부부는 흠칫, 반사적으로 동작을 멈추었다. 그러고는 동시에 바라본 문간 쪽에는 뜻밖에도 그들에게 무상으로 전답을 준 비화가 서 있었다.

"아, 마님이······."

설단은 어쩔 줄 몰라 했고, 꺽돌도 그만 고개를 떨구었다. 비화가 한결 낮춰진 목소리로 말했다.

"뭔 일인고는 모리것지만도, 이란다꼬 일이 저절로 풀리는 깁니꺼? 부부간 화합이 안 맞으모 가정은 무너집니더."

더없이 머쓱해진 꺽돌과 설단의 눈이 마주치는가 했더니 이내 서로 외면해버렸다. 비록 같은 솥 안의 밥을 먹고 한 이부자리를 쓰는 부부 사이라고 해도 민망스러운 것은 어쩔 수가 없는 것이다.

"방으로 들가서 천천히 같이 이약해보이시더."

비화는 상기시켜주듯 하였다.

"팽소 이리 몰상식하거로 해쌌는 사람들도 아임시로."

"······."

삽사리와 천룡도 그들 주인의 은인은 알아보는지 아무 소리도 내지 않고 얌전한 모습들로 가만히 바라보고만 있었다.

"동리 사람들이 몰리오기 전에 퍼뜩요."

비화가 집 안이 훤히 들여다보일 만큼 야트막한 흙담 너머를 돌아보며 재촉했다.

"마님 말씀대로 하이시더."

설단이 두 손으로 꺽돌 등을 밀었다.

"알것소."

꺽돌도 더 이상 고집을 부리지 못했다. 삽사리와 천룡이 소리를 한 번 내고는 다시 잠잠해졌다. 어서 그렇게 하라고 권유하는 것 같았다.

그리하여 그들이 막 방 있는 쪽으로 몸을 돌려세우려 할 때였다. 그 야말로 귀신도 예상하지 못했을 불청객 하나가 또 그 집 마당으로 들어 섰다.

"어?"

"아!"

비화와 그 불청객 입에서 한꺼번에 튀어나온 소리였다. 세상에 어찌 이런 일이? 어떻게 이런 곳에서?

"옴마!"

"허!"

꺽돌과 설단의 충격도 엄청났다. 둘 다 도깨비에게 홀린 사람들처럼 멍청하게 서 있었다.

그새 해는 꼴깍 넘어가고 집과 사람 그림자도 함께 사라졌다. 그 대신 새로 나타난 인물이 있었다.

가매못 속에 살고 있다는 물귀신이 둔갑하고 나타난 것인가? 인근 여 우고개에 창궐한다는 여우가 치마저고리를 훔쳐 입고 왔는가?

어떻게 저 여자가? 불청객은 해랑이 틀림없었다. 있을 수 없는 일이 눈앞에서 벌어지고 있었다. 해랑이 이집을 찾아오다니.

그런데 뒤미처 해랑의 입에서 떨어지는 말이 또 실로 기묘하기 그지없었다.

"비화 언가 니도 알고 온 긴가베?"

"……."

비화는 머릿속이 하얗게 비어버리는 느낌이었다. 둔중한 물체에 뒤통수를 호되게 얻어맞은 기분이었다. 김 장군의 여식답게 여장부인 그녀지만 그 순간만은 다리가 비틀거리면서 몸의 중심을 잡기가 힘들었다.

'비화 언가.'

해랑이 옥진이였던 예전같이 자기를 그렇게 부른다는 것도 참으로 뜻밖이었지만, 그 말 또한 급소를 정통으로 찌르는 소리였다.

'니도 알고 온 긴가베?'

그렇다면? 해랑 자신은 무언가를 알고 있으며, 또한 그것 때문에 이곳에 왔다는 얘기가 아닌가?

그런 속에서 꺽돌과 설단은 해랑이라는 여자를 어떻게 대해야 할지 난감하기 짝이 없는 표정으로 장승같이 서 있었다. 지금은 임배봉 집안 맏며느리지만 지난 한때는 비화와 친자매처럼 가까운 사이였다는 여자였다. 그런 자각이 그들 부부에게 어떠한 말과 행동도 하지 못하게 막아버리는 것이었다.

'옥지이가…….'

비화 머릿속에서 해랑이라는 이름은 씻은 듯이 사라지고 옥진이라는 이름이 되살아났다. 그 '언가'라는 말이 그렇게도 대단한 힘을 발휘한다는 것인가? 해랑이 주술사가 되었나? 신불神佛이나 초자연적 위력에 의하여 재앙을 면하게 하거나 내리는 그런 신묘한 힘을 가졌다는 사람같이 말이다. 그러다가 비화는 크게 자조했다.

'아, 시방 내가 무신 돼도 안 한 잡생각을 하고 있노? 빙신매이로.'

하지만 비화의 당혹감 역시 그들 부부보다 더하면 더했지 결코, 덜하지는 않았다. 하긴 작금에 벌어진 사건이 너무나 엄청난 것이긴 했다.

'우짜다가 그런?'

언네와 공범인 어떤 사내가 배봉의 저택 안에까지 잠입하여 배봉을 암살하려다가 해랑으로 말미암아 그만 실패로 돌아가고, 언네는 붙잡혀 공범을 대지 않는다고 온갖 고문을 당해 초주검이 돼 있다는 그 소문을 들었을 때, 비화는 심정이 어떠했던가. 단지 감정뿐만 아니라 이성마저도 기능을 완전히 상실해버리는 느낌에 그저 한없이 허둥거려야만 했다.

'내가 할 일을…….'

그러나 무엇보다 비화를 까마득한 벼랑 밑으로 확 밀어버리는 듯한 원흉은 따로 있었다. 해랑이 철천지원수 배봉을 죽음 직전에 구해준 생명의 은인이 될 줄이야. 천하의 못된 잡귀신이 농간을 부려도 그럴 수는 없었다.

'시상에, 배봉이가 해랑이 덕분에 살았다이?'

언네가 배봉과 운산녀 목숨을 노린다는 소리는 이미 오래전부터 공공연히 나돌고 있었다. 그렇지만 솔직히 누구도 믿으려 들지 않았던 게 사실이었다. 너무나도 불가능한 일이라고 치부했으며, 특히나 배봉이 언네를 집안에서 내치지 않고 있다는 사실을 놓고 볼 때, 그것은 말을 하지 않고 가만히 있으면 입에 헛거미가 쳐지는 호사가들이 지어낸 한갓 헛소문일 뿐이라고 받아들였다.

그러나 그건 뜬구름 같은 풍문이 아니었다는 게 밝혀진 이 마당에 사람들 관심은 언네의 공범자에게로 쏠리기 시작했다. 대체 그가 누구기에 종년 언네와 함께 그 무서운 짓을 저질렀는가? 사람들은 그게 남의 일임에도 불구하고 상세한 셈속을 알지 못해 저마다 궁금해서 미쳐날 것 같았다.

그리고 어떤 누구보다도 더 알고 싶은 사람이 당연히 비화였다. 배봉을 죽이려고 한 사람이라면 그녀와는 동지 사이였다. 참으로 소중한 사람이었다. 언네는 어쩔 수 없다손 치더라도 그 사람만이라도 배봉의 마수에서 구해주고 싶었다.

'그 사람이 누꼬? 누꼬?'

비화는 몇 날을 두고 생각을 거듭하였다.

'해, 해나?'

그러다가 떠올린 게 바로 꺽돌이었다.

'맞다, 맞다!'

비화가 아는 한도 내에서는, 지금 배봉 가문에 가장 큰 원한을 품을 사람들은 그녀가 소작 부쳐 먹을 땅을 준 꺽돌과 설단 부부였다. 처녀인 설단을 임신시키고, 더욱이 그 사이에서 태어난 아이 재업은 가로채고, 그 어미는 집 밖으로 내쳐버린 억호였다.

'그렇다모 내가 그냥 이리만 하고 있을 때가 아인 기라.'

그 결론 끝에 비화는 이번에는 언네와 꺽돌을 연결시켜 전후좌우로 가늠해보았다. 그러고는 오래지 않아 고개를 끄덕였다. 다분히 가능성이 있는 이야기였다. 둘 다 배봉 식솔들에게 칼을 들이밀 충분한 소지가 있는 것이다.

'그라모 먼첨 볼 사람이 있다.'

비화는 꺽돌을 만나보기로 작정했다. 그가 소문의 주인공이라면 어디가 달라져도 달라져 있을 것이었다. 함께 일을 도모했던 한 사람이 사로잡혀 공범을 실토하라는 심한 고문을 당하고 있는 형편이니 얼마나 불안하고 초조할 것인가? 바로 이날 비화가 거기까지 오게 된 내막이었다.

그런데 그 집에 도착하자마자 바로 목격한 것이 부부의 그런 모습이었다. 비화는 좀 더 자신의 판단이 옳을 수도 있다는 생각을 굳히기에 이르렀다. 그렇지만 비화로 하여금 완전히 믿게 만든 건 해랑이 또한 그 집을 찾아왔다는 사실이었다. 그뿐만이 아니었다. 해랑은 또 뭐라고 했던가? 비화 언니 너도 알고 온 게 아니냐고 했었다.

'아, 무시라!'

비화는 그만 머리털이 쭈뼛 곤두서고 온몸에 오톨도톨 소름이 돋기 시작했다. 그렇다면? 해랑도 꺽돌이 그 사건의 진범임을 알고 있다는 소리가 아닌가? 어떤 경로를 통해 알게 된 것인지 현재로서는 짚을 길이 없지만, 그것은 거의 확실해 보였다.

'우짜노? 이 일을 우짜모 좋노? 인자 꺽돌이 피해갈 길은 오데도 없는 기라. 그리 되모 설단이 또한……'

그런데 좀체 짚어낼 수 없는 게 있었다. 해랑은 지금 혼자라는 게 그 것이었다. 배봉이나 점박이 형제, 하다못해 자기 집에서 부리고 있는 하인 하나 거느리지 않고 그녀 단독으로 나타난 것이다. 제아무리 당찬 여자라도 이건 아니었다.

그러나 꺽돌은 혼이 철저히 빠져나가 버린 상태였다. 느닷없이 불쑥 나타난 두 여자. 그것은 곧 무엇을 의미하는가? 바로 꺽돌 자신이 언네 공범자라는 것을 벌써 알고 있다는 그런 얘기가 된다. 아무도 알지 못하리라 철석같이 믿었던 그 사실을 한 사람도 아니고 두 사람이나 알았다니! 게다가 그들이 누구인가? 세상 누구보다도 배봉 집안과 질기고 강한 끈으로 연결된 사람들이 아닌가?

그리고 꺽돌 머릿속에서는 비화와 비슷한 생각이 이어지고 있었다. 혼자 온 해랑. 자기 시아버지를 칼로 찔러 죽이려고 했던 무서운 범인이 사는 집에 혼자 몸으로 찾아온 여자. 이 세상에 저런 여자가 있었다니. 그렇다면 그녀의 간담은 강철로 되어 있다는 것인가? 죽지 않는 불

사조?

그때쯤 설단 또한 꺽돌이 그 소문의 장본인임을 깨닫고는 소스라쳤다. 그러니 그녀 또한 당연히 제정신일 수가 없었다. 아니다. 가장 혼이 나갔다. 내 남편이 그렇게 엄청난 사건을 저질렀다니. 언네가 찾아왔던, 그날 밤 비봉산 수리부엉이가 그리도 울어대더니. 배봉의 식솔들이 얼마나 무섭고 혹독한 족속들인가는 누구보다도 잘 안다. 이제 남편 목숨은 없다. 그는 이미 죽은 몸이나 다름없다.

'아아, 우짤꼬? 우짤꼬?'

그러자 설단은 무조건 비화에게 매달리고 싶었다. 그들 부부가 배봉 식솔들의 치밀하고 악랄한 마수에서 벗어날 수 있도록 할 수 있는 사람은 세상에서 오직 비화 하나뿐이라고 판단했다.

'이거는 우리 인간이 모리는 우떤 머가 있는 기라.'

비화는 하느님이나 부처님의 명을 받고 내 남편을 구해주기 위해 오늘 우리 집에 왔다고 믿었다. 비화는 설단 자신이 만난 여자들 가운데서 제일 영리하고 대가 센 사람이었다. 그렇다. 비화만이 유일한 희망이다. 단 하나의 지푸라기다. 그 생각 뒤끝을 물고 설단은 자신도 모르게 해랑을 바라보았다. 그렇다면 저 여자는?

바로 그때였다. 비화가 해랑에게 이런 말을 던졌다.

"옥지이 니가 방금 내한테 핸 그 소리가 무신 소리고?"

그러자 꺽돌 얼굴만 유심히 바라보고 있던 해랑이, 누구 눈으로 봐도 가식적으로 비치는 웃음기를 머금은 표정으로 곱씹었다.

"무신 소리?"

그러더니 혼자 북 치고 장구 치는 사람같이 하였다.

"아, 알고 온 기가, 핸 그 말?"

비화가 아주 잘 드는 칼로 싹둑 자르듯 짧게 단 한마디를 내뱉었다.

"하모."

그 말을 듣기 무서웠다.

"하모?"

그렇게 반문하는 해랑 얼굴에서 웃음기가 거짓말처럼 가시고 찬바람이 확 끼쳤다. 목소리 끝에는 작두날 같은 섬찟한 기운이 묻어났다.

"언가 니는 안 있나, 다린 거를 다 떠나갖고 아모 말에나 너모 큰 으미를 줄라쿠는 기 문젠 기라."

백설을 연상시키는 하얗고 고운 이마를 잔뜩 찌푸려 마당 가 감나무 둥치에 간 주름을 그려내면서 말했다.

"넘들은 다 빙신이고, 지 하나만 똑똑한 거매이로 해쌌는 인간 말이다."

잠자코 듣고 있던 비화가 이렇게 내질렀다.

"그라모 모린다 말이가?"

일순, 그들 사이에 숨 막히는 침묵이 끼어들었다. 총칼만 안 들었을 뿐이지 전쟁이 따로 없었다.

해랑의 눈동자가 고정돼 보였다. 심각하다거나 골똘한 생각을 할 때면 곧잘 지어 보이던 예전 습관 그대로였다. 어쩌면 해랑에게 변하거나 바뀌지 않은 것을 찾으라면 그것 하나뿐인지도 모르겠다. 비화는 사팔뜨기 같은 그 눈을 쏘아보며 다그치는 목소리로 물었다.

"에나 그런 기가?"

"에나, 에나……."

흡사 말 잇기 놀이를 하듯이 비화 말을 입에 올리던 해랑의 눈동자가 아주 천천히 움직이기 시작하더니 비화에게서 다시 꺽돌에게로 돌려졌다. 그러자 꺽돌은 자신도 모르게 그 시선을 피했다.

비화는 그것을 놓치지 않았다. 이제는 더 이상 의심할 여지가 없었다. 그렇다. 모든 건 명명백백해졌다. 벼랑 끝에 선 꺽돌이다. 아니, 벌써 벼랑 아래로 굴러떨어지기 시작하고 있는 꺽돌이다. 비화의 신경이 좀 더 해랑에게 당겨졌다.

'역시 이전하고는 상구 다리다.'

비화는 홀연 해랑이 더없이 부담스러워지기 시작했다. 그것은 참으로 견딜 수 없는 감정의 기복, 더 나아가 일종의 패배의식에 가까웠다. 아무리 아니라고 부정해도 어쩔 수 없는 그 무엇이었다. 하긴 꺽돌이 같은 건장한 사내가 눈을 마주치는 것을 두려워하게 할 정도이니 무슨 말을 더 끌어다 쓸 수 있을까.

'우짜모 내보담도 더 그렇다.'

세월은 한 여자를 철저히 또 완전히 다른 여자로 만들어 놓았다. 사람 얼굴에 나 있는 점을 보고 두려움에 발발 떨곤 하던 그 여자애는 더는 이 세상에 존재하지 않았다. 그 대신에 떵떵거리는 세도가 집안의 맏며느리만 있었다.

'그래서 설단이 저라는갑다.'

그리하여 비화 자신이 보기에, 설단은 꺽돌보다도 한층 더 심해서 아예 처음부터 그런 해랑을 결코 맞설 수 없는 공포의 대상으로 받아들이고 있는 것 같았다. 하기야 그들 부부만 그런 게 아니라 그 누구도 배봉가家라는 성채를 함락시키기는 쉽지 않을 터였다.

'암만 그렇다 쿠더라도 아인 기라.'

비화는 목젖을 겨냥해 울컥 치밀어 오르는 뜨거운 기운을 억제하지 못했다. 제 자식을 빼앗아 가서 키우고 있는 여자. 자기 운명을 망가뜨린 사내의 아내가 되어 있는 여자. 그런 여자에게 저주와 분노의 칼을 휘둘러도 부족할 판국에, 도리어 겁을 집어먹고 슬슬 기고 있는 저 못난 꼬락서니라니.

'내가 이래서는 안 되겠다.'

비화는 결심했다. 자신이 나약해 빠진 이들 부부를 대신하여 해랑과 싸울 것이다. 아니다. 해랑이 배봉가 맏며느리로 들어갈 때부터 자신과 해랑과의 싸움은 이미 시작되었다. 비화는 공격의 화살을 날렸다.

"그라모 니는 머를 안다쿠는 말인데?"

해랑이 조금도 머뭇거리지 않고 즉각 맞받아쳤다.

"머를 아느냐꼬?"

비화도 즉시 반격했다.

"하모, 머를 아는데?"

해랑이 상대를 얕잡아보듯 실실 웃었다. 가증스럽기 그지없는 태도였다.

"그거를 꼭 내 입으로 말해야 하까?"

해가 떨어지고 담장도 자기 그림자를 거둬들인 지 꽤 되었다. 한낮 동안 숨어 있던 바람이 자기 때를 만났다는 듯이 마당 가에서 반란군처럼 술렁거리기 시작했다.

처음에는 해랑을 보면서 물어뜯거나 들이박을 것처럼 마구 짖고 움직이던 삽사리와 천룡이 지금은 방관자같이 가만히 있었다. 해랑의 기氣에 억눌려 있는지도 모른다.

비화는 해랑에게 무어라 대꾸하는 대신 꺽돌을 바라보았다. 그러자 꺽돌은 비화의 그 시선도 피해 버렸다. 비화는 또 욱하는 감정에 사로잡혔다. 비화는 고개를 돌려 해랑을 노려보며 물었다.

"그래서 머를 우짤라꼬 이집에 온 긴데?"

그런데 다분히 질책이 담겨 있는 그 물음이 미처 끝나기도 전이었다. 해랑 입에서 거기 누구도 전혀 예상치 못한, 천지가 경악할 대답이 흘러나왔다.

"내가 언네를 살리줄 수도 있다쿠는 말을 전해 줄라꼬 왔제."

그 말의 파급 효과는 엄청난 결과를 낳았다.

"머라?"

"아."

"옴마야!"

비화는 더 말할 것도 없고 꺽돌과 설단 또한 귀를 의심했다. 해랑이 언네를 살려줄 수도 있다니? 해랑이 언네를? 그것은 여우가 재주를 넘어도 열두 번은 더 넘는 것 같은 경이롭고 충격적인 상황이 아닐 수 없었다.

"저, 안 있심니꺼."

설단이 해랑을 향해 처음으로 입을 연 것은 다음 순간이었다.

"무신 말씀인고는 잘 모리것는데예……."

하지만 그 말을 끝까지 듣기도 전이었다.

"시방 내한테 하는 소리가?"

대뜸 그렇게 쏘아붙이면서 해랑은 독기 서린 눈초리로 설단을 째려보았다. 설단이 그만 움찔하면서 기어드는 소리로 말했다.

"머를 잘몬 알고 계신 거 겉어서예."

"잘몬 안다꼬?"

비록 낮지만 듣는 사람 마음을 오싹하게 몰아치는 해랑의 반문이었다. 설단은 가까스로 용기를 내는 기색이 역력했다.

"예, 우리 저 사람은……."

"이 시상 아내치고……."

해랑이 그곳 외양간 가까운 한쪽 귀퉁이에 놓여 있는 작두로 자르듯 냉큼 설단 말끝을 잘랐다.

"지 서방을 안 믿는 사람은 하나도 없제."

그러자 설단뿐만 아니라 꺽돌 입에서도 신음이 나왔다.

갈수록 어둠의 손에 가려지고 있는 비봉산이 고개를 숙여 그 집 안을 내려다보고 있었다. 산에서 들려오는 새소리가 끊긴 지는 오래였다.

"내도……."

숫제 밋밋하게까지 들릴 정도로 그다지 억양도 감정도 전해지지 않는 해랑의 말이 다시 이어졌다.

"우리 동업하고 재업이 아부지 말이라쿠모, 우떤 누가 폿을 갖고 메주를 쑨다 캐도 모돌띠리 믿은께네."

정물처럼 아무런 움직임이 없는 외양간의 천룡을 흘낏 바라보고 나서 또 한다는 소리가 기도 안 찼다.

"소도 우리 해귀매이로 쥔을 잘 만내야 하는데 안됐다."

꺽돌과 설단의 안색이 하얗게 변했다. 문을 바르는 종이로 만든 사람 얼굴 같았다.

'사람이 우찌?'

비화는 해랑의 뺨이라도 후려갈기고 싶었다. 실은 그보다도 더했다. 머리끄덩이를 확 낚아채어 마당에 내동댕이쳐 버리고 싶었다. 그런 후에는 쓰러진 그 몸뚱어리를 발로 콱콱 밟아 버리고 싶었다. 산산조각이 나서 흔적도 없이 스러져 버릴 때까지.

도대체 저게 말이라고 나불대고 있는가? 무슨 억하심정으로? 천룡과 해귀를 빗대어 저런 망언을? 아니, 그건 그렇다 치고, 그들 부부에게 들으라고 억호와 재업을 입에 올리다니. 꿈에라도, 저승에 가서라도 결코 떠올리고 싶지 않을 그 두 사람…….

하지만 그 정도에서 그치는 게 아니었다. 해랑은 그 소리를 하고 나서, 이번에는 상대가 어떤 표정을 짓고 있는지 즐기려는 듯이 부부 얼굴을 번갈아 바라보았다. 눈동자가 팽이나 굴렁쇠 돌아가는 것처럼 돌아가고 있었다.

설단은 하도 기가 막히는지 더는 아무 말도 하지 못했다. 꺽돌은 당장 그 자리에서 혀를 콱 깨물어 죽고 싶은 얼굴이었다. 다른 사람들이 돌아간 후에 그들이 할 행동들이 지금 눈앞에 먼저 나타나 보였다.

'아까도 이런 생각을 했지만도 역시나 그렇거마.'

아무래도 해랑과 말 상대를 할 수 있는 사람은 거기서 나뿐이라고 비화는 한 번 더 실감하고 다짐하였다.

"옥지이, 아니 해랑이 니!"

비화는 고개를 빳빳이 치켜들고 얼음 조각 내던지듯이 차갑게 내뱉었다. 옥진이라는 말보다 해랑이라는 말에 몇 배 더 힘을 넣고서였다.

"아모것도 모리는 착한 사람들한테 와갖고, 무담시 있지도 안 한 죄를 벌로 막 뒤집어씌울라 쿠지 마라."

해랑이 비화를 노려보며 이빨 갈리는 소리를 내었다.

"아모것도 모리는 착한 사람들?"

가매못 쪽에서 술 취한 주정뱅이가 함부로 질러대는 듯한 고함소리가 아슴푸레 들려오고 있었다.

"하모, 아모것도 모리제."

비화는 해랑의 눈초리를 정면으로 맞받으며 천천히 말했다.

"이 사람들이 머를 알 끼고?"

꺽돌과 설단의 고개가 더욱 수그러졌다. 바로 종의 모습이었다.

"내가 죄를 뒤집어씌울라 쿤다꼬?"

해랑은 바싹 독이 오른 독사를 방불케 하였다. 그것을 본 비화는 뱀을 잡아 파는 땅꾼이 되기로 작심했다.

"와?"

"……."

해랑은 대응할 말이 얼른 떠오르지 않아 몹시 기분이 상하는 빛이었다.

"그라모 그기 아이가?"

동네 저 뒤쪽 산등성이에서 까막까치 우는 소리가 났다. 그곳의 어떤 무덤에 누워 있는 망자의 혼이 환생한 것일까?

"배미 본 새 짖어쌌는 거맹캐 하지 마라."

비화는 어둠이 내리면서 수묵화 속의 초가집처럼 보이는 그 집 안을 둘러보면서 또 말했다.

"아모 일 없이 자알 살고 있는 넘의 집에 와갖고."

잠시 불리해진 전세를 만회하려고 기운을 모으는 군인같이 입을 꾹 다물고 있던 해랑이 말했다.

"새? 새 짖어쌌는 거맹캐?"

그러는 품이 흥분되는 스스로를 추스르기 위하여 속으로 애쓰는 기색이 뚜렷했다. 불룩한 앞가슴이 들썩거릴 만큼 가쁜 숨을 몰아쉬기도 하였다.

# 운다고 될 일 같으면

"와~아!"

무슨 신나는 놀이라도 하는지 동리 공터에서 아이들이 내지르는 함성이 커졌다 작아졌다 하고 있었다. 어서 저녁밥 먹으러 집에 오라고 크게 외치는 여인네 목소리도 그 속에 섞여 있었다.

"새 대갈빼이보담 몬한 사람 머리도 있는 줄 모리는가배?"

해랑이 다시 칼을 벼른 듯 공격적인 기세로 나오기 시작하였다. 비화는 침착해야 한다고 자신을 타일렀다. 애써 음성을 조절하였다.

"언네 소문은 내도 들었지만도, 그 사건하고 여게 부부들하고 어거지로 끼맞출라꼬 하지 마라."

사립문 밖에서 아이들 달음박질치는 소리가 소란스러웠다. 아이들은 도대체 무엇이 재미있어서 저러는지 알 수 없었다.

"어거지? 어거지로?"

해랑이 벌레 씹은 상판을 했다. 그러자 그 예쁜 얼굴도 보기 흉했다. 비화는 마녀를 떠올리게 하는 그 얼굴을 보며 타이르는 투로 말했다.

"겉에서 듣는 내가 기분이 다 파이다(나쁘다). 그러이 이분들은 더 안 그렇것나?"

해랑은 내가 그들에 대한 비화의 호칭을 잘못 들은 게 아닌가 하고 크게 의심하는 눈빛으로 되뇌었다.

"이분들, 이분들."

비화는 돈 갖고 사람 구별하지 말라는 식으로 나갔다.

"사람은 니내없이 다 감정이 있는 뱁인께, 볼촉시리 자꾸 글싸모 안 되는 기다."

그러자 해랑이 지나간 어린 시절에 비화와 함께 한겨울 날 남강 얼음판 위에서 놀다가 쭈르르 미끄러지면서 내던 그때처럼 빠른 목소리로 변했다.

"기분 파이다, 자꾸 글싸모, 쿠는 그 말은, 낼로 우찌해삘 수도 있다, 그런 뜻이가?"

"그거는 니 좋을 대로 상상해삐라."

비화는 그 말만 하고 더 이상 대꾸는 하지 않았지만, 해랑이 저도 사람인 이상 겁이 나지 않을 수는 없을 거라고 판단하였다. 더욱이 지난날 대사지에서 당한 이후로 그렇게 점박이 형제를 두려워하던 모습을 떠올리면 더 그런 생각이 들었다. 하늘에 떠 있는 매를 보고도 기겁을 하던 여자아이였다.

'가면을 둘러써서 그렇제, 천성은 상구 약한지도 모린다.'

또한, 해랑은 지금 혼자다. 게다가 여기는 남의 집 안이다. 그들 부부가 마음만 먹으면 쥐도 새도 모르게 싹 죽여 없앨 수도 있다. 너무나 민감한 사안이기에 평상심을 잃을 수도 있는 것이다. 그러면 해랑이 제아무리 근동에서 최고의 세도를 부리는 가문의 맏며느리라고 해도 속수무책으로 당하지 않고 배기겠는가?

그런데 그건 비화의 일시적인 착각에 지나지 않았다. 해랑이 사립문 바깥으로 슬쩍 고개를 돌리며 이런 혼겁할 소리를 한 것이다.

"시방 저 살팍에 누가 와 있는고 모리는가베?"

"……."

일순, 비화와 그 집 부부 시선이 한꺼번에 그쪽을 향했다. 비화 심장에서 '쿵' 하는 소리가 났다. 잘못 본 것일까? 아니면 정말로?

지금까지 사립문 밖에 숨어 서서 이 안을 들여다보고 있었던 것 같은 어떤 물체 하나가 번개같이 목을 돌리면서 몸을 감추고 있었다. 비화 머릿속이 바늘이나 송곳에 찔린 듯 찌르르했다. 뒤미처 비명처럼 터져 나오려는 소리가 있었다.

'누가 있다!'

참으로 잽싼 동작이었다. 바람도 그렇게 빠를 순 없었다.

'아인가?'

어쩌면 순간적인 환각일 수도 있었다. 비화가 얼른 살펴본 그들 부부 얼굴에는 별다른 빛이 나타나 있지 않았다. 그저 기연가미연가하는 표정들이었다.

"눈은 뽄낸다꼬 뚫버논 기가?"

해랑은 확인시켜주듯 또렷또렷한 어조로 입을 열었는데 그 말이었다.

"억호가 이 해랑이 모리거로 미행시킨 지 심복 아인가베."

비화와 설단의 입에서 놀란 소리가 튀어나왔다.

"머라꼬?"

"아!"

하지만 꺽돌은 무섭게 눈을 치뜨고 곧장 거기로 달려갈 태세였다. 비화는 경악하는 와중에도 역시 사내들은 배짱이 다르구나 싶었다.

"내는 뒤통수에도 눈이 달려 있다쿠는 거를 모리는 기라."

그 말을 하면서 해랑은 '풋' 하고 꼭 풍선 바람 빠지는 듯한 소리로 웃기까지 했다. 세상 모두를 싸잡아 조롱하고 멸시하는 것 같은 웃음이었다.

그런 정황 속에서도 웃음을 보일 수 있는 해랑이 비화는 섬쩍지근했다. 더구나 그녀 입에서 계속 흘러나오는 소리들은 더 소름이 끼쳤다.

"내가 외출할 때마당 안 있나, 장 저리 갱호무사를 붙이주는 에나 고마른 서방이 임억혼 기라."

세상에 다시없이 행복해하는 표정을 지었다.

"이 해랑이가 시집 한분 잘 갔제."

경호무사. 그 말은 한순간에 해랑을 미천한 교방 관기 신분에서 황후나 지체 높은 고관대작 부인으로 격상해주는 효과를 자아내고 있었다.

"시상에서 젤 이뿌고 사랑시런 지 아내가 해나 잘몬될까 싶어서 멤 써주는 거 보모 내사 눈물 콧물 다 나서…… 호호호."

마지막 웃음소리는 그야말로 듣는 사람 간과 등골을 빼먹을 만했다. 설단은 공포에 사로잡혀 비명이라도 지를 여자로 비쳤다. 꺽돌 몸은 크나큰 긴장감에 팽팽해지고 있었다. 그의 뇌리에 비봉산 정상의 고목과 함께 들어앉는 얼굴, 바로 양득이었다.

'그렇다모 시방 저 밖에 양득이가?'

그동안 그가 귀동냥으로 얻어들은 해랑이란 인물의 성질을 놓고 볼 때, 그냥 얄팍한 술수를 부리고 거짓말이나 뿌릴 여자가 아니었다. 게다가 저렇게 대범하게 나오는 것으로 봐서는 분명히 누군가가 있기는 있었다. 꼭 양득이 아니더라도 동업직물 집안에서 부리는 사병 누군가가 있었다.

어쨌거나 결코 범상한 놈은 아닐 것이다. 이런 일에는 높은 이력이 붙어 있음이 틀림없었다. 삽사리와 천룡마저도 미처 알아채지 못할 정도로 신출귀몰한 은신 수법이 아닐 수 없었다. 사람 목숨 하나쯤 없애는 것은 손바닥 뒤집기보다 더 수월할 놈이었다.

꺽돌은 오싹 강한 전율에 사로잡혔다. 여하튼 억호 명을 받고 해랑의 뒤를 쫓아 여기까지 온 그자는, 돌아가는 즉시 상전에게 그가 보고 들은 사실을 있는 그대로 고해바칠 것이다. 그렇게 되면 도저히 빠져나갈 길이 없다.

그런데 입이 쩍 벌어질 노릇이었다. 꺽돌의 그런 속내를 훤히 꿰뚫어 보기라도 한 것일까? 해랑이 또 이런 말을 했다.

"하지만도 우리 서방은 시방 저게 딱 숨어 있는 늄한테서 무신 보고를 들어도 절대로 내한테는 입을 안 열 끼거마는."

그게 무슨 소린지 도무지 알 수가 없었다. 그렇다면 미행은 무엇 때문에 시켰을까? 한데, 이어지는 해랑의 이야기가 참으로 맹랑하면서도 그럴싸한 소리였다.

"그리하모 낼로 미행시킷다쿠는 거를 서방 지 입으로 싹 다 탈탈 털어놓은 꼴이 될 끼니."

그러고는 손뼉이라도 '짝짝' 쳐댈 것같이 하였다.

"에나 에나 재밋다. 재밋어 몬 살것다. 호호호."

비화도 꺽돌이나 설단 못지않게 점점 더 가슴이 후들거렸다. 변신의 귀재다. 사람은 그가 처한 세월과 환경에 따라 골백번도 더 달라지는 법이라고는 하지만, 해랑만큼 그 정도가 심한 사람도 드물 것이다. 철저히 다른 사람으로 새롭게 태어난 여자가 해랑이었다.

'해랑이는 옥지이가 아이고, 옥지이는 해랑이가 아이고.'

그건 그렇고, 앞으로가 진실로 걱정스럽지 않을 수 없었다. 꺽돌 운명은 해랑의 세 치 혀끝에 달려 있다고 해도 지나친 말이 아니었다. 그리고 더더욱 의문스럽고 불안한 것이 수수께끼 같은 해랑의 언동이었다. 분명히 자기 입으로 털어놓았었다. 자기가 언네를 살려줄 수도 있다는 말을 전해 주려 왔다고 했었다.

'암만 헤아리 봐도 그거는 아인데?'

비화는 자꾸만 고개를 갸우뚱거렸다. 자기 목숨을 노린 언네를 구해 주려는 사람이 있다면 배봉이 그냥 두겠는가 말이다. 며느리 아니라 자식이라도 결코, 살려두지 않으려 들 것이다. 그리고 해랑은 그런 사실을 누구보다도 잘 알 것이다.

'수리지끼도 이런 수리지끼는 없을 기다.'

아무튼, 거기 누구도 몰랐던 일이지만 언네 스스로 제 무덤을 판 꼴이었다. 해랑을 잘못 본 것이다. 아니, 실상을 말하자면 여우같이 간사하고 요망한 해랑에게 그만 넘어갔다고 할 수도 있었다. 내 뒤에 꺽돌이 있다고 실토해 버린 그 일은 너무나도 경솔하고 속 얕은 짓이었다. 해랑이 자기 집에서 부리고 있는 종년과 종놈인 언네 자신과 꺽돌 편에 서줄 것이라고 믿었다.

하긴 언네가 해랑에게 그런 소리를 할 당시에는 충분히 그럴 수도 있는 가능성이 엿보였다. 해랑이 사면초가에 빠져 있을 때였으므로 누구에게든 구원의 손길을 내밀지 않으면 안 되었다. 실제 해랑도 언네 앞에서 감지덕지하는 모습을 고스란히 내비치기도 했다.

그러고 보면, 해랑이 늙은 여우만큼이나 의심이 많은 배봉의 신뢰를 한 몸에 받고, 동업과 재업에게는 친모 이상의 자리를 굳히고, 동업직물이 사업을 하는 데 없어서는 아니 될 중요한 역할을 맡을 사람이 되기까지는, 그다지 긴 세월이 흐른 것도 아니었다. 단지 그 시간들이 해랑의 편을 들어준 거라고 볼 수밖에 없었다.

"……"

해랑이 웃음을 그친 마당에는 깊고 짙은 어둠이 깔렸다. 그 어둠만큼이나 초조하고 암담한 마음들이 거센 풍랑 속에서 방향을 잃어버린 배처럼 사뭇 흔들거렸다. 더 나아가 모두는 각자 마음속으로 계산을 하느라 긴 침묵을 지키고 있었다.

얼마나 그런 시간이 머무는 듯 흘러갔을까? 가축들이 지루함을 느낄 즈음이었다. 문득 잠에서 깨어난 사람처럼 비화가 해랑에게 말했다.

"우리는 고마 나가자. 이집 식구들 저녁밥 묵고 잠도 자야 할 낀께."

그 말을 들은 해랑은 같잖다는 눈으로 비화를 힐끔 보더니만 독설을 내뱉었다.

"밥이 목에 안 넘어가고, 잠도 안 올 낀데?"

비화 음성에 작두날이 섰다. 그것은 저주와 증오의 무기가 되어 해랑에게 바로 날아가 꽂혔다.

"니가 그거를 우찌 알아서?"

그러자 해랑이 또 무슨 대거리를 하려는데 외양간의 천룡이 별안간 미친 듯 거구를 함부로 흔들어대면서 무섭게 소리를 내기 시작했다.

그것은 거기 누구도 예상하지 못했던 일이었다. 발정이라도 일으키고 있는가? 평소 천룡을 친자식과도 같이 보살피던 꺽돌과 설단 부부도 굉장히 놀란 눈으로 천룡을 바라보았다. 아까 해귀를 입에 올렸던 해랑도 모르지는 않을 것이다. 예전에 그 고장 투우대회에서 양득이 키우는 해귀와 갑종 우승 자리를 놓고 서로 피를 말리는 싸움을 벌였던 바로 그 소라는 것을.

그런데 돌연한 사태는 천룡 혼자에게서만 그친 게 아니었다. 이번에는 삽사리였다. 그놈도 홀연 온 마을이 막 떠나가라 짖어대는 것이다. 집 안은 온통 짐승들 소리로 가득 차버렸다. 대체 이게 무슨 조화 속인가? 왜 짐승들이 다 저러는 걸까? 그들도 뭔가가 있어서 저럴 것이다.

자기 집에서 자기 하인들을 대하는 것처럼 굴던 해랑 얼굴에도 얼핏 공포와 당혹의 빛이 엿보였다. 발광하듯 설쳐대는 짐승들은 확실히 두려움을 주었다. 그 순간에는 그것들이 미물이 아니라 오히려 인간들을 크게 꾸짖는 무슨 신적인 존재로 느껴질 판이었다. 그래, 별것도 아닌 인간이다.

"내가 오늘은 이 정도만 하고 그냥 돌아가지만도……."

드디어 해랑 입에서 최후의 경고인 양 떨어지는 소리였다.

"구신은 기시도 내 눈은 몬 기신다쿠는 것만은 잊아삐모 안 되제."

그러더니 살아 있는 자가 더 위대하다는 투로 덧붙였다.

"하기사 사람이 죽어서 되는 기 구신인께."

저 '귀신날'은 어디쯤에서 서성거리고 있는지 모르겠다.

'후~우.'

비화는 그 분란 속에서도 가슴을 쓸어내렸다. 아직 잘 모르는 무슨 꿍꿍이속이 있겠지만, 해랑은 꺽돌이 언네와 한통속이라는 사실을 시가 식구들에게 발설하지는 않으리라는 확신이 섰다. 그러자 곧 뒤따르는 또 하나의 의문이 있었다.

'그라모 대체 해랑이 노리는 기 머시꼬?'

양의 창자처럼 굽은 그 속셈을 지금으로선 짚어낼 방법이 없지만, 우선 당장에는 한숨을 돌려도 되겠다 싶었다. 조금 더 시간을 벌어서 대처할 방안을 마련해보아야 할 것이다.

'급할수록 돌아가라 안 쿠더나?'

그때 해랑이 천천히 몸을 돌려세워 사립문 쪽으로 걸어 나가기 시작했다. 그러자 천룡과 삽사리가 지금까지보다 훨씬 더 큰소리들을 마구 질러댔다. 마치 도주하는 적을 뒤쫓는 병사들처럼 의기양양해 보이기까지 하는 모습이었다.

그러나 이윽고 해랑이 집 밖으로 사라지자 꺽돌과 설단은 하나같이 온몸에서 그만 맥이 탁 풀리는 모양이었다. 그들은 좁은 툇마루 끝에 걸터앉아서 연방 가쁜 숨을 몰아쉬었다. 해랑이 이제 막 자취를 감춘 어두운 바깥을 가만히 노려보면서 비화가 입을 열었다.

"반다시 또 올 깁니더."

"아, 그……."

설단이 잘 알아듣지 못할 무슨 비명 같은 소리를 내질렀고 꺽돌도 몸을 움찔했다. 비화 목소리에 더한층 긴장감이 실렸다.

"단디 대비를 해놓지 않으모 안 됩니더."

아이들이 모두 제집으로 들어간 동리는 더없이 적막한 공기만 감돌았다. 그런 가운데 어둠보다도 더 컴컴한 비화 음성만 흘러나왔다.

"당하고 말 깁니더."

마당에는 해랑이 흘리고 간 웃음소리가 망령같이 되살아나 이리저리 나다니고 있는 듯한 느낌을 주었다. 소금이라도 뿌려야 될 것 같았다.

"마님!"

급기야 설단이 울음을 터뜨리며 호소하기 시작했다.

"이 일을 우짜모 좋것심니꺼?"

비화는 한숨을 길게 내쉬고 나서 말했다.

"우선에는……."

그때쯤 짐승들은 그들 임무가 전부 끝났다는 듯 자기들 짓만을 하고 있었다. 삽사리는 마루 밑에서 혀로 제 몸의 털을 가지런히 하려는 것같이 핥아대고 있고, 천룡은 외양간 바닥에 퍼질러 앉아 날파리라도 잡으려는 것처럼 꼬리를 흔들어대고 있었다.

"우리 저 사람, 저 사람을 우째야 되것심니꺼?"

설단의 그 말에 꺽돌은 설단을 바라보았으나 입을 열지는 않았다. 하지만 그의 얼굴에는 수천 가지도 더 되는 말들이 씌어 있었다.

"찾아보모 길이 없지는 안 하것지요."

비화가 그렇게 말하자 설단이 용기를 얻기 위해선지 필사적인 모습을 보였다.

"길이 있것지예?"

비화는 잠자코 고개를 끄덕여 보였다. 더 해줄 만한 말이 얼른 떠오르지 않았다. 꺽돌이 하나도 기운이 없어 보이는 빛으로 말했다.

"괜안심니더, 마님. 죽기밖에 더 하것심니꺼?"

"여, 여보."

설단이 남편을 부르면서 한층 서럽게 울었다. 남달리 울음이 많은 그녀는 어쩌면 전생에 야산에서 피 터지게 울어대는 소쩍새였을까. 그게 아니면 죽은 후에 소쩍새 넋으로 환생할지도 모르겠다.

"인자 고만 우소. 운다고 될 일 겉으모……."

그렇게 만류하는 비화 콧잔등도 찡했다. 사실 예삿일이 아니었다. 운다고 될 일이 아닌 줄은 알지만, 그래도 지금으로서는 우는 일밖에 또 더 무엇을 할 수 있겠는가. 비화는 탄식 섞인 말을 속으로 되뇌었다.

'생각 짧은 짓을 한 기라.'

관찰사나 군수도 함부로 대하지 못하는 배봉을 죽이려 했으니, 그 뒷감당을 어떻게 해낼 수 있을지 막막하기는 비화도 마찬가지였다. 지금 배봉의 집 곳간에 감금되어 혹독한 고문을 당하고 있다는 언네 생각이 났다.

'내가 언네 걱정을 할 때가 올 줄은 누가 알았것노?'

비화는 되새겨볼수록 당면한 그 사태가 묘하고 버겁기만 했다. 남은 인생의 길에서 무얼 또 만나게 될지 기대감보다도 불안과 우려가 앞섰다.

'참 시상은 알 수 없는 기라. 아까도 생각했지만도 수리지끼도 이런 수리지끼는 오데로 가서 찾을꼬. 그래서 옛날 어른들이 살아봐야 안다 캤던가?'

물론 꺽돌의 안위를 걱정하는 데서 온 마음이기는 했다. 여하튼 간에 현재로서는 제발 언네에게 아무 탈이 없기를 바라는 게 최고의 희망이자 또 할 수 있는 유일한 일이었다. 어쨌거나 언네가 끝까지 잘 버텨주어야만 꺽돌도 무사할 수가 있는 것이다. 하지만 과연 그게 언제까지 갈 수 있을지는 어느 누구도 예측하지 못할 터였다. 아니, 바로 지금 이 순간에 언네가 입을 열고 있지 않다고 누가 장담할 것인가?

설단의 울음소리는 커졌다가 작아졌다가를 되풀이했다. 저러다가는 자진自盡하여 목숨 줄이 끊어져 버릴 게 아닌가 하고 의구심이 생길 지경이었다. 하지만 비화는 말릴 엄두가 나질 않아 그대로 있을 수밖에 없었다. 실컷 울고 나면 그래도 마음이 조금은 후련하고 나아진다는 것을 이미 체득하고 있는 그녀였다.

"흠, 흐음."

꺽돌은 간간이 얕은 기침만 토해냈다. 그 소리는 낮았지만 오장육부가 함부로 뒤틀리면서 내는 소리일 것이다.

'불쌍한 사람들.'

그런 가슴 찡한 생각과 더불어, 비화는 내 손으로 해결해야 할 일을 다른 사람에게 대신 맡겼다는 미안함과 초조감이 일었다. 결과로 놓고 보면 똑같을 수 있겠지만 그래도 내가 해내고 싶었다. 그게 그녀 자신이 세상에 존재해야 하는 이유 내지는 명분이라고 치부해 오고 있지 않았던가.

그러나 이제는 한층 어렵고 힘들게 돼버렸다. 배봉 식솔들은 더더욱 조금도 허술한 데가 없이 튼튼한 경계를 펼 것이 뻔했다. 지금보다도 훨씬 더 힘을 기르고 화풀이할 대상을 늘려갈 것이다. 금력과 권력을 동시에 거머쥐고 무소불위의 세도를 만끽할 것이다.

'누울 자리를 보고 다리를 뻗는다 캤제. 전쟁터에서도 선재공객이 그

리 이험하다꼬 안 하더나.'

언네와 꺽돌의 돌이킬 수 없는 결정적 실책이었다. 너무 어설프고 섣부른 짓이었다. 무작정 선제공격을 할 것이 아니라 좀 더 치밀하고 확실한 기회를 만들어 실행에 옮겨야 마땅했다. 마음이 앞서서는 될 일이 없는 것이다.

그렇지만 이제 와서 어쩌겠는가? 도로 주워 담을 수는 없는 노릇이 아닌가? 비화는 엄청난 무게의 짐이 양쪽 어깻죽지를 짓누르는 느낌에 그저 숨이 가빴다. 살아 있을 수 있다는 자신감이 졸아들었다.

어느새 천룡과 삽사리는 우리가 언제 그랬느냔 듯 눈을 감은 채 잠이 들어 있었다. 그 미물들이 그토록 부럽게 느껴질 수가 없었다.


오광대패 본거지.

달이 노란 얼굴로 무심한 듯 세상을 내려다보고 있다. 눈과 귀와 코와 입이 없어도 어떤 것보다 잘 보고 잘 듣고 잘 냄새 맡고 잘 말할 수 있는 존재인지도 모른다. 단지 제 잘난 맛에 길들어진 인간들이 그것을 알지 못하고 있을 뿐이다.

담장이 꺾이어 드는 안마당 폐정에도 달빛은 어김없이 쏟아진다. 중앙황제장군 최종완의 시신이 암매장되어 있던 곳이다. 얼이가 내리친 농민군 주 무기인 몽둥이에 의해 즉사한 한약방 주인의 한이 서려 있을 것이다. 죽은 자는 냄새로 음식을 취한다고 하였으니, 그는 한약 냄새를 맡으며 영생永生할 수 있기를 바랄밖에 없었다.

상촌나루터 터줏대감 꼽추 달보 영감의 장남인 원채가 남몰래 파내어 귀신도 알지 못할 장소로 이장한 게 언제였던가? 옮겨진 육신을 따라 혼백도 떠났을까? 그게 아니면 들어가 있을 몸을 잃어버린 채 한 맺힌 원혼만 계속 그곳을 빙빙 맴돌고 있는가? 그것은 아무도 모른다. 오직 망자만이 알고 있을 것이다. 그리하여 살아 있는 자들은 죽은 자들의 영역을 넘보아서는 아니 될 것이다.

효길이란 가명으로 남장하여 벙어리 총각 행세를 하던 효원이 혼자 누워 있는 방이다. 방문 창호지를 적시는 달빛이 그저 푸르다. 강물이 변하여 달빛이 된 것인가, 달빛이 변하여 강물이 된 것인가? 촉촉하기까지 하다.

"흐흑."

늪보다도 더 깊고 짙은 정적 속에서 눈을 뜨고 있는 효원의 두 뺨에 얼룩진 물기가 반짝인다. 어둠 속에서도 감지 못하는 눈의 슬픔과 사연을 아는 이 정녕 얼마나 될까. 어쩌면 많을 것이지만 당사자에게는 그게 조금도 위안이나 힘이 돼주지를 못하니, 그것 또한 인간이 지닌 비극이 아닐까 싶다.

결국에는 혼자라는 얘기다. 기쁨도 괴로움도 나눌 동지가 없는 인간의 숙명이다. 당나귀처럼 혼자서 짐을 지고 쓰러지는 날까지 허위허위 가야만 할 그 이름은 인간이다.

'시간이 가고는 있는 기까?'

아직도 질척거리는 악몽 한가운데를 한없이 허둥지둥 헤매고 있는 것만 같다. 황제 명을 받아 보빙사 일행으로 미국을 다녀왔다는 한양 선비 고인보와 악덕 관리 강득룡 목사. 그들도 지금 그녀처럼 창호지에 비친 달빛을 바라보고 있지는 않을까. 그러면 달빛은 어떤 마음이 될지 알 수 없었다.

아니다. 모르긴 해도 그것은 아닐 것이다. 그 인간들은 바로 이 순간에도 노래를 부르고 춤을 추고 풍악을 울리는 기생들과 더불어 그냥 해롱대고 있으리라. 차라리 그렇게 사는 게 더 속 편하고 행복할지도 모르겠다.

그리고 얼이 도령. 그도 상촌나루터 흰 바위에 청승맞게 쭈그리고 앉은 채 달빛과 별빛이 섞여 흐르는 남강 물을 하염없이 내려다보고 있을지 모른다. 그곳에 갔던 기억이 선연히 살아났다. 그날, 농민군 이야기를 하고 있었다고는 하지만, 그래도 서당 벗들과 함께 있던 그가 오히려 더 낫지 않나 여겨졌다.

그리고 문대라고 했던가. 유명한 도목수의 아들이라고 들었다. 그의 얼굴과 체구도 떠오른다. 얼이 도령만큼이나 사내다웠지. 나도 남자로 태어났다면. 치마와 비녀는 안 좋다, 바지와 상투가 낫다.

'밤은 없고 낮만 있는 곳은 없으까?'

애꿎은 밤을 향해 저주와 질책이라도 퍼붓고 싶은 심정이었다.

'에나 싫다, 밤이.'

오늘도 달이 지고 별이 사라질 때까지 기나긴 밤을 하얗게 지새워야만 할 듯싶다. 도대체 이런 날들을 얼마나 더 보내야 할까. 이러다가 덜컥 미쳐버리지는 않을는지. 내 발로 내 치맛자락을 밟아 엎어지기도 하고 꼬꾸라지기도 하면서 동네방네 쏘다니는 광녀가 되어 이렇게 외칠지도 모른다.

─강득룡 목사하고 고인보 선비를 쥑일 사람 오데 없심니꺼?

참, 해랑 언니. 꽃 가운데 최고 꽃이었던 그녀는 지금 어떻게 살아가고 있을까. 효원이 받아들이기에 해랑보다도 더 큰 변신에 변신을 거듭하며 사는 여자도 없다. 이렇든 저렇든 솜씨도 좋다. 용빼는 재주다.

'여자라도 해랑이 언니만치만 될 수 있다모 괘안컷다.'

하여튼 여전히 온 고을에 숱한 풍문을 퍼뜨리면서 비단처럼 화려한 생활을 누리고 있을 것이다. 점박이 억호와의 부부생활에 대해서는 정말이지 누가 목에 큰 칼을 들이댄다고 할지라도 상상조차 하기 싫다. 나 같으면 천금을 준대도 그런 삶을 택하지는 않을 것이다. 해랑 언니가 원래 그런 사람이었나?

효원이 거기까지 상념의 고리를 엮어갔을 때였다. 얼핏 마당 가에서 무슨 소리가 난 것 같았다. 당장 머리끝이 쭈뼛이 곤두서고 가슴이 세찬 방망이질을 해댔다.

최종완 원귀? 관아 포졸들? 아니면 빈집털이 잡범인가?

효원 손이 반사적으로 가슴에 품고 있는 은장도를 급하게 움켜쥐었다. 이제 완전 버릇이 된 행동이다. 마지막까지 저항하다가 안 되면 자결하려는 칼이다. 순순히 붙들려 가는 일은 없을 것이다. 얼이 도령 때문이다. 아무리 마음을 세게 먹더라도 혹독한 고문을 당하게 되면 그만 자신도 모르게 얼이 도령 이름을 입에 올릴 위험도 있다. 정신이 혼미해진 상태에서 요새 잠꼬대할 때처럼 '얼이 되련님!' 하는 소리를 내지 말란 법도 없다.

'온냐, 니가 누라도 들올라모 들오이라.'

효원은 작은 꽃 그림자처럼 살그머니 몸을 일으켜 방문 옆에 바투 붙어 섰다. 침입자가 방문을 열고 방으로 들어서는 순간을 노려 그의 가슴 한복판을 사정없이 찌를 것이다. 실수하게 되면 그녀가 역습을 당해 모든 건 끝장나 버릴 것이다.

# 불이여, 꿈을

효원은 전혀 예기치 못했다. 그녀 심장이 먼저 예리한 칼끝에 찔리는 느낌을 받을 사태가 벌어졌다.

"효원!"

그 목소리는 얼이다. 아, 얼이 되련님이?

효원은 광녀처럼 정신 나간 듯이 방문을 확 열어젖혔다. 거기 달빛 쏟아져 내리는 방문 밖에 얼이가 유령같이 서 있다. 아니다. 그는 순식간에 방으로 들어왔다. 빛보다도 빠른 동작이다.

"되련님!"

효원이 얼이를 부르며 그의 품을 향해 몸을 던졌다. 포근한 얼이 가슴이 초원만큼 넓었다. 험한 세상으로부터 그 가여운 연인들을 보호해 주려는 의도일까? 방문이 생명을 가진 물체처럼 두어 번 흔들거리다가 저절로 닫혔다.

"……."

시간이 멈추었다. 공간이 사라졌다. 네 개의 팔이 정신없이 허둥거린다. 바로 지금, 이 순간에 무엇을 더 말하고 어떤 것을 더 생각하리. 누구를 부러워하고 누구를 증오할까? 그들만 있고 그들만 없다.

그렇다. 뒤돌아서서 보면 몇 번이나 목숨을 잃어버릴 뻔했던 일이 있었다.

그건 현재도 마찬가지다. 언제 어디서 갑자기 두 사람 머리 위로 붉고 굵은 포승이 날아들지도 모르는 아슬아슬한 위기 앞에 노출되어 있다.

그날 최종완을 살해하고 안마당 폐정에 그의 시신을 암매장한 후에 바로 지금 그 방에서 피워 올렸던 불꽃. 아니, 피의 향연.

그런데 솔직히 얼이도 효원도 그때 무얼 어떻게 했었는지 도무지 기억에 남아 있지 못했다. 오로지 감당하기 어려운 공포와 죄의식에 빠져 어떻게든 그것을 몰아내기 위해 하나의 탈출구로서 펼친 행위에 다름 아니었다. 그것 외에는 그 어떤 도피도 불가능했으니까.

그리고 이날은 그 당시와 같다고도 할 수 있고 같지 않다고도 할 수 있었다. 문득 효원의 이런 말이 지저귀는 참새 소리처럼 얼이 귀를 간지럽혔다.

"되련님, 운맹의 신은 증말 있는 기까예?"

인간이 운명의 신을 찾을 때는 언제인지 알 듯도 한 그 순간이었다. 운명의 신이 어떤 응답을 하고 하지 않고는 온전히 그에게 달렸지만, 적어도 질문만은 인간의 몫이다.

"있다모, 오데 있으까예?"

".......".

"찾으모, 그에게 되련님은 머를 빌고 싶어예?"

".......".

효원은 작은 새처럼 연방 조잘대고 얼이는 바위같이 시종 묵묵부답이었다.

"지는 빌고 싶은 기 상구 쌔뻐서, 하나도 몬 빌 거 겉어예."

두 눈 가득 눈물이 고였다.

"우습지예? 우습도 안 하지예, 되련님?"

얼이의 침묵이 길어지자 효원의 이야기가 조금씩 달라지기 시작했다.

"그동안 혼자 숨어 지냄서 생각들을 에나 마이 했어예."

그제야 얼이 입이 천천히 열렸다.

"무신 생각을 그리한 기요? 와 암 말도 안 하요?"

이번에는 효원이 선뜻 대답하지 않았다. 그 대신 꽃봉오리나 새를 떠올리게 하는 조그만 얼굴을 얼이 가슴에 가만히 갖다 댈 뿐이었다. 세상도 숨을 죽이는지 아무 소리도 들려오지 않았다. 소리가 났다고 해도 그들 귀를 비껴갔을 것이다.

"효원, 우리……."

얼이는 소원했다. 우리 두 사람 이대로, 이대로 영원할 수 있었으면. 천년을 흐르는 남강 물속에 항상 뿌리를 내리고 있는 상촌나루터 흰 바위처럼, 그렇게 효원에게 닻을 내리고 살아갈 수 있다면.

"되련님."

이윽고 효원이 얼이 가슴에서 얼굴을 떼 내었다.

"해나, 해나라는 가정도 하기 싫지만, 지한테 얼이 되련님이 안 계싯다모 시방꺼지 살아 있었을까 하는 생각도 했고예."

민무늬에 가까운 그 방 벽지가 그 순간에는 오히려 좀 더 많은 것들을 그려 넣을 수 있는 여백을 선사하는 역할을 해줄 듯싶었다.

"원채 아자씨 말씀매이로 앞으로 우리 둘이 오광대패가 돼갖고 생활할 그때 모습도 함 상상해봤어예."

그때 안마당 폐정이 있는 그 어름이라고 짐작되는 곳으로부터 고양이 울음소리가 났지만 더는 개의치 않는 그들이었다.

"그라고, 그라고예."

남강으로 흘러드는 서장대 아래 나불천 물처럼 끊임이 없는 효원의 사연이었다. 사시사철 마르지 않아 '만물도랑'이라고도 불리는 물이다.

"효원."

가슴이 메어 더 이상 듣고 있지 못할 성싶은 얼이었다.

"또오, 이런 거는 에나 생각도 하기 싫지만도, 해나 우리 얼이 되련님이 왜눔들하고 싸우시다가 잘몬되모, 내는 우찌 살고……."

서방 죽고, 자식 죽고, 우찌 살꼬? 그런 소리처럼 우는 새가 어떤 새였던가?

"그런 소리는 인자 고만하시오."

"효원이가 관아에 붙잡히 가모 우리 얼이 되련님은 우찌 되실랑고 그런 걱정도 막 되고예, 또, 또예."

"고마, 진짜 고마하소."

죽음의 신에게 항거라도 하듯 했다.

"그런 생각은 죽어도 하기 싫소, 내는."

효원은 이런 얘기는 오늘로 끝을 내자고 작심한 것 같았다.

"그래도예, 해나 안 있심니꺼."

얼이는 천장과 방바닥이 자리바꿈을 하리만큼 깊고 큰 한숨을 내쉬었다.

"해나, 해나도 내사 용납 몬 하것소."

"흑."

효원이 또다시 울먹이기 시작했다. 큰 눈만큼이나 눈물 또한 많은 여인이었다. 혹시라도 그녀 몸 안에는 눈물이 가득 담긴 못이 대사지나 가매못처럼 들어 있는 것은 아닐까? 그렇다면 그 못 이름은 '눈물못'이라고 붙여야 할 것이다. 바로 그 못의 눈물 속에 빠져 허우적거리듯이 말했다.

"그런 일은 절대 없을 끼요."

하지만 말은 그렇게 하면서도 얼이 가슴은 그 고을 뒤벼리나 새벼리 절벽 끝에 서 있는 것같이 막막하기만 하였다. 오히려 일본군과 관군을 상대로 하여 싸울 때 보다 마음은 더한층 허둥거렸다.

기실 지금까지 죽을 고비를 수도 없이 넘겨왔다. 원채 아저씨가 아니었다면 벌써 저승 사람이 되었을 것이다. 그렇지만 언제까지나 원채 아저씨가 생명의 보호막이 돼줄 수는 없을 것이다. 그리고 그 또한 죽음의 올가미에서 영원히 자유로울 수 있는 특권으로 무장한 존재가 아니다.

'원채 아자씨하고 내도 조심해야 되것지만도…….'

그러나 효원의 신상에 무슨 문제가 일어날 경우는 정말이지 입술에 묻히기조차 끔찍스러웠다. 하지만 효원 역시 얼이 자신이나 원채 아저씨 못지않게 위태로운 처지다. 고을 실권자인 목사 명령을 거스르고 감영 교방에서 탈주한 관기다. 그 무단이탈로 치러야 할 대가는 상상을 뛰어넘을 것이다.

바로 다음 순간에라도 저 방문이 벌컥 열리면서 관졸들이 우르르 들이닥쳐 효원을 꽁꽁 결박 지워 다짜고짜 끌고 갈지도 모른다. 비록 죽임까지는 당하지 않을지 몰라도 두 번 다시는 둘이 함께할 수가 없을 것이다.

"……"

밤은 깊어간다. 두 사람은 말이 없다. 효원이 혼자 있을 때보다 더 적요하다. 아니, 빈방 같다. 잠이 찾을 낌새는 전혀 없다. 그렇지만 새날은 어김없이 밝아오고 있다. 두 사람을 떼놓기 위한 저주의 신처럼 다가온다.

'꼬끼오!'

이윽고 어디선가 닭이 울고 동창이 희뿌옇게 터오고 있다. 밝음이 이렇게도 싫었던 적은 일찍이 없었다. 얼이는 미칠 것만 같아 목이 터지게 고함이라도 지르고 싶었다. 이제 곧 돌아가지 않으면 안 된다. 행여 오 광대 사람이 와서 그를 본다면.

얼이의 그런 조바심과 갈등을 감지한 걸까? 효원이 행여 놓칠세라 얼이 몸을 꼭 감았던 팔을 맥없이 풀며 기어들어 가는 소리로 말했다.

"인자 고만 돌아……."

그러나 그 말이 채 떨어지기도 전에 얼이가 효원을 와락 껴안았다. 그러고는 어미 몸에서 떨어져 나가지 않으려는 송아지가 내는 울음 같은 소리로 불렀다.

"효원! 효원!"

그런데 효원은 그러지 않았다. 무감각한 통나무처럼 한참 가만히 있다가 두 손으로 천천히 얼이 몸을 밀어내면서 손아랫사람 타이르듯 했다.

"이라시모 안 돼예, 되련님."

그 소리는 방 밖으로 나가려다가 방문에 부딪혀 방 안으로 되돌아왔다. 흡사 천년 세월이 가고 오는 메아리와도 같았다.

"싫소! 내는 싫소!"

얼이가 함부로 울부짖었다. 어쩌면 패악 부리는 모습과 유사했다.

"참말이지 내 혼자 돌아가기 싫소!"

효원의 발그레하던 얼굴이 창백해졌다. 목소리도 같은 빛을 띠었다.

"되련님!"

얼이는 응석 부리는 아이에 지나지 않았다.

"효원을 여 혼자 놔놓고 우찌 내만 간다는 기요?"

"되련님이 이라시모 안 되지예."

효원이 벌떡 일어나 앉았다. 얼이도 엉겁결에 덩달아 몸을 일으켰다. 효원의 입에서는 매정하리만치 단호한 소리가 나왔다.

"이거는 아입니더, 되련님!"

효원의 눈빛이 지금까지와는 완전히 달라져 도리어 서먹해질 지경이었다. 애정에 목말라하는 눈빛이 아니었다. 서릿발보다도 몇 곱절이나 더 차가운 기운이 전해져 오는 눈빛이었다. 그런 눈빛으로 효원은 그 눈빛보다 더 냉정한 어조로 말하기 시작했다.

"시상 여인들 가온데서 저 아래로 치는 하찮은 존재가 관깁니더."

그것은 단순한 자격지심이나 자조를 넘어 자기 가슴팍에 비수를 꽂는 소리였다. 그 비수를 맞고 흘러나오는 핏물이 맺힌 듯한 소리가 이어졌다.

"그만치 오데로 가도 사람대우를 몬 받고 사는 기지예."

얼이가 또 더 참지 못했다.

"효원이 사람대우를 몬 받다이?"

손이며 얼굴이며 있는 대로 내저어가며 말렸다.

"내는 아이요! 이 얼이가 아이라쿠모 된 기요! 그러이 그런 이약은 입 밖으로 내지도 마소!"

그렇지만 효원은 한사코 말을 쏟아냈다.

"그래서 천민 신분인 관기는……."

"대체 신분, 신분이 머라꼬?"

"관기는, 비록 나라가 외적에게 유린을 당한다 쿠더라도, 누리는 권리가 적으이 크기 책임을 질 일이 없을 수도 있심니더."

"지발 고만!"

"또 그리해도 양심의 가책을 안 느낄 수도 있다고 봅니더."

"……."

어찌할 도리 없이 듣고 있던 얼이는 지금 효원이 무슨 말을 하고자 하는지 좀처럼 이해가 되지 않았다. 현재 그네들이 처해 있는 상황과는 한참이나 동떨어진 너무나 생경하고 거창한 이야기가 아닐 수 없었다.

"효원, 시방 무신 소리요?"

얼이가 물었다. 그건 그 말뜻을 알고 싶다는 것보다도 더 이상 그런 소리는 하지 말라는 부탁에 더 가까웠다.

그러나 효원의 낯빛은 갈수록 단호했다. 얼이 눈에는 칼을 물고 자결할 여자로 비쳤다. 게다가 이어지는 이야기는 한층 더 엉뚱스러웠다.

"해랑 언니가 관기로 있을 때, 지하고 둘이서 같이 읽은 책이 있지예."

얼이는 책이라는 말을 처음 들은 사람 같았다.

"채, 책."

하는 이야기 내용도 쉽지 않았고 책 제목도 어려웠다.

"「재조번방지」라는 책인데, 거기 이런 이약이 실리 있데예."

"해, 해랑하고?"

난삽한 표정의 얼이와는 달리 효원 말은 간단명료했다.

"예, 그 언니하고예."

"……."

얼이는 추운 겨울날 등짝에 얼음덩이를 집어넣은 기분이었다. 해랑을 들먹이다니. 비화 누이와 해랑 간의 관계를 모르지 않을 효원이 아닌가? 어쨌든 철저히 다른 사람이 된 것 같은 목소리로 효원은 또다시 말했다.

"임진년 당시 왜적들이 우리 고을 성안에다가 불을 던지는 바람에, 고만 불타삔 집들이 천지삐까리였다고 합디더."

효원의 얼굴과 음성이 불기운에 쐰 듯 다 같이 붉어졌다. 뜬금없는 전쟁 이야기다.

"불길이 하늘로 마구재비 치솟는 통에 조선 수성군 사기가 모도 땅에 떨어지고 말았다데예."

얼이 귀에 성을 함락하여 기세등등해진 농민군들이 함부로 내지르던 드높은 함성이 들려왔다가 사라졌다.

"그리 된께네, 성을 지키던 장수들 으갠이 서로 엇갈리갖고 그냥 보통 문제가 아이었답니더."

효원 입술 사이로 뜬금없이 그 당시의 두 사람 이름이 떨어졌다. 서예원과 김천일. 스승 권학과 원채 아저씨를 통해 익히 들어오던 이름이었지만 그 순간에는 어쩐지 귀에 설기만 한 얼이었다.

왜 이 자리 이 순간에 저런 이야기를? 효원이 이렇게도 생뚱맞은 여자였던가 매우 혼란스럽기까지 하였다. 그런데 효원의 이야기는 곧 관기 쪽으로 흘렀다.

"그때 사이가 안 좋아져삔 그들한테, 우떤 노기老妓가 이리 이약했다데예."

근처 어느 집에선가 사람을 재촉하는 듯한 닭 울음소리가 또 들려왔다.

"이전에 김시민 목사가 성을 지킬 적에는, 상하가 서로 협력했기 땜에 끝꺼지 지킬 수가 있었다고예."

효원은 숨이 가빠오는 모습을 보였다. 얼이는 또 얼이대로 그녀 말에서 갈피를 잡을 수 없는 답답함에 가슴이 빠개지는 것 같았다.

"하지만도 시방은 일이 돌아가는 행핀들을 잘 살피본께……."

그게 효원의 목소리인지 그 노기의 목소리인지 모르겠는 얼이였다.

"그 앞날하고는 상구 딴판이니 우리들은 생사를 알 수가 없다, 그리……."

효원은 말끝을 마무리하지 못했다. 살아 있는 효원의 입에서 나온 말들이 죽은 노기의 입으로 도로 들어가 버린 것인가?

"와 또 그런?"

얼이는 금방 돌아버릴 듯했다. '생사를 알 수 없는 우리들'이라는 그 말이 그렇게 마음에 절절히 와닿았다. 아프게 가슴을 후벼 파는 것이다.

'고만 이약해라 그리싸도 안 근치고 저리쌌는 거는?'

효원은 지금 우리 처지가 임진년에 왜구들 침략을 받았던 조선 백성들처럼 아주 위험하고 급박하다는 사실을 상기시켜주려는 것일까? 그러니 어설픈 감상 따위에 젖어 있을 틈이 전혀 없다, 어서 여기서 나가 집으로 돌아가라, 그렇게 깨우쳐 주기 위함인가?

더욱이 이어지는 이야기는 얼이 머리털을 천장까지 치솟게 했다. 그 늙은 기생 말을 들은 김천일은 민심을 현혹하는 요망한 말이라 하여 그 기생 목을 베었다는 것이다. 그리고 그다음에 얼이 눈앞에 나타나 보이는 건 어쩌면 너무나도 당연한 광경이었다. 성문 밖 공터에서 망나니 칼에 목이 달아나던 아버지 천필구 모습.

"되련님하고 지하고 서로 맴이 안 맞아갖고 자꾸 이런 식이 되모……."

효원의 말은 또 끝이 흐려졌다. 그러자 이번에 얼이 눈에 들어오는 것은 희고 가느다란 효원의 목이었다. 그 목은 그저 가로로 저어지고 있었다.

"허~억!"

얼이 입에서는 그만 자신도 모르게 외마디가 튀어나왔다. 떨어져 나가도록 세차게 목을 흔드는 효원은 금방이라도 횡하니 돌아설 여자처럼 너무나도 싸늘한 태도를 보였다. 그곳이 얼음장으로 만들어진 방 같았다.

"아, 알것소. 이, 이만 도, 돌아가것소."

얼이는 엉겁결에 엉덩이를 들어 올렸다. 그렇지만 막상 자리에서 일어섰을 땐 그만 도로 방바닥에 주저앉을 뻔했다. 굉장한 어지럼증이었다.

"아!"

어쨌거나 얼이는 폭음을 해댄 술꾼같이 크게 비틀거리면서도 방문 쪽으로 발을 옮겼다. 그러고는 막 방문 고리를 잡는 그 순간이었다. 얼이는 그만 뒤로 벌렁 나자빠지고 말았다. 바로 등 뒤에서 효원이 세차게 잡아당겼다. 쓰러진 얼이 몸 위로 효원의 몸이 엎어졌다.

효원이 마구 몸부림을 쳤다. 자기 말을 듣지 않으면 절교라도 할 것처럼 그렇게 가라고 윽박지르듯이 해놓고는, 막상 그가 떠나려고 하자 억지로 눌렀던 감정이 그만 폭발하고 말았다. 얼이 눈에서도 굵고 진한 눈물방울이 쉴 새 없이 굴러내렸다.

"우리 두 사람……."

얼이는 두 팔을 들어 올려 효원을 안았다.

"여게 이 방에서 같이 죽읍시더."

"되련님!"

효원도 어찌나 힘껏 포옹하는지 얼이는 숨이 막히는 듯했다. 그 참새같이 조그만 몸에서 무슨 그런 센 힘이 나오는지 믿어지지 않았다.

효원 눈에서 떨어진 눈물과 자기 눈에서 흘러나온 눈물이 한데 뒤섞여 얼이 얼굴은 온통 눈물범벅이 돼버렸다. 얼이는 속으로 절규했다.

'끝나라, 다 끝나삐라.'

이럴 바에는 왜놈들 총칼에 맞아 죽어버리거나. 효원이 차라리 관졸들에게 붙잡혀 한양 고인보 선비의 첩이 돼버리던지, 최종완의 원혼이 나타나 우리의 목숨을 끊어 복수의 희생물로 삼아버렸으면 했다.


얼이가 오광대 합숙소를 빠져나왔을 땐 사위는 이미 훤해져 있었다.

언제나처럼 주변을 살펴 가며 걷고 있는 얼이 마음이 몹시 조급해졌다. 낙육재에 가야 할 일도 그랬지만, 그보다도 그가 간밤에 외박했다는 사실을 어머니 우정 댁이 알게 되면 예삿일이 아니었다. 남편 천필구가 망나니 칼에 의해 비명에 간 후 아들을 남편같이 믿고 의지하는 그녀였다.

'어머이가 아시모, 에나 크거로 실망하실 기다.'

있는 머리 없는 머리 다 짜내었다.

'들키모 문대 집이나 철국이 집에서 잤다꼬 둘러대야제.'

그런데 천만다행이었다. 얼이가 조마조마한 마음으로 나루터집 대문을 소리 없이 열고 집 안으로 발을 들여놓았을 때, 우정 댁은 몇 해를 언제나 그래왔듯 식구들 가운데 가장 먼저 일어나서 벌써 마당을 싹싹 쓸고 우물가에서 세수를 한 다음 자기 방으로 들어간 직후였다.

'후우, 살았다 아이가.'

얼이는 도둑처럼 연방 주위를 훔쳐보면서 부리나케 그의 방으로 들어갔다. 그러고 나서 얼마 지나지 않아 나루터집 식구들이 모두 기상하여 방 밖으로 나오는 기척이 여기저기서 들렸다. 온 집 전체가 몸을 일으키는 것 같았다. 얼이도 그때 일어난 것처럼 가장했다.

'그기 진짜로 있었던 일이 맞제? 에나 안 그랬디가.'

준서와 더불어 낙육재에서 공부를 하는 동안에도 얼이 머릿속에는 지난밤 효원과 함께했던 순간들이 떠날 줄을 몰랐다. 말 그대로 꿈만 같았다. 꿈이라도 그럴 수는 없었다. 그가 그가 아니고 효원이 효원이 아니었던 듯하다.

어떻게 그날 하루 일과를 마치고 귀가했는지 모르겠다. 시간이 번개같이 휙 지나가 버린 듯도 싶고, 반대로 구렁이 꼬리처럼 너무나 길었던 것 같기도 했다.

'효원이는 우떤 기분이꼬?'

혁노가 얼이를 찾아온 것은 그런 몽롱한 속에서였다.

"고것들 목재상에 몰래 가보고 왔다, 성아."

혁노가 흥분한 목소리로 말했다.

"머? 거 가봤다꼬?"

얼이는 누가 세게 후려친 것처럼 번쩍 정신이 났다.

"와? 안 믿기서?"

혁노가 왠지 여느 때와는 좀 다른 것 같은 얼이 얼굴을 힐끔 보며 물었다.

"내 이약이 거짓말 겉나?"

이제는 그도 한결 어른스러웠다.

"아, 아이다."

"그라모 와?"

얼이는 그답지 않게 더듬거렸다.

"그거는 아이고……."

혁노가 고개를 끄덕거리더니 말했다.

"새이 니 심정 내는 쌱 다 안다."

얼이는 그만 피식 웃음을 터뜨렸다.

"짜아식."

혁노는 나 보고 '자식' 같은 소릴랑 하지 말라는 투로 말했다.

"난주 새이 니가 장개들어 아 놓으모 그 아 보고 글 캐라."

남강 물새 소리가 어쩐지 아이가 태어날 때 우는 울음소리처럼 들렸다.

"장개들기 전에 먼첨 고것들을 손봐야제."

혁노 말에 얼이는 명치끝이 쓰려왔다. 자다가 일어나서 들어도 뿌득뿌득 이빨이 갈리지 않을 수 없는 운산녀와 민치목의 비밀 사업장이다.

"오늘 날씨가 딱이다 아이가."

혁노 음성이 겨울 문풍지같이 떨렸고, 얼이 마음은 그보다도 훨씬 더 떨렸다. 바람이 센 날이었다. 이런 날 불이 붙으면…….

"그란데 새이 얼골이 이상타? 머 무리한 기 있나, 쪼매 안 좋은 거 매이다."

"이, 이상키는?"

혁노 눈은 무서울 만큼 정확했다. 적어도 그 순간에는 자신보다도 나이 들어 보이는 혁노였다.

"오데 아픈 기가?"

그것은 믿음이 강한 것과도 무슨 상관관계가 있는지도 모른다. 혁노가 모시는 하느님이 각별히 내려주신 그 무엇일까 하는 생각이 들었다.

"아이다. 아푸기는? 니 눈에는 내가 오데 아풀 사람매이로 비이나? 이리키나 건강하거로 생긴 환자 봤나."

찔리는 구석을 숨기며 그렇게 얼버무리는 얼이였다.

"아인데?"

그러면서 혁노는 처음 대하는 사람이기라도 하듯 얼이 얼굴을 한참 들여다보았다.

"고만 봐라, 고만 봐. 시방 내 얼골에 머가 묻었나?"

급기야 얼이는 낯을 돌렸다. 몸이 절로 움츠러들었다. 아무리 지고지순한 사랑이라 하더라도 기억에서 꺼내 보면 부끄러운 간밤의 그림이었다.

'그래서 스님하고 신부들이 건강하고 오래 사는 기까?'

비록 한창나이였지만 기운도 없고 정신도 맑지 못했다. 혁노 얼굴 위로 효원 얼굴이 겹쳐 보이기도 하여 얼이는 머리에서 꿀렁꿀렁 소리가 나도록 목을 흔들기도 하였다.

"요런 날씨 겉으모 말인 기라."

그러나 아무것도 모르는 혁노는 거사를 부추기고 있었다. 사실은 평소 혁노보다 얼이 자신이 몇 배 서두르는 모의였다. 얼이는 주먹으로 자기 머리통을 쥐어박는 심정으로 스스로에게 물었다.

지금 얼이 넌 뭐 하고 있는 거야? 설마 결정적인 순간에 비겁하게 발

을 빼려는 건 아닐 테지? 그건 아니지. 그건 그렇고 왜 이렇게 정신 집
중이 잘 안 되는 거냐고?

"성아, 안 있나."

"으응, 알것다."

몇 번이나 반복해서 일깨워주는 혁노 말에 얼이는 가까스로 제정신을
차렸다. 그러고는 그때부터 혁노보다 더 적극성을 보이기 시작했다. 그
런 얼이를 지켜보는 혁노 얼굴에 바짝 긴장감이 떠올랐다. 혀로 입술을
축이고 있는 혁노에게 얼이가 말했다. 혁노가 느끼기에는 기습과도 같
았다.

"시방 바로 가자, 우리."

"시방? 바로?"

얼이는 몹시 놀라는 눈빛을 해 보이는 혁노에게 말했다.

"하모, 바람이 잔잔해지기 전에."

혁노가 하느님에게 기도하듯 하였다.

"바람이 우리를 도와줄 때……."

얼이는 제 결심에 쐐기를 박는 소리로 말했다.

"그렇제."

혁노도 두 손을 모았다.

"아~멘."

바람은 그냥 핑계일 수도 있었다. 그만큼 몸을 도사리지 않을 수 없
게 하는 두려운 일이었다. 운산녀와 민치목의 목재상을 노리는 것, 그것
은 엄청난 위험이 뒤따르는 일대 모험이 아닐 수 없었다. 자칫하면 거꾸
로 당할 소지가 많았다. 비록 두 사람 모두 입에 올리지는 않아도, 그것
은 어쩌면 목숨까지도 담보해야 하는 일이었다.

'내가 잘몬되모 울 어머이는…….'

얼이 머릿속에 어머니 우정댁 모습이 떠올랐다.

'내가 잘몬되모 울 어머이는…….'

혁노 머릿속에 어머니 우 씨 모습이 떠올랐다.

'씽, 씨~잉.'

밖에서 바람 소리가 났다. 더없이 몰인정하지만, 그들 두 사람 머릿속으로 들어와서 어머니들 모습을 전부 지워줌으로써 거사에 차질이 없게 도와주려는 게 아닐까 싶었다.

'저 바람은 고마븐 바람이 아이라 우리를 죽음에 빠뜨릴라꼬 악마가 보내고 있는 나뿐 바람일랑가도 모린다.'

그런 생각도 드는 얼이었다. 그러나 한 번은 반드시 해야 한다고 칼을 갈아온 그였다. 자기를 죽이려고 했던 그들 부자였다. 지금까지 병신같이 계속해서 쭉 당하기만 해왔다. 사내대장부로서 응당 그 빚을 도로 갚아야만 한다. 그러기 위해 원채에게서 택견도 아주 열심히 배우고 있다.

'스승님도 실천이 중요하다꼬 장 말씀 안 하시나.'

임배봉과 운산녀가 조 관찰사를 검은돈으로 매수하여 매형 재영을 뇌옥에 잡아 가둔 것 같다는 소리도 들었다. 비화 누이가 매형을 구해내기 위해 얼마나 피나는 노력과 많은 돈을 썼을까 생각하면 피가 역류하는 듯싶었다. 눈에 쌍 부처가 거꾸로 서 보인다는 말이 결코 허언이나 가장은 아니었다.

'오데 그거뿌이가?'

늙은 여종 언네가 배봉을 죽이려 하다가 실패하고 지금 배봉 집안 곳간에 감금돼 있다는 소문도 파다했다. 언네는 나이 든 여자 몸으로도 그런 대단한 일을 했는데, 한창 젊은 사내인 내가 이렇게 몸을 사리는 것은 너무나 비겁하고 못난 짓이라고, 하루 열두 번도 더 자신을 비웃고 채찍질해 온 얼이었다.

'내가 여자한테 빠지서, 혁노 입에서 먼첨 이런 소리가 나오거로 하다 이? 볼 낯이 없는 사람이 한거석이다.'

엄청난 자책감과 자괴심에 부대꼈다.

'억울하거로 돌아가신 아부지가 지하에서 통곡을 하고 계실 끼다.'

얼이는 강풍을 일으키듯 자리에서 벌떡 일어서며 세상을 뒤엎어버릴 사람같이 단호하게 말했다.

"오늘 해치운다!"

혁노 얼굴에도 결연한 빛이 서렸다.

"그래, 성."

방문도 어서 나를 열라고 몸을 흔들어 보이고, 강바람은 산바람이나 들바람보다 훨씬 기운이 세었다.

"쌔이!"

"퍼뜩!"

두 사람 입에서 거의 동시에 서로를 격려하고 용기를 북돋워 주는 소리가 나왔다.

"가자."

두 사람은 운산녀와 민치목의 목재상을 향해 내닫기 시작했다. 세상 모든 것들이 서둘러 길을 비켜주는 것 같았다. 아니 그 반대로, 가지 말라고, 가서는 안 된다고, 막아서는 것 같기도 하였다.

강가에 면해 있는 상촌나루터는 혁노가 한 말처럼 바람이 여간 세찬 게 아니었다. 어지간한 건 깡그리 날아가 버릴 듯했다. 때때로 불어 닥치는 흙먼지는 사람들 눈을 뜨지 못하게 할 지경이었다. 그들의 옷자락이며 머리카락이 함부로 나부꼈다. 바람이 귓전에 대고 이렇게 속삭이고 있었다.

─너거 두 사람은 일단 불만 붙이라. 불길은 내가 책임질 낀께네. 시

상에서 최고 신나는 불기경을 해야제.

언제나 주머니 속에 집어넣고 다니는 성냥갑도, 나 여기 있다고 연방 달그락거리는 소리를 내면서 얼이 몸을 때려오는 것 같았다. 겁먹지 말고 용기를 내라고 응원을 보내는 것으로 생각했다. 혁노의 몸 안 어딘가에도 성냥갑이 들어 있을 것이다.

운산녀와 민치목의 목재상. 그것은 누구 눈에도 금방 띌 수 있는 장소에 자리하고 있었다. 그렇지만 거기 제일 은밀한 저 안쪽에 밀실이 만들어져 있다는 사실을 아는 이는 없을 것이다. 운산녀와 민치목은 인간 심리를 역이용한 것이다. 저렇게 탁 트인 사업장에 무슨 음모가 숨어 있으랴.

그곳에는 밤낮으로 목재 더미가 수북하게 쌓여 있었다. 대부분 지리산에서 벌목하여 섬진강 뗏목을 이용해 옮겨다 놓은 목재였다. 그중에는 전라도와 충청도 땅에서 가져온 것도 없지는 않았다. 여하튼 하루 종일 그런 목재들이 잠시도 쉴 사이 없이 드나드는 그 목재상 상호는 '조선 목재'였다.

조선 목재, 그야말로 발길에 챌 정도로 언제 어디서나 흔하게 볼 수 있는 평범한 상호였다. 운산녀나 민치목의 이름과는 너무나도 거리가 멀었다. 동업 이름을 따서 임배봉이 경영하는 '동업직물'과는 정반대였다.

더군다나 운산녀와 민치목은 코빼기도 앞으로 내비치지 않고 배후에서 움직이고 있었으므로 지금까지 탄로 나지 않았다. 말하자면 '바지들'만 전면에 내세우고 자신들은 '머리카락 보일라' 뒤편에 꼭꼭 숨어 있었다.

배봉과 점박이 형제가 냄새를 맡고 눈알이 벌겋게 되어 찾아 헤맸던 게 언제였던가? 당시 준서를 곰보로 만든 저주의 마마신이 창궐하는 바람에 그 일을 중단할 수밖에 없었던 그들이었다. 물론 그것은 어디까지나 중단이었고 포기는 아니었기에 계속해서 이리저리 눈알을 굴리고 다녔다.

그러는 사이에 배봉이 눈치를 챈 것을 깨달은 운산녀와 민치목은 몇 배 더 조심하였고, 배봉은 잘못 짚은 것 같다는 판단을 내리기에 이르렀다. 그가 돈줄을 모조리 막아버린 탓에 운산녀가 더 돈을 빼돌릴 수 없었기에 그런 결론이 나올 수도 있었다.

그런가 하면, 해랑이 분녀가 차지했던 맏며느리로 들어온 후 동업직물은 정신을 차릴 수 없을 정도로 사업을 확장해가고 있었으므로, 따로 신경을 쓸 여유가 없다는 것도 그 큰 이유 중의 하나였다. 무릇 사람은 등 따습고 배부르면 지나칠 만큼 안이해지는 경향도 있는데 물론 그 정도까지는 아니었다.

하지만 얼이의 경우는 달랐다. 문대 아버지 서봉우 도목수에게 직접 들은 소리였다. 서 목수는 그들과 직거래를 하고 있었다. 그렇지만 상도에 어긋난다며 좀 더 상세한 이야기는 들려주기를 거부했었다. 몹시 서운하기는 했지만 역시 그 고을 최고 도목수라는 이름값을 하는 사람이었다. 어쨌든 간에 맹쭐과 피투성이가 되도록 크게 싸운 날, 혁노를 미행시켜 마침내 그 목재상의 위치를 알아냈다.

이윽고 두 사람 발길은 저쪽 멀리 '조선 목재'라는 큰 간판이 바라보이는 곳까지 당도했다. 대개의 목재상이 그러하듯 조선 목재 또한 정문이 따로 만들어져 있지 않고, 그냥 밖에서 안으로 바로 들어갈 수 있도록 개방된 구조였다. 우선 목재를 잔뜩 실은 우마차가 수시로 쉽게 드나들 수 있어야 했으며, 또 그곳을 출입하는 사람들은 대부분 목수나 목재에 연관된 일을 하는 인부들이었으므로 각별히 경계해야 할 이유도 없었다.

그러나 그렇다고 해서 쥐가 시궁창 드나들듯 그저 아무나 마음대로 잠입할 수 있는 건 아니었다. 만일 낯선 자가 나타나면 금방 눈에 뜨일 것이었다. 또한, 운산녀는 배봉이나 점박이 형제를 의식하여 몰래 파수꾼을 세워두었을 것이다.

얼이와 혁노가 거기 둥치 큰 편백나무 뒤에 몸을 바짝 감추고 잠깐 서 있는 동안에도, 수많은 사람과 목재를 바리바리 실은 우마차가 끝도 없이 들어갔다 나오는 광경이 보였다. 그전부터 예상하지 않은 건 아니지만 역시 방화放火는 결코 쉬운 게 아니었다. 아니, 되레 불가능한 일 같기도 했다.

"안 되것다."

얼이 그 말에 혁노가 얼이를 힐끗 쳐다보았다.

'째~앵.'

바람을 정면으로 받는 두 사람 모두 입술이 무척 까칠해 보였다. 그만큼 입안이 많이 말라 있다는 증거였다.

"머리를 쓰야것다."

얼이가 머리카락이 제멋대로 날리고 있는 혁노 귀에 대고 속삭였다.

"무신 좋은 수가 있나, 성아?"

혁노가 눈은 조선 목재 입구에 둔 채 역시 작은 소리로 물었다.

"동물을 이용해야것다."

"동물?"

얼이 그 제안이 혁노는 좀처럼 이해가 되지 않는 표정이었다. 하지만 얼이는 벌써 행동을 개시하고 있었다.

마침 그때 그들 바로 앞을 막 지나 조선 목재를 향해서 나아가는 큰 마차 한 대가 있었다. 붉은빛이 감도는 갈색 말이 끄는 수레였다.

'아, 새이가!'

혁노가 미처 어떻게 손을 써볼 여유도 없이 얼이는 말 그대로 바람같이 그 마차 뒤쪽에 올라타고 있었다. 화살과 총탄이 수없이 오고 가는 전쟁터에서 싸운 얼이 동작은 한 마리 청설모처럼 날렵했다.

'아.'

혁노가 잔뜩 숨을 죽이고서 지켜보는 동안 한껏 몸을 낮춘 얼이는 목재 더미 위를 지나 말 가까이 엉금엉금 기어가고 있었다. 그때 얼이 모습은 나무에 딱 붙어 움직이는 한 마리 거미나 딱정벌레를 방불케 했다. 어쨌든 그건 보기만 해도 가슴을 쓸어내리게 하는 아슬아슬한 장면이 아닐 수 없었다.

'얼이 새이가 그냥 보통 사람은 아인 줄 알았지만, 저 정도꺼지나 될 줄은 몰랐다.'

혁노는 그 와중에도 얼이가 너무나 자랑스럽고 믿음직스러워 아주 잠시나마 두려움에서 벗어날 수 있었다. 심지어 이런 생뚱맞은 생각마저 들기도 했다.

'안 화공 아자씨가 여게 계시모 저 장면을 그림으로 그리 달라꼬 부탁하고 시푸다.'

원아 이모와의 사이에 딸 록주가 생긴 후로 그림 솜씨가 일취월장한다고 소문이 나 있는 안석록이었다. 조금만 더하면 임금 귀에까지 들어갈 거라고 자신 있게 이야기하는 이도 나오고 있는 판이었다.

그러나 혁노 머릿속에서 그림 생각은 오래가지 못했다. 혁노는 경악의 눈빛으로 똑똑히 지켜보았다. 어느 한순간, 얼이가 언제 꺼냈는지 성냥불을 켜서 가고 있는 말 꼬리털에 불을 붙이는 게 아닌가?

'히히힝!'

다음 찰나, 더없이 크게 놀란 말이 미친 듯 함부로 날뛰면서 앞을 향해 무섭게 질주하기 시작했다. 졸지에 엄청난 사태를 맞이하여 굉장히 당황한 늙은 마부가, 무어라 막 소리 지르면서 채찍으로 말 잔등을 마구 후려쳤지만 아무런 소용이 없었다. 꼬리에 불이 붙은 말은 그대로 목재 상 안을 향해 달려 들어가고 있었던 것이다.

'저랄 수가?'

두 눈을 휘둥그레 뜨고 그 믿기지 않는 장면을 지켜보고 있는 혁노 옆에는, 그새 언제 마차에서 뛰어내렸는지 모를 얼이가 서 있었다. 우뚝 선 그의 모습은 바로 거인의 모습 그것이었다.

"튀자!"

얼이가 소리 죽여 급히 말했다.

"그래, 성."

혁노는 뛰기 시작했다. 그 혁노 앞쪽에서 얼이가 먼저 달아나고 있었다.

－백성 4부 15권으로 계속

# 백성 14

초판 1쇄 인쇄일 • 2023년 10월 25일
초판 1쇄 발행일 • 2023년 10월 30일

지은이 • 김동민
펴낸이 • 임성규
펴낸곳 • 문이당

등록 • 1988. 11. 5. 제 1−832호
주소 • 서울시 성북구 동소문로 65−2 삼송빌딩 5층
전화 • 928−8741~3(영)  927−4990~2(편)
팩스 • 925−5406

ⓒ 김동민, 2023

전자우편 munidang88@naver.com

ISBN 978−89−7456−566−4  03810

값은 뒤표지에 표시되어 있습니다.